# TBC 뉴스

## 17년의 기록

# 17년의 기록

ⓒ 동보회, 2024

초판 1쇄 발행 2024년 10월 9일

지은이    동보회
펴낸이    이기봉
편집      좋은땅 편집팀
펴낸곳    도서출판 좋은땅
주소      서울특별시 마포구 양화로12길 26 지월드빌딩 (서교동 395-7)
전화      02)374-8616~7
팩스      02)374-8614
이메일    gworldbook@naver.com
홈페이지   www.g-world.co.kr

ISBN   979-11-388-3569-5 (03810)

이 책은 관훈클럽정신영기금의 도움을 받아 저술 출판되었습니다.

A 17-YEAR RECORD OF TBC NEWS

# TBC 뉴스
## 17년의 기록

동보회 공저

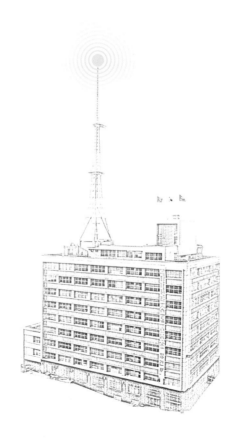

좋은땅

# "시청자와 함께한 *TBC* 뉴스 17년(1964-1980)"

우리나라에는 1960년대 초부터 MBC(1961), DBS(1963), TBC(1964) 등 민영방송이 잇달아 개국해 본격적인 민방(民放)시대가 열렸고, 1970년대에 TV 시대가 시작되면서 방송국 사이에 TV '뉴스 속보(速報)' 경쟁이 치열하게 전개되었다.

이미 역사의 한 페이지가 되었지만, TBC가 민방시대를 선도하는 방송사로 자리매김한 것도 바로 1960~1970년대였다. 돌이켜 보면 이 시대의 '방송 저널리즘'에 관해서는 기자들의 증언과 기록 등 사료가 상당히 부실하거나 부족하며 이에 관한 학계의 연구도 미흡한 것이 현실이다. TBC에 대한 기록과 평가 역시 소홀해왔기는 마찬가지다.

TBC 보도국에서 함께 동고동락했던 기자, 아나운서 등 뉴스 제작 요원들의 모임인 동보회(東報會) 회원들은 이런 점을 감안해서 2024년 TBC 개국 60주년을 기념하는 뜻으로 재직 당시, 뉴스 취재와 제작 과정에서 경험하고 고뇌하며 느꼈던 바를 상세히 기록으로 묶어 남기기로 했다.

1980년 언론통폐합 당시 20대 후반으로 가장 어렸었던 TBC 기자들마저 세월이 흘러 지금은 모두 고희(古稀)를 넘겼고 80, 90대의 더 연로한 선배들이 많은 점을 생각하면 너무 늦은 작업인지도 모른다.

그러나 우리 동보회 회원들이 뒤늦게나마 자리를 털고 나선 것은 국민에게 과거 민방의 역사를 제대로 알리고 또한 현재의 언론인과 연구자들이 1960~1970년대 한국 '방송 저널리즘'이 처했던 시대적 상황과 사회상을 깊게 파악하게 함으로써 앞으로의 방송 발전에 보탬이 되고자 하는 바람에서이다.

작금의 언론 현실은 오보(誤報)가 근절되지 않는 데다 가짜뉴스(fake news)가 판을 치고 언론의 재정적 토대가 위협받는 등 어둡고 안타깝기 짝이 없다. 이는 온라인시대의 대두와 무분별한 소셜 미디어의 범람 등 언론의 지형 변화가 초래한 결과로 진단하지만 누가 봐도 그 일차적 책임은 언론 종사자에게 있을 것이다.

언론 현장에서 활동할 때 한 걸음이라도 더 열심히 뛰어 오늘의 어두운 현실을 예견하고 막았어야 했는데 하는 자책과 반성이 앞설 뿐이다.

우리가 남기는 이《TBC 뉴스 17년의 기록》이 그 반성의 하나였으면, 또 신세대 방송언론인에게는 온고지신(溫故知新)할 수 있는 하나의 교본이 되었으면 한다.

TBC 뉴스는 TBC 보도국 가족 모두에게는 잊을 수 없는 소중한 자산이자 자긍심의 원천이었다. 늦게나마 그 자긍심을 살려 필진 모두가 정확한 기록을 남기려고 각자 보관한 자료를 찾고 기억을 되살리는 등 최선을 다했지만, 미흡한 점도 적지 않을 것이다.

이 문집을 만드는 데 많은 격려를 해 주신 TBC 가족 여러분과 어렵게 시간 내서 소중한 글을 쓰시고 자료 사진을 보내주신 동보회 회원께 감사의 말씀을 드린다.

　아울러《TBC 뉴스 17년의 기록》이 세상의 빛을 볼 수 있도록 전폭 지원해 주신 '관훈클럽정신영기금'과 책을 보기 좋게 만들어 주신 ㈜좋은땅 출판사에 감사의 뜻을 표하고 싶다.

2024년 10월 9일
편집위원
(강갑출, 김관상, 김벽수, 남선현, 이창근, 장성효, 차만순) 일동

# "*TBC* 동양방송 위대한 17년!"

**홍두표**

- TBC-TV 개국 요원
- 중앙일보 동양방송 사장
- KBS 사장
- 현 TV 조선 회장

TBC 깃발을 내린 후 43년의 세월!

흐트러짐 없이 동양방송 정신을 지켜 온 동보회(東報會) 후배 여러분!

동양방송 창립 60주년을 맞는 올해를 잊지 않고《TBC 뉴스 17년의 기록》
이란 회고 문집을 발간한다니 마음 든든하고 1980년 11월 30일 서소문 사
옥에서 마지막 TBC 깃발을 내리던 그때가 아스라이 떠오릅니다.

돌이켜 보면 TBC는 시청자들의 사랑을 듬뿍 받은 최고의 으뜸 민영방송
이었습니다.

연예프로그램의 대명사 〈쇼 쇼 쇼〉,

퇴근길을 서두르게 하고 종로와 을지로의 차량 통행을 뜸하게 만들었던
인기 드라마 〈아씨〉,

출근길에 상큼함을 선사하는 생방송 〈뉴스 전망대〉와 교통 전문 방송
〈가로수를 누비며〉,

정말 주옥같은 프로그램들이 지금도 파노라마처럼 펼쳐지는군요.

무엇보다 당시 보도국 여러분들은 다른 방송사의 시청률을 다 합쳐도

TBC 뉴스 시청률을 따르지 못하는 방송 뉴스의 신기원을 열었습니다.

영어 알파벳 T 자 모양의 고래 꼬리가 화면 가득히 흰 파도를 치는 TBC ID에 이어 뉴스 시그널이 전파를 타면 〈TBC 夕刊(석간)〉은 온 국민의 눈과 귀를 집중시켰습니다.

〈TBC 석간〉은 말 그대로 TV 종합뉴스의 선구자였습니다. 당시 TBC 뉴스는 진행자의 개성을 강조하는 '앵커 시스템'과 새로운 보도 형식을 갖춰 TV 종합뉴스의 획기적 전기를 마련했지요. 또한 천편일률적인 타 방송의 백화점식 리포트 나열에서 과감히 벗어나 주요 아이템에 심층 취재물을 집중하는 고품질 고품격 보도를 앞서 개척해 나갔습니다.

정부 출입처 기자실마다 TBC 기자의 통화가 전체의 반을 넘게 차지한다는 말을 40여 년이 흐른 지금까지 저는 생생히 기억하고 있습니다.

세계적 특종을 발굴한 보도국 여러분들의 노고를 잊을 수 없습니다.
'일본 여객기 요도호 납치사건', '이중간첩 이수근 귀순사건', '17명의 연쇄 살인마 김대두사건', '일본 방송국 헬기 독도 침공, 최초 생방송' 등등.
TBC 보도국 가족들은 진정 최고를 향해 최선을 다하는 방송전문인들이 었습니다.

1972년 3월, 나 역시 컬러TV 방송 준비를 위해 방송사상 최초의 PD 특파원으로 도쿄에 파견돼 3년간 특파원 생활을 하면서 4전5기로 최초의 세계 챔피언이 된 홍수환 권투선수와 단독 인터뷰했습니다. 또 적대국인 소련 모스크바 세계 연극인 대회에 참가 중인 유덕형(연출가) 한국 대표의 모스크바 활동 소식을 단독 취재해 중앙일보와 〈TBC 석간〉의 머리기사를 장식한 기억이 새롭습니다.

정보를 접하고 확인하는 데 결코 1등을 내어 줄 수 없다는 "TBC 최고 정신"은 어느 방송사와는 달리 기자와 아나운서, 기술과 행정요원에 이르기까지 보도국 전 구성원의 끈끈한 "창의적 협업"으로 튼튼히 성장할 수 있었습니다.

방송사의 힘은 보도에서 나오고 수익은 연예 오락 프로그램에 달려 있다고들 합니다. TBC는 양날의 보검처럼 보도의 힘도 막강했고 수입 면에서도 이병철 회장의 경영철학 '1등 주의'의 선두에 선 바가 있습니다.

적은 인원으로 일궈낸 주옥같은 프로그램들이 〈Ch 7〉을 타고 울려 퍼졌습니다. TBC는 비록 사라졌지만, 한국 방송사에 남긴 그 의미는 영원히 잊힐 수 없습니다.

자유민주주의 국가에서는 상상할 수 없는 '언론통폐합의 멍에'를 지고 우리 TBC 가족들은 어느 방송사 어느 자리에 가더라도 타의 추종을 불허하는 '방송 프로페셔널'로서의 역할을 다했습니다. 자타가 공인하는 최고 엘리트로서의 면모를 프로그램으로 보여 주며 한국방송의 발전을 견인해 왔지요.

서소문에서 여러분들과 피땀 흘려 일궈 온 '프로 방송인 스피릿(精神)'은 올해로 방송현업 60년째를 맞고 있는 지금에 이르기까지 저의 굳건한 정신적 기둥이 되고 있습니다.
이는 저로 하여금 언제나 최고의 품질로 시청자에게 보답해야 한다는 '방송의 보편적 가치'에 천착(穿鑿)하게 하고 있습니다.

《TBC 뉴스 17년의 기록》이 모쪼록 방송현업 종사자들에겐 언론인으로서의 실천적 지혜를 주고 언론·방송학을 공부하는 후학들에겐 민방 초창기 현황을 파악하는 소중한 자료로 활용되기를 바라 마지않습니다.

이제 어느덧 TBC 동양방송 막내가 고희를 넘길 만큼 세월이 많이 흘렀습니다. 앞으로도 'TBC 동양방송 위대한 17년'을 가슴에 묻고 모두들 건강한 가운데 서로서로 추억도 공유하며 여생을 즐겁고 보람차게 보내시기를 바랍니다.

TBC 후배 여러분 사랑합니다.

2024년 10월
광화문 집무실에서

# 목차

## I  TBC 동양방송의 개국과 뉴스

## II  TBC 보도국의 조직과 뉴스 제작 과정

## III 뉴스 프로그램 혁신과 발전

## IV 아나운서와 방송 뉴스

## V 취재기

## VI TBC 뉴스 평가와 방송 뉴스의 선진화

## VII 부록

## 중앙일보 동양방송 창립정신

1. 이병철 회장의 "사업보국(事業報國)" 신조에서 출발 "세기(世紀)를 선도하는 무한도전"
2. 정론(正論)을 통한 사회 도의, 문화 향상 및 국가와 사회 발전에 기여
3. 자본주의적 기업 경영의 합리화로 '자립, 자강'하는 "민주·자유언론(民主·自由言論)" 창달

1965년 9월 22일 신축, 문을 연 서울 서소문 '중앙매스컴센터'가 지역 재개발 사업으로 2024년 6월 역사 속으로 사라졌다.

중앙일보 동양방송 창립자
이병철 회장

중앙일보 동양방송 사옥 전경
(1965. 9. 22.~2024.6.)

■ **호암(이병철 회장 호) 아트홀 개관(1985.5.1.)**

오른쪽부터 김성호, 임응식, 강용식(이상 3명 방송 1기), 이건희 부회장,
조남조(신문 1기), 이희준(방송 1기) 등

■ 〈라디오 서울(TBC 전신)〉 개국 선언

최계환(〈라디오 서울〉 개국 요원,
개국 당시 아나운서실장, 작고)

왼쪽부터 남정휴, 전응덕(개국 요원),
김성호, 강용식(TBC 공채 1기)

2008년 5월 9일 최계환 아나운서(80세)가 44년 전 1964년 5월 9일 낮 12시 본인이 직접 방송한 〈라디오 서울〉의 '개국 선언문'을 그대로 재연 낭독함으로써 모임에 참석한 동보회 회원들에게 큰 감동을 안겨 주었다.

'개국 선언 전문(全文)'은 〈TBC 라디오 뉴스의 탄생과 정착〉 이창열 기고문 끝에 실려 있음.

〈라디오 서울〉 개국 당시 청사
(서울 태평로 1가)

〈동양텔레비전〉 개국 당시 청사
(서울 중구 신세계백화점 4, 5층)

■ 〈TBC 석간〉의 앵커들

〈TBC 석간〉 진행하는 봉두완 앵커

〈TBC 석간〉 진행하는 구박 앵커(1975)

〈TBC 석간〉 진행하는 성대석, 이영혜 앵커

〈TBC 조간〉에서 앵커 박종세 논평주간과
대담 중인 양흥모 논설위원

〈TBC 석간〉 앵커들, 윗줄 왼쪽부터 노계원, 성대석, 봉두완, 박종세, 길종섭, 구박
아랫줄 왼쪽부터 최희선, 박초아, 이영혜

일본 NTV 고지마(小島) MC와 TBC 남정휴 기자
서울 남산에서 한일(韓日) 위성중계 대담(1969.5.)

김일 레슬링 선수와 인터뷰
하는 전응덕 도쿄 특파원
(도쿄, 1970.7.24.)

〈가로수를 누비며〉 마지막 생방송을 하는 이성화 아나운서
(대한상공회의소 앞, 1980.11.30.)

# ■ TBC-TV 부산국 개국 (1964.12.12.)

부산국 초창기 사옥
(1965.8.2.)

부산국 보도부 직원들과 중계차
(1967)

부산국 신형 중계차와
신원호 취재보도부장(1974.4.)

## ■ TBC-TV 적도, 북극, 독도, 신안 앞바다에 가다

〈TBC 적도에 가다〉 왼쪽부터 오홍근, 이창성 기자, 노계원 팀장, 박충 기자
(적도 부근 원주민과 함께, 1978.7.)

〈독도 최초 생방송〉
차만순, 이우승 기자(독도 정상 태극기
조형물 앞, 1977.2.18.)

〈TBC '북극 탐험'〉에 이영진 촬영기자와 라디오 기술부 백운춘 엔지니어 특파(1978.7~9.)

〈제4차 신안 해저유물 발굴〉 목포 부두
고수웅, 김종성 기자(1978.6.)

■ 이런 취재도

'이승만 대통령 부인 프란체스카 여사 80회 생신 축하연'
왼쪽부터 박충 촬영기자, 이 대통령 고문 로버트 올리버 박사 부부, 이창근 기자, 이 대통령의 양자 부인과 두 아들
(이화장,1980.6.15.)

고별 〈TBC 석간〉 진행하는 길종섭 앵커

고별 〈TBC 석간〉에서 노계원 앵커가
'TBC의 과거를 되돌아보다' 진행

고별 〈TBC 석간〉 진행표,
진행 PD 김벽수 기자, AD 한준엽 기자

고별 〈TBC 석간〉을 보기 위해 보도국에서 방송 시간을 기다리는 기자들
(1980.11.30.)

보도국 전 직원과 임원. 이랫줄 중앙 홍두표 사장 그 왼쪽에 고일환 보도국장 보도국장 오른쪽에 전응덕 전응덕 초대 보도국장 외에 박중세, 봉두완 앵커, 어홍근 기자 등 뉴스를 통해 낯익은 얼굴들

보도국 정치부. 뒷줄 왼쪽부터 진홍순, 노재성, 이민희, 고일환 보도국장, 구박 정치부장, 길종섭, 아랫줄 왼쪽부터 김영수, 정강영, 박원훈 기자 등

보도국 사회부. 아랫줄 왼쪽부터 김관상, 민충기, 조순용, 주동원, 가운데 왼쪽부터 이동근, 이재희, 오홍근, 최춘애, 목철수, 이봉희, 맨 윗줄 왼쪽부터 정희보, 황호형, 김철린, 남선현, 이희준, 이보길, 백낙천, 이창근, 김우철 사회부장 등

보도국 아나운서부. 아랫줄 왼쪽부터 박병학, 이장우, 원종관 부장, 이정옥, 지영서, 이희옥, 최희선, 뒷줄 왼쪽부터 박성명, 맹관영, 이재명, 원종배, 이경숙, 서기원, 이영혜, 이주, 원창묵, 박광호 아나운서 등

보도국 편집제작부. 아랫줄 왼쪽부터 성대석 앵커, 정종진 부장, 박광춘 차장, 윗줄 오른쪽부터 김충환, 박세개, 정해관, 최명희, 성창기, 최정웅, 김벽수, 엄광석 기자 등 〈TBC 석간〉 세트가 있는 스튜디오에서

TBC 부활 촉구 결의대회(프레스센터, 1988.10.25.)

동양방송 보도국 직원들의 모임인 동보회는 2009.11.10. 낮 12시 서울 종로구 인사동 이모집에서 회장단, 고문단 연석회의를 열고 중앙일보의 '종합편성 방송' 진출을 적극 지지하는 결의를 다졌다.

동보회 춘계총회
2011년 5월9일

TBC 개국 47주년 기념 동보회 봄철 모임, 인사동 이모집에서(2011.5.9.)

TBC 개국 48주년 기념 동보회 봄철 정기 모임 후 기념 촬영(2012.5.11.)

■ TBC 개국 50주년 기념 TBC 1기생(1964년 4월 1일 입사) 자축 모임
  (2014.4.1.)

TBC 방송 1기 참석자 18명, 초대 손님 7명
기자직 : 강용식, 김성호, 김우철, 노계원, 석종현, 이돈형, 임응식
PD직 : 공종원, 임채욱, 임형두, 조승환, 최주호
아나운서직 : 박병학, 조문자. 성우 : 김세원, 김종성, 유강진, 장흥래
모신 분 : 개국 요원인 최계환, 전응덕, 정인섭, 남정휴, 이성화 님과 김재봉 사우회장 등

동보회, 언론 통폐합 43주년 "TBC는 영원하리" 추념 모임(서울 인사동 이모집, 2023.11.30.)

## ▒ TBC 개국 60주년 기념 모임(2024.5.9. 낮 12시)

동보회는 2024년 5월 9일 TBC 창립 60주년을 맞아 기념 모임을 서울 종로구 인사동 사천
이모집에서 갖고 1964년 개국 당시와 70년대 TBC의 발전상을 회상했다.
(왼쪽부터 봉두완 앵커, 홍두표 사장, 강용식, 김우철, 신원호 님 등 27명 참석)

홍두표 사장은 축하 인사말을 통해 "오늘의 대한민국과 언론이 제대로 성장하게 한 동력은
동보회 회원 등 중앙매스컴의 TBC 가족들"이라고 말하고 "TBC가 깃발을 내린 지 40여 년
이 지났지만, 지금까지 동보회가 TBC 정신을 지켜온 것은 대단한 일"이라고 강조했다.

이병철 회장이 선물한 고별 벽시계와 홍진기 회장의 'TBC는 영원하리' 고별패

부산국의 〈TBC 석간〉
고별패

1980년 11월 30일 TBC가 문을
닫는 날 보도국 전 직원이 남긴
서명

# TBC 동양방송의
# 개국과 뉴스

"TBC는 한국 방송 전환기에 그 중심에 서서 민영방송 특유의 다양하고 신선한 프로그램 개발을 통해 시청자에게 더 새로운 정보와 더 많은 감동과 재미를 주려고 줄기차게 노력했다."

- 'TBC가 걸어온 길' 중에서 -

# TBC 뉴스가 걸어온 길

1964년 5월 9일은 TBC(Tong Yang Broadcasting Company, 東洋放送)가 개국한 날이다. 〈정오 뉴스〉를 개국 첫 프로그램으로 방송을 시작한 이후 TBC는 17년 동안 뉴스를 통해 민방시대를 선도해 오다 1980년 11월 30일 정부의 강압적 언론통폐합 조치로 문을 닫았다.

살아 있다면 올해로 환갑(還甲)을 맞은 개국 60주년, 인간으로 치면 운(運)의 흐름이 60바퀴를 한 번 다 돌고 새로운 운의 흐름이 다시 시작하는 때이건만 TBC는 이제 우리 곁에 없다. 그 속에서 몸담고 고민하고 청춘을 불태웠던 TBC 보도국 가족으로선 아련한 그 시절이 어제처럼 다가오고 당연히 여러 상념이 교차한다.

## 60년대 민방시대 개막, 방송 뉴스 영향력 증대

1960년대는 일제 강점기에 JODK 경성방송국 개국(1927년 2월 16일) 이후 100년 가까운 한국 방송사(放送史)에서 본격적인 민방시대가 열린 시기이다. 1961년 12월 MBC 문화방송 라디오, 1963년 4월 DBS 동아방송에 이어 1964년 5월 TBC 전신인 '라디오 서울(RSB)'이 개국함으로써 국영 KBS 단일체제에 민영방송들이 가세하는 한국 방송계의 중대한 전환기였다.

TBC는 개국 방송의 기본 지침으로 "밝고 건강하고 감동적인 프로그램 제작"을 내세웠고 TBC 뉴스는 민영방송답게 "빠르고 정확한 보도와 국민 여론 반영"을 보도 준칙으로 삼아 권력의 억압과 규제를 뚫고 바른 소리 하며 1980년 강제 폐방 때까지 언론 본연의 자세를 굳건히 지켜왔다.

TBC는 한국 방송 전환기에 그 중심에 서서 민영방송 특유의 다양하고 신선한 프로그램 개발을 통해 시청자에게 더 새로운 정보와 더 많은 감동과 재미를 주려고 줄기차게 노력했다. TBC 뉴스는 교양, 드라마, 쇼 등 오락프로그램에 비해 편성 비율이 낮았다고 하지만, 그 영향력과 파급력은 그 어떤 프로그램과 비교가 되지 않을 정도여서 날이 갈수록 편성 시간과 방송 횟수를 늘려가며 시대의 변화를 이끌어 나갔다.

TBC는 개국한 1964년 5월 9일부터 6월 28일까지 〈시보(時報, time signal) 전(前) 뉴스〉를 하다가 그 후 〈정시(定時) 뉴스〉로 편성해 하루 15회 방송했으며 그해 가을 개편 때 〈뉴스 기상도(氣象圖)〉라는 종합뉴스를 저녁 7시 또는 8시대에 편성하고 방송 시간을 10분에서 20분, 30분으로 점차 늘려갔다.

저녁 퇴근 시간에 맞춰 방송하는 〈뉴스 기상도〉는 제목이 말해주듯 그날 발생한 뉴스 중 가치를 따져 중요 순으로 종합 편집해 남녀 아나운서가 번갈아 낭독 보도하고 대형 뉴스의 흐름을 분석, 전망해 주는 매거진 형식의 뉴스 프로그램이었다.

또한 한낮의 뉴스 보도를 보강하기 위해 오후 2시대에 〈뉴스 릴레이〉나 〈2시 뉴스의 현장〉 프로그램을 15~20분 편성해 취재기자 또는 뉴스의 주인공을 전화로 연결하거나 출연시켜 진행자(MC)와 대담하는 형식으로 그날의 중요 뉴스를 심층 보도했다.

## TBC 뉴스, 생활정보 확대 및 비판 기능 강화

1970년대는 급변하는 시대 상황에 따라 일상생활에서 뉴스를 비롯한 생활정보 수요가 엄청나게 늘어났다. TBC는 이에 걸맞게 대대적으로 보도 프로그램 개편에 나서 아침에 조간신문 보는 것처럼 어제의 중요 뉴스와 밤사이 새로 들어온 뉴스를 출근 시간에 맞춰 종합적으로 보도하기 위해 아침 8시에 전문 진행자가 30분 동안 진행하는 〈뉴스 전망대(展望臺)〉를 1971년 4월 1일 신설 편성했다.

TBC 라디오 아침 8시 〈뉴스 전망대〉는 TV 방송에 새로운 '앵커 시스템'을 도입했던 저녁 9시 〈TBC 夕刊(석간)〉과 함께, TBC의 간판 뉴스 프로그램으로 자리매김했다. TBC 뉴스는 정부의 실정(失政)을 바로잡기 위해 과감하게 비판하고 국민의 목소리를 대변하는 것을 주저하거나 게을리하지 않았다.

또한 다른 방송국과는 달리 〈뉴스 논평〉이라는 10분짜리 독립된 뉴스 해설 프로그램을 편성한 후 노련한 뉴스 진행 앵커와 중앙일보 논설위원 및 학식과 덕망 있는 교수와 시사평론가 등을 집중적으로 투입해 그날의 중요 뉴스와 사회 현안을 깊이 있게 분석하고 속 시원하게 비판했다.

TBC 뉴스가 내건 〈바르고 빠른 뉴스, 공정한 논평〉이라는 보도 강령은 오늘날에도 방송 저널리즘이 준수해야 할 기본 원칙이 되고 있다.

## TBC 스포츠 뉴스, 한국 스포츠 중흥 다져

TBC 스포츠 뉴스 및 야구와 권투 등 실황중계방송(live relay broadcasting)은 한국 스포츠계에 신선한 충격을 주면서 시청자를 사로잡았다.

1964년 개국 6일 만인 5월 15일에는 서울운동장에서 실업 야구 리그전을 라디오로 처음 실황중계했고 그 후 고교야구 시합이 있을 때마다 수시로 생중계함으로써 고교야구 붐을 일으키는 촉진제 역할을 했다.

또한 TBC-TV는 국내 최초로 해외 스포츠 경기를 실시간 위성중계하거나 메이저 리그 월드 시리즈를 녹화중계함으로써 스포츠팬들의 시선을 사로잡았으며, 프로레슬링 중계를 통해 프로레슬링 붐을 일으키는 견인차 역할도 했다.

월드컵에 관한 관심이 상대적으로 적었던 시절인 1974년에는 서독 월드컵을 수도권 한정 독점 녹화중계하는 등 TBC 스포츠 뉴스와 중계방송은 한국 스포츠 중흥에도 적지 않게 이바지한 것으로 평가되고 있다.

### 〈TBC *夕*刊(석간)〉 한국 TV 뉴스의 중심에 서다

1960~1970년대 격동의 시대, 민 관영과 종교 방송 등 6~7개의 라디오 다채널이 경쟁하는 가운데 'TBC 뉴스 17년'은 한국 방송 저널리즘의 새로운 지평을 열었고, 당시 신문과 방송 등 '전통 언론(legacy media)'에도 의미 있는 발전적 변화의 단초를 제공하고 이끌었다.

1969년 상업방송인 MBC-TV가 개국하면서 TV 3국은 치열한 뉴스 속보(速報) 경쟁을 벌이게 되었고 1970년대에 들어 통신위성을 이용한 위성중계(satellite relay) 시대에 돌입하면서 TV 뉴스는 새로운 전환기를 맞게 된다.

TBC 뉴스는 과거의 뉴스 취재 영역과 전달 형식에 안주하지 않고 틀에 박힌 관습에서 부단히 벗어나려고 노력한 결과, 1972년 4월 3일 저녁 9시 와이드 뉴스인 〈TBC 夕刊(석간)〉이 탄생하게 되었다.

TBC는 뉴스를 입체적으로 전달하기 위해 진행자의 개성을 살리는 새로운 '앵커 시스템'을 도입하는 동시에 뉴스를 취재한 기자가 직접 육성으로 보도하는 전달 방법 등의 혁신을 꾀했다. 그 결과 〈TBC 夕刊〉은 관영방송인 KBS와 상업방송인 MBC 뉴스를 누르고 TV 방송 3사 중 시청률 1위를 압도적으로 유지했다.

무엇보다 전문가의 해설과 논평 및 중계차 등을 동원한 현장 중심의 생동감 있는 보도가 〈TBC 夕刊〉의 시청률을 높이는 중요한 요인으로 작용했다.

1970년 8월 서울대 사회학과가 조사한 TV 3사의 뉴스 시청률을 보면 TBC 12.6%로 1위, 2위 MBC 5.4%, 3위 KBS 5.2%로 나타났다.

TBC는 특히 필수 '생활정보'인 기상정보 제공을 늘리기 위해 1974년 5월

다른 방송국보다 훨씬 앞서 5분짜리 생활밀착형 〈일기해설(日氣解說)〉 프로그램을 단독 편성하고 기상 전문가를 출연시켜 기상도(圖)를 직접 그리면서 방송하도록 한 것도 TV 뉴스 경쟁력을 높이는 데 한몫했다.

### '보도특집과 기획보도물'로 사회 현안, 문제 제기

TBC는 TV 뉴스 보도 기능을 보완하기 위해 사회 현안을 폭넓게 심층으로 다루는 〈보도특집〉을 정규 프로그램으로 편성 제작해 방영했다.

1964년 12월 7일 TV 개국 때부터 언론계 기자들이 직접 출연해 다양한 사회 현안들을 주제로 진단하고 해결책을 모색한 〈DTV 기자석〉과 각종 사회문제를 심층취재해 동영상 구성으로 고발한 〈카메라의 눈〉이란 〈보도특집〉은 정책 당국자가 시간 맞춰 시청하는 프로그램으로 위상을 굳혔다.

또한 TBC 뉴스는 기회 있을 때마다 시대가 요구하는 '기획보도'를 함으로써 정책 당국과 사회에 경종을 울리곤 했다. 사실, 기획보도, 특집프로그램, 다큐멘터리 제작에는 시간이 많이 소요되고 제작비 또한 엄청나게 든다. 그럼에도 TBC 뉴스는 제작 시간과 제작비에 구애받지 않고 국민 생활과 밀접하게 연관된 경제, 사회, 국제문제 등을 수시로 선정해 심층취재 또는 기획보도 특집물로 제작 방송했다.

과거 시청자의 눈길을 크게 끈 대표적인 기획보도물로 ▲ 최신의 '동시녹음 카메라'를 동원한 1974년의 〈희귀조(稀貴鳥) 르포〉(최철주, 함창기 기자), ▲ 1975년 삼한시대의 돛단배를 재현해 탐사에 나선 45일간의 〈삼한해로(三韓海路) 답사〉(차만순, 김승범 기자), ▲ 1977년 한반도 유사시 미군의 대비 동향을 다룬 〈태평양의 미군〉(김성호, 송도균, 이광춘 기자), ▲ 1978년 한국 TV 첫 적도 탐험 〈아프리카 적도를 가다〉(노계원, 오홍근, 박충, 중앙일보 사진부 이창성 기자), ▲ 1978년 〈북극 탐험〉(이영진 기자), ▲ 1979년 농정 부재에 따른 이농 등 농촌 실상을 다룬 〈농촌 진단〉(오홍근, 우석호, 송도균, 엄광석, 고수웅 기자 등), ▲ 1979년 세계 주요 국가의 석유 위기 대응책을 취재한 〈세계의 석유 전략 타진〉(노계원, 최철주, 이우승 기자), ▲ 1980년 한국 TV 사상 최초로 컬러 필름으로 촬영한 〈북벽(알프스 마터호른)에의 도전 57시간〉(민상기 기자) 등을 들 수 있다.

이런 대형 기획보도 특집물(다큐멘터리)은 한국방송대상과 기자협회의 한국기자상 등 각종 언론상을 휩쓸었고 일부 프로그램은 문제 해결 방안과 새로운 정책을 시각적으로 이해하기 쉽게 제시함으로써 국민 홍보나 공무원 교육 교재로도 폭넓게 활용되었다.

**언론의 재정적 자립이 언론자유와 공정성 보장**

중앙일보 동양방송 설립자인 이병철 삼성그룹 회장은 자신의 회고록에서 "한때 경제인의 막중한 사명과 사회적 공헌이 전적으로 무시되고 정치의 제물이 되는 것을 그대로 방치할 수 없다는 생각에서 정치에 뜻을 두었다"라고 밝힌 바 있다.

그러나 이 회장은 "뒤에 마음을 돌려 정치가 옳지 못한 방향으로 흐르지 못하도록 하면서 올바른 방향으로 유도하고 '정치보다 더 강한 힘'으로 사회의 조화와 안정에 기여할 수 있는 길을 궁리한 끝에 매스컴의 창설을 결심했다"라고 말했다. (《이병철 회고록》제4장, 매스컴의 경영)

'사업보국(事業報國) 신조'에서 출발한 이병철 회장의 이러한 무한도전(無限挑戰) 정신이 실천에 옮겨져 중앙일보 동양방송이 탄생하게 된 것이다.

그러면서 이병철 회장은 '건전한 언론은 합리적인 경영에 따른 재정적 독립 위에서만 성립한다'라고 생각했다. 사회의 공정성을 일깨우며 공익성을 부각하되 기업성으로 존립이 뒷받침되지 않고서는 이런 목표를 이룰 수 없다는 것이다.

TBC가 창립 이념으로 공익성과 함께 기업성을 내세운 것은 언론이 튼튼한 기업으로 자립하지 못하면 언론자유나 공익을 보장한다는 것이 헛구호에 그칠 우려가 있고 건설적인 비판 기능도 위축될 수밖에 없기 때문이다.

"TBC 동양방송 라디오도 텔레비전도 / FM도 동양방송 동양방송 / 뉴스도 교양도 오락도 / 하늘을 전파로 수놓아 / 해가 지고 달이 떠도 아~ 아~ 아~ / 사랑의 TBC 동양방송"

우리들이 기회 있을 때마다 귀 아프도록 들어온 TBC '로고 송(logo song)'이다.

이 정겨운 로고 송이 부끄럽지 않도록 TBC 보도국 직원들은 1964년부터 1980년까지 오로지 국민 편에 서서 국가 발전과 공정방송을 위한 언론인으로서의 투철한 소명의식 아래 청춘의 열정을 아끼지 않고 온 정성을 다해 뉴스를 취재하고 제작하고 방송했다.

## TBC 뉴스 전국화에 역량 집중

비록 TBC는 1964년 개국 후 17년 동안 전국을 망라하는 네트워크(National network) 방송은 아니었을지라도 공정방송을 줄기차게 추구한 그 파급력과 영향력은 당시 전국방송인 KBS나 MBC보다 크고 전국적인 것으로 뚜렷하게 각인돼 시청자로부터 인정받을 수 있었다.

처음에 서울을 비롯한 수도권을 대상으로 방송을 시작한 TBC는 개국 직후부터 '지역 방송망'을 구축해 전국 방송으로 확대하는 목표를 세웠으나 번번이 당국의 제지로 그 뜻을 제대로 이룰 수 없었다.

그렇지만 TBC는 1964년 말 부산국이 개국함으로써 부산을 중심으로 한 경남 남해안 지역의 여론을 대변했고 전북 군산에서 1969년 2월 개국한 서해방송(西海放送)과 광주광역시에서 1971년 4월 개국한 전일방송(全日放送)과 업무제휴를 통해 호남 내륙과 남서해안 주변 및 섬 지역을 대상으로 방송 영역을 확대했다.

이처럼 TV 1개국, 2개의 라디오 방송국과 지방 방송망을 일부 제한적으로 구축하고 자매신문사인 중앙일보의 전국 지사와 뉴스 공급 협력체제를 확대해 이를 적극 활용함으로써 뉴스의 전국화를 꾀했다.

1964부터 1980년까지 17년 동안 TBC가 한국 사회에 막강한 영향력을 행사할 수 있었던 것은 재정적 자립을 바탕으로 우수한 인력을 확보해 혁신을 계속하면서 진실을 신속하고 과감하게 보도한 뉴스가 그 원천이다.

무엇보다 TBC 뉴스는 17년 동안 시청자들로부터 많은 사랑을 받았고 때로는 질타를 받기도 했다. 그러나 긴 안목에서 보면 TBC 뉴스는 1960~70년대 한국이 빈곤국에서 중진국으로 성장하는 데 일조했다고 감히 말할 수 있다.

그 이유는 17년 동안 취재기자를 비롯해 촬영기자, 아나운서, 미술부와 식자실(植字室) 그리고 라디오와 TV 주조정실 요원까지 합심해 분초를 다투며 매일매일 고품격, 고품질의 방송 뉴스를 제작하기 위해 열정을 쏟아 최선을 다했기 때문이다.

개국한 지 60년이 지났지만 TBC 보도국 가족은 이 점에 무한한 자긍심을 간직하고 있다. (TBC)

# TBC 라디오 뉴스의 탄생과 정착

**이창열** | RSB 개국 요원, 보도과 기자
- TBC 보도국 사회부장
- 호텔신라 개업준비팀장
- 낙산비치 호텔 사장
- 기사 쓰는 필자(오른쪽, 1964.5.9. 개국 직후)

TBC의 전신, RSB 〈라디오 서울〉 탄생의 첫 프로그램은 뉴스였다.

1964년 5월 9일 낮 12시 서울 태평로 1가 옛 국회의사당 맞은편 동양화재 건물에서 〈라디오 서울〉 정오 시보가 울리면서 개국 요원인 최계환 아나운서가 긴장 속에 흥분된 어조로 개국을 선언했다.

"찬란한 5월의 태양이 지금 우리 앞에 빛나고 있습니다"로 시작하는 'RSB 개국 선언'은 "우리는 듣고, 우리는 보고, 우리는 표현합니다. 그리고 증언할 것입니다"라고 강조하고 "여러분의 〈라디오 서울〉은 1964년 5월 9일, 오늘에서 비롯되는 영원한 국민의 횃불임을 선언합니다"라며 국민의 '눈과 귀 그리고 입 역할'을 자임하고 나섰다.

### 〈라디오 서울〉 개국 첫 뉴스에서 "공정보도" 약속

'개국 선언'에 이어 개국 첫 뉴스의 첫 아이템은 〈라디오 서울〉 RSB 뉴스가 준수해야 할 '보도지침'이었다. 세인의 관심 속에 새로 탄생한 민영방송인 RSB가 본격적인 방송활동을 시작하기에 앞서 청취자에게 앞으로 언론기관의 역할을 제대로 수행하겠다고 엄숙히 공개 천명한 것으로 그 내용은 다음과 같다.

첫째, RSB의 뉴스와 뉴스 해설은 사실을 객관적으로 공평, 정확, 신속히 다루며 특히 잔인하고 비참한 내용의 뉴스는 그 표현에 유의한다.

둘째, 뉴스 보도에 의견을 곁들일 경우에는 '사실'과 '의견'을 엄밀히 구별하고 뉴스 해설에는 해설자의 성명을 분명히 밝힌다.

셋째, 실황중계 방송은 부당한 선전에 이용당하지 않도록 하며 뉴스와 뉴스 해설은 '상업문(商業文)'과 명확히 구별한다.

넷째, 뉴스가 오보가 있을 때는 즉각 취소 또는 정정한다.

이 보도지침은 〈라디오 서울〉 RSB 기자들이 현장 취재를 통해 기사를 작성할 때 반드시 유념하고 꿋꿋이 지켜야만 하는 대국민 약속이자 선언이다. 〈라디오 서울〉이 상업방송으로 출발했으나, 뉴스는 어느 한 편에 치우치지 않고 사실에 근거해 공정한 보도를 함으로써 상업성을 완전히 배제하는 제도적 장치를 마련했음을 청취자에게 공개적으로 천명한 것이다.

개국 첫날 뉴스는 박노설 아나운서(RSB 개국 요원)가 담당해 '보도지침' 공개에 이어 그날의 간추린 뉴스를 5분 동안 방송했는데 아이템은 주로 정치 관련 뉴스들이었다.

① 박정희 대통령, '라디오 서울' 개국에 축하 메시지
② 최두선 국무총리, 개각과 관련 청와대 방문 요담
③ 김종필 공화당 의장 개각과 관련 당의 입장 밝혀
④ 5차 국회 본회의 최두선 총리 등 출석시켜 대정부 질의
⑤ 야당 측 환율 인상 조치에 대한 대정부 건의안 제출
⑥ 김대중 등 여야의원 91명 정치정화법 해제건의안 제출 등 9건이었다.

## 관영방송 KBS에서 민영 〈라디오 서울〉로 자리 옮겨

필자는 1961년 장면 정권 당시 남산에 있는 관영 KBS 라디오 방송국에서 8명을 뽑는 제1기 기자 공개 모집 시험에 치열한 경쟁을 뚫고 합격하여 입사했다.

공교롭게도 첫 출근 하는 날이 1961년 5·16 쿠데타가 일어난 날이었다. 서울 마포 토박이인 내가 마포에서 전차를 타고 을지로까지 가, 걸어서 남산에 있는 KBS 라디오 방송국에 도착하니 혁명군 탱크가 정문 앞에 진을 치고 있었다. 그 와중에도 기자 합격자는 별도 연락이 있을 때까지 집에서 대기하라는 내용의 공고문이 KBS 정문에 붙어 있었다.

선발은 장면 정부 시절에 되었지만, 직원 교육은 5·16 쿠데타 이후 군사 정권이 했는데 당시 KBS 라디오 방송국장은 김창파 육군 대령이었다. 필자는 당시 입법, 행정, 사법 등 3권을 장악한 국가재건최고회의 출입기자였다.

문공부 산하 KBS 라디오 방송국의 공무원 기자로 3년 동안 취재 일선에서 열심히 뛰어다니던 무렵에 마침 삼성그룹에서 방송국을 새로 창립한다는 소식을 접하게 되었다. 삼성이 세운 RSB 〈라디오 서울〉이 방송을 시작하려면 당연히 기존 방송국에서 일한 경험이 있는 전문 인력을 스카우트(특별 채용)하지 않을 수 없었다.

때마침 고일환(당시 〈라디오 서울〉 보도과장, 작고) 과장의 권유로 특별 채용되어 KBS에서 RSB로 이적하게 되었는데 RSB에서 첫 월급을 받고 보니 관영 KBS보다 세 배 더 많은 금액에 매우 후한 대우여서 삼성그룹의 위력을 새삼 느낄 수 있었다.

## 개국요원으로 RSB 보도 시스템 체계화에 일조

〈라디오 서울〉 보도과(報道課)는 우선 개국 요원으로 신문사와 타 방송국에서 기자로 근무하고 있던 나를 포함한 윤명중, 한정준, 조광현, 김집,

박상문, 문홍찬, 장영근, 정종진, 박광춘, 조광식 등 14명의 현직 기자를 특별 채용했다. 이어 공개 채용을 통해 〈라디오 서울〉 기자 1기생 9명을 선발해 뉴스 취재를 위한 기자 교육을 속성으로 시킨 뒤 취재현장에 배치함으로써 체계화되고 조직화된 보도 시스템을 차츰 갖춰 나가게 되었다.

RSB의 호출부호는 HLKC. 주파수는 1,380Kc, 출력은 20kw로 방송을 시작했다.

"지금 여러분께서 듣고 계신 방송은 〈라디오 서울〉의 시험방송입니다."

이런 소개 멘트를 시작으로 RSB는 개국하기 전 4월 15일부터 총 120시간 동안 전국에 시험방송을 했다. 시험방송을 한 결과, 개국 축하와 더불어 수신 상태를 점검해서 보낸 청취자 수가 전국에서 무려 15,000여 명에 이르렀다. 필자는 개국 요원을 대표해서 15,000여 명의 주소를 일일이 찾아내 대전, 목포, 부산, 대구, 속초 등 전국 6곳을 돌며 지역 청취자들의 소감을 EMI(당시 큰 녹음기 통)로 녹음하여 개국 기념 특집 〈RSB 전파의 새마을〉이란 제목으로 개국 다음 날 5월 10일 오전 8시에 30분간 방송했다.

이어서 개국 특집 프로그램으로 제작 방송된 〈6월에 전선 이상 없는가?〉, 〈과연 간첩 황태성은 사형이 집행되었는가?〉 등의 프로그램들도 청취자의 귀를 사로잡았다. 필자가 작성한 16절지 원고를 최계환 아나운서가 독특한 음성으로 구성지게 낭독함으로써 청취자의 감성을 자극한 것이 청취자들을 끌어당긴 비결이었다.

### 시보 전(時報前) 뉴스를 시보 후(時報後)로 바꿔

개국 초에는 낮 12시 시보를 알리기 전에 하는 뉴스로 출발했으나 두 달쯤 지난 6월 28일 주파수 변경과 함께 낮 12시 시보 후 뉴스로 개편해 KBS, DBS 등 경쟁사와 치열한 청취율 경쟁을 벌여 항상 우위를 차지했다.

개국한 지 불과 두 달도 되지 않아 뉴스 시간을 정시 뉴스로 바꾼 것은 뉴스 보도에서 어느 정도 상대 방송국과 겨룰 수 있다는 자신감을 갖게 되었기 때문이다.

새벽 5시부터 밤 11시까지 매시간 일반 뉴스를 방송했고 매일 공식 외화 환율을 서비스하는 〈외환 고시〉, 서울 시내 교통정보를 알리는 〈교통 뉴스〉, 공항의 출입국 상황을 전하는 〈공항 뉴스〉 등 생활밀착형 정보 제공을 확대함으로써 방송 뉴스의 새로운 길을 개척했다.

개국 초기 수개월 동안은 취재 인원 부족과 뉴스 보도 체제를 완전히 갖추지 못해서 숨 가쁜 정치, 사회 정세의 급변 속에서 발생하는 전체 뉴스를 다루는 데는 힘에 부치는 한계가 있었다. 취재와 보도에 여러 시행착오와 어려움을 겪는 가운데서도 이를 보완하려는 방안이 지속적으로 강구되었다.

라디오 서울 보도과는 국내외 뉴스를 공급하는 동화통신사에 아예 기자 1명을 파견해 상주시켜 본사와의 직통전화로 새로운 뉴스를 신속하게 보도하거나 빠진 기사를 보충해 방송했다. 또 취재기자 부족에 따른 기사 부족과 공백을 메꾸기 위해 조선일보사와 뉴스 공급계약을 맺고 〈조선일보 뉴스〉를 방송하기도 했다.

### 중앙매스컴(신문, 라디오, TV) 탄생, 완벽한 보도 체제 구축

1964년 5월 〈라디오 서울〉 개국에 이어 12월 서울 중구 충무로 신세계백화점 옥상에서 발족한 동양텔레비전(DTV) 그리고 1965년 9월에 창간된 중앙일보 등 3사가 통합하여 서울 중구 서소문동에 '중앙매스컴센터'가 탄생하게 된다.

이로써 TBC 뉴스는 라디오와 텔레비전 취재를 병행하면서 중앙일보 신문보도를 인용하는 등 3개 미디어가 경쟁 협력하는 보도 체제를 구축하게 되었다. 이 결과 TBC 뉴스는 안정적 발전기에 접어들어 MBC와 DBS 등과 경쟁하는 민방 트로이카 시대를 맞는다.

경제 발전과 시대 변화에 따른 정보 수요의 확대에 따라 라디오 보도과와 텔레비전 보도과가 하나로 통합, 보도부로 승격되고 개국 5년 만인 1969년 보도부(部)는 다시 보도국(局)으로 확대 개편됨으로써 완벽한 방송 뉴스 취재 체제를 이루게 되었다. 중앙매스컴센터 5층에 자리 잡았던 TBC 보도국은 편집제작부, 정경부, 사회부, 아나운서부로 구성되어 명실상부한 보도 체제를 완성하기에 이른 것이다.

### 신문기자 출신에게 방송 뉴스 제작 기술 전수

당시 필자는 보도국 사회부에 소속되어 국회와 보사부를 출입했다.

출입처 나가기 전후에는 시간을 내서 타 신문사에서 근무하다 방송국으로 옮겨온 취재기자들에게 녹음 방법과 녹음테이프 편집 방법 등 방송 기자가 기본적으로 갖춰야 할 소양과 취재 기술을 도제교육(徒弟敎育) 방식으로 전수하는 데 바빴다. 개국 초기에는 기자의 부족으로 출입처 중심의 취재보다는 사건 사고 등 뉴스가 발생한 현장에 그때그때 취재기자를 특파하는 유격전 방식

이창열 기자와 TBC 취재차
(1965.1.30. 김포)

의 취재 방법을 활용했으며 내근하는 기자들은 주로 뉴스 제작 및 편집과 송출 업무를 전담했다.

개국이 〈라디오 서울〉보다 7개월 늦은 동양텔레비전(DTV)은 1960년대 후반에 접어들어 TV 뉴스의 영향력이 확대되면서 이런 시대의 흐름을 선도하기 위해 TV 뉴스를 강화하기 시작했다. 이때부터 라디오 뉴스도 취재 원고를 아나운서가 낭독하던 것에서 탈피하여 기자들이 직접 리포트 하거나 출연 대담하는 방식을 도입했다.

그 대표적인 뉴스 프로그램으로 〈뉴스 기상도〉, 〈2시 뉴스 현장〉, 〈뉴스 전망대〉 등을 들 수 있는데 통상적으로 뉴스 프로그램의 제목은 보도국에서 사내 공모를 통해 1차로 선택된 여러 개의 제목을 놓고 기자들의 투표를 거쳐 편집회의에서 최종 결정되었다.

뉴스 프로그램이 새로운 제목과 다양한 포맷으로 재탄생할 때마다 청취자들의 기대감이 크게 반영돼 타 방송의 청취율을 압도했다.

### 사회 부조리 고발로 홍역 치러

개국 초기엔 기사 없을 때를 대비해 시간 날 때마다 '기획기사'를 하나둘씩 준비해 놓았다.

남산의 정기를 이어받았다며 점집들이 우후죽순처럼 생기면서 무분별하게 남산의 자연을 훼손하자 남산의 자연경관을 살리자는 정화 및 정비 캠페인이 활발하게 전개되던 1960년대 후반.

필자가 평생 잊을 수 없는 기획기사 하나가 있다. 그것은 남산의 시각장애인(당시 표현은 맹인)의 생계(生計) 활동에 관련된 기획기사로 1966년 10월 16일 일요일 낮 12시 정오 뉴스에 방송되어 큰 파문을 일으켰다.

과학의 발전과 새로운 현대문명의 도래에 발맞춰, 남산 일대에 있었던 시각장애인들의 점치는 활동은 구시대의 미신행위로 당국이 제재해야 하는 등 남산을 정화해야 한다는 내용의 고발 기사였다. 기사가 나가자마자 이날 오후, 남산의 시각장애인들이 서소문 중앙매스컴센터에 몰려들어와 TBC가 시각장애인들의 생계를 책임지라며 야단법석이었다.

이들은 "남산 시각장애인 생계를 위협하는 방송을 낸 기자 나오라"며 고함치고 시위하는 바람에 중앙매스컴센터가 정문 셔터를 내리고 출입을 통제하는 험악한 사태가 벌어졌다.

되돌아보면 시각장애인들의 생명줄인 '산통(算筒, 점을 치는 데 쓰는 산가지를 넣어두는 통)'을 내가 깨뜨린 격이 됐다.

당시 김덕보 TBC 상무 등 경영진들이 지켜보는 가운데 필자는 시위하는 시각장애인들 앞에 나가 "나는 창성 창(昌) 자, 매울 열(烈) 자, '이창열(李昌烈)'입니다. 더 이상 이러한 라디오, TV 뉴스는 절대 방송하지 않겠습니다"라고 굳게 약속함으로써 시각장애인들은 시위를 멈추고 가까스로 해산했다. 그 이후부터 나는 "창성 창(昌) 자, 매울 열(烈) 자 기자"로 유명세를 치르게 되었다.

우여곡절도 많았지만 TBC는 개국 이후 '국민의 눈, 귀, 입 역할'을 하며 줄곧 뉴스를 통해 사회의 부조리를 과감하게 고발하고 사실에 근거한 정론 전파에 역점을 둠으로써 최고의 청취율을 유지하면서 국민의 사랑을 받았던 민영방송이었음을 자랑스럽게 생각하며 개국 선언 전문을 소개한다.

〈라디오 서울(RSB)〉 개국 선언 전문 (1964. 5. 9. 최계환 아나운서가 낭독, 작성 : RSB 편성과 최수진 개국 요원 PD)

전국에 계신 여러분 안녕하십니까?
여기는 〈라디오 서울〉입니다. 여기는 수도 서울에서 방송해 드리는 여러분의 〈라디오 서울〉입니다.
오늘 1964년 5월 9일 정오, 온 누리에 축복의 메아리가 번지는 가운데 장엄한 출발의 신호를 올린 〈R. S. B. 라디오 서울〉은 호출부호 HLKC 주파수 중파 1380KC 출력 20KW로 지금부터 하루 20시간 방송의 그 서막을 올려 드리겠습니다.
곧 라디오 서울의 정확한 시보가 정오를 알려드리겠습니다.
(시보: 뚜뚜뚜- 팡파레-)
찬란한 5월의 태양이 지금 우리 앞에 빛나고 있습니다.
대지에 넘치는 새로운 생명의 힘이 지금 우리들의 가슴속에 용솟음치고 있습니다.

역사는 다시 한번 우리에게 용기와 의욕을 약속했습니다.

국민의 소리 R.S.B.!

우리는 함께 호흡을 나누는 라디오 서울의 가족.

우리는 사랑과 이해로 맺어진 간격 없는 여러분의 이웃임을 다짐합니다.

우리는 전진합니다.

우리는 창조합니다.

우리는 듣고 우리는 보고 우리는 표현합니다.

그리고 우리는 증언할 것입니다.

슬픔이 있는 곳에 기쁨을, 괴로움을 넘어서는 즐거움을, 역경을 이겨가는 밝은 웃음의 원천을 마련하고, 우리는 자유의 화신, 우리는 평화의 역군임을 선언합니다.

HLKC 여러분의 〈라디오 서울〉은 1964년 5월 9일 오늘에서 비롯되는 영원한 국민의 횃불임을 선언합니다. (TBC)

# TBC 텔레비전 뉴스의 발전 과정

**김충기** | TBC-TV 개국 요원, 기자
- 광고기획사 Korad 감사
- Ad WORLD 대표이사
- 광고연구원 대표

  TBC-TV는 TBC 전신인 〈라디오 서울〉이 개국한 1964년보다 2년 앞선 1962년 12월 31일 텔레비전 무선국(서울: HLCX · Ch 7 · 10KW, 부산: HLSX · Ch 9 · 5KW)으로 가허가(假許可)를 받았다. 이에 따라 〈동양텔레비전방송주식회사(DTV)〉 설립추진위원회를 구성하고 본격적인 개국 준비 작업에 착수했다.

  TV 방송국을 새로 세우는 데 중요한 두 가지 요소는 인적 자원과 방송 기자재 확보이다.
  당초 DTV 설립추진위원회는 1963년 개국을 목표로 서울은 중구 동자동 대림빌딩에, 그리고 부산은 대교동 1가에 설립을 위한 사무실을 개설하고 착실하게 개국 준비를 해왔으나, 먼저 TV 개국에 필요한 인적 자원 확보가 난관에 봉착했다. 아울러 TV 방송국 설립에 기본적으로 필요한 방송 기자재(機資材)를 대부분 외국에서 수입해야 했는데, 당시 외화 조달이 쉽지 않았고, 수입 절차도 몹시 까다로웠다. 대부분 수입품이었던 방송시설을 제때 구입하지 못해 방송 장비를 조립하지 못하고, 당국이 정한 설치 시한도 넘기게 되자 1963년 말까지로 예정되었던 DTV 개국은 끝내 좌절되고 말았다.

## TV 방송설비 국산화(國産化) 조립 추진

DTV 설립추진위는 개국 준비 초창기 방송설비 조립을 위한 기술 준비 요원과 방송 담당, 업무 담당, 총무 담당 등의 책임자를 선발하는 인선 작업을 추진하는 동시에 편성 제작의 방송 실무작업을 추진해 오고 있었다. 편성과 제작 등 개국을 위한 인적 자원은 기존 KBS-TV와 라디오 방송국에서 특채 형식으로 확보할 수 있었지만, 방송 기자재 확보가 절망 상태에 돌입하자 이미 선발된 개국 요원들의 해산까지 심각하게 검토하기도 했다. 제때 개국하지 못한 책임을 지고 경영진이 교체되는 진통을 겪으면서 1964년 말까지 무선국 가허가를 1년 연장해 놓고 TV 방송시설은 국내에서 기자재를 조달해 국내 기술진이 조립하는 비상조치를 취하게 됐다. 이른바 순수 우리 기술과 국산 무선통신 자재를 활용하는 방송시설 조립의 국산화를 시작한 것이다. 결국, 한국인 특유의 '안 되면 되게 하라', '하면 된다는 정신'이 TV 방송국 국산화를 탄생시켰다.

1964년 5월 초 사옥(社屋)을 서울 중구 동자동 대림빌딩에서 서울 충무로 1가 신세계백화점 4, 5층으로 이전하고 7월에 〈편성과〉를 비롯해 〈제작 1과〉, 〈제작 2과〉, 〈보도과〉, 〈영화과〉, 〈아나운서실〉 등의 조직이 만들어져 KBS-TV 출신들이 대거 특채되어 포진했다.

방송 인적 자원이 확보되고 국내 기술진의 성공적인 방송설비 조립으로 본격적인 TV 방송이 가능해지면서 〈편성과〉는 기본 편성 작업과 동시에 제작 기준 및 사례 규정 등을 만들었고 〈제작 1과〉는 사회 교양 프로그램에 출연할 인사 선정을 위한 가이드라인과 방송 출연 섭외 인명록을 작성하고 각종 시각 자료를 정리했다.

## 보도과 설치, 외부 전문 인력으로 채워

DTV 뉴스를 전담할 〈보도과(報道課)〉는 일본 NTV(Nippon Television Network Corporation, 1953년 개국)와 '뉴스 필름 교환 및 취재지원에 관한

계약'을 맺었고 서울신문사와 국립영화제작소가 보유하고 있는 각종 보도영상자료를 복사하는 등 여러 방면으로 노력했다.

또한 뉴스 공급원을 최대한 확보하기 위해 한국일보와 뉴스 제휴 협약도 맺었다. TV 뉴스를 지원하는 〈영화과〉의 무비 카메라와 현상 담당은 보도용 슬라이드 제작과 뉴스 필름 복사 및 뉴스의 초점이 될 정부 부처 건물과 주변에 대한 촬영과 필름 현상 업무를 중점적으로 수행했다. 이처럼 본격적인 TV 뉴스 방송 체계화를 위한 움직임이 숨 가쁘게 전개됐다.

개국 두 달 전인 10월은 개국 요원을 선발하는 특별 채용 열풍으로 방송계는 "마구 현업 방송인을 왜 빼가느냐, 안 된다", "무슨 소리냐, 직업 이전의 자유가 있다"는 등 관련 방송국 인사담당자 사이에 감정적 갈등이 증폭되는 진통을 겪기도 했다.

DTV의 개국 요원 선발을 진두지휘한 사람은 KBS-TV에서 제작·편성과장을 역임한 김규(金圭, 이병철 회장의 셋째 사위) 방송부장으로 개국 요원 대부분을 KBS-TV 출신으로 메웠다. 당시 KBS-TV는 주요 핵심 방송 요원들이 대거 DTV로 자리를 옮기는 바람에 막심한 인력난을 겪었고 방송 운영에도 큰 차질을 빚었다는 후문도 있다.

1964년 10월에 구성된 DTV의 실무진용을 보면 보도과장(報道課長)에 고일환(高日煥) 기자가 〈라디오 서울〉에서 전보 발령되었고 영화과장에 김행오(金行五), 아나운서실장에 박종세(朴鍾世) 씨가 발령되었다.

뉴스를 취재하고 제작하는 〈보도과〉에는 취재 인력과 필름을 현상 편집하는 인력 등 8명이 배치되었으며 아나운서실에는 주수광(朱秀光), 이장우(李章雨), 김동건(金東健), 여성 아나운서 고려진(高麗珍) 등 6명이 배치돼 근무하면서 DTV 개국 후 뉴스 프로그램 정착과 활성화에 크게 이바지했다.

DTV의 개국 인력 확충으로 방송계 전체는 인력난을 겪으면서 방송을 정상 운영하는 데 많은 어려움을 겪었다. 방송 인력은 단기간에 육성할 수 없고 이론 교육과 많은 시간이 소요되는 현업 경험을 통해 육성되기 때문에 방송국이 새로 개국하면 방송 인력 확보를 위한 쟁탈전의 악순환은 되풀이 될 수밖에 없었다.

아무튼 DTV는 인사 진통 끝에 TV 뉴스 전담 부서인 〈보도과〉를 지원하는 〈영화과〉에 13명, TV 뉴스 시각 자료 제작부서인 〈미술실〉에 7명을 배치하는 등 보도 관련 현업 부서에 TV 방송 전문가들을 포진시켜 소수정예 (少數精銳)의 보도 관련 조직을 만들었다.

### 동양텔레비전 Ch 7, 1964년 12월 7일 개국

인적, 물적, 법적 어려움을 극복하면서 착실하게 개국 준비를 해온 DTV 설립위(委)는 서울 Ch 7은 1964년 12월 7일, 부산 Ch 9는 12월 12일 정식으로 첫 전파를 발사, 개국한다고 발표했다.

마침내 DTV는 1964년 12월 7일 오후 1시 30분 서울 한복판에 있는 신세계백화점 사옥에서 전 사원 65명이 참석, 지켜보는 가운데, 이홍배 사장이 주조정실의 버튼을 누름으로써 역사적인 첫 전파를 성공적으로 발사했다.

한국 최초의 민영 텔레비전 방송국이 본격 출범함으로써 한국 방송계에 새로운 시대가 열렸다.[1] "보다 빨리, 보다 널리, 보다 풍부하게"라는 구호를 내걸고 서울 시민회관에서 오후 2시에 거행된 개국 기념식은 이병철 회장을 비롯한 개국 요원과 이효상 국회의장, 정일권 국무총리, 체신부장관, 공

---

1) 1956. 5. 12. RCA가 한국 대리점 운영자와 합작해 설립한 KORCAD-TV(HLKZ)를 한국 최초의 민간 상업 TV 방송국이라고 볼 수 있다. 그러나 이 회사의 설립 목적은 가정의 시청자보다는 수상기와 방송 기자재를 판매하려는 의도가 강했다. 이듬해 5월 재정난으로 1957년 한국일보 장기영 사장에 인수됐으나 1959년 2월 화재로 방송 시설이 모두 소실됐다. 그 후 AFKN-TV 채널을 이용해 매일 저녁 30분씩 방송했으나, 1960년 4월 AFKN TV마저 화재를 당하는 바람에 방송을 중단했다.

보부장관 등이 참석한 가운데 진행되고 동시에 실황중계되었다.

DTV가 지향할 목표는 첫째 평화, 자유, 번영을 구가하는 명랑한 민주사회의 건설, 둘째 신속하고도 정확한 보도와 올바른 여론 조성으로 민주언론 창달, 셋째 건전하고 명랑한 연예, 오락 제공으로 국민에게 희망과 활기 부여, 마지막으로 상공업계와 국민 간의 교량적 임무를 충실히 발휘하여 산업경제의 부흥과 소비 대중의 복지 향상 추구 등이 골자였다.

DTV 뉴스는 개국 지향 목표를 충실히 이행하며 민주언론 창달과 민주사회 건설에 주안점을 두었다.

### 라디오와 TV 보도 기능 통합, 〈보도과〉를 〈보도부〉로 승격

1965년은 서소문 중앙일보 사옥인 10층짜리 중앙빌딩이 준공돼 신문, 라디오, 텔레비전 등 매스컴 3사의 통합 운영이 시작된 역사적인 해이다. 이해 중앙일보는 7월 4일 제1기 수습기자 33명을 선발한 데 이어 11월에는 신문, 라디오, TV 등 3사가 공동 모집한 신입사원 41명을 뽑았다.

이에 앞서 9월에는 서소문 중앙매스컴 사옥에서 〈라디오 서울〉 보도 부문과 TBC-TV 보도부가 통합함으로써 〈보도과(報道課)〉가 중앙방송(JBS) 〈보도부(報道部)〉로 승격되었고 인원도 많이 늘어났다. 확대 개편된 〈보도부〉 아래에 기자들로 구성된 〈보도과〉와 〈아나운서실〉 등 2개 부서를 두었다. 이로써 라디오와 TV의 뉴스 보도는 중앙일보의 신문 보도와 함께 명실공히 삼위일체의 취재망을 구축하게 되어 방송계 보도 부문에서 우위를 점할 수 있는 경쟁력을 확보할 수 있게 되었다.

### JBS가 TBC로 바뀌고 보도부(部)가 보도국(局)으로 승격

1966년 7월 16일 '중앙방송(JBS)'은 마침내 '주식회사 동양방송(TBC)'으로 상호를 바꿔 화려한 텔레비전 시대를 열었다. 1969년 2월에는 〈보도부(報道部)〉가 〈보도국(報道局)〉으로 승격되고 그 아래에 〈보도 1부〉, 〈보도

2부〉, 〈아나운서부〉 등 3개 부서가 증설 배속됐다. 1970년 11월 TBC 보도국은 기자들이 취재해서 송고한 뉴스를 편집제작해 송출하는 〈편집제작부(編輯制作部)〉, 정치 경제 문제를 취재하는 〈정경부(政經部)〉, 사건·사고와 교육, 보건, 의료, 문화 등 사회문제를 취재하는 〈사회부(社會部)〉, 그리고 뉴스와 특집 프로그램을 진행하는 〈아나운서부〉로 확대 개편되었다. 마침내, 라디오와 TV 뉴스를 독자적으로 취재, 제작 송출할 수 있는 통합형 독자 조직을 갖추게 되었다.

그런데 당시 시대 변천에 맞게 조직 확대와 인원을 보강한 보도국의 최대 과제는 TV 뉴스 제작과 연출업무를 기자들의 머리와 손으로 어떻게 원활하게 수행할 수 있느냐 하는 것이었다. TV 뉴스의 제작과 연출 업무는 고도의 숙련성과 치밀성이 요구되는 작업으로서, 아무리 잘 쓴 기사와 좋은 화면이 준비된다고 해도 〈편집제작부〉 요원의 시각 자료를 활용한 숙련된 뉴스 제작과 진행을 거쳐야 시청자의 호감도를 높여 빛이 나게 된다.

보도국은 이런 과제를 원만하게 해결하기 위해 갓 입사한 신입 기자는 반드시 〈편집제작부〉에서 뉴스 편집제작 및 연출 업무를 1년 동안 수행한 후 외근 취재에 나가도록 제도화했다. 당시 취재기자들 사이에 편집 내근 1년이 너무 지루하고 길다는 불만이 적지 않았다.

### JAL 납치범과의 협상 내용 도청, 생중계로 세계적 특종

DTV 개국 준비 당시, 보도 부문의 정지 작업을 위해 특별 채용 형식으로 입사한 필자는 KBS보다 좋은 대우와 보수에 보답하기 위해 과거 취재 경험 등을 토대로 황무지나 다름없는 신생 방송국의 보도 조직을 체계화하고 새로운 환경에 뿌리내리려고 나름대로 젊음을 불태웠다.

필자는 '일본항공(JAL) 소속 요도호(號)' 납치 사건 때 항공기 내의 납치범과 관제탑의 대화를 실시간 도청, 중계해 세계 언론계에 큰 충격을 주었다.

1970년 3월 31일 일본항공 소속 보잉 727 요도호가 일본의 극좌(極左) 학생 단체인 적군파(赤軍派) 극렬분자 9명에 의해 납치돼 북한 평양으로 가는 도중 오후 3시 15분 김포공항에 유도돼 착륙했다. 요도호 납치범들은 김포공항에 착륙 후 나흘 동안, 협상을 통해 승객 구출을 시도한 우리 정부와 실랑이를 하다가 4월 3일 오후 6시 4분 승객 1백 3명을 내려놓고 항공기 승무원 3명과 일본 운수성 야마무라 정무차관(政務次官)을 인질로 삼아 함께 평양으로 떠났다.

김포 관제탑은 인질 승객들의 안전을 위해 범인들과 무선통신을 통해 협상했는데 이때 납치범과 관제탑 및 일본 정부 당국자 사이에 주고받는 협상 대화 내용은 비공개였다. 그래서 협상 내용은 취재가 불가능했다. 이 때문에 세계 각국에서 온 취재진은 공항과 관계 당국의 공식 발표만

일본 항공 요도호 인질 일부 석방 (1970.4.3.)

을 기다리는 신세였다. 그러나 사건 현장을 중계하기 위해 김포공항에 동원된 TBC 중계차 기술팀의 전해종 엔지니어가 주동이 되어 모처에서 귀띔해 준 통화 주파수를 찾아 공항 관제탑과 요도호 내 납치범과의 대화 내용을 UHF(FM) 수신기로 도청(盜聽)할 수 있었다.

일본어 통역이 가능한 필자는 납치된 일본 항공기를 사흘 동안 지켜보면서 일본어와 영어로 주고받는 모든 협상 대화 내용을 동시통역으로 TBC가 독점 중계하는 개가를 올렸다. 납치범들의 목소리가 TBC의 전파를 타고 생생하게 전 세계에 전달됨으로써 세계 언론이 놀라움을 금치 못했고 공교롭게도 TBC 취재진에게 세계의 이목이 집중돼 뉴스 정보원으로서 취재당하는 처지가 되었다. 일본의 모든 매스컴도 필자가 동시통역한 TBC 중계 내용을 중앙일보가 보도하면 이를 그대로 인용 전재(轉載)했다. 요도호 납

치 사건을 계기로 취재기자가 직접 마이크를 잡고 현장에서 보도하는 새로운 리포트 형식이 도입돼 각 방송국에 유행처럼 번졌다.

이처럼 세기적인 특종을 할 수 있었던 것은 DTV 개국 요원과 해마다 공개 모집을 통해 선발된 여러 부서 직원들의 밤낮 가리지 않은 헌신과 희생이 뒷받침되었기 때문이었다.

방송시설을 구입할 수 없어 자체 개발한 기자재를 힘들게 조립해 출범한 TBC-TV 보도국이 내게 준 커다란 선물은 매우 통쾌하고도 평생 잊을 수 없는 세계적인 특종이었다.

요도호 특종 보도는 방송의 위력과 가치를 세계만방에 다시 확인시켰다. 동시에, 필자는 신생 TBC-TV가 소수정예의 잠재력을 과시하고, 한국의 방송 저널리즘이 빠르게 정착하는 계기를 마련하는 데 일조한 것에 자부심을 느낀다. (TBC)

# 열정으로 극복했던 열악한 TV 뉴스 제작 환경

**남정휴** | TBC-TV 개국 요원, 기자
- TBC 정경부장
- 제일기획 전무
- 동방기획 대표이사
- 한국광고업협회 회장

　TBC-TV 전신인 동양텔레비전(DTV) 개국 3개월을 앞둔 1964년 10월 특채되어 뉴스 취재와 제작을 위해 열정적으로 개국 준비를 했으나 하루하루가 일이 끝이 없는 고역의 연속이었고 심적 고민도 적지 않았다. 그러나 황무지에서 새로운 무엇을 만들어 낸다는 창조의 희망과 청춘의 남다른 각오로 버텼다.

### 순탄하지 않았던 DTV 개국

　동양텔레비전(DTV)은 동양방송 전신인 〈라디오 서울(RSB)〉보다 2년 먼저 설립 허가를 받았지만, 정부의 외화 부족으로 외국 방송 기자재 도입이 불가능하여 거의 모든 TV 방송장비를 국내에서 구입하고 우리 국산 기술로 어렵게 조립했기 때문에 허가된 개국일보다 2년 늦게 개국하게 된 것이다.

　TV 방송국 스튜디오에서 가장 중요한 기능을 하는 필수 장비는 스튜디오 카메라이다. 해외로부터 방송장비 수입이 어려웠던 상황에서 국내 전자 상가를 뒤져 영화 촬영용 카메라와 무선통신 전자부품을 사들여 국내 기술로 스튜디오 카메라를 조립해 사용했다는 것은 실로 국내 방송 기술력이 매우 정교하고 창의적이며 진보적임을 입증한 것이었다.

이처럼 동양텔레비전 개국의 길은 초반부터 순탄치 않았고 어려움의 연속이었지만 KBS 등 기존 언론사에서 특별 채용된 개국 요원들은 무에서 유를 창조한다는 정신으로 조직과 업무가 일정 궤도에 오를 때까지 전력투구해야만 했다. 매일매일 새로운 생생한 뉴스를 취재하고 제작하는 기자들은 더욱 그러했다.

동양텔레비전은 1964년 12월 7일 오후 2시 서울 시민회관에서 개국 기념식을 실황으로 수도권 전역에 중계방송했다. 라디오 황금시대에 DTV가 개국 기념식을 실황중계한 것은 당시로서는 세인의 큰 관심을 끌 만한 중요뉴스였다. 전국에 수상기 대수가 3만여 대에 불과했던 당시, 텔레비전방송국 개국 그 자체가 빅뉴스가 됐기 때문이다.

활자 매체들은 국영 텔레비전이 독주하던 시대에 새로 출범한 민영 텔레비전방송국이 더 많은 오락과 생활정보를 제공해 줄 것으로 국민이 기대할 것이라고 보고 많은 지면을 할애해 대대적으로 보도했다.

1964년 12월 7일 개국 당시 사옥은 신세계백화점 4층(스튜디오)과 5층(사무실)이었고 동양텔레비전 뉴스를 담당할 보도과(報道課)는 9명으로 구성되어 5층에서 근무했다. 〈라디오 서울〉 보도과에 근무하던 고일환(高日煥) 기자가 DTV 보도과장으로 승진 전보되었다. 그리고 KBS 등 기존 언론사로부터 특채된 김충기(金忠起), 최종호(崔鐘虎), 이창열(李昌烈), 윤천영(尹天榮), 장준우(張俊佑), 오일룡(吳一龍), 김재길(金在吉) 그리고 필자인 남정휴(南廷烋) 등 8명의 기자가 보도과에 발령받아 TV 뉴스 취재와 제작 및 뉴스 생방송 진행을 담당하게 되었다.

**취재기자 촬영기법 배우고, 촬영기자 기사 작성법 익혀**

개국하자마자 개국 요원으로 특채된 소수의 인력을 최대한 활용해서 부족한 인력을 당분간 메꾸기 위해 취재기자들은 동영상 촬영기법을 익혔고,

촬영기자는 기사 작성법을 배우기도 했다. 1인 2역을 한 셈이다.

보도과장까지 9명의 기자가 국내에서 발생하는 뉴스 전체를 다룬다는 것은 한계가 있고 너무 벅찼다. 그래서 규모가 작고 소소한 일반적인 뉴스는 동양, 동화, 합동통신 등 3개 통신사가 공급하는 국내외 뉴스를 방송용 뉴스로 재작성해 사용해도 큰 무리는 없었다. 그러면서, 부족한 취재 일손을 보완하기 위해 통신사가 제공하는 기사의 활용을 점차 확대해 나갔다. 사실, 통신사가 제공하는 문어체(文語體)인 기사를 구어체(口語體)인 방송 뉴스용으로 전환하는 작업은 그다지 쉽지 않고 일손도 많이 든다.

왜냐하면 통신사가 공급한 기사를 방송 뉴스로 전환하기 위해서는 시청자들이 알아듣기 쉽게 해야 하기 때문에 방송언어를 취사선택하는 데 신경을 많이 써야 했다.

TV 뉴스용 동영상을 찍어 제공하는 영화과(映畵課) 소속의 김진호(金鎭浩), 한규설(韓圭卨), 유승삼(劉承參) 등 3명의 촬영기자는 중요 사건·사고 현장의 동영상을 찍은 뒤 심지어 기사를 작성하는 취재기자 역할까지 1인 2역을 수시로 했다. 또 문경춘(文景春), 이신복(李信馥, 후에 성균관대 교수) 촬영기자도 취재 일손이 부족해 이따금 현장 취재에 나서기도 했다.

취재기자들의 영상 촬영 기술은 완벽할 수는 없었지만, 날이 갈수록 카메라 다루는 숙련도가 일취월장(日就月將)하면서 촬영 전문가들을 뺨칠 정도로 촬영 솜씨가 개선돼 갔다. 그 결과 보도과 소속 장준우 취재기자가 동영상 카메라를 휴대하고 월남 전선에 특파원으로 파견될 정도로 글 쓰는 기자들의 카메라를 다루는 솜씨가 아주 좋았던 것으로 기억한다.

## 1인 3역도 마다하지 않아

개국 직후에는 TV 뉴스를 생방송으로 진행한 경험이 많은 전문 프로듀서나 전담 필수 요원이 없어 불가피하게 취재기자들이 돌아가면서 진행을 맡았다. 현장에서 뉴스를 취재한 보도과 8명의 기자는 뉴스를 방송용으로 제작하고, TV 뉴스 생방송의 진행도 맡는 등 그야말로 1인 3역을 할 수밖에 없었다. 개국 직후라 보도과뿐만 아니라 사내 여러 분야에서 전문 인력이 턱없이 부족했기 때문이다. 더 근본적인 이유는 당시 국내 방송계가 급팽창해서 각 전문 분야에 지식과 경험이 있는 고급 인력을 구하기가 극히 어려웠기 때문이다.

기자들은 아침 일찍 출근해서 밤 11시, 한국일보가 뉴스를 제공하는 〈한국일보 뉴스〉가 끝날 때까지 하루 종일 쉴 틈 없이 뛰었고, 발생 뉴스가 적은 공휴일에는 기획 기사를 제작해 방송해야 하는 등 뉴스 시간을 메꾸기 위해 정신없이 뛰어야만 했다. 개국 당시 보도과 기자들은 대부분 기존 KBS나 신문사 현업 기자 출신이었고, 촬영기자들은 대부분 문화공보부 산하 국립영화제작소 출신이었다.

### 시각 자료 최대한 확보 가독성 높여

동양텔레비전은 개국 초에 보도 프로그램이 전체 방송 시간의 14.6%를 차지해 주간 평균 310분을 방송함으로써 국영인 KBS와는 달리 오락성과 공익성의 조화를 이루는 데 역점을 뒀다. TV 뉴스는 뉴스 원고를 아나운서가 낭독하고 동영상(필름)을 비롯해 슬라이드, 설명자막 텔럽(telop) 등 시각적 자료를 조화롭게 활용해 가독성을 높여 방송했다.

촬영기자의 부족으로 동영상을 찍지 못했거나 현장 접근이 어려울 때에는 동영상 대신 슬라이드를 사용하는 사례가 많았고 관련 사진을 확보하기 어려운 뉴스는 대부분 자막(字幕)으로 처리했다.

슬라이드는 인물을 비롯해 정부 청사나 부처 간판 및 뉴스 관련 건물 등이 대종을 이뤘고 자막 텔럽은 취재기자가 뉴스 원고를 작성해 데스크를 거쳐 미술실에 넘기면 미술실 담당자가 크고 작은 붓이나 G-펜으로 자막을 제작했는데 주로 정탁영(鄭卓永, 후에 서울대 미대 교수) 씨가 작업했다. 미술실에 뉴스 원고를 넘기기 전에 원고를 쓴 취재기자가 고민하면서 정성스럽게 자막을 뽑는 경우도 다반사였다. 개국 초창기에는 뉴스 방송 도중, 자막 텔럽은 4층 스튜디오에서 스튜디오 카메라로 찍어 방영했다. 자막을 쓴 텔럽들을 관현악단 단원이 악보를 놓고 보는 보면대(譜面臺, 거치대)에 쌓아 놓고 뉴스 원고에 맞게 순서대로 빼면서 스튜디오 카메라로 찍어 방영했다.

그러던 어느 날 자막 텔럽을 빼는 순간 보면대가 넘어지는 바람에 자막 순서가 엉망이 되어 방송을 망치는 일종의 방송사고가 발생했다. 이후 목재로 보면대를 만들어 움직이지 않도록 튼튼하게 고정시켜 놓고 사용해 그 뒤에는 같은 사고가 발생하지 않아 뉴스 진행이 안정되었다.

뉴스 방송 시간마다 빈번하게 활용되는 뉴스 자막 텔럽은 1968년 국한문 식자기(植字機)가 도입될 때까지 미술실에서 수기로 작성해 사용했었다.

뉴스용 촬영장비 카메라는 세계 2차대전 때 미국 종군기자들이 많이 사용하던 Bell & Howell 회사가 제작한 70 DR 카메라이었는데 무겁고, 수동이었다. 다행스럽게도 TV 주조종실에 네거티브 필름(음화, 陰畵)을 포지티브 필름(양화, 陽畵)으로 바로 전환하는 영사기(projector)가 설치돼 다행히 음화를 양화로 인화하는 시간을 절약할 수 있었다.

### 초창기 TV 생방송 실수 잦아

어떤 프로그램이든 생방송에는 항상 사고 위험 요소가 숨어 있어 생방송인 뉴스도 진행하는 동안 자칫 신경줄 놓으면 사고 나기 십상이었다. 영사기에 네거티브 필름을 걸고 포지티브로 바꾸는 전환 장치를 조작해야 하는데 잘못 조작하거나 조작하는 것을 잊어버리는 바람에 네거티브 상태 그대로 방송되는 사고도 가끔 발생했다. 수상기가 흑백텔레비전이라서 실수한 것이 확실하게 드러나기 때문에 시청자의 항의 전화가 빗발쳤고 사고가 난 줄 모르고 있다가도 시청자의 항의를 받고 나서야 사고 난 것을 아는 경우도 있었다.

또 필름을 잘못 편집해 피사체가 거꾸로 보이거나 보행자가 앞으로 가지 않고 뒷걸음질 치는 화면이 순간적으로 방영되는 웃질 못할 방송사고도 적지 않았음을 솔직히 고백한다.

초기에는 뉴스 소요 시간(running time)을 원고지 매수로 계산했다. 뉴스 원고 3매를 제대로 낭독하면 1분이 걸렸다. 지금처럼 복사기가 대중화되던 시절이 아니라 뉴스 원고는 묵지(墨紙)를 원고지와 원고지 사이에 끼워 넣고 수기로 복사해서 촬영팀에 넘기면 원고 길이에 맞춰 필름을 편집하는 그런 힘겨운 뉴스 제작 과정을 매일매일 반복했다.

### DTV 뉴스 '한일협정 반대 시위' 연일 특종

동양텔레비전은 MBC-TV가 탄생하기 전에 출범했기 때문에 DTV 뉴스의 경쟁 상대는 국영방송 KBS-TV뿐이었다.

1965년 6월 22일 한국과 일본의 외무장관이 도쿄에서 한일기본조약 및 청구권 등에 관한 협정, 이른바 '한일협정'에 조인했다. 이로써 한국은 해방 후 20년 만에 일본과 국교를 맺게 됐지만 대학생을 중심으로 많은 국민이 굴욕 협상이라며 한일협정에 반대했으며 1964~1965년에는 한일회담을 반대하는 성토대회와 시위가 하루가 멀다하고 거세게 일어났다.

한일회담 반대 시위(1965.3.24. 종로)

국영방송인 KBS가 시위 방송을 하지 못하던 시기여서 민방인 DTV 뉴스만이 유일하게 반일 시위 방송이 가능해 보도과 기자들이 시청률을 높이는 데 크게 이바지했다. 길거리 시위 취재는 주로 최종호, 한규설 촬영기자가 도맡아 했는데 시위대를 촬영하던 도중 시위대가 던진 돌팔매를 맞고 귀사하는 경우가 종종 있을 정도로 몸 사리지 않고 취재에만 몰두했었다.

평일 뉴스 외에도 일요일에는 〈DTV 기자석〉이 편성되어 지난 한 주에 있었던 정치, 경제, 사회, 문화 등 각종 이슈와 관련된 주인공이나 기자가 출연해 대담하는 형식의 프로그램이었다.

자매 신문인 중앙일보가 창간되기 전, 개국초기에는 한국일보와 뉴스 교환 계약을 맺고주 5회 밤 11시에 〈한국일보 뉴스〉를 편성 방영

1965.4.4. 정오 첫 〈주간 뉴스〉 연출하는 남정휴 기자

했다. 밤늦은 시간에 방송을 내보내야 했기 때문에 뉴스 준비와 진행은 당일 숙직자의 큰 일거리 중 하나였다. TV 개국 초창기라 기본적으로 할 일이 엄청 많았지만 이를 마다하지 않고 젊음과 개척자 정신으로 견디어 냈다.

## TV 뉴스 취재와 제작 시스템 체계화

DTV 개국을 계기로 민영 텔레비전방송국이 급성장하면서 사회 각 분야에서 미처 예상하지 못한 많은 변화가 일어났다.

1965년 9월 중앙일보 창간을 계기로 〈라디오 서울〉과 〈동양텔레비전〉이 중앙매스컴 서소문 사옥으로 이전 통합하게 되었다. 이에 따라 라디오와 TV의 보도과가 하나의 조직으로 통합되어 뉴스 보도 인원이 두 배 이상 늘어나게 되었다. DTV 뉴스 보도 조직이 더욱 강화되고 보도 시스템의 체계화가 정착되어 가는 새로운 계기가 마련된 것이다.

라디오 뉴스와 TV 뉴스는 제작과 보도 과정이 구조적으로 크게 달라서 라디오 뉴스 전담 기자가 TV 뉴스를 제작하기 위해서는 기사 작성 등의 재교육을 통해 '듣는 뉴스'를 '보는 뉴스'로 만드는 기술을 익혀야 했다. 1960년대 초중반 시청자의 관심과 기호가 '듣는 뉴스' 중심이었다면 1960년대 후반에 TV 시대가 개막하면서 '듣는 뉴스'보다 '보는 뉴스'를 더 선호하는 쪽

으로 뉴스 수용 행태가 변했기 때문이다. 그 때문에 DTV 기자들은 〈라디오 서울〉출신 기자들에게 1년 가까이 터득한 TV 뉴스 취재와 제작 기법 및 TV 생방송 진행 요령과 자막 뽑기 등 TV 뉴스 제작의 전 과정을 실무를 통해 도제(徒弟)식으로 전수하기에 바빴다.

나는 동양텔레비전 초창기에 열악한 뉴스 제작 환경을 참고 견디며 TV 뉴스의 경쟁력을 확보하기 위해 뉴스 취재와 제작 과정을 체계화하고 보도 조직을 정비 확대하는 데 TV 개국 요원으로서 정신없이 뛰며 나 자신을 채찍질했다.

아날로그 시대에 DTV 개국 요원으로 TV 뉴스 취재와 제작에 참여했던 필자는 오늘날 TV 뉴스의 모든 제작 과정이 디지털화되었다고 하니 격세지감을 크게 느낄 뿐이다. (TBC)

# TBC의 약진은 우연이 아니라 필연이었다

**전응덕** | TBC 개국 요원, 초대 보도국장
- 중앙일보 동양방송 전무, 중앙일보 고문
- 삼양식품 사장
- KBS 이사
- 한국광고단체연합회 회장

1969년 9월, 도쿄 특파원 생활을 끝내고 귀국해 보도국장이 되면서 내가 직접 현장에서 특종을 하는 일은 없게 되었다. 단지 특종이 일어나는 모든 과정을 지켜보고 또 그것을 지휘하는 입장에 서게 됐다. 그러나 이것도 간단한 일은 아니었다. 내가 순간순간 어떻게 정확하고 신속하게 판단하느냐에 따라 기자들의 취재가 더 빛날 수도 있었고 빛이 바랠 수도 있었기 때문이다.

또 하나 어려운 점은 당시 더해져만 가던 당국의 '언론 통제에 맞서 전할 것은 전하는' 가운데 특종 보도를 해야 한다는 점이었다. 이 과정에서 기자나 취재원 안전을 책임지는 일도 신경을 써야 했다.

### 중앙정보부와 겨룬 김대중 기자회견 중계방송

1973년 김대중 씨 납치사건이 일어나고 김대중 씨의 안전이 확인된 다음에 초미의 관심사는 누구의 소행이냐 하는 것이었다. 국내외 언론 대부분은 중앙정보부를 지목하고 있었지만, 드러내 놓고 언급하지는 못하는 상황이었다. 중정은 중정대로 김대중 씨가 일본에서 끌려올 무렵부터 언론 통제에 신경을 곤두세웠다. 당시 각 언론사를 출입하던 중정 요원들에게 비상이 걸렸다.

1973년 8월 13일 늦은 밤, 김대중 씨가 동교동에 도착했다는 보고가 들어왔다. 나는 빨리 제1보를 내라고 지시했다. 납치 여파로 김대중 씨의 몸이 불편하다는 것까지 보도로 나갔다. 당연히 그날의 톱뉴스였다.

보도가 나가자, 일본 언론이 깜짝 놀랐다. 그들은 아직 김대중 씨의 귀국을 눈치채지 못하고 있었기 때문이다. 당시는 일본 기자들도 동교동 접근이 쉽지 않던 상황이었다. 보도가 나가자, 민주당은 즉각 성명을 내고 납치 음모를 밝히라고 정부에 요구했다.

그로부터 얼마 후 동교동에서 납치사건과 관련해 내외신 기자회견을 한다는 보고가 들어왔다. 이야말로 굉장히 중요한 사건이므로 회견 장면을 방송에 내보내기로 결심했다. 그래서 TV 중계차와 조재필(TV 개국 요원), 구박(1기), 최철주(7기) 기자를 동교동으로 보냈다.

그때 중정에서 기자회견과 관련하여 협조 요청을 해왔다. 말이 협조 요청이지 보도하지 말거나 최소화하라는 보도지침이었다. 특히 생중계는 절대 안 된다고 했다. 어차피 외신 기자들도 많이 참석하기 때문에 회견 내용은 전부 공개될 터였다. 그렇다면 녹화냐 생중계냐는 문제가 될 수 없었다. 녹화는 공정보도 정신에도 어긋나고, TBC 신뢰도에도 문제가 생길 수 있다고 보았다. 더구나 경쟁사가 녹화한다면 우리는 차별화해야 한다고 생각했다. 아무리 생각해도 이런 뉴스를 녹화로 내보는 것은 말이 안 된다는 생각이 들었다. 그것은 우리가 중정에 지레 겁을 먹고 꼬리를 내리라는 것과 다를 바 없었다. 결국 현장 생중계로 마음을 굳혔다.

문제는 생중계로 회견이 나갈 경우 청와대와 중정이 가만히 있지 않을 것이란 점이었다. 오전 10시 쯤, 나는 생중계하기로 결단을 내린 후 편성국장과 상의해 편성 문제를 마무리 지었다. 구체적인 방법도 정한 뒤였다. 당시 보도국엔 내근 기자와 아나운서들만 10여 명 있었고, TBC 담당 기관원은 마침 부재중이었다. 내 생각은 당국이 긴급조치를 취한다면 보도국도 긴급조치를 취한다는 것이었다.

현장과 TV 생중계 준비를 마친 후 나는 보도국장 자리에서 일어나 내근자들에게 소리를 질렀다.

"여길 주목하세요. 지금부터 모든 전화기는 불통이 되게 수화기를 전부 내려놓으세요. 사내 직통 전화도 다 끊어요."

그러고는 내가 시범을 보이며, 책상에 있던 네 대의 전화 수화기를 내려놓았다. 그중에는 사장실 직통 전화도 있었다. 영문도 모르는 직원들이 지시에 따르는 동안 사정을 설명했다.

"김대중 씨의 기자회견을 중계방송하기로 결정했습니다. 그러니 TV 중계방송 도중에 외부에서 어떤 전화가 오더라도 받지 마세요. 알았죠?"

탄성 소리가 터져 나왔다. 모든 내근자가 공정보도를 하게 되었다는 만족감으로 나를 지지해 준 것이다. 당시 기자들은 언론사가 곧잘 중정의 보도 통제에 협조하는 관행을 기자협회 성명을 통해 문제 제기하는 등 불만이 많았다. 생중계를 성공시키면 간부와 기자들 간의 신뢰 회복에도 도움이 되겠다는 판단이 들었다.

텔레비전 생중계를 시작했다. 당시 이 사건에 관심 있던 모든 국민의 시선이 TBC로 모아졌음은 물론이다. 보도국에는 한동안 전화벨 소리 하나 들리지 않았다. 그때 당국은 휴대폰이 없던 시절인지라 보도국 통화가 안 되자 사장실, 중역실로 전화하고 있었다. 중정뿐만 아니라 외무부, 청와대, 문공부까지 나서서 전화했다. 그사이 김대중 씨의 회견 내용이 생생히 방송되었다.

회견이 진행되고 있는데 사장 비서실장이 뛰어 올라왔다.

"전화가 왜 불통입니까?"

내가 사정을 설명하자 그는 홍진기 사장이 통화를 했으면 한다는 메시지를 전했다. 나는 사장실로 전화를 걸어 사정을 설명했다.

"지금 전화가 오고 난린데 괜찮은 건가?"

홍진기 사장도 당황하는 음성은 아니었다.

"어차피, 회견 내용은 외신으로 다 공개될 겁니다. 그러나 몇 시간 보도를 늦게 한다는 건 안 하느니만 못합니다. 지금 시청자 호응도 굉장히 좋습니다. 중정이 공문을 통해 협조 요청한 것도 아니기 때문에 법률적으로도 문제가 안 됩니다."

당시 내 입장에서는 사장이 방송 중단을 지시하면 다른 결심을 해야 할 상황이었다. 그런데 홍 사장 입에서 이런 말이 나왔다.

"잘 알았어. 계속 중계하게."

통화는 거기서 끝났다. 법률적으로도 이것은 우리가 이니셔티브를 쥘 수 있다. 냉철한 판단력을 가진 홍진기 사장다운 결단이었다. 만약 판단력 흐린 사람이 그 자리에 있었다면 지레 겁을 먹고 방송 중단을 지시했을지 모른다. 나는 김덕보 사장에게도 전화를 걸어 상황을 설명했다.

통화가 끝날 무렵 TBC를 담당하는 중정 요원이 허겁지겁 뛰어 들어왔다. 이미 방송이 끝나갈 즈음이었다. 다른 신문사 담당들도 같이 몰려왔다. 그가 흰 봉투를 내밀었다.

"나 오늘부터 사표 내게 생겼습니다. 당신 때문에 난리가 났소. 지금이라도 끊으시오!"

부산MBC 시절 4·19 혁명 보도 때와 비슷한 일이 벌어진 셈이었다. 보도국 내근자들이 중정 요원을 둘러싸는 바람에 팽팽한 긴장감이 감돌았다. 사장까지 오케이 한 마당에 방송을 중단할 이유가 없었다. 나는 고개를 흔들었다. 중정 요원들도 당혹해하기만 했지, 어쩌지를 못했다.

방송이 다 나간 후 중역들의 긴급회의가 열렸다.

"귀띔이라도 해야 했을 것 아니오?"

모든 중역이 이해는 하면서도 후유증을 걱정하는 눈치였다. 별다른 대책이랄 것도 없었다. 나는 생중계한 이유를 담담히 밝히고 법적으로 문제가 없었음을 설명해 주었다.

생중계가 나가자, 중정보다 경쟁사가 더 난리였다. TBC만 편의를 봐주는 거냐고 정부 당국에 항의했다. 보도가 나간 후 일본 외신기자들도 많이 찾아왔다. 보충 취재를 하기 위해서였다.

오후 늦게 중정에서 국내 담당 모 국장이 전화를 걸어왔다.

"당신 엄청난 일을 벌였는데 우리 부장이 대로하셨다. 지금은 아무 얘기도 안 통한다. 각오 단단히 하고 있어야 할 것이다."

가만히 있다가는 무슨 일을 당할지 몰랐다. 그때부터 직접 사태 수습에 나섰다. 모든 사원이 내 입만 쳐다보는 상황이니 수습도 내가 완벽하게 책임을 져야 마땅했다. 나는 부산MBC 시절부터 친했던 김현옥[1], 이낙선[2] 등을 만나 협조를 구했다. 그들이 대화 채널이 되어 중정에 내 의사를 전달했다.

김현옥, 이낙선 씨에게 이런 말을 한 기억이 난다.

"나 하나 모가지 친다고 능사가 아니다. 더구나 이건 어차피 외신으로 다 나간 거다. 골방에 가둬둘 수 없는 뉴스라는 말이다. 이 점을 남산 쪽에 잘 설명해 달라."

다행히 사태는 더 악화하지 않았다. 그러나 이 일이 있었던 후 중정은 국가 안위를 내세워 TBC에 통제와 압력을 가하기 시작했다. 국가 안위란 표현이 참 우스웠다. 본질은 정권 안위였다. 어쨌든 김대중 씨 회견을 생중계한 것은 TBC 뉴스가 경쟁사와의 뉴스 대결에서 시청률, 신뢰도 우위를 더욱 다지는 계기가 되었다.

---

1) 전 부산, 서울시장.
2) 1960년 4월 마산 시위 사태 때 박정희 부산·경남 계엄사무소장의 공보비서. 훗날 국세청장.

## 잊지 못할 한일 권투 시합 중계

나는 초대 주일 특파원으로 나가며 홍진기 사장 앞에서 다짐한 것이 몇 개 있었다. 그 중요한 것이 선진 방송 기법을 배워오겠다는 거였다. 거기에는 당시 일본에서 활성화되고 있던 프로 스포츠 중계 기술도 포함되어 있었다.

도쿄 생활에 어느 정도 익숙해진 후 나는 시간 날 때마다 프로 권투장, 프로 레슬링 경기장을 찾았다. 1966년 어느 날 당시 일본에 체류 중이던 이병철 회장이 나를 불렀다. 매사에 빈틈없는 분이어서 호출을 받고 가면서 긴장이 되었다.

그런데 이병철 회장의 입에서 생각지도 못한 이야기가 나왔다.

"자네, 어제 권투 봤나?"

도쿄에서 이 회장을 뵈면 일본의 정치, 사회, 경제에 대해서만 설명을 드렸다. 이 회장의 입에서 권투 이야기가 나온 것은 처음 있는 일이었다. 직접 경기장에 가진 않았지만, 경기 내용은 알고 있었다. 한국에서 원정 온 선수가 일본의 사이토 선수에게 3회 KO패를 당했었다. 나는 내가 아는 대로 모두 말씀드렸다. 이병철 회장은 아쉬움을 숨기지 않고 이렇게 말했다.

"우리나라에 일본 선수를 누를 선수가 그렇게 없느냐? 일본에 와서 한국 선수가 이기는 경우를 못 봤다. 나도 우리 선수가 지는 걸 보면 속상한데 이곳에 사는 교민들 심정은 또 어떻겠는가?"

"우수한 선수는 찾아보면 있을 겁니다."

"그래? 좋아. 그럼 어제 그 일본 선수를 이길 수 있는 선수를 자네가 직접 찾아보라고. 그래서 한국인의 매운맛을 보여 주는 거야."

(중략 : 면담 후, 전 국장은 눈여겨보던 강춘원 선수와 당시 세계 랭킹 2위였던 사이토 선수와의 대결을 일본 NTV의 협조를 얻어 성사시켰다.)

나는 특파원에서 권투 시합 프로모터가 되었다가, 고라쿠엔 경기장에 시합이 벌어지던 날에는 아나운서가 되어 있었다. 많은 교포가 응원을 나왔다. 경기가 시작되기 전에야 걱정되기 시작했다. 이병철 회장에게는 이긴다고 장담했는데, 만약 지면 내가 뭐가 되나 하는 생각이 들었던 것이다. 더구나 당시 이 회장도 일본에 체류하고 있어 시합을 볼 게 뻔했다. 나는 초조한 마음으로 중계를 시작했다.

1회전은 탐색전이었다. 강춘원의 컨디션은 상당히 좋아 보였다. 2회전부터는 확연히 강춘원의 페이스였다. 스피드에서 강춘원이 사이토보다 두 배정도 빨랐다. 급기야 강춘원이 날린 스트레이트가 2회 2분 만에 사이토 턱에 적중했다. 링에 쓰러진 사이토는 카운트아웃이 될 때까지 일어나지 못했다. 나는 환희에 휩싸였고 일본 아나운서는 충격에 휩싸였다.

(중략)

강춘원의 승리는 시합 자체도 통쾌했지만, TBC의 스포츠 보도나 한국 프로 권투에서 매우 중요한 이정표가 되었다. TBC는 프로 권투가 청취율을 높이는 중요한 프로그램이 될 수 있음을 새삼 인식하게 되었고, 유망주 발굴에 적극 참여할 필요성을 인식하게 되었다. 일본에 가면 지기만 하던 한국 프로 권투도 자신감을 되찾는 계기가 되었다. 나 개인적으로도 한국인이 세계 챔피언이 탄생할 날이 머지않았다는 희망을 품었던 밤이었다.

강춘원의 승리 후, TBC는 한국 방송 최초로 프로 선수 전속 제도를 시행했다. 세계 챔피언이 될 자질을 갖춘 선수를 집중하여 육성하고 아울러 독점 중계를 통해 TBC의 위상을 높이기 위해서였다. (중략) 그 결과 한국도 일본처럼 보도국 예산의 많은 부문을 TV 중계권료로 지출했다.

### 21세기 기자에게 남기고 싶은 말

1960년 4월 마산 시위가 벌어진 그해 나는 스물여덟 살의 부산MBC 보도 과장이었다. 자유당 말기 폭압을 기억하는 사람들은 훗날 나에게 묻곤 했다. 당시 상황에서 어떻게 방송을 중단하지 않을 용기가 나왔냐고. 그때마

4·19 혁명의 도화선이 된 김주열 군의 사망 소식을 듣고 남원에서 온 김 군의 모친을 인터뷰하는 필자(1960.4.)

다 나의 대답은 한결같았다.

"강력한 민심이 뒷받쳐 주고 있는 방송은 어떤 권력도 건드릴 수 없습니다."

그러나 한국의 현대사는 때로 이 진리를 거스르기도 했다. 불행하게도 방송의 영향이 권력의 손에 들어가면 얼마나 무서운 결과를 가져오는지를 권위주의 정권하에서 우리는 너무 많이 보았다. 이런 현상은 앞으로 다시 벌어질 수도 있다. 방송은 특성상 권력이 가장 민감하게 영향력을 행사하려고 하는 매체이기 때문이다. 공정한 방송을 억압하는 세력은 정치권력뿐만이 아니다. 정의를 억압하는 모든 요소가 권력이다. 나는 21세기의 기자들에게 당부하고 싶다. 진정한 기자는 모름지기 이러한 정치권력이나 권력적 요소들이 주는 압력에 맞서는, 또 역사 발전에 대한 소신과 비전을 가진 자존적(自存的) 존재가 되어야 한다고. (TBC)

*　　*　　*

■ (편집자 주) 전응덕(全應德) 국장은 1959년 4월 개국한 한국 최초의 민간 상업방송 〈부산MBC〉의 초대 보도과장으로 재직할 때 마산과 부산 시민들의 3·15 부정선거 규탄 시위를 중계방송 하고 최루탄 파편이 눈에 박힌 김주열 학생의 시신 발견 사실을 특종 보도해 4·19 혁명의 도화선이 되는 데 결정적으로 기여하였다. 이어 1961년 12월 개국한 〈서울MBC〉의 초대 보도과장을 거쳐, 1964년 5월 출범한 TBC의 초대 보도과장에 취임한 후 보도부장, 보도국장을 역임한 10년 동안 TBC 뉴스를 이끌었다. 1954년 부산KBS 아나운서로 방송에 첫발을 디뎠던 전 국장은 훗날 TBC에서 권투와 레슬링 중계방송 진행자로도 명성을 날렸다.

전응덕 국장은 이 회고록이 준비되던 2023년 11월 21일 작고하였다. 이에 동보회는 TBC 뉴스의 발전에 크게 기여한 그의 공적을 기리기 위해 2002년에 발간한 그의 자서전[3]에서 TBC 뉴스 관련 내용의 일부를 유족의 허락을 받아 발췌해 여기에 게재한다. 이 글의 제목은 전 국장의 저서 제5부의 제목을 따온 것이다.

---

3) 전응덕 (2002). 〈이 사람아 목에 힘을 빼게: 방송, 신문에서 광고까지, 1인 3역의 뜨거운 50년〉. 서울: 중앙 M & B. 100-101, 187-192. 245-248 발췌.

# TBC 1기 기자가 본 1960~1970년대 정치와 방송

**강용식** | 보도국장, TBC 1기
- KBS 보도본부장
- 문화관광부 차관
- 전국구 의원(제12, 14, 15대)
- 민정당 노태우 대표 보좌역

나는 한국에서 '방송기자'라는 말이 생소하던 시절에 방송기자가 됐다.

1960년대 초에 '기자' 하면 당연히 신문기자를 가리켰다. 농촌사회에서 산업사회로 막 진입하던 그 당시에는 대학을 졸업해도 직장 얻기가 하늘의 별 따기였다. 직종도 인문계 출신이 갈 수 있는 곳은 은행이나 큰 회사 몇 군데와 신문사 정도였고 경쟁률도 매우 높았다.

1964년 이른 봄, 대학 졸업 후 취업하려고 신문 구인란을 훑어보고 있었는데 한 친구가 찾아왔다. 이병철 씨가 라디오 방송을 만들고 TV 방송국도 세운다며, 지금은 방송이 신문보다 영향력이 약하지만 앞으로는 전파 매체의 힘이 커질 것이라며 시험을 보라고 권유했다. 나는 기자 하려면 신문사에 들어가야지 방송국에 갈 이유가 뭐냐며 대수롭지 않게 반응했다. 그러나 취업이 워낙 어려웠던 시절이라, 일단 시험을 보고 합격하면 그때 가서 결정하기로 하고 시험을 봤다.

최선을 다한 결과, 나는 1964년 4월 11일 〈라디오 서울(RSB)〉에 기자직 공채 1기로 입사했다. 나를 포함해 모두 9명이 선발됐다. 그 후, 타 분야로 공채된 2명이 보도과(課)에 합류, 1기생 기자는 11명이 되었다.[1] 기자 직종의 경우, 100대1이 넘는 경쟁 속에서 유능한 인재를 확보하는 데 성공, 외부 영입 인사들과 함께 좋은 시너지 효과를 얻어 낼 수 있었다. 이 밖에 아나운서, PD, 성우 등 40여 명의 1기생이 선발돼 기초 방송 인력을 확보함으로써, TBC 동양방송에서 중추적 역할을 하게 되었다.

1965년 9월 중앙일보 창간을 계기로 〈라디오 서울〉이 서소문 신사옥에 입주하면서 RSB 기자들은 동양텔레비전(DTV) 보도과로 전보됐던 기자들과 다시 합류해 라디오와 TV 뉴스를 본격적으로 제작하기 시작했다. 〈라디오 서울〉은 훗날 신문-라디오-텔레비전으로 구성된 〈중앙매스컴〉 중에서 처음으로 전문 인력을 확보한 미디어였다.

## 녹음기 조작 서툴러 첫 취재 실패

〈라디오 서울〉이 개국한 1964년 5월은 정부가 추진하던 '한일협정 체결'에 야당과 학생들이 굴욕 외교라며 반대하고 나서 사회가 뒤숭숭하던 때였다. 개국 첫날 최두선 내각이 총사퇴하자 박 대통령은 제3공화국 2대 국무총리에 정일권 외무장관을 임명했다.

나는 취재 지시를 받고 신임 총리의 소감을 녹음하기 위해 공관으로 달려갔다. 이미 다른 회사 기자들도 와있었다. 그런데 정 총리가 소감을 말하기 전에 가지고 갔던 녹음기의 테이프가 돌지 않고 불도 켜지지 않는 것이었다. 입사 후 신입기자로서 두 달 동안 열심히 기초 교육을 받고 녹음기 조작만큼은 자신 있다고 생각했는데 앞이 캄캄했다. 나는 옆방으로 뛰어가 회사에 전화를 걸었다. 신입기자들을 혹독하게 교육했던 윤명중(RSB 개국 요

---

1) 기자직 공채 1기는 강용식, 김성호, 김우철, 노계원, 박영술, 석종현, 이돈형, 이희준, 임웅식. 나중에 PD 1기 공정원, 아나운서 1기 구박이 보도과에 합류했다. 1기 아나운서는 9명이었다. 중앙일보 · 동양방송사사 편찬위원회(1985), 〈중앙일보 20년사 동양방송 17년사〉 850, 965쪽.

원) 선배는 "배터리 체크는 하고 나갔나? ON과 Record 버튼을 함께 누르고 마이크 스위치를 올렸나 확인해 봐!"

나는 다시 허둥지둥 정 총리가 있는 응접실로 뛰어갔지만, 기자들이 나오고 총리는 총총히 2층으로 올라가고 있었다. 나의 첫 방송 취재는 실패로 끝나버리고 말았다. 신문기자는 수첩과 펜만 주머니에 넣고 다니면 됐지만, 라디오 방송기자는 묵직한 녹음기를 어깨에 메고 현장에 가야 했다. 라디오 기자라 카메라는 필요 없었지만, 1인 2역을 해야 했다. 카세트 녹음기가 없던 시절, 릴 테이프 녹음기는 무려 10kg이나 됐다. 방송뉴스는 신문과 달리 팀워크의 산물이란 사실을 나는 취재 첫날부터 실감해야만 했다.

기자가 처음 배치되는 경찰서에 나가 보니, 간부들이나 형사들이 신문기자들은 익히 알고 대접도 해 줬지만, '방송기자'란 말은 낯설어했다. 특히 〈라디오 서울〉이라고 말하면, 무슨 전파사 이름으로 착각하는 형사들도 있어 취재에 애를 먹은 적이 한두 번이 아니었다. 내가 직업을 잘못 택한 것이 아닌가 생각하니 맥이 빠지고 서글퍼지기도 했다.

### 시위 현장 감정 억제하고 객관적으로 보아야

개국 11일째이던 1964년 5월 20일, 서울 시내에서는 한일 국교 정상화를 반대하는 대학생들의 시위가 거세지고 있었다. 나는 가방만 한 녹음기를 둘러메고 9개 대학 2천여 명이 모여 시위하던 동숭동 서울문리대 캠퍼스로 달려갔다. 학생들과 경찰이 일진일퇴를 거듭하면서 돌과 최루탄이 난무하는 격전장으로 변했다. 시위대와 경찰 사이에 끼어 있던 내 앞에서 최루탄이 터지고 경찰들과 학생들이 던진 돌을 맞고 쓰러졌다.

그 순간, 내 머리에는 4년 전 4·19 때 스크럼을 짜고 광화문을 거쳐 경무대(청와대의 옛 명칭)로 뛰어가던 장면이 떠올랐다. 경무대 앞 전차 종점 부근에 다다르자 갑자기 총소리가 나기 시작했다. 첫 발포였다. 모두 땅바닥에 납작 엎드렸다. 선두에 섰던 학생 몇 명이 피를 흘리며 쓰러지고 부상자들을 업고 뛰는 학생들이 울부짖었다.

다시 현실로 돌아온 나는 일진일퇴를 거듭하는 충돌 현장을 더 이상 버틸 수 없어 내가 다녔던 대학 도서관 옥상으로 올라가니 시위 현장이 한눈에 들어왔다. 시위 취재는 큰 흐름만 보고 취재하면 되고 충돌이나 불상사가 생기면 그때 접근해서 취재해도 늦지 않는다는 요령을 처음으로 터득했다.

4년 전 경무대 앞에서 총을 맞고 쓰러지는 동료 학생들을 본 나는 격한 감정을 억누를 수 없었다. 그러나 기자가 된 지금 나는 현장에서 보는 그대로 객관적으로 전하는 것이 나의 직분이었다. 입사 한 달도 안 된 그때 나는 사건 현장에서 한 사람의 시민과 기자로서 겪는 심적 갈등이 기자의 숙명이란 사실에 처음 직면했다.

### 국회에서 '이상과 현실 괴리' 첫 목격

경찰서 출입 반년 후 나는 1965년 1월부터 임시로 국회를 출입하기 시작했는데, 결국 야당 출입 7년, 여당 2년 등 9년 동안 국회를 취재하게 됐다. 1975년까지 국회의사당은 현재 서울 시청 서쪽 태평로에 있는 서울시 의회 건물에 있었다. 새해 벽두부터 한일협정 비준안과 월남 파병안으로 국회에서 여야가 대립하고, 경찰 대신 군부대가 치안을 유지하기 위해 동원되는 등 정국이 어수선한 분위기였다.

1965년 8월 11일, 국회가 한일협정 비준안을 심의하던 5일째 되던 날 밤이었다. 여당이 비준안을 전격 통과시키려고 하자, 야당 의원들이 의장석으로 몰려가 의사봉과 마이크를 빼앗고 몸싸움이 벌어져 본회의장이 난장판으로 변했다. 마침 발언대 근처에 있던 나는 녹음기를 켜고 격투장이 된 민관식 위원장석으로 올라갔다. 옥신각신 끝에 여당 의원의 동의가 있은 지 1분 만에 비준안이 전격 통과됐다. 야당 의원들은 분을 참지 못해 책상을 치며 통곡했다. 그 사이 총리와 국무위원들은 멋쩍은 표정으로 회의장을 빠져나갔다. 내가 국회에서 처음 목격한 날치기 통과였다. 이 장면은 한

때 법학도였던 내가 기자로서 이상과 현실의 괴리를 사건 현장에서 처음 목격한 것이어서 실망감이 컸다.

다음 날 새벽 회사로 돌아와 녹음기를 켜자, 민 위원장이 "찬성하는 분, 손을 들어 주세요.", "정부 원안대로 통과를 선포합니다."라고 말한 부분이 의원들의 아우성과 뒤섞인 채 또렷이 들렸다. 민 위원장의 생생한 목소리는 그날 아침 라디오 뉴스에서 방송됐다. 방송기자만이 맛볼 수 있는 녹음특종이었지만, 마음 한구석은 편치 않았다. 이틀 후, 비준안은 야당이 불참한 가운데 국회 본회의에서 통과됐다. 대학들이 비준 저지에서 국회 해산 투쟁으로 전환하자, 서울에 위수령이 발동되고, 무장한 군인들이 캠퍼스에 진입한 뒤 휴교령이 내려졌다.

## '3선 개헌안' 기습 통과는 TBC 최대의 낙종(落種)

1969년 3선 개헌은 5·16 쿠데타로 정권을 잡은 박정희 대통령에게 장기 집권의 문을 열어주고 1972년 유신체제로 가는 발판을 마련해 주었다. 그런데 TBC-TV는 이 역사적 현장을 놓치고 말았다. 그것도 라이벌인 MBC-TV에 완패하고 만 것이다. TBC 최대의 낙종이었다.

1969년 1월 윤치영 공화당의장서리는 기자회견에서 '조국 근대화와 민족 중흥'을 위해 강력한 지도력이 필요하다며 대통령 연임 금지 조항의 개정 필요성을 언급했다. 이에 김영삼 신민당 원내총무는 어떤 종류의 개헌도 반대한다고 천명했다. 5월 3일 야당이 개헌 반대 첫 유세에 나서자, 박 대통령은 7월 "개헌은 국민의 자유권으로 결단할 문제"라고 밝히고, 국민투표로 신임을 묻고, 부결되면 자신과 정부는 즉각 퇴진하겠다."라고 밝혔다. 이어 정부가 개헌안을 공고하자 야당과 재야 세력이 전국에서 개헌 반대 운동에 돌입하면서 정국이 극한 대치 상황으로 치달았다.

표결 예정일이 9월 13일로 정해졌을 즈음 TBC 국회 취재팀은 전국에서 벌어지는 유세 현장도 취재해야 했기 때문에 매우 지쳐있었다. 9월 10일 개헌안 상정일부터 3일 동안 거의 밤을 새우다시피 했다. 개헌안 토론을 녹화 편집해 TV 밤 9시 뉴스에 방송하고, 다음 날 아침 TV 뉴스와 라디오 〈뉴스 전망대〉에 직접 출연하는 등 정신없이 돌아갔다.

표결하는 날, 야당이 단상을 점거한 상황에서 표결 시점을 둘러싸고 여야 의원, 취재진 모두가 신경전을 벌였다. 나는 여당의 표결 강행 준비와 야당 의 저지 전략을 취재하기 위해 본회의장, 여야 원내총무실, 당사를 수시로 드나들었다. 그날 표결 순간을 놓치면 그해 1년 내내 고생한 보람이 물거품 이 되고 TBC는 치명타를 입을 상황이었다. 밥 먹을 시간도 없었다. 4명의 취재팀 모두 나흘째 밤을 꼬박 새워서라도 결정적 순간을 포착해야 한다는 각오를 다지고 있었다.

그러나 밤이 깊어 가도 유언비어만 난무했지 언제 표결이 시작될지 감을 잡을 수 없었다.

자정이 지나 5분쯤 되었을까. 이효상 국회의장이 퇴근하기 위해 의사당 정문으로 나가고 있었다. 기자들이 앞을 가로막고 가는 곳을 물었다. 이 의 장은 "밤 12시가 넘었으므로 13일 본회의는 자동 산회됐습니다. 일요일 본 회의는 재적의원 4분의 1의 요구로 열 수 있으나 그렇게 하려면 공고 기간 이 필요하기 때문에 어렵습니다."라는 말을 남기고 총총히 의사당을 빠져 나갔다.

국회사무처 직원들도 퇴근했고, 거리에 있던 사복형사들도 철수했다. 기 자들은 대체로 이 의장의 말을 믿는 분위기였다. 독실한 가톨릭 신자인 이 의장이 기자들 앞에서 공개적으로 거짓말을 할 리가 있겠느냐는 기자도 있 었다. 무엇보다 일요일에 국회 본회의를 연다는 것은 법적으로나 상식적으 로 생각할 수 없는 일이었다.

TBC 취재팀은 조광현(RSB 개국 요원) 국회 취재반장이 취재진을 소집해 회의를 열었다. 결론은 이 의장의 말과 여러 상황을 종합할 때 일요일은 D- 데이가 아닌 것 같으니, 김옥상 촬영기자 1명만 본회의장에 남기고 나머지

3명은 일단 귀가하자는 것이었다. 그런데 공교롭게 그날 밤 나는 보도국 숙직 차례였다. 당시 TBC 기자들은 매주 한 번 숙직했는데 개헌안 취재로 나흘간 밤을 새웠던 나는 또 밤을 새워야 할 처지였다. 그날 오후 나는 정경부장에게 애원하다시피 숙직 교대를 요청했으나 성과가 없었다. 서소문 TBC 보도국으로 돌아오니 새벽 1시였다. 아침 뉴스에 나갈 원고를 챙기고 2시쯤 딱딱한 보도국 책상 위에 이불을 펴고 새우잠을 청했다. 깊은 잠에 빠져 있었는데 전화벨이 요란스럽게 울렸다. 반사적으로 전화기를 들었다.

"강 형, 무엇하고 있어요. 다 끝났는데."

중앙매스컴에 출입하던 정보요원 K 씨였다.

"뭐가 끝났다는 말이에요? 무슨 말입니까?"

"조금 전에 제3별관에서 다 끝났어요. 빨리 나가 보세요."

순간, 나는 머리를 한 대 세게 맞은 기분이었다. 급히 배차실에서 차를 얻어 타고 태평로 의사당으로 달려갔다. 새벽 3시 반이었다.

인적 없던 태평로 의사당 앞길에 야당 의원들과 당원들의 격앙된 외침만 울려 퍼지고 있었다. 나는 어떻게 된 것인지 알 수 없어 기자실로 뛰어갔다. 우선 새벽 5시 라디오 뉴스에 내보낼 1보가 문제였기 때문이다. 기자실은 도떼기시장처럼 야단법석이었다. 표결 현장에는 기자 몇 명만 들어갔기 때문에 나머지 기자들은 풀(pool)을 받을 수밖에 없었다. 더 뼈아팠던 사실은 경쟁사인 MBC 취재기자와 카메라맨이 현장에 들어가는 데 성공했다는 것이었다. 나는 아찔했다. 우리 팀은 현장에 아무도 없었다. 나는 일찍이 이렇게 허탈감을 느낀 적이 없었다. 한마디로 망연자실, 넋이 나간 사람처럼 서 있었다.

곧 정신을 차린 나는 신아일보 김희진 기자로부터 국회의사당 제3별관에서 벌어진 일을 비교적 소상히 메모할 수 있었다. 당시, 제3별관은 지금 무교동에 있는 파이낸스빌딩 자리에 있었다. 김 기자는 공화당 출입기자단

간사로 현장을 목격한 기자 중의 한 사람이었다. 현장에 있던 기자도 몇 명 안 돼서 그들에게서 내용을 풀 받는 것도 경쟁이었다.

## 개헌안 변칙 통과와 낙종 울분 회사에 화풀이

새벽 첫 5시 TBC 뉴스가 나갔다.

"일요일인 오늘 새벽 2시 50분, 3선 개헌안이 국회 제3별관에서 기습적으로 변칙 통과됐습니다." 내 목소리는 떨리고 있었다. 개헌안의 찬반 내용이 문제가 아니었다. 통과 과정의 변칙성, 일요일 새벽이라는 충격, 배신감, 낙종에서 온 패배감, 한계에 달한 피로가 겹쳐 제대로 말을 잇지 못했다.

그날 라디오 뉴스는 매시 방송됐으나, TBC 아침 TV 뉴스는 역사적 장면을 보여 주지 못해 TBC 기자들은 MBC TV의 특종 화면을 지켜볼 수밖에 없었다. 그날 야당 의원들은 본회의장, 국회의장실, 국회의장 공관에 들어가 분노를 이기지 못해 기물을 모조리 부숴 버렸다.

아침 뉴스를 대충 마무리한 나는 신민당 원내총무실로 올라갔다. 개헌 저지의 원내 사령탑인 김영삼 총무가 홀로 앉아 있었다. 그의 눈에서 눈물이 주르르 흘러내리고 있었다. 9개월여 개헌 반대 투쟁이 물거품 된 데에 대해 만감이 교차하는 순간이었을 것이다. 아니면 우리나라 민주화의 앞날에 닥쳐올 어두운 그림자를 예견하고 새로운 각오를 다지는 눈물이었을지 모른다. 나는 숙연한 분위기에 압도돼 김 총무에게 접근하지 못하고 물끄러미 쳐다보다가 발길을 돌리려는데 회사에서 정경부장이 찾는다는 전언이었다. 오전 9시 뉴스도 직접 리포트 해 달라는 요청이었다.

"지금 리포트가 문제입니까? 이래도 되는 겁니까? 이런 식으로 정치를 끌고 가서 어떻게 하자는 겁니까?"

어리둥절해하는 정경부장에게 나는 기자의 직분을 망각하고 참았던 울분을 한꺼번에 터뜨리고 말았다.

나중에 알게 된 사실이지만, 여당 의원들은 TBC 팀이 일단 귀가하기로 결정한 자정 바로 그 시각부터 행동을 개시했다. 상임위원회별로 대기 중이던 각 호텔을 떠나 삼삼오오 무교동에 있던 국회 제3별관에 집결했다는 것이다. 별관에는 삼엄한 경비 속에 이미 기표소가 마련돼 있었다. 새벽 2시 30분 제3별관 3층에 모인 여당 의원들은 불과 20분 만에 개헌안과 국민투표 법안의 투·개표를 모두 마치고 쫓기듯 뿔뿔이 헤어져 버렸다는 것이다. 122명이 모인 자리에서 찬성 122, 반대 0표였다. 속기사 1명과 기자 몇 명만 있었다고 한다.

당시, 현장을 목격한 신아일보 김희진 기자가 회고한 바에 따르면, 이날 표결이 얼마나 치밀하게 미리 준비됐는지를 알 수 있다. 그날 밤 11시쯤 공화당 원내총무실 소파에서 잠을 청하고 있던 김 간사는 김재순 대변인이 들어와 잠시 보자고 해서 대기 중이던 지프차를 타고 공화당사로 향했다. 지프차에는 합동통신 기자를 포함해 기자 서너 명이 타고 있었다. 당사에 도착한 김 대변인은 기자실에서 대뜸 "오늘 역사적인 개헌안이 통과되었습니다."라며 준비된 성명 초안을 읽었다. 그는 사태가 끝날 때까지 외부와는 절대로 연락하지 말라고 당부하고 표결 현장으로 데리고 갔다고 한다. 기자 일행이 도착한 것을 확인한 이효상 의장이 즉각 본회의 개회를 선포하고 일사천리로 회의를 진행했다는 것이다.

화면 특종을 한 MBC 취재팀은 여당 의원들을 끈질기게 추적한 끝에 호텔에서 집결 장소와 시간을 문틈으로 엿듣고 제3별관에 진입할 수 있었다고 한다.

이것이 내가 보고 들은 한국 민주주의에 중대 오점을 남긴 3선 개헌안 통과의 전말이다. 특종, 낙종을 떠나 결과적으로 언론이 3선 개헌안 통과의 증인으로 이용당했다는 것은 엄연한 사실이며, 권력 감시자로서 언론의 한계를 여실히 보여 준 사건이었다.

그 후에도 날치기 통과는 국회에서 고비마다 자행되었다. 이러한 변칙적 관행은 민의의 전당인 국회에서 국민 대표성이 작동하지 않는 한국 정치의 고질적인 병폐로 60년이 지난 오늘날까지도 시정되지 않고 있다. 법의 정신을 왜곡하는 의회정치의 후진성은 여전하다.

### 유신체제 막바지 중정(中情)의 언론 탄압 노골화

도쿄 특파원이었던 나는 3년 반 만인 1979년 1월 TBC 보도국장 직무대행으로 임명받고 서울로 돌아와 실질적으로 보도 책임자 역할을 했다.

보도국장이 된 뒤 나는 일본에서 생각하던 아이디어를 하나씩 의욕적으로 추진해 나갔다. 그러나 당시 언론과 사회 분위기는 암울했다. 1년 전 통일주체국민회의에서 대통령에 재선출된 박 대통령은 내가 귀국하기 한 달 전인 12월에 제9대 대통령으로 취임했으나, 6년 동안 계속된 유신체제하에서 국민의 불만과 저항이 점차 커지고, 야당과 언론에 대한 감시와 탄압도 더욱 심해지고 있었기 때문이다.

어느 날, 중앙정보부가 언론사 편집국장, 보도국장들을 호텔에 모아 놓고 '협조'를 요구했다. 그때는 이런 일이 자주 있었기 때문에 그날 협조 내용이 잘 기억나지 않으나, 끝날 무렵 모임을 주재했던 중앙정보부 차장의 협박조 말은 생각난다.

"요즈음 몇 달 동안 우리 중정(中情)에서 기자들을 데려가는 일이 없었습니다. 그러나 국장님들이 잘 협조 안 해 주시면 다시 데려가지 않는다고 보장할 수 없습니다."

이런 말이 공공연하게 전달돼도 누구 하나 반론을 제기하지 못한 그런 시절이었다.

### YH 사건으로 보도국장 취임 6개월 만에 쫓겨나

1979년 5월 30일 신민당이 전당대회에서 김영삼 씨를 총재로 선출한 뒤부터 김 총재에 대한 탄압이 급피치를 올리고 있었다. 그러다 그해 8월 9일 이른바 'YH 사건'이 터졌다.

YH무역의 여공 187명이 마포 신민당사에서 회사 폐업에 반대하며 농성을 벌인 것이다. 사흘 후인 8월 11일 토요일, 경찰은 신민당사에 진입해 농성 중이던 여공 전원을 강제로 해산시켰다. 불행히도 이 과정에서 여공 1명이 사망하고 다수가 부상했으며 국회의원과 기자들이 구타당하는 등 불상사가 발생했다.

당시 신문들은 이른바 닭장차(경찰 호송차)에 끌려가면서 울부짖는 여공들의 모습, 피투성이가 된 기자들, 구타당하는 국회의원들의 사진을 크게 싣고 사건 내용을 대서특필했다. TV 중에서는 TBC가 위험을 무릅쓰고 밤 9시 종합뉴스에 10여 분간 현장 화면과 함께 자세히 보도했다(노재성 기자 회고담 참고). 이 보도로 TBC의 이민희, 노재성 기자가 현장에서 곤욕을 치르고 노 기자는 머리에 심한 상처를 입고 입원까지 해 보도국 기자들이 격앙됐었다.

문제는 일요일에 발생했다. 나는 휴일이었던 그날, 아파트 옆 동에 살던 친구 집에서 오랜만에 귀국한 동창과 어울리다 자정 가까이 귀가했다. 나는 친구들과 얘기하면서도 뉴스를 계속 모니터했고, 오후에는 보도국에 전화를 걸어 별일 없다는 보고를 받기도 했다. 당시는 아직 기자들이 데스크와 전화로 연락하던 시절이었다.

아니나 다를까, 월요일 이른 아침 홍두표 전무로부터 전화가 왔다. 회사가 발칵 뒤집혔는데 어제 어디 갔었느냐는 것이었다. 나는 친구 집에 있어서 연락이 안됐다고 사과한 다음, 도대체 무슨 일이냐고 묻자, 신민당사 농성 보도 때문에 대통령이 진노해 큰일 났다는 것이었다.

나는 출근 즉시 당직 책임자인 박광춘 차장으로부터 보고를 받았다. 일요일 오후 5시 30분 뉴스 시간에 신민당사에서 국회의원들이 YH 사건에 항의하며 농성하는 장면을 방송하자 중앙정보부에서 다시 내보내지 말라는 연락이 여러 번 왔고, 홍 전무로부터도 연락을 받았지만, 보도국 기자들의 강력한 요구를 뿌리치지 못해 결국 밤 9시 종합뉴스 시간에 다시 낼 수밖에 없었다는 것이다.

나는 방송 나간 필름을 자세히 봤다. 비디오카메라가 없던 시절이라, 뉴스 영상은 모두 필름으로 제작됐다. 불과 1분 20초의 영상이었는데 농성 참여자들이 강당에서 머리띠를 두르고 있는 모습과 연단 위에 '정권 말기적 발악 단호히 분쇄하자'라는 구호가 쓰여 있었다. 당사 밖에는 태극기에 검은 리본을 매단 조기 모습이 보였다. 이 영상은 뉴스 감각이 뛰어난 박충 촬영기자가 찍은 것이었다. 난 이것이 무엇이 문제인가 의아하게 생각하며 아침 편집회의에 참석하기 위해 홍진기 회장실로 갔다.

당시, 중앙매스컴은 매일 아침 8시에 편집회의를 열었는데 홍 회장이 직접 주재하고, 신문 주필, 신문 편집국장, 방송 보도국장이 참석해 그날 신문, 방송의 제작 방향을 논의하고 지침이 시달되는 중요한 회의였다. 홍 회장은 "네가 보도국장이냐, 방송에 일요일이 얼마나 중요한데 출근도 하지 않고, 이놈 당장 나가! 나가!" 고함 소리에 나는 절만 꾸벅하고 물러날 수밖에 없었다.

홍 회장이 화가 난 것은 뉴스 내용보다 문공부 장관의 호출을 받았기 때문이었다. 신문, 방송을 총괄하는 책임을 지고 있던 홍 회장에게 출근하자마자 장관실로 오라는 전갈이 있었고, 보도국 뉴스 때문이었다는 설명을 듣고 대로한 것이었다.

그날 홍 회장, 김덕보 사장, 홍두표 전무가 김성진 장관실로 갔다. 김 장관은 홍 회장만 보겠다고 했다. 두 사람의 대화 내용은 알 수 없으나, 그 후 TBC 주변에서는 "삼성을 그만두겠소, 방송을 그만두겠소."라는 심한 말까지 나왔다는 이야기가 퍼졌다.

시말서 정도로 생각하고 펜을 잡고 있던 나는 그날 오전 보도국장에서 전격 해임됐

도쿄 특파원 시절 홍진기 회장과 함께(1978.9.)

다. 참으로 받아들이기 어려운 일이었다.

공채 1기생으로 입사 15년 만에 보도국장이 된 것은 빠른 승진이었는데 승진 6개월 만에 낙마하는 비참한 신세가 된 것이다.

나는 훗날 퇴임한 김성진 장관과 정보 기관원들한테서 이 사건의 자초지종을 직접 들을 수 있었다. 육영수 여사를 잃은 뒤 박 대통령은 외로움을 느끼게 되었고, 정국이 경색되자 신경이 매우 예민해져 있었다고 한다. 대통령은 YH 사건이 일어난 다음 날 오후 TBC 박종세 아나운서가 중계하는 야구 중계를 봤다. 중계방송이 끝난 뒤 바로 TBC 뉴스가 나갔는데 TV 화면에 신민당사에 달린 조기와 강단 연단 위에 붙어 있던 '정권 말기적 발악'이라는 구호를 보고 크게 화를 냈다고 한다. 호출받고 청와대로 달려간 김 장관에게 박 대통령은 TBC 뉴스를 봤냐고 다그치고 심한 말로 김 장관을 질책했다고 한다.

김 장관은 '박 대통령을 10년 가까이 모셨지만, 그날같이 심한 꾸지람을 듣기는 처음'이라고 했다. 그 자리에서 박 대통령은 김 장관에게 다음과 같이 말했다고 한다.

"이병철 회장이 국가를 위해 도움이 될 것이라고 해서 신문 방송을 허가해 줬더니 YH 사건이 무엇이라고 뉴스 시간마다 내나? 방송 문 닫으라고 해! 신문도 그만두라고 해!"

나는 지금도 그때 문제가 된 뉴스 필름을 보관하고 있다. 아무리 유신시대였다고 해도 그날 뉴스가 한 방송사 보도 책임자의 목을 날려버릴 정도로 잘못된 것으로는 생각하지 않았다. 돌이켜 생각하면, YH 사건과 이를 처음 생생하게 보도한 TBC-TV 뉴스, 그리고 보도국장 해임은 불과 두 달 후에 일어날 10·26 사건의 전조였다. (TBC)

# TBC 뉴스와 어전회의(御前會議)

**김우철** | 보도국 편집제작부장, 1기

- TBC 사회부장
- KBS 보도본부 부본부장
- KBS 제작단 사장
- KBS AMERICA 사장

## 잊지 못할 식사 자리가 역사 속으로

이병철 회장은 가끔 방송 보도국, 신문 편집국 간부들을 3층 회의실로 불러 점심을 함께했다. 중앙매스컴센터 3층에는 이 회장의 집무실과 고위 임원실 및 회의실이 있는데 회의실이 가끔 식당으로 전용된다.

당시 참석자들은 너 나 할 것 없이 이를 '어전식사'라 이름을 지었다. 이 회장이 주재하는 회의도 회의지만 이 어전식사는 매우 조심스럽고 부담스러운 자리여서 참석자 모두가 될수록 피하고 싶은 그런 자리다. 그런데 피하려고 해도 피할 수가 없다. 피치 못할 사정으로 빠진다 해도 자신에게 조그만 불이익이 주어질지 몰라 노심초사한다.

이병철 회장은 어느 날 보도국 간부들을 불렀다. 이방원 보도국장, 김성호 정경부장, 이희준 사회부장, 노계원 외신부장, 그리고 편집제작부장인 필자였다.

식사는 정갈한 소찬이었던 기억이 난다. 식사 내내 모래알 씹는 느낌이었다. 식사를 마치고 이병철 회장이 입을 열었다.

"너거 뭐 할래?" 한마디 던진다.

무슨 뜻인지 종잡을 수가 없었다. 대답을 선뜻 못 하고 있으니, 한 사람

한 사람 이름을 부르며 차례로 물었다.

그 질문에 무엇이라고 대답했는지 기억이 나지 않으나 다만 김성호 정경부장은 "나중에 책을 쓰겠다"고 대답을 한 것으로 기억한다. 김 부장은 이회장 앞에서 말한 그대로 말년에 여러 권의 책을 펴냈다.

우리의 대답이 끝나자, 이 회장이 다시 입을 열었다.

"느그들 봐라! 보도국장은 하나데이. 삼성에는 자리 많다."

그제서야 아차! 그런 말씀이었구나 하고 속으로 생각되었다. 원하면 언제나 삼성 쪽에 갈 수 있다는 말이었다. 우리의 장래를 생각하며 건넨 말씀이었다. 회사 내에서 보도국 간부들의 희망 진로를 파악하고 걱정하는 그런 일문일답이었다. 그리고 그 후에 1기생 입사 동기인 이희준 사회부장은 삼성 쪽으로 진로를 바꿔 그룹 홍보 부문 최고위 자리까지 올랐다.

어전식사 자리가 가끔 식사 후에는 중앙매스컴의 주요 사업이나 정책 방향을 논의하거나 편집국과 보도국의 편집 방향을 결정하는 확대간부회의 이른바 어전회의 기능도 하는 그런 자리가 되기도 한다. 어전회의 결과에 따라 보도국 편집회의에서 이미 결정된 뉴스 제작 및 편집 방향이 대폭 수정되는 경우도 종종 발생한다. 이 때문에 중앙매스컴 식구들에게는 3층 어전회의 동향 파악에 귀를 기울이는 관행이 형성되기도 했다.

어전회의 동향에 귀 기울이는 또 다른 이유는 중앙매스컴 3층은 국내 고급 정보는 물론 주식 시장의 시시콜콜한 정보까지 다 모이는 정보의 집산지이기 때문이다. 정보 보고는 기자의 업무 중 하나이다. 그래서 편집국 기자와 보도국 기자들은 담당 부서장에게 경쟁적으로 정보 보고를 한다. 수집된 각종 정보는 어느 정도 검증 과정을 거쳐서 보고 계통을 통해 3층 어전회의에 수시로 보고되었고 이 정보는 회사 경영에 활용되었다.

이병철 회장은 이제 고인이 되었고 삼성은 그의 경영철학을 이어받아 3세 경영 시대로 가면서 세계적인 기업이 되었다. 세월은 이렇게 흘러갔지만, 우리들의 장래를 걱정해 주었던 이병철 회장의 어전식사(御前食事)는 지금도 내 마음속에 깊이 남아 있다.

1965년 9월 22일 준공된 중앙매스컴센터, 이병철 회장이 참석한 가운데 3층에서 어전회의가 열렸던 중앙매스컴 빌딩, 5층에 보도국이 있었던 그 건물이 지역 재개발사업으로 역사 속에 파묻혔다.

### 강골의 기자 전응덕 보도국장

"모든 전화기를 꺼라."

김대중 납치 사건은 1973년 8월 8일 당시 박정희 대통령의 최고 정적이자 야당 지도자였던 그를 일본 도쿄 그랜드 팔레스호텔에서 한국으로 납치해 간 사건이었다.

당시는 언론이 통제받는 혹독한 유신 시절이었다.

당연히 보도 금지였다. 정치부 기자들은 앞다투어 동교동 자택으로 몰려갔다. 전응덕 보도국장은 놀랍게도 김대중의 기자회견을 중계방송하라고 지시했다. 보도국 내 많은 기자가 의아하게 생각하고 경악을 금치 못했다.

동시에 보도국 내 모든 일반전화와 구내전화기의 수화기를 책상 위에 내려놓으라고 지시했다. 여러 군데서 걸려 올 전화를 끊어버린 것이다. 여기서 말하는 여러 군데란 회사 경영진은 물론 청와대, 정보 당국 및 방송 관련 부처 등을 말한다.

보도가 나가자, 당시 홍진기 사장은 놀라서 보도국장석으로 전화했지만 불통이었다. TBC의 첫 보도로 '보도 금지'란 금기사항은 깨지고 다른 매체들도 앞다퉈 속보를 내기 시작했다.

TBC 보도국 내에는 무거운 침묵과 불안·초조의 시간이 흘러가고 있었다. 이미 물은 엎질러지고 있었다.

그런데 놀랍게도 아무 일도 일어나지 않았다. 이렇게 TBC의 특종이 탄생한 순간이었고 드디어 유신의 종말이 다가오고 있었다.

나중에 홍진기 사장은 전웅덕 보도국장에게 "자네, 그런 용기는 어디서 나왔나?" 하면서 그를 더욱 아꼈다는 뒷얘기를 들었다.

전웅덕 보도국장은 TBC에 몸담기 전, 부산MBC 보도과장으로 재직할 당시 1960년 3월 15일 마산의 부정선거 규탄 시위 사건을 현장 녹음을 활용해 생생하게 보도한 경력의 소유자다. 마산의 부정선거 규탄 시위가 보도된 한 달 후에 서울에서 4 · 19 민주화 운동이 일어났다. 이 같은 그의 공로가 인정되어 4 · 19 혁명 기념사업회로부터 '4 · 19 혁명 정의상'을 받은 바 있다.

불의에 굽히지 않는 강골의 기자 전웅덕 국장은 얼마 전 고인이 되었지만, 그의 놀라운 용기와 판단력, 그리고 지도력이 더욱 그리워진다.

### 박정희 대통령과 깜짝 인터뷰

1968년 봄.

나는 기획원에서 서울시로 출입처가 바뀌었다. 첫 취재가 4월 5일 식목일 행사였다. 행사장은 서울의 동쪽 아차산. 녹음기를 들고 현장으로 가고 있는데 박정희 대통령도 마침 점퍼 차림으로 걸어가고 있었다.

식목일에 나무 심는 박정희 대통령

그런데 그날따라 이상한 것은 대통령 주변에 경호원들이 보이지 않았다.

나는 눈치를 채고 대통령 옆으로 다가갔다.

TBC 서울시 출입기자라고 신분을 밝히고 식목일에 대해 잽싸게 질문을 던졌다. '식목일에 무얼 강조하고 싶으시냐?'고 한말씀 부탁드렸다. 박 대통령은 함께 걸어가면서 조곤조곤 "벌거벗은 산에 나무를 심어 무엇보다도 민둥산을 숲으로 푸르게 맹글어야(만들다의 경상도 사투리) 한다."고 했다.

올챙이 기자에게는 상상하기 힘든 행운의 깜짝 인터뷰였다.

회사로 돌아와 기사를 쓰고 뉴스를 전하면서 대통령의 인터뷰를 내보냈다. 타사는 모두 기념사 녹음이었다. 단상 위의 기념사보다 대화체의 인터뷰 녹음 방송이 훨씬 더 친근한 느낌이 들었다.

그 뒤 박 대통령은 '산림녹화 10년 계획'을 세워 본격적으로 나무심기에 나섰다. 행정력을 보다 확실히 하기 위해 산림청을 내무부로 이관했다. 내무장관에는 '불도저'라는 별명이 붙은 김현옥 씨를 임명했다. 지금 우리의 산들이 무성하게 된 것은 그렇게 해서 이루어진 것이다.

그리고 40여 년의 세월이 흐른 어느 날 방송기자클럽에서 박근혜 한나라당 대표를 초청해 토론회를 가졌다. 행사가 끝난 후 함께 식사하는 자리에서 바로 옆에 앉았던 나는 올챙이 기자시절 박정희 대통령과 가진 행운의 인터뷰를 이야기하고 "오늘 우리의 산들이 푸르게 된 것은 박 대통령의 집념으로 이루어진 것이라"고 말했다.

듣고 있던 박근혜 대표는 배시시 웃으면서 "아버님은 늘 우리 강산이 하루빨리 푸르게 돼야 한다."고 강조하셨다고 할 뿐 더 이상 뒷말은 없었다. 가끔 산에 오를 적마다 박정희 대통령이 생각난다. (TBC)

# TBC 보도국의 조직과
# 뉴스 제작 과정

"TBC는 수도권과 부산을 중심으로 한 경남권 그리고 호남 일부를 대상으로 한 지역방송임에도 불구하고 시청률과 매체 영향력 등의 면에서 전국 대상 방송국보다 선도적인 지위를 차지하고 있어 경쟁사들로부터 심한 질시와 감시를 받고 있었다."

- 진홍순 기자의 글 중에서 -

# 35년 방송쟁이 기자정신 35년

**구박** | 보도국 정치부, 1기
- TBC 정치부장
- KBS 국제방송국장, 부산 총국장
- KBS 미디어 연구원장
- 필자(중앙)와 정치부원

디지털 시대를 맞아 급변하고 있는 방송 현장 모습을 아날로그 방송 세대로 구분되는 입장에서 바라보며 그 옛날을 떠올려 보는 것은 자칫 구닥다리 푸념으로 비추어질 수도 있을 것이다.

그러나 세상사 모든 상황이 지난날을 거울삼아 새로운 도약을 다짐하는 것이기에 '방송쟁이 35년 기자정신 35년' 그 아련한 이야기들을 모아 보려한다. 나의 방송쟁이 35년의 시작은 1964년 봄 국내 대기업인 삼성그룹이 설립한 〈라디오 서울방송(RSB)〉 개국 공채 1기 신입사원으로부터이다.

거의 40년이 지난 지금도 뇌리에 깊게 각인돼 있는 선배가 던진 한마디가 35년 방송쟁이 기자정신 35년의 단절 없는 방송 생활을 이어놓지 않았나 생각이 든다. 신입사원 연수 중 가장 무서웠던 그 선배의 말, "사관학교 출신 장교가 일반 장교와 다른 점이 무엇인지 알아? 잘 다듬어진 정신력이야. 정신력으로 뛰라고…."

그 이후 〈라디오 서울방송〉은 신세계백화점에 있던 동양텔레비전방송(DTV)과 합쳐져 TBC 동양방송으로 발족하면서 라디오와 TV를 한데 묶는 번듯한 방송센터로서 가속이 붙었고 중앙일보가 창간되면서 중앙매스컴으로 출범하게 되었다.

신입사원 교육이 끝나고 배치된 부서가 정치부였다. 정치부 기자로 방송쟁이 활동이 본격화하면서 1960년대, 1970년대 이 나라 정치무대 한가운데서 정권의 부침, 권력의 흑막, 정쟁의 시리즈를 취재라는 이름으로 보고 겪었다.

모든 언론의 입과 귀, 그리고 글의 한계가 그어져 있던 그때 나름대로 대중에 파고드는 영향력은 시각과 청각을 강하게 자극하는 방송매체가 강력했기에 방송기자의 예리한 눈은 쉴 틈이 없었다.

당시 시청률이 높았던 TV 9시 뉴스인 〈TBC 석간〉의 앵커를 5년간 맡아하면서 젊은 패기만을 믿고 함부로 내던졌던 비판적 코멘트는 지금도 등골이 오싹하다.
아마 잘나가는 선진국의 영향력 있는 TV 앵커가 대통령 다음으로 겁 없이 처신할 수 있는 것은 소속 매체의 정체성과 영향력이 받쳐주는 힘과 앵커 본인의 소신 때문일 것이다.

TV 앵커로서 정보취재는 예나 지금이나 필수과목이다. 대통령의 사생활에 관한 것부터 연예계 동정까지 정치, 경제, 사회, 문화, 국제. 스포츠 모든 분야에 걸쳐 일정 수준을 꿰뚫고 있어야 한다. 또한 TV 앵커로서 접하는 정보 소스(취재원)는 그 정체가 고급스러워야 한다. 말하자면 '그렇다더라' 식의 정보 접촉은 곤란하다.

정치부기자. 앵커맨. 방송쟁이라면 한번쯤 가보고 싶은 길이다. 당시 내 생활은 자신과의 싸움에서 이겨야 하는 길이었기에 하루 24시간을 25시간으로 견뎌내는 역동적인 순간의 연속이었다.

이 나라 정치의 소용돌이 속에서 숙명처럼 겪을 수밖에 없는 방송기자에게 아스팔트 위로 불룩 튀어나온 돌출물처럼 기억 속에 자리 잡은 그때 그 사건은 바로 대통령 시해 사건. 1979년 10월 26일 고 박정희 대통령이 삽교천 방조제 준공식 참석과 KBS 당진송신소 준공식 참석 후 청와대로 돌아온 저녁 궁정동에서 일어난 참극, 그것이다.

당시 청와대 출입기자로서 밤 9시 〈TBC 석간〉 뉴스 준비를 위해 청와대 기자실을 떠나 서소문 사옥으로 향하던 중 청와대 경호실 상황실의 예사롭지 않은 정황을 감지하고 개인적으로 친분이 있던 경호실장 보좌관 H 씨에게 청와대 구내 비상용 통신기기를 이용, 접촉한 결과 평상심으로 감당하기 어려운 충격을 접했다.

급히 제1보를 보도국장에게 던져놓고 청와대 경내 경비군인들의 검문을 극적으로 통과, 청와대 본관으로 올라가 가장 가까운 거리에서 '그 현장' 상황을 확인했던 기억은 지금도 떠올리고 싶지 않은 잔영이다.

박정희 대통령과 청와대 출입기자들.
대통령 바로 옆에 필자
(진해 저도, 1977. 여름)

정변으로 이어지는 그 역사적 과정을 예고하는 국가적 사건이 터진 것이다. 통치자의 눈이 흐려질 때 비극은 잉태된다는 교훈은 분명 예나 지금이나 변함이 없다.

1980년 11월. 방송쟁이에게 능력을 벗어나는 질문과 답변이 몰아쳤다. 바로 방송통폐합이다. 그해 11월 30일자로 몇몇 방송이 간판을 내리고 KBS와 통폐합하는 방송사상 일대 사건이 벌어졌다. 두 달 전쯤 당시 새로운 국정 주도 세력의 정점에 있던 C 모 장군한테서 들은 이야기 "여봐요, 구박 정치부장! 귀하가 밥 먹고 있는 방송회사 없어질 거요. 보따리 쌀

준비하시오.", "재벌이 방송국 가지고 있고 신문사 가지고 있으면 핵폭탄을 키우는 것과 다를 바 없어요. 신문이건 방송이건 둘 중의 하나 포기해야 할 거요."

1980년 12월 1일 눈발이 휘날리는 날. 그의 말대로 TBC는 없어졌으며 나는 여의도 KBS로 출근하고 있었다. (TBC)

□ 이 글은 한국방송기자클럽이 2003년 발간한 〈방송보도 50년: 방송기자 25시〉 상권, 124~125쪽에 게재됨.

# 사회부 기자는 영일(寧日)이 없다

**이상근** | 보도국 사회부 차장, 1기
- TBC 서울시경 출입기자
- KBS 보도관리 부장
- 성균관대 총동창회 수석부회장
- 주네브선월드 회장

벌써 60년 전 20대의 젊은 나이인 1964년 TBC 전신인 〈라디오 서울〉에 입사, 1965년부터 사회부 기자로 뛰었다. 각종 사건·사고와 일상생활에서 시도 때도 없이 일어나는 빅뉴스를 취재하기 위해 휘젓고 다니면서 '앞으로 영일이 없겠다'고 짐작은 했다.

### 동대문서 출입기자의 중요 출입처 서울대병원과 창경원

이른바 '사쓰마와리(察廻, 기자가 정보를 얻기 위해 경찰서에 가는 것으로 경찰 출입기자를 의미함)'로 처음 배치된 곳이 동대문경찰서. 이곳은 학창 시절 시위와 관련해 그 문 앞을 지나가기만 해도 그리 마음이 편치 않던 곳이다.

동대문경찰서 출입기자는 경찰서 말고도 서울대학병원, 창경원 등 화젯거리 기사가 많이 발생하는 곳들을 담당해야 했다. 서울대병원은 응급실을 비롯해 환자 관련 큰 기삿거리가 적지 않은 곳이다. 자주 드나들며 취재하는 곳이다.

어느 날 오후 늦게 서울대병원에 들렀는데 입구부터 무언가 무거운 분위기였다. 거기서 경향신문 모 기자를 만났다. 무슨 일이 있느냐고 물으니 자기네 사장이 입원했는데 정보 기관원들이 많이 와서 맴돌고 있다는 것이다. 그렇냐고 하면서 그곳에 더 있을 필요가 없어서 그냥 돌아갔는데, 그다음 날 정보 기관원이 보도국으로 나를 데리러 왔다. 검은색 지프차를 타고 정보기관 모 분실로 연행돼 밤늦게까지 조사받았다.

조사 내용인, 즉, 서울대병원에 왜 갔느냐는 것이다. 취재 차 자주 들르는 취재 영역이다.

누구를 만났냐는 것이다. 경향신문 사건기자를 만났다. 무슨 이야기를 했느냐. 자기네 사장이 입원했다는 내용과 왜 정보 기관원이 많이 와 있냐는 내용이 전부다. (경향신문 그 기자는 나보다 먼저 연행돼 조사받은 것 같다.)

그 당시 경향신문과 정보기관 사이에 모종의 갈등 관계가 있었다는 소문은 있었다. 처음으로 정보기관에 연행돼 밤늦게까지 여러 명의 수사관으로부터 조사를 받느라고 약간의 고초를 겪은 일이 기억난다. 이는 언론에 대한 기관의 압박이 심하던 군사독재 시대 기자를 함부로 연행하는 만행으로 씁쓸한 추억이 아닐 수 없다.

### 창경원 동물은 중요한 취재 대상

초등학교 때 소풍 다니는 곳. 봄이면 벚꽃 구경, 특히 밤 벚꽃 놀이를 하는 사람들로 붐비고 평소에는 동물원과 식물원을 찾는 나들이객이 많아 항상 많은 인파와 얘깃거리로 화제가 되던 당시 창경원은 서울의 유일한 서민 유원지였다. 그리고 취잿거리가 많은 나의 중요한 출입처다. 그런데 어느 날 느닷없이 창경원 동물원장과 수의사가 찾아와 무조건 사람 살려 달라고 무릎을 꿇는 것이다.

무슨 일이냐 무슨 일인지 알아야 할 것 아니냐. 여러 차례 옥신각신 끝에 살려 줄 것으로 믿고 사실을 말하겠다는 것이다. 내용인, 즉, 최근 해외에서 큰돈을 들여 사 온 사자, 호랑이 등 맹수가 모두 죽었다는 것이다. 이 내용이 지금 보도되면 큰일이니 살려 달라는 것이다. 맹수가 모두 죽은 이유를 물으니, 동물원장과 수의사는 "새로 수입한 맹수들이라 관례에 따라 구충제를 먹였더니 그 부작용으로 죽은 것 같다"며 "무조건 살려달라"고 했다. 당시 동물원에서는 가장 인기 있는 구경거리가 맹수들이었는데 그것들이 죽었고 이 사실을 숨겨달라니 정말 난감했다. 동대문경찰서 출입기자들에게 그 사실을 알리고 대책을 논의했다. 다수의 의견은 취재원이 스스로 밝힌 내용을 기사화한다는 것은 기자의 도리가 아니니 일단 덮어 두자는 쪽으로 모아졌다. 그래서 일단 기사화하지 않기로 했다.

그런데 이 맹수들이 죽은 사건이 창경원만 출입하는 언론사 문화부 여기자들에 의해 얼마가 지난 뒤 들통이 났다. 그래서 그때까지 몰랐던 것처럼 뒤늦게 기사를 쓰는 씁쓸한 해프닝도 있었다. 기삿거리는 숨기지 못한다. 언젠가는 터지게 된다는 사실을 새삼 느끼게 한 사건이었다.

### 유흥가 상납 경찰 비리 잇따라 폭로

동대문경찰서 관내, 동대문 밖 청계천변에 대단지 성매매업소가 있었다.

어느 날 그곳 포주로부터 진정서를 받았다. 요지는 관내 파출소에 오랜 기간 주기적으로 돈을 주어왔는데 편파적 단속이 심해 피해가 크다며 몇 년간 버틸 수 있는 쌀을 사 두었다며 경찰의 비리를 폭로하는 내용이었다. 가랑비가 내리던 그날 출입기자들이 차 한잔하자며 서장실을 찾아 이런저런 얘기를 하던 중, 진정서 얘기로 경찰 비리를 흘렸다. 기자단과 사이가 나쁘지 않았던 그 경찰서장이 그런 기사 쓰면 기자들 모두 구속하겠다는 막말을 토해냈고 어이가 없던 기자들이 단체로 그 성매매업소 일대를 뒤졌다.

성매매업소 여기저기서 경찰 비리를 폭로하는 내용을 취재하게 되었다. 그 내용을 취합해 '청계천 성매매업소에서 경찰이 거금을 계속 받아오다 들통나다'는 내용으로 라디오 뉴스 11시부터 톱뉴스로 방송됐다. 오후가 되자 상급기관에서 진상조사 한다는 속보, 급기야 해당 서장이 직위해제 되기에 이르렀다. 라디오 뉴스의 위력과 당국의 변명 없는 즉각 조처가 생생하게 기억난다. 군 출신인 그 서장은 경무관으로 승진이 곧 있을 것으로 알고 있었는데, 그 사건으로 해직되고 승진도 물거품이 되었다. 직장을 잃을 정도에 이르는 사건의 취재와 보도는 뒷맛이 씁쓸하다.

## TBC 두 번째 시경캡(市警+Captain) 민원 해결사 노릇도

작고한 이대식(RSB 개국 요원) 선배에 이어 TBC 2대 시경캡으로 발령되었다. 일선 경찰서 출입기자가 하루아침에 서울시 경찰국을 출입하는 시경캡이 되어 서울 각 경찰서를 출입하는 기자 4~5명을 통솔하고 수도 서울의 사건·사고를 취재 보도하는 막중한 책임을 지는 책무를 맡게 됐다. 당시 회사에서 검은색 지프(404호로 기억)를 취재 전용차로 주었고 일선 경찰서 취재기자들의 취재 편의를 위해 차량을 우선 배치해 기동력을 갖게 된 것이 참 기분 좋았던 일로 기억된다.

'사건 취재' 하면 TBC라는 긍지도 상당했다. 무엇보다 사건 취재는 기동력이 큰 힘이다. 대연각 호텔 화재 사고를, 중계차를 동원하여 신세계 백화점 근처에서 며칠 동안 밤새가며 생중계하던 일도 잊혀지지 않는다. 당시 시경캡은 본연의 취재 업무 외에 회사 안팎으로부터 부탁 받는 각종 민원의 '해결사 역할'도 상당했다.

회사 안팎의 지인들이 전차나 버스 등 대중교통에서 소매치기 등을 당한 패물을 찾아 달라는 민원을 할 때, 절도범 담당 민완 형사를 통해 그 패물을 고스란히 찾아 주던 때도 있었다.

또 야간 통행금지 시간이 있던 시절 통행금지 위반이나 술을 마시고 시비를 하는 등의 가벼운 경범죄 사건으로 연행돼 경찰서에 유치되어 있다가 아침에 일명 메뚜기 차를 타고 즉결 심판을 받으러 가는데 이를 해결해 달라는 민원도 적지 않았다. 이를 잘 해결해 주면 훈방되어 체면이 섰고 그렇지 않아 입맛이 쓴 경우도 종종 있었다. 이처럼 경찰서 출입기자에게는 민원이 끊이지 않았고 잘 해결해야 유능한 기자로 인정을 받던 시대였다.

말 그대로 사회부 기자에게 영일이 있었겠는가? 거의 가정을 잊은 시기였다.

에베레스트 등반 원정을 위해 설악산에서 동계 훈련 중이던 등반대원들이 집 높이만큼 내린 폭설로 인해 집단으로 숨진 사건이 발생했다. 이때 동료인 고 임응식 기자의 동생도 훈련 중 사망했다. 쌓인 눈으로 거의 꼼짝 못하게 된 설악산에 힘들게 접근하여 여러 날 숙식하며 고생스럽게 취재했던 기억은 눈만 오면 생각난다. 당시는 도로나 교통 등이 지금과는 판이한 그야말로 험난한 강원도였다.

## 하와이 함께 간 촬영기자 행방불명으로 곤욕 치러

사회부의 중요 출입처 가운데 하나인 국방부 출입기자 시절을 되돌아본다. 70년대 유신정권 시절 국방부 출입기자는 취재가 극도로 제한되어 있었다. 국방부 청사에서도 출입이 가능한 구역으로 기자실, 화장실, 장관실로 제한되어 있어 출입기자가 왜 필요한가 하는 회의가 들었던 때도 있었다. 다수의 의견은 그래도 기자 출입 명맥은 유지되어야 한다는 쪽이었다.

연례 한미안보협의회가 미국 본토가 아닌 하와이 해군기지에서 열렸다. 나는 중앙일보와 TBC 뉴스를 동시 담당하는 기자로 하와이 파견이 결정되어 2박 3일간의 해외 출장 취재를 가게 되었다. 이역만리 미국 땅을 생전 처음 밟게 되었는데 좀 어처구니가 없었다. 당시는 외화 사정이 좋지 않아 회사도 불필요한 비용을 최대한 억제해 출장비를 줄이고 줄여 지급했다. 취재한 한미안보협의회 소식이 며칠간 신문 1면 머리기사와 방송 주요 뉴스로 보도된 후, 귀국길에 미국 본토로 건너가 L.A, 워싱턴DC, 뉴욕, 웨스트포인트 등 초행길 여러 곳을 둘러보았다.

그런데 문제가 터졌다. 귀사하니 사장실에서 급히 찾았다. 동행했던 촬영기자가 귀국하지 않고 사라졌다는 것이다. 무엇보다 회사 재산인 카메라를 찾아야 한다는 질책이 쏟아졌다. 하와이에서 취재를 마치고 헤어진 촬영기자에 관한 것을 묻는데 나로서도 알 도리가 없었다. 당시는 미국 가기가 쉽지 않아 출장을 갔다가 현지에 잔류하는 사례가 타사에서도 일어나던 때라 회사로서는 더 신경을 쓸 수밖에 없다. 정말 영일이 없었다. 턱없이 부족하다는 생각이 드는 빠듯한 취재비로 미국 취재에 적지 않은 어려움을 겪었던 일 등의 씁쓸한 기억이 떠오른다.

## 판문점 도끼 만행 사건으로 국방부 출입기자 수난

국방부 출입기자는 유엔이 관장하고 있는 판문점을 거의 다 출입한다.

그래서 국방부 출입기자의 신원 조회가 까다롭다. 군사 안보 기밀 사항 등을 취재하는 것은 물론 판문점 남북 군사분계선을 자유자재로 출입하기 때문에 신원 보장이 필수 조건이다. 실제로 일부 기자는 판문점 출입이 제한되고 있었다. 판문점은 회담장을 중심으로 남북한 군이 무기를 휴대한 채 삼엄한 경비를 하는 살얼음판 냉전의 현장이다.

1976년 8월 18일 사계 청소(射界淸掃)를 위해 나무를 정리하던 미군 경비병과 북한 경비병이 충돌해 미국 장교가 살해되는 끔찍한 사건이 발생했다. 후속 사건을 취재하던 중 유엔사측 정보원이 북괴병 세 명도 살해된 것 같다는 귀가 번쩍 뜨이는 귀띔을 해 주었다. 그러나 아직 최종 확인이 안 되었으니 최종 확인이 되면 알려 주겠다는 내용이었다. (당시 관련 기사는 보도 보류 상태였다.)

방송뉴스의 속보성(速報性) 특종 욕심 등이 발동돼 나는 회사에 판문점 도끼 만행 사건의 속보성 뉴스로 북괴병 세 명도 살해되었다는 요지의 기사를 송고했다. 단, 최종 확인이 필요하니 별도 확인 전화할 때까지 보도는 보류해 달라고 다짐을 해 두었다.

오후 다섯 시쯤 유엔사에서 도끼 만행 사건 속보성 뉴스를 발표했는데 북괴병 살해 내용은 없었다. 그래서 뉴스를 다시 보내고 먼저 보낸 기사는 폐기해 달라고 했다. TBC는 순조롭게 뉴스를 보도했다.

그러나 타 방송 기사 때문에 정보기관에 연행돼 혹독한 조사를 받아야 했다. 도끼 만행 사건 다음 날에도 판문점 취재를 하고 문산에 도착했다. 판문점 취재는 유엔사에서 제공하는 버스를 이용하고 문산부터는 자사 차량을 주로 이용한다. 문산에서 후배 기자가 나를 기다리고 있었다. 이유인 즉슨 정보 기관원이 나를 잡으러 왔으니, 회사로 가지 말고 일단 피하라는 것이다. 그러나 나는 그냥 회사에 가서 보도국 옆 사무실에서 국장에게 전화했다. 내가 피할 이유가 없다고 하자, 자신 있냐는 것이다. 자신 있다고 했다. 보도국에 들어갔더니 정보원 두 명이 기다리고 있었다. 잠깐 얘기 좀 하자는 것이었다.

그길로 검은 지프차를 타고 일명 빙고 호텔이라는 정보기관으로 연행되었다. 그 기관 철문을 지날 때의 그 소리는 지금도 잊혀지지 않는다. 조사가 시작되었다. 연행 이유를 알겠느냐는 것이다. 모르겠다고 했다. 군 정보기관이 민간인 기자를 연행하는 것이 맞냐고 항의했다. 북괴병 세 명이 죽었다는 내용은 어디서 어떻게 취재했냐는 조사였다.

나는 유엔사에 있는 정보통한테 들었는데 확실치 않으니 최종 확인되면 다시 알려 주겠다고 해 잠정 기사로만 송고했다고 사실대로 대답했다. 촌각을 다투는 방송뉴스에서 속보 경쟁을 위해 기사를 미리 작성, 준비하고 있다가 확인되면 바로 보도하는 방법이었을 뿐 유엔사의 발표에 북괴병 사망은 없어 TBC에서는 그런 내용을 보도한 일이 없다고 했다. 그런데 국방부 출입하는 다른 방송국 기자가 내가 송고한 기사 내용을 바둑 두면서 귀동냥해 자기 회사에 북괴병 세 명도 죽었다는 내용을 송고했고 그대로 방송했다는 것이다. 그 방송사는 당시 큰 곤욕을 치렀고 해당 기자와 관련 데스크는 징계를 받았다.

## 성남교회 행사 보도로 정보기관에 또 연행돼

보도국 숙직 데스크 때 일어난 사건이다. 스위스를 비롯해 선진국의 민방위 상황 취재차 유럽 여러 나라를 돌아보고 귀국한 다음 날 숙직 당번이었을 때, 분위기가 퍽 삼엄했다. 3월 1일 공휴일 숙직 당번을 위해 저녁때 보도국에서 낮 당번과 교대했는데 아무런 인계 상황이 없었다. 숙직자가 뉴스 편집 방향에 대한 공지 사항을 공유하도록 보도국에 걸어 놓는 이른바 '빨랫줄 게시물'도 물론 없었다.

저녁 늦게 성남에서 취재하고 있던 모 기자가 정보 상황이라고 전화를 해 왔다. 함께 당직 근무하던 모 기자가 기사를 작성해서 보내면 되지 무슨 정보 상황 메모냐며 기사로 받아 데스크로 넘겼다. 내용인, 즉 성남에 있는 모 교회에서 개교 3주년 기념 예배를 보려는데 경찰들이 신자들 출입을 막아 예배를 보지 못한다는 내용과 연사로는 함 모 씨와 김 모 목사가 초청됐다는 내용이었다. 데스크를 보고 있었던 나의 판단으로는 종교의 자유가 있는 자유민주 국가에서 교인들이 교회에서 기념 예배를 보려는데 예배를 못 보게 하는 것은 있을 수 없다고 보고, 경찰이 신도들의 출입을 막아 기념 예배를 보지 못했다는 팩트만 뉴스화하기로 했다. 그러나 초청 연사 등은 거명하지 않았다. 밤 10시 뉴스를 내보냈다. 아무 일 없었다. 11시 종합뉴스에 또 한번 내보냈다. (당시는 거슬리는 뉴스가 나가면 정부 기관에서 즉각 연락이 오던 때였다.) 교회 기념 예배를 경찰이 방해했다는 팩트만 뉴스화했으니 당연히 별것 아니겠다고 생각했다. 숙직 다음 날 출입처에 나가서 소파에서 쉬고 있는데 누가 나를 찾아왔다는 것이다. 가보니 정보기관원이었다. 차 한잔하자고 하여 갔더니 역시 검은 지프차가 대기하고 있었다. (나로서는 정보기관 연행이 세 번째다.) 간 곳이 유명한 남산이었다. 4박 5일 독방에서 조사를 받고 나오니 사장이 우리를 인수하러 와 있었다.

그 당시 보도 제한도 많았고 언론의 자유가 거의 없었다. 그때그때 보도

규제 사항도 많아 언론은 말 그대로 살얼음판이었다. 기자들에게 전달해야 할 내용 등을 빨랫줄 게시판으로 알리던 웃지 못할 일들이 많이 있었던 때다. 그날도 성남교회 모 인사 특강 등 보도 제한 사항들을 낮 당번 책임자는 연락받고 알고 있었다. 그러나 저녁 숙직자에게 제대로 인계가 되지 않아 사단(事端)이 벌어지게 된 것이었다.

나중에 들은 얘기인데 보도 다음 날, 고위 정보 책임자가 대통령에게 "어제 3·1절 조용했습니다."라고 보고하니 대통령이 농반진반인 듯 "조용한 것 좋아하네." 하면서 TBC 뉴스 얘기를 했다는 것이다. 그래서인지 정보기관에서 허겁지겁 진상을 조사한다고 그날 숙직 담당 세 기자를 연행 며칠 간 조사를 한다고 구금했던 것이다.

"조사 과정에서 내가 데스크한 기사를 보면 알 것 아니냐? 교인들이 교회 기념 예배를 보려는데 경찰이 막고 방해했다. 함 모 씨, 김 모 목사 등 연사와 그 내용은 보도하지 않았다. 경찰이 방해했다는 팩트만 보도한 것이 무슨 잘못이냐? 당연한 보도 아니냐"며 물러서지 않았다.

결국 4박 5일 동안 남산에 감금되어 있다 나왔고 우리는 모두 인사 조치되었다. 이것이 그 당시 언론의 현주소였다.

TBC 보도국 축구팀. 뒷줄 맨 오른쪽 이상근 단장(1975. 봄)

## 야유회로 영일 없는 사회부 팀워크 다져

50여 명이 근무하던 TBC 보도국은 화목한 분위기여서 야유회도 잦았었고, 특히 사회부는 거의 매년 한번씩 별도의 야유회를 갔다. 필자가 사건기자와 시경캡을 하던 때는 야유회는 물론 타 언론사와 축구 시합 등 행사가 제법 많았다.

나는 사회부가 담당하는 거의 모든 부처를 출입해 봤는데 부처마다 나름 취재하는데 정말 힘들고 쉬운 일이 하나도 없었다. 40여 년이 지난 지금까지 이런저런 추억도 적지 않다. 추억은 아름답다고 했던가?

우면산(牛眠山) 기슭 우거(寓居)에서 어느덧 80대 중반의 노인으로 지난 젊은 시절 TBC 보도국 사회부의 취재 활동을 더듬어 보니 정말 영일이 없었고 그래서 TBC 뉴스가 더 빛이 났을 것으로 새삼 절감한다. (TBC)

# 경찰 출입기자의 25시

**진홍순** | 보도국 사회부 경찰 출입기자, 13기
- KBS 정치부장
- KBS 보도국장
- KBS 이사
- 연합뉴스통신진흥회 이사

박정희 정권 유신체제의 용틀임이 극성일 때인 1976년 TBC 13기 기자로 입사했다.

회사 모체인 중앙일보 동양방송이 TBC 개국 10주년을 맞아 한국방송계의 선두 주자로 자리 굳히기 위한 큰 꿈을 설계하던 때이기도 했지만 수습 기자직은 5명 선발에 그쳤다. 경찰 출입기자의 순환 야근제 마저 원활하게 운영되기 어려운 상태였다. 휴일 휴무제는 유명무실한 상태였고 밤샘 야근한 다음 날 잠시 휴식하는 것조차 제대로 찾아 먹기가 쉬운 일이 아니었다.

나는 서울 시내 경찰서 가운데 동대문, 청량리, 태릉 라인을 수습기자 첫 근무처로 맞이했다. 당시 동숭동에 있던 서울문리대가 관악산 캠퍼스로 이전한 직후라서 관내 대학가 시위는 다소 줄었지만, 삼성그룹이 갓 인수한 성균관대학교 내부 진통이 끊이지 않았고 시국 시위 무풍지대나 다름없던 공릉동 서울공대쪽에서도 학생 시위가 심심찮게 이어지고 있었다. 성균관대는 원래 종로경찰서 관할지였지만 삼성과 회사와의 특수 관계를 고려해 취재 편의상 동대문 라인(경찰서)에서 담당하고 있었다.

따라서 나는 혜화동에서 공릉동에 이르는 비교적 긴 취재 차선 거리를 하루에 한두 차례씩 출동 취재하는 고통을 감수해야 했고 성대 동향 보고는 퇴근길 마지막 절차로 처리해야 하는 부담을 안고 있었다.

창경원 취재라인이 동대문경찰서로 바뀐 것도 취재접근의 편의성 때문
이었는데 관람객이 매우 많고 취잿거리가 다양해서 언론사 간 취재경쟁이
매우 뜨거웠다.

창경원 기삿거리 중 모든 사람에게 가장 큰 기쁨과 웃음을 주는 것은 새
끼 동물 출산 소식이다. 그러나 창경원 입장에서는 이 기쁜 소식이 가장 경
계해야 할 대상이며 보안을 철저히 유지해야 할 애물단지(?)였다. 어미 동
물이 낯선 관람객들에 놀라 어린 새끼를 물어 죽이는 비극이 일어날 수 있
기 때문이다.

나는 동물원 새끼 출산 소식은 반드시 특종 보도할 수 있다는 일념 아래
시간적 여유만 생기면 제일 먼저 창경원 현장을 찾아다녔다. 어느 날 오후
사육사 퇴근 시간이 임박할 즈음 작은 트럭 한 대가 볏단을 싣고 별채같이
보이는 동물 우리에 들어가는 모습이 보여 나도 무심코 뒤따라갔다. 그러
자 사육사 한 명이 갑자기 나타나 볏단용 쇠갈고리를 내 얼굴 앞에 들이대
며 진입을 결사 저지하고 나섰다. 수영장 같은 우리 한쪽 구석에는 몸집 큰
하마 한 마리가 보이고 있었다.

나는 사육사와 험악한 분위기 속에 실랑이를 벌인 끝에 오늘은 육안으로
사실 확인만 하고 비디오 촬영은 다음 날 실시한다는 타협안에 동의하고
말았다. 비디오 취재가 유보된 것에 기분은 상했지만 일단 하마 우리 속에
서 발견한 어미와 새끼의 모습은 환상적이었다. 특히 자신의 몸집보다 수
십 배 큰 어미의 코앞에서 재롱을 부리던 갓난이 하마 모습은 50년이 다 돼
가는 지금도 내 기억 속에서 선명할 정도로 감동적이었다.

그러나 호사다마라 했던가? 중앙일보 경찰 출입기자가 사내 전화로 하마
출산 확인 여부를 문의해 와 자세한 내용을 말해줬는데 이것이 화근이 돼
특종 작전에 차질을 빚게 됐다. 매체의 특성상 비디오 없는 신문은 하마 출

산 사진이 없는 한 사실을 보도할 수 없을 거라는 나의 짧은 생각 때문에 빚어졌다. 나와 통화를 마친 중앙일보 기자는 당일 즉시 가판에 창경원 하마 출산 소식을 보도했을 뿐 아니라 놀랍게도 어미와 나란히 앉아 있는 하마 모자 사진까지 실었다.

특종의 기쁨은 커녕 오히려 낙종의 오해까지 뒤집어쓸 위험을 감지한 나는 긴급히 자료실에서 하마 사진을 찾아서 저녁 〈7시 TV 종합뉴스〉에 내보내게 됐는데 놀랍게도 자료실 사진 속에서 중앙일보 가판신문에 난 하마 사진을 발견했다. 결국 경험 부족인 나의 오판으로 TBC TV도 가짜(?) 사진 특종 뉴스를 보도하게 됐는데 원망 섞인 나의 항의에 중앙일보 기자는 "하마 사진은 어디에서도 구할 수 있다. 우리는 팩트가 필요했다."라는 반응을 보여 나를 다시 또 놀라게 했다. 기자의 취재경쟁은 온몸으로 생각하면서 나서야 하고 확인한 취재 정보에 관한 한 나를 제외한 어느 사람에게도 말해줘서는 안 된다는 뼈아픈 교훈을 얻게 됐다.

## 원숭이 떼 창경원 출입기자에 침 뱉어 공격

창경원 취재와 관련한 에피소드 하나 더 소개해 보겠다. 당시 동대문 라인의 동아방송 출입기자(이규민)는 언제나 형사계장실에 주로 앉아 있으며 일반 민원인들을 맞이하는 형사반장처럼 보이게 하고 특종기사 발굴을 노리는 민완 기자였다. 특히 TBC 기자의 동향에 민감한 반응을 보여 왔는데 내가 창경원 취재에 열을 올리는 모습을 보이자 어느 날 이른 새벽에 창경원 동물 우리까지 취재하는 내 뒤를 쫓아왔다. 창경원 동물들은 매일 아침 해뜨기 직전에 일제히 운동하는데 그날은 취재하러 나온 손님이 2명으로 늘어난 것을 의식하였기 때문인지 평소보다 훨씬 더 격렬한 소란을 피웠다.

동아방송 출입기자는 덩달아 동물들과 함께 소리를 지르며 여러 가지 몸짓으로 맞장구까지 치다가 갑자기 비명을 지르며 나에게로 달려왔다. 이때 이 기자의 모습은 소나기를 맞은 듯 온몸이 젖어 있었고 수첩 등 취재 장비들도 엉망진창 상태였다. 원숭이 떼가 자신들의 흉내를 내면서 소리까지 지르는 이 기자의 모습을 잘못 이해하고 입안의 타액을 이 기자에게 정조준해 공격한 결과였다.

전쟁터의 종군기자 같은 이 기자의 모습은 웃음에 앞서 비장함을 느끼게 했는데 사전 준비 없는 동물원 취재는 위험하다는 교훈을 주었다.

1970년대 당시에는 종합뉴스를 편성해 내보내는 방송 채널이 TV 3개, Radio 5개였다. TBC는 수도권과 부산을 중심으로 한 경남권 그리고 호남 일부를 대상으로 한 지역방송임에도 불구하고 시청률과 매체 영향력 등의 면에서 전국 대상 방송국보다 선도적인 지위를 차지하고 있어 경쟁사들로부터 심한 질시와 감시를 받고 있었다.

특히 동아방송의 경우 사건·사고 등 이른바 '따끈따끈한 발생 뉴스'에 관한 한 수단을 가리지 않고 타 방송보다 먼저 내보낸다는 속보 경쟁의 원칙까지 세워놓은 듯 보였다.

## 발생 뉴스가 편집의 우선순위

한국일보 사주 장기영 전 경제기획원 장관의 임종 임박 뉴스가 수일째 계속 나가던 때 일이다. 아침 창경원 점검에 앞서 서울대병원 방문 취재 중 장 전 장관의 임종 사실을 확인하게 된 나는 긴급히 〈7시 종합뉴스〉팀에 관련 기사를 보냈다. 기사 접수가 마감되는 7시 시보가 울릴 때까지 기다렸다가 타사 출입기자에게도 뉴스 내용을 말해주고 TBC 라디오 뉴스에 귀를 기울였다. 그러나 어찌된 영문인지 7시 시보 이후 보내진 동아방송의 관련 뉴스는 주요 뉴스 앞부분 순서로 처리돼 먼저 나오는데 마감 시간에 맞춰 보내진 TBC의 관련 뉴스는 방송 순서 말미 부문에서 나오는 게 아닌가?

장 전 장관의 부음 뉴스가 TBC 특종 뉴스로 나간다는 출입기자의 보고를 받은 동아방송 뉴스편집부가 관련 뉴스 방송 순서를 바꿔 앞당겼기 때문이었다. 편집제작의 경험이 없었던 나로서는 쉽게 이해하지 못했는데 동아방송에서 경찰기자의 발생 뉴스는 편성의 우선권을 확보하고 있지 않나 의심하게 됐다. 실제로 경찰기자의 사건·사고 뉴스가 뉴스 가치 비중과 관계없이 동아방송 뉴스 편집의 원동력 역할을 하고 있다는 사실을 여러 차례 체감하기도 했다. 동아방송 출입기자는 시보가 울린 이후에 보낸 자기 기사가 제일 먼저 보도되는 것을 확인하고 만족한 표정을 지으며 기자실에서 사라졌다.

TBC에서는 TV 매체를 의식해 영상의 유무가 편성의 우선순위를 사실상 좌우했다. TV 매체 영향력이 라디오보다 훨씬 크기 때문에 당연한 조처라고 말할 수 있지만 신속성 면에서의 경쟁력은 라디오가 TV보다 앞서고 있음을 간과해서는 안 된다고 생각했다. 특히 TBC는 채널의 로컬성이라는 한계가 있기 때문에 전국 네트워크 시스템이 없는 지역에서 큰 뉴스가 발생하면 이를 극복할 라디오 매체의 활용화 방안에도 대비하고 있어야 한다고 생각했다. 실제로 호남 등 일부 지역에서는 지역방송사와 협약을 통해 라디오 뉴스 가청취권을 확장했던 사례가 있었다.

### 전국 방송망 확보 못 한 TBC 보도는 애로 많아

1977년 11월 11일 밤 9시 15분, 대한민국 정부수립 이후 지금까지 가장 큰 폭발사고인 이리역 열차 폭발사고가 발생했다.

전국 네트워크시스템(방송망)을 확보하고 있는 KBS와 MBC는 취재, 제작한 뉴스 내용물을 전국 마이크로웨이브를 통해 실시간으로 뉴스센터에 전송, 편집한 뒤 전국의 시청자들에게 신속히 전달할 수 있었다. 그러나 서울 지역과 부산 지역이 가청권인 TBC-TV는 사고 현장에서 취재를 마친 기자들이 현장을 찍은 필름 등 뉴스 내용물을 손에 들고 고속버스터미널이나 기차역에 나가 인편을 통해 서울 본사에 보내야 하는 큰 고충을 겪었다.

당시 폭발사고 특별취재팀(팀장 차만순) 일원으로 파견된 나도 고속도로

변에 나가 위험을 무릅쓰고 고
속버스를 세운 뒤 운전기사에
게 뉴스 취재물들(현장을 찍은
필름 등 보도 자료)을 건네며
차질 없는 전달을 부탁했던 일
이 생각난다. 전국 전송망을 구
축하지 못한 TV 매체는 특히 뉴
스 부문에서 생명력을 갖출 수

이리역 열차 폭발 사고 현장, 59명 사망
(1977.11.11.)

없다는 사실을 분명히 알게 되었다. 그러나 여건이 갖추어지지 않아 어쩔
수 없이 부실한 보도를 해야만 했던 TBC 특별취재팀에 대한 시청자들의 비
난과 불만의 소리가 귓가를 맴도는 듯했다.

이같이 어려운 여건의 와중 속에서도 TBC 뉴스가 립싱크 방식의 스탠딩
리포트를 과감히 시도함으로써 동시에 녹음되고 녹화되는 ENG 뉴스 제작
의 필요성에 대한 관심을 가속화시켰다는 자조 섞인 긍정 평가가 나오기도
했다.

그러나 "TBC 뉴스는 보도 제작에 최선을 다하지 못하는 것 같다."라는 시
청자들의 오해를 지우기에는 역부족이었다. 오히려 방송 전국 네트워크시
스템 유무 문제는 2년 뒤 5공화국 신군부 정권의 주요 토론 주제로까지 확
대되다가 끝내는 TBC가 통합 소멸하는 언론통폐합 조처의 명분만 제공하
는 비극으로 종결되고 말았다.

## TBC-TV는 통폐합 대상 풍문이 현실로

5·18 신군부 정권이 들어선 1980년 늦은 여름 어느 날 점심때였다. 나는
문공부장관 집무실에서 후생관 식당으로 향하는 이광표 장관의 뒤를 바삐
따르며 언론통폐합 조처 내용에 대한 여러 가지 질문을 벌였다. 언론통폐
합의 핵심은 방송 부분에 있다는 풍문이 무성하던 때라 이른바 방송권 학

살과 관련한 내용이 많았다.

(문) 민영방송 언론은 없어지나요?

(답) 아직 정해진 것은 없지만 어느 방송사가 없어지고 안 없어지는 문제
보다 방송 실시 정상화 여부가 쟁점이라고 보시면 됩니다.

(문) 잘못된 방송 내용의 정상화를 뜻하는 말씀인가요?

(답) 세계는 이미 컬러방송시대로 진입한 지 10년이 지났습니다. 우리는
컬러방송시대 진입을 위한 준비를 마치고도 수년째 허송세월하고
있는 상황입니다. 공민영 방송시스템이 통일돼 있지 않기 때문이지
요. 따라서 이번에 만일 컬러 방송을 시작하기로 의견이 모아진다면
컬러TV 방송을 전국 동시에 내보낼 수 없는 방송사는 제외된다는
결론이 나옵니다.

지역에 따라 특정 방송사의 컬러TV 방송물을 시청할 수 있거나 시
청할 수 없는 현 공민영 방송시스템 망 체계는 국민 위화감 조성과
국론분열을 차단하는 차원에서라도 종식시켜야 합니다.

당시 TV 방송 3사 가운데 TBC만 전국방송 네트워크가 아닌 서울지역과
부산지역을 가청권으로 방송을 내보내고 있었다. 또한 당시 중앙매스컴 내
부 일각에서는 중앙일보가 신군부 정권 언론통폐합 조처의 희생물이 될 가
능성이 많다는 이야기가 떠돌고 있었기 때문에 'TBC는 사실상 TV 방송통
폐합 대상'이라고 밝힌 이광표 장관의 발언은 충격적이었다.

이 장관의 폭탄 같은 발언에 대한 보도국 내부 반응은 생각보다 냉정했
다. 오히려 일부 국 부장급 선배들은 이미 알고 있었다는 표정을 지으며 차
분한 자세를 부탁하는 한편 격려하기도 했다. 그러나 정치부 막내였던 나
는 슬그머니 부아가 솟구쳤다. 우선 이렇게 차질 없이 잘나가고 있는 TBC-

TV가 머지않아 곧 문을 닫는다는 사실이 실감이 나지 않았다.

방송 마지막 날 저녁, 고별 〈TBC 석간〉의 시그널 음악이 귓전을 때릴 때는 온몸에서 혼이 빠지는 듯했으며 내가 제작한 정치권 라운드업 뉴스 리포트가 방송될 때는 두 눈과 두 귀가 불에 타는 듯한 뜨거움을 느꼈다. 밤늦도록 이리저리 끌려다니며 'TBC는 영원하리'라는 맹세를 외쳐대며 술을 마셔댔다.

이러한 북새통 속에서 그동안 '서울의 봄' 기간에 취재했던 노트와 자료용 메모들이 모두 흩어져 사라졌다. 정상적인 상황이라면 절대 있을 수 없는 잘못이 저질러진 것이다.

그러나 짧은 새내기 기자 생활에서 머릿속에 박힌 TBC라는 세 글자는 온전했다.

"TBC는 영원하리." (TBC)

# 편집제작부는 TBC 보도국의 CPU

**최정웅** | 보도국 편집제작부, 5기
- KBS 경제부장
- KBS 국제방송국장
- 인천방송(ITV) 보도국장(이사대우)

국가 행사나 대형 화재 등 사건·사고 현장에서 종종 TV 방송 중계차를 볼 수 있다.

사건·사고 현장에 중계차를 왜 동원하는 것일까? 모든 TV 뉴스의 생명은 생생한 화면을 얼마나 빠르게 시청자에 전달하느냐에 달려 있다. 중계차 동원은 시시각각 바뀌는 현장의 상황을 타 방송국보다 먼저 안방의 시청자에게 전하기 위해서 이다. 즉 방송 뉴스의 현장성과 속보성 그리고 정확성을 위해 중계차가 동원되는 경우가 많다. 중계차는 타 방송국과의 뉴스 속보 경쟁에서 승리하기 위한 첨단 무기나 다름없다. 비록 대형 사건·사고의 1보(報)가 다른 방송국에 비해 늦었을지라도 중계차를 먼저 뉴스의 현장에 급파하면 늦은 보도를 만회하고 또 속보 경쟁에서 우위를 점할 수 있는 이점이 있다.

### 중계차 사건·사고 현장에 급파 생생한 뉴스 전달

사회부 등 뉴스 취재 현업부서는 중계차 동원을 요청하는 부서이지만 동원 여부를 결정하는 권한은 보도국 〈편집제작부〉가 갖고 있다. 〈편집제작부〉는 뉴스를 제작하며 송출하는 과정을 진행하고 감독하는 그런 역할을 한다. 그래서 중계차 동원 여부를 결정하는 권한도 있다.

1970년대는 아날로그 시대라 아직 뉴스 전용 소형 중계차(News Van)가 개발되기 전이어서 대형 버스 크기의 중계차와 함께 전기 공급을 위한 대형 발전차를 동원해야 하는데 지금처럼 순발력이 없어 현장 출동 준비에 시간이 오래 걸리는 등 중계차 동원이 매우 어려웠던 때였다. 또한 그때는 지금처럼 휴대하기 편한 소형 VJ(video journalism) 카메라가 없고 휴대하기 힘든 무거운 카메라를 메고 촬영기자들이 사건·사고 현장을 취재했다.

무엇보다 TV 방송국 개국 초기에는 카메라라고 해야 16㎜의 필름 카메라인데 이 카메라로 촬영기자가 사건·사고 현장을 찍어 오면 현상실에서 필름을 현상한 뒤 영화감독이 영화 필름 편집하듯이 편집제작부 요원이 뉴스 길이에 맞게 편집해서 편성된 뉴스 시간에 방송하던 시기였다.

그러나 중계차가 한번 출동하면 사건·사고나 행사 현장 부근에 정차시켜 놓고 시시각각으로 변화하는 뉴스를 취재기자가 직접 마이크를 잡고 중계방송하기 때문에 시청자들은 생생한 뉴스를 실시간으로 듣고 볼 수 있다.

TBC 뉴스는 타사와의 뉴스 속보 경쟁에서 우위를 점하기 위해 수시로 중계차를 현장에 급파하라는 보도국 간부들의 엄명(嚴命)으로 현업 실무자들은 많은 애를 먹기도 했으나 속보 경쟁에서 승리하고 나면 그 성취감과 쾌감은 이루 말할 수 없었다. 비록 70년대 당시에는 현장 중계 화면 역시 흑백(黑白)이었음에도 시청자들의 생중계 뉴스 만족도는 매우 높았다.

### 사건 현장 중계차 지휘 감독 너무 힘들어

필자는 TBC-TV 편집제작부에 뉴스 프로듀서 붙박이로 근무하면서 주로 뉴스 편집과 송출 진행뿐만 아니라 중계차를 전담한 현장 중계 전문가로 활동했다. 현장 중계 담당자는 10명 이상의 중계차 스텝을 진두지휘해야 하므로 많은 어려움이 뒤따른다. 기술 감독과 함께 중계차 송출시스템 앞에 앉아 총감독이 되어 3대의 중계카메라와 여러 개의 조명기구 및 현장음을 잡아내는 오디오 시스템까지 일괄되게 움직이도록 지휘해야 한다. 그래서 한 시간 정도 중계를 하고 나면 신경이 곤두서고 엄청난 에너지가 소모되어 몸이 몹시 피곤하다. 아무튼 중계 전담 전문가로서 뉴스 속보 경쟁에 크게 이바지한 공로가 인정되어 영예의 우수사원 표창도 받았다. 우수사원 표창을 받도록 해 준 몇 가지 중계 사례를 소개한다.

### 대통령 행사에 중계차 동원은 필수

주로 대통령 중심의 국가 행사나 대통령이 참석하는 각종 행사에 중계차가 자주 동원됐다.

TBC 뉴스는 1979년 10월 26일(금) 오전 11시, 박정희 대통령이 참석한 가운데 열린 삽교천 방조제 준공식을 충남 예산군 삽교천 현장에서 생중계(生中繼)했다. 삽교천 방조제 준공식은 박정희 대통령이 생전에 마지막으로 참석한 공식 행사였다. 삽교천 행사를 마치고 서울로 돌아온 바로 그날 저녁에 대통령의 시해 사건이 발생했으니, 오전의 중계방송은 박정희 대통령의 생전 모습을 카랑카랑한 특유의 목소리와 함께 마지막으로 생생하게 시청자들에게 보여 준 것이 되고 말았다.

이날 행사는 농림부 행사라 노재성 농림부 출입기자가 박정희 대통령의 방조제 준공식 뉴스를 현장 중계를 통해 실시간으로 전달했다. 박 대통령은 삽교천 행사 후 KBS 당진 송신소 시설 보강 준공식에 참석했는데 이 행사는 국가 보안시설 관련 행사

삽교천 방조제 준공(1979.10.26.)

였기에 외부에 공개되지는 않았다. 해마다 삽교천이 준공된 날 삽교천 방조제에서 박정희 추모제가 열린다는 후문이다. 삽교천 준공식이 박 대통령의 살아생전 마지막 공식 행사였던 관계로 지역 주민들이 자발적으로 추모

하는 행사라고 한다.

1979년 11월 3일, 청와대에서 진행된 박정희 대통령의 영결식과 동작동 국립묘지에 모시는 안장식을 중계차로 생생하게 전한 것도 아직 뇌리에 남아 있다. 이날도 중계차를 타고 영결식부터 안장식까지 진두지휘하면서 눈물도 많이 흘렸기에 더욱 잊을 수가 없다.

대통령이 생전에 참석한 삽교천 준공식 중계와 서거한 대통령의 영결식 중계에 대한 기억이 45년이 지난 지금도 그날의 모든 것이 현실인 것처럼 느껴지는 것은 어찌 된 영문일까?

### 대형 화재 현장에 중계차 동원

1968년 11월 1일 입사한 필자는 입사 3년 만에 성탄절을 맞아 중계차를 타고 엄청난 뜻밖의 악몽을 경험했다. 1971년 성탄절인 12월 25일 오전 9시 50분쯤 서울 중구 충무로에 있는 21층짜리 대연각 호텔에서 대형 화재가 발생했다.

화재가 난 지 얼마 되지 않아 긴급 호출을 받고 회사에 도착 곧바로 중계차를 타고 화재 현장에 달려가 보니 그야말로 호텔 주변은 인산인해이고 남산까지 불구경 나온 시민들로 가득 차서 교통이 마비되었다. 온통 훨훨 타오르는 불길과 연기가 원자폭탄 터진 것처럼 대연각 호텔 창문을 통해 하늘로 치솟았고 호텔 옥상에서는 소방 구조 헬기가 투숙객을 잇달아 구조하는 긴박한 상황의 연속이었다. 현장 중계 요원들은 어느 것 하나 놓치지 않고 중계 화면에 담으려고 무진 안간힘을 썼다.

대연각 호텔 화재는 대한민국 최악의 화재사고로 사망 166명(추락 사망 38명), 실종 25명, 부상 68명 등의 사상자를 냈고 재산 피해만도 8억 3,820만 원(2024년 현재 물가 반영 약 192억 5,000만 원)으로 집계됐다. 50여 년이 지난 지금 생각해도 너무 끔찍하고 생각하기조차 싫은 대형 화재 참사이다.

또 1977년 9월 14일, 351개 점포를 태운 남대문 시장 화재 현장에, 중계차를 투입해 생방송을 했다. 이처럼 중계카메라를 통해 인명과 재산 피해가 많은 현장을 접하면 가슴이 너무 아프고 그날 밤 잠자리에 들기도 힘들다. 이것이 현장 중계 전문가의 피할 수 없는 숙명적인 크나큰 애로사항이다.

### 제작비가 많이 드는 중계차 투입은 시청자에 대한 보답

대형 사건·사고뿐만 아니라 연례행사인 대규모 종교 행사도 중계방송에서 예외가 될 수 없다. 매년 찾아오는 12월 25일, 성탄절 기도회나 음력 4월 8일 부처님 오신 날 봉축 행사에도 예외 없이 중계차를 동원해 현장에서 생생하게 뉴스를 전했다.

성탄절에는 주로 명동 성당이나 대형 교회에서 미사나 성탄 예배를 중계했는데 꼭 현장에 취재기자가 마이크를 잡고 들뜬 현장 분위기와 신부님의 강론이나 목사님의 기도 내용을 전달했다. 또 매년 음력 4월 8일 부처님 오신 날에는 주로 조계사 마당에 중계차를 세워놓고 법요식을 처음부터 끝날 때까지 현장 중계로 분위기를 높였다.

이 밖에 해마다 12월 31일 연말에는 '가는 해, 오는 해'를 기리는 제야의 타종식을 서울 종로 2가의 종각에서 중계했는데 필자는 생생한 제야의 밤을 시민들과 함께 지켜보며 새해를 중계차 안에서 맞았다. 또 명동 거리에 배치된 중계차도 '가는 해, 오는 해'를 보내는 시민들의 발걸음을 멈추게 했다. 1970년대만 해도 중계차 주변에는 많은 젊은 시민들이 모여 현장 리포트를 하는 취재기자와 중계카메라를 흥미롭게 지켜보면서 이를 배경으로 사진을 찍기도 했다.

특히 TV 3사가 중계차를 경쟁적으로 꼭 동원하는 곳은 대통령 연두 기자회견이나 대통령 국회 연설 그리고 대통령과 국회의원 선거 투개표 현장으로 붙박이 연례행사처럼 진행된다.

**편제부(編制部)는 긴장의 연속이지만 그 성취감은….**

편집제작부(약칭 편제부)에서 중계 전담 요원으로 근무하면서 또 다른 업무로 〈TBC 夕刊(석간)〉과 일반 뉴스 방송을 위해 취재 부서에서 넘어온 뉴스 내용에 맞춰 영상물을 찾아 편집했고 뉴스 내용과 화면에 맞춰 설명 자막(說明字幕)도 뽑았으며 아울러 매일 뉴스 송출 진행도 했다.

TBC 보도국은 서울 서소문에 있는 중앙매스컴 센터 5층에 있었는데 1건의 뉴스를 제작하려면 촬영기자가 찍어 온 필름을 현상하는 7층의 현상실과 8층의 주조정실을 정신없이 오르내려야 한다. 승강기 사정이 여의찮으면 계단을 이용해 오르내려야 하므로 뉴스 시간이 임박해서는 눈코 뜰 새 없이 바빴다.

당시 TV 뉴스 영상은 촬영기자가 16㎜ 동영상 카메라로 촬영해 온 화면 필름을 현상실에서 현상해서 기사 길이에 맞게 편집해 사용했다. 그 밖에 정사진이나 그림을 슬라이드로 만들어 시각 자료로 활용했고 뉴스 내용을 시각적으로 설명하기 위해 식자기(植字機)로 찍은 설명자막을 화면에 투사해서 방송했다. 이를 전문 용어로 텔럽(Telop)이라고 하는데 텔레비전방송에서 TV 카메라를 통하지 않고 영상 속에 직접 글자나 그림을 넣어 보내는 장치를 말한다.

식자기로 카드에 찍은 설명자막에 오탈자(誤脫字)가 없는지 확인하고 수정하는 작업도 편제부 뉴스 PD의 중요한 일과 중의 하나다.

당시 뉴스 현장 화면을 촬영하기 어렵거나 보관된 화면이 없는 뉴스는 대부분 설명자막으로 처리하는 것이 관례화되어 있었다. 그리고 취재기자의 뉴스 리포트(report)는 지금과 달리 사전에 라디오용 녹음테이프에 녹음하고 그런 다음 리포트 녹음 길이에 맞춰 영상물(필름, 슬라이드, 도표 그림)을 편집한다.

편제부에서 단신 뉴스나 리포트 제작이 끝나면 주조에서 송출을 순조롭게 진행하기 위해서 뉴스 진행표(Cue Sheet)를 만든 다음 그 진행표에 따라서 그날의 뉴스를 송출하게 됐다. 뉴스 송출은 8층에 있는 TV 송출용 주조 정실(Main Control Room)에서 한다.

지금은 각 방송국에 주조정실과 뉴스 송출 전용 조정실이 별도로 설치되어 있지만 1970년대에는 드라마와 쇼, 연예, 대담 프로그램을 송출하는 주조정실에서 뉴스도 송출했다.

TBC-TV 주조정실에는 기술 감독인 TD(Technical Director)와 영상 담당자(Video man), 음향 담당자(Audio man) 그리고 필름과 함께 슬라이드와 '설명자막 텔럽(Telop)' 등을 담당하는 영사실(Project Room) 기사가 삼위 일체가 되어 근무했다. 주조정실 바로 옆에 아나운서가 들어가 뉴스 원고를 낭독하는 방송실(Booth)이 있었다.

TV 뉴스는 모두 생방송이기 때문에 매우 긴장되는 시간의 연속이다. 앵커가 진행하는 중요 뉴스가 〈TBC 夕刊(석간)〉이고 일반 뉴스는 아나운서가 7층 대형스튜디오 TV 카메라 앞에서 진행했다. TV 뉴스는 편제부에서 작성한 편성표에 따라 뉴스 시간에 맞춰 대부분 생방송으로 진행했다. 그 당시에는 유류파동을 극복하기 위한 정부의 전기 절약 시책에 따라 한낮에는 방송을 할 수 없었다. 아침 방송은 오전 6시에서 오전 11시 30분까지, 저녁 방송은 오후 5시부터 자정까지로 제한 편성되었다. 1960년, 1970년대는 TV 뉴스가 국민 생활의 중심으로 깊숙이 파고들어 크게 주목받았기 때문에 TV 뉴스 송출의 마지막 보루에서 젊음을 불태우며 종횡무진 활약한 편제부 기자들의 성취감과 자부심은 이루 헤아리기 힘들 정도이다. 시청자에게 새롭고 유익한 뉴스를 더 빠르게 전달하기 위해 몸부림쳤던 날들이 지금은 그립다. (TBC)

☐ CPU : **Central Processing Unit**, 중앙 처리 장치

# TBC 부산국, TV 방송 삼국시대의 선두 주자

**손열** | 부산국 취재보도부 차장
..............................................
• KBS 대구총국·부산총국 보도국장
• 부산 아시안게임 홍보본부장
• 동의대 강사

   TBC-TV 부산국의 개국 배경은 서울에 비해 근본적으로 사정이 달랐다. 1964년 당시 부산 일원은 일본 TV의 시청권 내에서 소위 전파의 월경(越境, spill over)에 따른 문화침범이 자행되고 있었고, 정부 당국도 이런 부산의 왜곡된 방송 환경에 골머리를 앓고 있던 때였다.

   1954년 이후 일본 본토 TV 방송(주로 NHK, RKB)을 부산에서 시청할 수 있다는 사실이 알려지자 주로 고소득층을 중심으로 호기심을 가진 시민들이 앞다퉈 5~10m에 달하는 특수안테나를 가설해 일본 프로그램을 시청했다. 당시 부산지역의 TV 수상기 보급 대수는 2천~3천 대에 이를 정도로 부유층이 많이 사는 동네에서는 TV 안테나가 숲을 이루고 있었다.

   1961년 NHK와 NTV가 대마도 이즈하라에 중계탑을 가설하자 부산 일대는 일본 TV 방송의 완전한 시청권에 들어갔다. 부산뿐만 아니라 마산과 진해, 울산, 경주, 삼천포, 여수 등 남해안 일대가 시청권에 들어가 이 지역 주민들은 일본 TV의 프로그램을 선택해서 골라 볼 정도였다.

## TBC 부산국, 일본 문화 침투 방어 첨병

   이러한 일본방송 시청을 알면서도 속수무책이었던 정부 당국이 이를 상쇄하는 방안으로 당시 TBC에 국내 최초로 민간 지방 TV 방송을 인가함으로써 일본 TV 전파의 무차별 시청을 차단하기에 나선 것이다. TBC-TV 부산국의 출범은 이처럼 민간방송의 상업적 목표와 정부의 문화 정책적 목적이 일치된 합작품이었다.

1964년 5월 TBC-TV 부산국은 부산시 중구 대교동 국제신문 사옥 3층에 스튜디오를 마련하고 부산국 임시사무실을 개설했다. 개국 전에는 하루 3시간씩 일주일간 시험방송을 끝내고 호출부호 HLKE, 영상 출력 500W, 음향출력 250W로 서울 본사 개국보다 1주일 늦은 1964년 12월 12일 오후 1시 30분 첫 전파를 발사했다.

개국 초 하루 방송 시간은 3시간 40분(오후 6:30~10:10)으로 방송 내용은 64.3%가 서울국이 제작해 제공한 것이었다. 나머지 35.7%는 자체에서 마련했으나 그중 직접 제작은 17%뿐이었다. 개국 초 부문별 편성 비율은 주간 총 19시간 가운데 보도 12.9%, 사회 교양 14.3%, 오락 72.8%였다.

부산국 개국에 맞춰 보도 부문은 부산에서 특별 채용한 조재필 실장과 다른 언론사에서 특별 채용한 기자 4명 등 5명과 김희택 카메라맨 1명이 뉴스 제작과 진행을 맡았다. 개국 초기 뉴스는 하루에 10분짜리 두 차례 편성됐다.

그러나 개국 1년이 지났을 무렵 '광고성 보도'로 문제가 일어나 기자 1명을 제외하고 모두 문책성 인사로 회사를 떠나면서 부산국 뉴스 보도가 위기를 맞았다. 본사에서 충원된 김충기(TBC-TV 개국 요원, 작고) 과장이 부임했을 때는 국제신문에서 특별 채용된 신원호 기자 혼자서 2주 동안 사력을 다해 뉴스 제작과 진행을 맡고 있었다.

1967년 봄에 보도과가 보도부로 승격되고 부산국 공채 1기로 기자 2명을 뽑았으며 부산MBC 라디오에서 기자 1명을 특별 채용한 데 이어 이듬해에 부산국 뉴스도 서울 뉴스 취급으로 편성 시간이 늘어나면서 필자 등 2명의 기자를 공채, 보도부의 진용이 어느 정도 갖춰지기 시작했다.

### TV 보도부, 중앙일보 부산지사 통합 운영

1971년 TBC 부산국은 사옥을 국제신문에서 중구 중앙동 동방생명(현 삼성생명) 빌딩으로 이전했다. 같은 해 7월에 보도부는 중앙일보 부산지사와 업무와 인원을 통합함으로써 당시 신문 쪽에서 5명의 기자가 합류해 보도 부문의 인력이 확대 보강되었다.

이때 신문 출신인 나오진 기자가 통합 보도 부문의 취재보도부장을 맡고 방송 보도부 출신인 신원호 차장이 방송 데스크를 맡아 오다가 1976년부터는 신원호 보도부장 체제가 1980년 11월 30일 언론통폐합 때까지 이어졌다. 부산국에 기자 충원이 필요해지면 본사 차원에서 해마다 신입사원을 뽑거나 타사에서 특별 채용을 병행해 왔다.

중앙일보 부산지사와 TBC 부산국 보도부가 통합된 후 현장 취재기자들은 회사에 들어오면 TV 뉴스 보도용으로 취재한 내용을 200자 원고지에 먹지를 끼워 넣고 2부씩 작성했다. 2부의 원고 중 1부는 아나운서 낭독용이고 다른 하나는 뉴스 PD의 진행용이다. 방송 뉴스용 기사를 쓰고 나서는 신문용 기사를 별도로 작성해 야간열차 편으로 서울 본사로 보냈다.

### MBC, KBS TV 개국, 부산 TV 3국 경쟁체제 돌입

1964년 12월 개국 이후 TBC 부산국의 오랜 독주 시대가 끝나고, MBC 부산국이 1970년 1월, KBS 부산국이 1972년 11월에 각각 TV 방송을 시작함으로써 부산 방송계도 서울처럼 3국 정립(鼎立) 시대를 맞았다.

TBC-TV 부산국의 가장 큰 애로는 당국의 규제로 서울국의 와이드 뉴스를 부산에서 동시에 방송하지 못하고 자체 제작 뉴스에만 의존하고 있었다는 점이다. 1972년 한때 TBC 부산국은 미군 방송인 AFKN(American Forces Korean Network) 전송망을 이용해 아침 방송 1시간을 서울 본사와 동시 방송을 시도해 빛을 보았으나 이마저 한 달도 채 되지 않아 체신부의 규제로 중단되는 비운을 맞았다. 후발 주자인 MBC와 KBS 부산국은 자체 확보한 마이크로웨이브(Micro Wave) 전송망을 이용해 서울 본사와 동시 방송을 했으나 유독 TBC만은 마이크로웨이브 선로에 여유가 없다는 이유로 발이 묶여 있었다. 아쉽게도 언론통폐합으로 폐국할 때까지 TBC 부산국의 숙원이었던 '마이크로웨이브'를 이용한 '서울~부산 동시 방송'은 끝내 이뤄지지 않았다.

하지만 이런 어려운 여건에도 불구하고 개국 10년이 지난 1970년대 중반, TBC 내에서 부산국의 비중은 괄목할 만큼 확대되었다.

TBC 부산국 보도부 부원들(국제신문 옥상) 아랫줄 왼쪽 필자

서울 본사에서 조립한 중계차를 인수해 중계방송의 저변을 확대한 데 이어 1974년 4월에는 IO(Image Oricom) 카메라 4대가 장착된 대형 중계차를 도입함으로써 색상의 선명함과 기동성을 한껏 높이며 중계방송을 정착시키고 또한 중계차를 이용한 현장 취재도 활성화됐다.

이러한 연유로 1970년대 초반 실시한 시청률 조사 결과 TBC 부산국이 31.1%, KBS와 MBC 부산국은 26.7% 동률로 'TV 삼국시대' 경쟁에서 선두를 지키며 막강한 영향력을 과시해 부산과 울산, 경남 등 가시청권 시청자로부터 뜨거운 사랑을 받았다.

## 부산항 거점 녹용. 전자제품 등 밀수 성행

신문과 방송이 협업체제를 이룬 1971년 이후 부산국의 기자들이 받은 특종상은 10여 건에 이르며 항구 도시인 지역적 특수성과 연관된 것들이 많다.

1976년 8월, 우리나라 어선이 처음으로 경제수역 침범 문제로 중국 경비정에 피랍된 사실을 특종 보도한 필자는 이외에도 3건의 특종상을 더 받아부산국의 특종왕이 됐다.

이에 앞서 1971년 3월, 필자는 심야 부산항 군용 부두를 통해 밀반입된 용달차 1대분의 녹용을 싣고 가다 세관 직원에게 적발되자 운전기사가 화물차를 버리고 도망친 사건을 아침 뉴스에 특종 보도 했으나 군 수사기관에 불려 가 곤욕을 치르기도 했다. 이날 아침 일찍 부산세관에 취재를 돌면서 감시과장 책상 위에 올려진 보고서를 보고 기사를 썼는데 이 뉴스를 본 군 수사기관이 방송국을 찾아와 원고를 보자면서 취재 경위를 캐물었다. 당시 김한기 TBC 부산국장이 일단 피신하라고 권해 회사 밖에서 밤을 새우며 지내야 했다. 다음 날 세관 감시과장으로부터 연락이 와 "군용 부두란 말은 달아난 운전기사한테서 들은 것으로 하라."고 했다. 이어진 조사에서 그대로 얘기하자 군 수사당국은 운전기사를 검거하는 데 주력하면서 필자는 자유롭게 돼 특종도 빛이 바래지 않았다.

부산항에선 일본과 동남아를 오가는 외항선과 대마도 이즈하라(勝本)항을 본거지로 한 이른바 특공대 밀수가 성행했다. 부산세관을 출입하던 강남주 기자는 1967년 8월, 국보급 2점을 포함한 문화재 477점을 화물선편으로 일본에 밀수출하려던 일본인 2명이 낀 밀수범이 세관에 적발된 사건을 특종 보도했다.

### 인명 피해 많은 해난(海難), 화재 사고 잦아

부산항 주변에서는 잦은 해난 사고로 인명 피해도 커 자주 언론의 헤드라인을 장식했다.

1967년 1월 14일에는 가덕도 1마일 앞 해상에서 해군함정 충남호와 부산~여수 간 여객선 한일호가 충돌해 승객 90여 명이 아까운 목숨을 잃었다.

1970년 12월 15일 밤, 제주에서 부산으로 가던 여객선 남영호가 거문도 해상에서 침몰해 326명이 숨지고 12명만 구조된 대형 참사가 발생했고 이는 김영대 기자가 특종 보도했다.

1974년 2월 22일, 경남 충무 앞바다에서 통영 충렬사를 둘러본 뒤 모선으로 돌아가던 해군 YTL 선이 뒤집혀 해군 신병 159명이 숨지는 등 대형 해난 사고가 잊을만하면 또 일어났다.

바닷바람이 거센 부산은 대형 화재와 뗄래야 뗄 수 없는 악연이 있다고 해야 할까?

1950~1960년대 국제시장의 잦은 대형 화재와 부산역사(驛舍) 화재 소실 등으로 화마(火魔)의 도시라는 오명을 갖고 있던 부산에 1968년 1월 또 국제시장 화재로 135개 점포가 소실됐다. 이어 3월 18일 새벽에 새로 지은 부산전신전화국(당시 대창동)에서 불이 나 여직원 40여 명이 5~6층에서 창밖으로 뛰어내리다 5명이 숨지고 30여 명이 크게 다치는 참사도 있었다. 당시 이 장면은 TBC 부산국 김희택 촬영기자가 동영상으로 단독 촬영해 특종상을 받았고 해외에도 전해져 국제적인 뉴스거리가 됐다.

### 유괴 등 어린이 대상 잔혹 범죄 성행

부산에서는 유괴와 살해 등 어린이 대상 잔혹한 범죄도 빈번하게 일어났다.

1975년 8월 21일에는 부산 영도에 사는 8살 김 모 어린이가 용두산공원에서 살해돼 발견됐고 몸에는 사인펜으로 "대신공원에서 죽여 여기 버렸다."라고 적혀 있었다.

그 1주일 뒤에는 유괴됐던 5살 된 배 모 어린이가 사흘 만에 충무동 수산센터 매립지에서 발견됐는데 역시 복부에는 "우하하 죽였다."라는 글이 적혀 있어 어린이들의 부모는 물론 사회 전체를 경악 속에 빠뜨렸다. 이 두 사건은 지금까지 미해결 사건으로 남아 있다.

이른바 효주 양 유괴 사건의 피해자 효주 양은 사건 당시 10살이었다. 1978년 9월, 등굣길에서 유괴당해 범인이 잡히면서 33일 만에 구출됐으나 이듬해 4월 등굣길에서 또 납치됐다. 당시 박정희 대통령까지 담화를 발표해 무사 귀환을 호소했다. 범인은 심경의 변화를 일으켜 납치 나흘 뒤 밤에 경부고속도로 경주 요금소 부근에 효주 양을 내려주고 사라졌는데 뒤에 범인을 잡고 보니 효주 양 아버지(수산회사 사장) 회사의 운전기사로 드러나 모두를 놀라게 했다.

효주 양 유괴 사건을 취재하느라 억수로 고생한 부산국 김주형 기자에게 노력상을 안겨 줬다.

### 지역 특성 범죄 밀착 취재로 연이어 특종

부산의 여러 밀수 중 마약밀수는 범죄 조직과 깊숙이 연계된 한탕주의가 낳은 산물이다.

10번 범행에 9번 실패해도 1번만 성공하면 일확천금을 쥘 수 있어 조직 폭력배들은 조직 강화를 위해 밀수와 필로폰 제조와 유통에 적극적이었다.

1976년에는 부산 시내 민락동 산기슭에 고급 주택을 지어 놓고 밀조공장을 차려 필로폰을 만들어 유통해 온 이황순파 일당은 이 분야 대부로 통했다. 밀조한 제품을 주로 일본 폭력조직에 밀반출해 오던 이들 일당을 검거하기 위해 부산지검 마약 전담 수사 검사가 저녁 무렵 무장경찰 10여 명을 동원해 이황순의 집을 둘러싸고 자수를 권유했다. 두목 이황순 일당은 엽총을 쏘며 저항하다 2시간여 만에 모두 검거됐다. 두목 이황순이 자살을 기도해 병원으로 호송되는 사건도 부산국이 특종 보도했다.

이 밖에도. 1977년 1월, 이성백 기자의 남해안 불법어로와 도둑 어선들의 횡포와 율산 신선호 사장 피랍 미수사건, 1977년 9월, 보험금을 노려 남편과 가족 4명을 살해한 여인 검거 등 필자의 특종이 있다.

부산국 취재기자들은 지역 특성상 발생할 우려가 많은 사건·사고의 특성을 분석하고 수사기관 등에 대한 끈질긴 밀착 추적 취재로 얻어낸 값진 성과물이 적지 않다.

그 결과 부산국의 뉴스는 더욱 빛이 나 지역 사회 언론계와 여론을 선도하는 데 중추적 역할을 했고 부산국이 1970년대 'TV 삼국시대의 선두 주자'로 우뚝 설 수 있는 토대가 되었다. (TBC)

# TBC 부산국, 뉴스 PD의 고백

**강갑출** | 부산국 취재보도부, 15기
• YTN 보도국장
• YTN 라디오 대표이사
• 강원대 신방과 초빙교수

1970년 3월 2일 첫선을 보인 TBC-TV의 간판 연속극 〈아씨〉는 방영하자마자 일일드라마의 꽃으로 등장, 방송국마다 뒤따라 일일연속극을 양산하는 붐을 일으켰다.

매일 밤 9시 반에 시작되는 〈아씨〉를 보기 위해 시민들이 일찍들 귀가하는 바람에 서울 도심이 텅 비다시피 했다는 말이 나올 정도로 드라마 〈아씨〉는 장안의 화제와 인기를 독차지할 정도였다.

하지만 그때 당시 부산 지역에선 서울서 이미 방영된 〈아씨〉드라마를 1주일 늦게 볼 수밖에 없었다. 당연히 〈아씨〉가 선풍적인 인기를 끌고 방영 횟수가 거듭될수록 부산에선 다음 연속극의 전개 방향에 대한 궁금증으로 애태우는 시청자들이 늘어만 갔다. 이런 현상이 생기게 된 연유는 당시 TBC에는 서울과 부산 사이에 마이크로웨이브(M/W) 전송망(電送網)이 구축되지 않아 동시 방송이 불가능했기 때문이었다. 체신부가 선로 부족을 이유로 전송망 개설 허가를 내주지 않아 빚어진 결과였다.

### 〈TBC 夕刊(석간)〉은 당일 방송
당시 TBC-TV 부산국의 뉴스 제작자들의 가장 큰 고민도 바로 여기에 있었다. 동시 방송이 물리적으로 불가능한 상태이지만 그렇다고 속보성이 제일 우선인 뉴스마저 드라마처럼 한 주일씩 늦게 보도할 수는 없는 것 아닌가?

결국 서울과 부산 간에 동시 방송은 안 되더라도 최대한 속보성 있고 종합적인 다양한 뉴스를 제작해 시청자들의 만족도를 높이는 게 우선이었다. 부산국은 그 해결책으로 뉴스 제작은 서울 등 전국 뉴스와 국제뉴스, 그리고 부산을 중심으로 한 지역 뉴스 모두를 아우르는 종합편성 방식을 택하기로 했다.

이에 따라 부산국 뉴스의 간판 프로그램인 밤 9시에 방송되는 〈TBC 夕刊〉은 전반부에 서울의 정치권 뉴스와 경제 뉴스 그리고 전국 곳곳의 사건·사고 소식과 해외 지구촌 뉴스 등을 5분 정도의 분량을 배치해 보도했다. 중요한 사건·사고는 서울 본사 기자의 리포트(녹음)와 현장 전화 연결로 처리했다. 이어 부산권을 중심으로 당일 발생한 머리기사와 기획취재한 아이템 등을 후반부에 15분 분량을 배치해 20분간 종합뉴스를 방영했다. 이에 앞서 저녁 7시에는 10분간 〈TBC 저녁 종합뉴스〉를 제작 방영했다.

### 3명의 뉴스 PD가 부산국 뉴스 제작

경쟁방송인 KBS와 MBC가 모두 체신부의 전송망을 사용해 서울-부산 간 동시 방송을 하는 상황에서 TBC-TV 부산국만 변칙적 방송으로 경쟁을 하자니 품도 많이 들고 작업도 힘들었다.

당시 중요 뉴스의 가치를 판단하고 선정해 TV 방송용으로 제작 송출하는 일을 기자 직분인 3명의 뉴스 PD가 도맡아 했다. 이 같은 뉴스 제작 진행 업무는 서울 본사 편집제작부에서는 7~8명 이상의 내근 기자들이 하는 통상적인 일이었다.

신입기자로 들어오면 일정 기간 뉴스 진행에 대한 소정의 교육을 받고 인정을 받으면 뉴스 진행을 전담하게 된다. 이후 일정 기간 뉴스 진행 PD 업무를 익힌 다음, 취재기자로서의 일선 취재 전선에 나서게 된다.

내근 기자인 뉴스 PD의 하루는 참으로 고달프다. 아침에 출근하는 뉴스 PD 2명은 당시 동양통신과 합동통신 그리고 서울 본사와 연결된 기사 송출 시스템에서 들어오는 기사 중에 뉴스 비중이 높다고 생각하는 기사를 선별해 문어체(文語體)를 방송용인 구어체(口語體) 기사로 재작성하는 일이 큰 일거리였다. 이 가운데 중요 뉴스로 리포트 거리가 있으면 서울 지방부와 상의해 녹음테이프와 기사 관련 필름(동영상)을 발송해 달라고 요청한다. 이렇게 요청한 필름은 서울 촬영부에서 복사해 양화(positive film) 상태로 김포공항에서 항공편을 이용해 김해공항에 매일 오후 4~5시쯤 도착하게 된다. 이때 공항에 파견된 기사가 필름을 받아 저녁 뉴스 시간에 방송할 수 있도록 갖고 온다. 이런 과정에 바깥에서 취재하는 사건기자 등이 전화로 송고하는 기사가 있으면 이를 받아 적어 담당 데스크에 올린다. 또한 부산국 발생 중요기사가 있어 서울 라디오에서 요청이 있으면 전화로 라이브 방송에 참여하기도 한다.

오후에 출근한 1명의 뉴스 PD는 오늘 들어온 뉴스를 모두 파악한 뒤 밤 9시 〈TBC 夕刊〉 방송 준비에 전념한다. 아침에 출근한 뉴스 PD 1명은 〈TBC 저녁 종합뉴스〉를 진행하고 퇴근한다. 나머지 1명의 뉴스 PD는 밤 9시 〈TBC 夕刊〉의 진행을 도와준 뒤 퇴근한다.

### 순간적 판단 잘못으로 방송사고 자주 발생

뉴스 진행할 때 부주의로 인한 방송사고는 예고 없이 일어나기 마련이다. 부산국에서 촬영한 필름은 음화(Negative)이고 서울에서 보내온 복사 필름은 양화(Positive)이기 때문에 뉴스를 진행할 때 부조종실에서 반전(反轉 Film Converting)시켜야 한다. 뉴스 PD가 반전 주문(Order & Call)을 하지 않아 검은 머리카락이 흰 머리카락으로 뒤바뀌어 나가는 방송사고도 가끔 발생하였다. 당연히 시청자의 항의 전화가 빗발치고 상사로부터 호된 질책이 뒤따른다. 오후 늦게 중요한 뉴스가 발생했을 때는 방송 시간에 맞춰 필름을 수송하기 위해 공항에 나간 수송차량 기사가 분초를 다투는 운전을 해야 하는 아찔한 경우도 많이 있었다. 여기에 뉴스 시간이 임박해 발생한 사건·사고의 제목을 뽑아 처리하는 텔럽(Telop : 영상 속에 자막을 직접 넣어 보내는 장치)이 제때 빨리 처리되지 않아 뉴스 PD의 애간장을 타게 하는 일도 적지 않았다.

간판 프로그램인 〈TBC 夕刊〉을 진행하는 뉴스 PD는 최종 뉴스 진행표 (Que Sheet)에 명시된 순서대로 텔럽과 슬라이드, 필름과 녹음테이프 등을 챙겨 나선형 철제계단을 올라가 기술감독 등 기술 스텝이 있는 부조종실로 향한다. 여기서 기술 스텝과 뉴스 진행 관련 의견 교환을 마치면 최종 〈TBC 夕刊〉 송출을 기다리는 긴장된 시간이 흐른다.

밤 9시 정각! 뉴스 PD의 "타이틀 스타트!" 콜(Call)이 울려 나오고 연이어 부조정실 화면을 보고 "앵커로 컷! 헤이 큐!" 하면 오늘 하루 동안 일어난 지구촌 곳곳의 중요 뉴스가 TBC 시청자의 안방을 찾아간다.

보람된 순간이란 생각이 뇌리를 스친다. "오늘도 무사히!" 뉴스 진행이 끝나고 회사 앞 구멍가게에서 마시던 시원한 맥주 한 잔의 그 맛을 지금도 잊지 못하고 있다.

### 일기예보, 통보관 진행 시대 개척

1970년대 중반에는 밤 9시 〈TBC 夕刊〉에 연이은 〈일기예보〉 코너에서 부산지방기상대 박대홍 예보관을 출연시켜 기상정보뿐만 아니라 날씨와 연관된 다양한 생활정보를 소개해 큰 인기를 끌었다. 이 코너는 박 예보관이 2년여 만에 승진해 울릉도 측후소소장으로 가면서 후임자를 구하지 못해 아쉽게 폐지됐다.

TBC의 이 〈일기예보〉 코너는 시청자들이 기상정보의 중요성을 새롭게 인식하는 인기 프로그램으로 자리 잡아 다른 방송사에서도 뒤따라서 기상 통보관을 뉴스 끝부분에 출연시켜 날씨와 관련된 생활정보를 전하기 시작했고, 이후에는 다시 방송사들이 기상 전문기자를 뽑아 기상 통보관을 대체하는 큰 변화의 바람을 일으켰다.

부산국 직원들이 마지막 남긴 글(1980.11.30.)

## 부산국 기자 그릇된 관행 타파에 앞장서

시청과 구청, 법조(검찰·법원), 경찰, 세관 등 부산 시내 주요 출입처에는 당시 기자실이 있었는데 가끔 특정 기사를 두고 어두운 담합이 이뤄지곤 했다. 당시의 시대상이었다고 하지만 눈살을 찌푸리기에 족한 잘못된 관행이었다. 하지만 TBC 부산국 기자 모두는 이러한 잘못된 담합을 거부하고 기자정신을 제대로 지켜 가며 시청자들에게 올바른 뉴스를 제공했다고 자부한다.

당시 사건·사고 기사는 육하원칙(六何原則)에 따라 철저하게 구체화하는 것이었다. 피해자와 가해자의 주소와 성명, 나이, 인물사진, 직장 등을 모두 밝혀야 잘된 기사로 인정받았다. TV 화면용 영상 확보를 위해 연탄가스로 숨진 여고생의 인물사진을 구하기 위해 피해자의 집을 찾아가 앨범을 뒤지는 일도 흔히 있었다. 요즘 같으면 개인 신상정보 공개 위반으로 기자가 처벌받아야 마땅한 상황이다. 1960~70년대 사건기자는 아침 일찍 경찰서 등 출입처에 나가 사건 사고 기사를 챙겼다. 이후 근처 다방(茶房)에 들러 커피나 쌍화차 한 잔에 반숙 달걀로 아침 빈속을 달래는 것이 흔한 일이었다.

## 시청자와 함께한 생활밀착형 부산국 뉴스

1960년대 후반 TBC 부산국이 취급한 주요 뉴스를 살펴보면 실생활과 밀접한 뉴스가 주류를 이루었다. 1965년 5월, 부산 시내 서구 일대 주민들이 감천 화력발전소의 매연을 문제 삼아 한국전력을 상대로 소송을 제기했다는 뉴스에 이어 12월에는 한일 민간 어업협정이 체결됐다는 뉴스도 있다.

이듬해 9월 1일부터는 하루에 두 번 들어 올리던 영도다리를 고정시켜 진풍경을 볼 수 없게 돼 아쉬움을 남겼다는 뉴스, 1967년 2월 13일, '깃발'이란 시로 유명한 청마 유치환 시인이 밤 9시, 부산 시내 좌천동 도로에서 교통사고로 타계했다는 안타까운 소식을 전하기도 했다.

1968년 5월 19일에는 58년간 운행돼 온 부산 시내 전차가 운행을 중단해 철로가 철거됐다고 전했고 같은 해 8월에는 부산과 일본 시모노세키 간 항로가 개설됐다는 뉴스를 보도하는 등 부산국 뉴스는 갖가지 실생활에 필요한 정보를 제공하는 데 온갖 노력을 기울였다.

1969년 4월 26일, 김대만 부산시장이 수뢰 혐의로 대검에 구속되고 다음 달 12일에는 이기수 경남도지사가 대통령 순시 때 초가를 강제 철거한 혐의로 해임됐다는 소식을 타사에 앞서 재빨리 전해 고위 공직자들의 부패 혐의와 눈가림식 업무 처리에 일대 경종을 울리기도 했다.

또한 부산국은 어려운 제작 여건에도 개국 특집으로 〈부산항 개항 80년사(史)〉를 제작·방송해, 부산항의 근대화 과정을 조명했고 1968년 12월부터 고발 프로그램 〈있으나 마나〉 이듬해 11월부터는 〈하나 마나〉를 방송해 행정당국의 무사안일과 예산 낭비 등을 질타했다.

〈보도 기획〉 시리즈로 '어린이 놀이터 만들기 캠페인'을 벌여 부산시가 당시 1천여만 원을 들여 놀이터 25군데를 만들었고 TBC 부산국도 자체 모금 운동을 벌여 조성된 기금으로 남구에 '동양 어린이 놀이터'를 만들어 기증하기도 했다.

이처럼 'TBC 부산국 뉴스 17년의 기록'은 언제나 시청자와 희로애락을 함께한 뉴스가 대종을 이루고 있으며 이를 위해 소수정예의 기자들이 일당백의 정신으로 뭉쳐 뛰었다.

### "내일은 겨울이 시작됩니다", "나두야~ 간다"

1980년 11월 30일 언론통폐합 조치로 TBC 부산국은 KBS 부산국에 통합되었다.

이날 밤 12시 TBC 부산국은 석별의 노래 〈올드 랭 사인(Auld Lang Syne)〉이 애잔하게 흐르는 가운데….

"내일은 12월 1일, 겨울이 시작됩니다."(당시 기사 검열 때문에 은유적 표현 사용)라며 그동안 사랑으로 시청해 주신 부산시민들에게 고마움과 함께 아쉬움의 작별 인사를 전했다.

부산 하구언, 철새 도래지인 을숙도의 석양 풍경에 때마침 날아온 철새와 바람에 흔들리는 갈대숲을 배경으로 민족시인 박용철 님의 〈떠나가는 배〉 시구절을 스크롤(Scroll)로 올리며 석별의 정을 나눴다.

〈떠나가는 배〉 박용철(1904-1938) 지음

나두야 간다
나의 이 젊은 나이를
눈물로야 보낼 거나
나두야 간다

아늑한 이 항구인들 손쉽게야 버릴 거나

주름살도 눈에 익은 아~ 사랑하던 사람들

박용철 님의 '떠나가는 배' 시구(詩句)가 TV 화면에서 멀리 갈대숲 어둠 속으로 사라지면서(fade out) TBC 부산국 뉴스도 개국 17년 만에 그 대단원의 막을 내리게 되었다. (TBC)

# 초기 TBC 외신부 그리고 외무부 풍경

**김영수** | 보도국 외신부, 9기
- KBS 정치부 차장
- KBS 베를린 특파원
- 런던 특파원
- 해설위원

1964년 TBC 개국 직후에는 보도 체제가 완벽하게 갖춰지지 않아 국제뉴스만을 담당하는 별도의 조직은 없었다. 당시 사회적으로 국제뉴스 수요가 그렇게 많지 않았기 때문에 보도 시스템을 보강해 나가는 과정에 공무원 조직처럼 들리는 보도과(報道課)에서 기자 1명이 외신(外信)을 전담했다.

TBC 보도과에 국제뉴스를 원천적으로 공급하는 곳은 외신을 전문적으로 취급하는 통신사들이다. 동양통신을 비롯해 동화통신, 합동통신 등 3개 통신사와 '기사 공급 계약'을 체결하고 국내뉴스와 국제뉴스를 동시에 공급 받았다. TBC는 개국과 동시에 AP, UPI, AFP, REUTER 등 세계적인 통신사와도 기사 공급 계약을 맺었고 중요한 국내뉴스를 공급해 주기로 했다.

1965년 11월 TBC의 라디오 보도 부문과 TV 보도 부문이 통합하면서 기존의 보도 조직인 보도과가 보도부(報道部)로 승격했으나 국제뉴스를 전담할 외신부는 탄생하지 않았다. 당시 TBC는 신생 방송국이고 사회 형편상 국제뉴스가 본의 아니게 그만큼 홀대받은 결과일 것으로 판단한다.

## 외국 통신사들과 기사 공급 계약 확대

1960년대 후반 외국과의 문호가 크게 열려 수출이 증대하고 경제가 고도 성장의 기반을 착실하게 다지며 사회가 다양하게 급변하면서 국내뉴스와 국제뉴스의 수요가 급격히 팽창했다.

국제뉴스와 화면 등 충분한 자원 확보를 위해 1968년 9월에는 일본 시사통신(時事通信)과 뉴스 및 정보 교류에 관한 팩시밀리 수신계약도 맺었다.

TV 뉴스를 위한 다양하고 생생한 화면 확보를 위해 미국의 ABC뉴스에 이어 영국의 VISNEWS 사(社)와 각각 외신을 비롯해 스포츠 및 기타 기획 특집물(다큐멘터리)의 화면과 스크립트(script, 방송 원고) 공급 계약을 맺기도 했다.

또 1971년 5월에는 대만의 중국전시공사(中國電視公司)와 TV 프로그램 및 뉴스 상호교환, 제작 협력, 인적 교류를 골자로 한 협정을 맺었고, 9월에는 일본 NTV와 뉴스 소재 상호협력과 기술 및 인사 교류 협약을 체결했다.

## 개국 10년 반 만에 외신부 신설

여러 분야에서 해외와의 교류가 확대되면 될수록 해마다 국제뉴스의 수요가 늘기 마련이다. 이러한 시대의 흐름에 부응하기 위해 TBC의 보도 조직도 확대되면서 국제뉴스를 폭넓고 깊이 있게 다룰 외신부(外信部)가 신설됐다. 1974년 12월, 개국한 지 10년 반 만에 보도 조직에 혁신의 바람이 분 것이다.

사실 외신부 탄생을 그냥 손 놓고 기다린 것은 아니고 그럴듯한 외신부가 탄생하도록 내부 진통을 거듭해 왔다. 외신부 탄생에 앞서 1974년 3월 과도기적인 조직으로 차장급 기자 1명과 평기자 2명 등 3명으로 외신반(外信班)을 편성해 운영해 왔다. 또 외신을 직접 수신하는 텔레타이프도 설치했고 로이터 통신과 UPI 통신과도 국제뉴스 공급 계약을 맺었다.

필자는 입사 초년생으로 선배로부터 텔레타이프를 통해 입전되는 외신 원문을 번역해 방송 기사체로 뉴스를 작성하는 방법과 외신 내용에 맞도록 화면을 편집하는 방법을 도제 교육받듯이 전수받았다. 신문 편집국에서 자리를 옮겨 외신반에서 함께 팀워크를 이뤘던 김건진(중앙매스컴 2기) 선배가 LA 주재 특파원으로 발령을 받아 가는 바람에 외신반은 해체되는 운명을 맞았었다. 시대 변화에 따라서 숱한 진통을 거듭한 후 외신부가 신설되면서 보도 조직은 어느 정도 격을 갖추게 되었다.

외신 조직이 갖춰지기 전에는 보도국 정경부(政經部)에서 기자들이 돌아가며 겸업 형식으로 국제뉴스를 취급했고 중앙일보 편집국 외신부 기자가 방송에 출연하는 협업 체제도 유지됐다.

세계 곳곳에서 발생하는 주요 국제뉴스를 현장감 있게 보도하기 위해 중앙일보 워싱턴 특파원과 파리 특파원을 수시로 불러내 전화 연결해 방송하기도 했다.

아시아 지역의 뉴스 중심지인 도쿄에는 TBC 보도국 소속의 부장급 특파원 1명이 파견돼 삼성그룹 도쿄지사에 사무실을 두고 아시아 지역의 주요 국제뉴스가 발생할 때마다 전화를 수시로 연결해 방송했다. TBC 도쿄 주재 특파원은 워싱턴 특파원 못지않게 세계에서 가장 일이 많고 눈코 뜰 새 없이 바쁜 특파원이다.

당시에는 신생 TV 방송국의 재정 형편상 촬영기자를 상주 특파원으로 보낼 수 없었기 때문에 도쿄 특파원의 경우는 기자가 소형 카메라를 들고 직접 사건 사고 현장을 촬영하는 1인 2역을 정신없이 했다. 또 촬영한 뉴스 필름을 하네다 공항에 가서 대한항공편으로 서울로 배송하는 일도 해야 했다. 그밖에 런던에는 현지 동포를 통신원의 형태로 채용, 전화로 유럽의 주요 뉴스를 전했다.

1974년 12월 새로 출범한 외신부는 다음 해 3월이 되어서야 부장과 부원 2명이 발령을 받아 정식 업무에 착수했다. 당시 1964년 신입사원 1기로 공채된 김우철 기자가 입사 10년 만에 부장으로 발령을 받았고, 부원은 공채 9기인 김영수와 정교용 등 기자 2명이다. 부장 1명에 부원 2명으로 아주 단출한 조직이지만 타사와의 경쟁에서 뒤지지 않도록 '일당백 정신'으로 국제

뉴스를 다양하고 흥미롭게 요리해 시청자에게 제공했다.

## 외신 기사, 읽기 쉽고 듣기 편하게 작성

국제뉴스는 국내 합동통신과 동양통신 등 양대 통신사가 인편으로 하루 네댓 차례 배달하는 뉴스레터(소식지)에 크게 의존했다. 통신사가 발행한 외신 소식지가 배달되면 기자 1명이 미국과 유럽 지역의 뉴스를 담당하고 다른 1명의 기자는 일본과 중국 등 동남아시아와 중동 지역의 뉴스를 담당했다.

외신 담당 기자들은 신문 기사 문체로 인쇄되어 배달된 외신 기사를 아나운서가 읽기 편하고 시청자들이 듣기 쉽도록 방송용 구어체로 바꾸는 작업을 통해 방송 원고를 작성 편집제작부로 넘긴다.

긴급한 외신을 시청자들에게 전달하기 위해서는 세계 주요 뉴스 통신사가 제공하는 텔레타이프(Teletype) 전송 단말기 설치가 무엇보다 시급한 현안이었다. 그래서 개국과 함께 우선 AP, UPI 통신, 일본의 시사통신(JiJi Press)의 단말기가 설치돼 TBC 뉴스가 격식을 나름대로 갖춘 상태였다.

TV 뉴스에서 영상 확보는 필수 중 으뜸이다. 당시는 흑백 방송 시대였으므로 국제통신사가 TV 뉴스용으로 제작한 16밀리 동영상(Film Reel)을 입수해 방송에 활용하는 경우가 허다했다.

국제 운송 수단이 여의찮던 1960~70년대 당시 필름 입수 방법으로 미주 지역과 일본 지역의 뉴스 필름은 도쿄와 김포공항을 잇는 항공편을 통해 해결했다. 이때 대한항공 조종사와 승무원들이 필름을 전달해 주는 역할을 묵묵히 수행해 주었는데 이 자리를 빌려 고마웠다는 인사의 말을 전하고 싶다.

유럽과 아프리카 및 기타 지역 뉴스 화면은 영국 런던에 있는 VISNEWS사(社)가 제공한 다양한 필름을 활용해 뉴스 제작에 활용하고, 남은 영상은 별도로 짤막한 해외 토픽 프로그램을 만들어 시청자들의 눈을 즐겁게 했다.

한편, 대형 참사 등 화급한 외신 화면은 통신위성을 통해 방송국에서 직접 수신해 방송할 수 있었으나 통신위성으로 수신하는 데 상당한 비용이 들기 때문에 꼭 필요한 때를 제외하고는 사용하지 않는 편이었다. 자칫 경영진의 비위를 건드릴 수 있어 통신위성 사용을 꺼렸다. 하지만 TBC 뉴스는 '허투루 쓰지 않고 쓸 때는 쓴다'는 정신으로 국제뉴스에 통신위성을 자주 활용함으로써 TV 3사 뉴스 경쟁에서 우위를 지속해서 유지할 수 있었다.

필자가 외신부를 떠난 뒤 1977년부터는 런던의 VISNEWS, UPITN(TV News)이 그날의 주요 외신 영상을 인공위성으로 홍콩지사에 보내면, 홍콩지사는 그 영상을 그 당시 뉴미디어였던 U-매틱(matic) 카세트테이프에 담아 김포공항으로 보내 줬다. 그러면 매일 통관사가 오후 늦게 찾아 외신부로 배달해 줘 밤 9시 〈TBC 석간〉에 방송할 수 있게 됐다. 위성 서비스로 시청자들이 그날 일어난 주요 국제뉴스 영상을 당일 보게 된 것이다.

보도국 외신부 한쪽에 설치된 외신 텔레타이프 단말기 3대와 외신부 기자는 TBC 저녁 중심 뉴스인 9시 〈TBC 석간〉의 세트 역할을 톡톡히 해 냈다. 텔레타이프에서 나오는 현장음이 음향 효과 못지않아 생방송 현장 분위기를 제대로 살렸다. 방송 도중 앵커(진행자)가 보도국

보도국 외신부에서 진행하는 TBC 뉴스

을 연결해 방금 들어온 최신 뉴스를 알아보겠다고 마이크와 카메라를 넘기면 외신부에서 당직 기자가 속보(速報) 형태의 뉴스를 전달했는데 이때 배경이 외신부로 보도의 긴박감과 현장감을 살리기에 안성맞춤이었다.

### 외신부에서 외무부로 출입처 옮겨

1977년 봄 첫 외근 출입처로 외무부를 나가게 됐다. 당시 외무부가 당면한 최대 현안은 '박동선 사건'이었다. 유신독재로 미국 정부로부터 압박을

받고 있던 박정희 정권으로선 설상가상으로 큰 시련이었다.

1976년 10월 24일 자 워싱턴 포스트는 박정희 대통령의 지시로 박동선과 한국의 중앙정보부 등이 미국 국회의원과 공직자들에게 의회 내에 친한(親韓) 분위기를 조성하기 위해 1970년대 들어 매년 50만 달러에서 1백만 달러에 이르는 현금을 포함한 뇌물을 뿌렸다고 보도했다.

이 사건은 1974년 8월 닉슨 대통령이 워터게이트(Watergate) 공작을 은폐하려던 모의가 드러나 탄핵 직전에 사퇴한 뒤, 미국 언론이 탐사보도에 더욱 열을 올리면서 일어났다. 미국언론은 민주당 선거사무실에 침입해 도청 장치 하려던 워터게이트 사건에 빗대어 '코리아게이트라'고 불렀다.

박정희 정권은 1976년 12월 이 사건을 발표할 때까지 국내 언론을 철저히 통제했다. 당시 카터 행정부의 주한미군 감축 움직임과 이에 따른 한국군 현대화를 위한 특별지원책이 미 의회로부터 승인돼야 하는 상황이었기 때문에 미 의회 로비가 절박한 처지였다는 점은 한국 국민으로서 충분히 이해가 되는 대목이었다.

박동선 사건은 외무부 박동진 장관과 박쌍용 미주국장을 주축으로 대응해 나갔다. 중앙정보부 등 관계 기관의 간접 지원도 뒤따랐다. 워싱턴포스트 보도 이후 미국으로 망명한 김형욱 전 중앙정보부장이 미 의회 증언에 나서면서 로비와 관련한 한미 외교 갈등은 최고조로 치닫고 있었다.

1977년 9월 미연방 대배심원이 한국 로비스트로 지목한 박동선을 뇌물 제공과 선거자금 불법 제공 등의 혐의로 기소했다. 기소 당시 박동선은 국내에 머물고 있었다. 이에 미 행정부는 재판 관할권과 관련해 외교 경로를 통해 박동선의 신병 인도를 압박했다.

외무부 출입기자들은 매일 외신 텔레타이프에서 쏟아져 나오는 박동선 사건 관련 기사들을 점검하는 한편 특파원을 통해 현지 분위기를 읽고 이를 토대로 외무부의 대응 전략 취재에 나섰다.

당시, 외무부 취재는 기자실에서 진행됐는데 미주국, 아주국 등 담당 국장의 현안 브리핑 내용과 해외에서 타전되는 관련 뉴스를 바탕으로 진행됐다. 장관과 차관, 차관보와 면담이 허용될 경우 내용도 비중을 더 한다. 외무부 실·국장 브리핑에는 비보도(非報道-Off the record)를 전제로 하는 내용과 일정한 시간까지 보도를 유예하는 엠바고(Embargo)란 족쇄가 채워지는 기사가 포함됐다.

외무부 출입기자들은 이 같은 기본조건을 충족하면서 취재 결과물을 내야 했다. 외무부에서 가장 신뢰할 수 있는 취재원은 단연 장관이다. 출입기자들은 장관이 당시 중앙청 청사 입구에서 집무실로 이동할 때 밀착 맨투맨 식으로 접근해 기사의 단초를 끌어내기 위해 치열한 경쟁을 벌였다.

한 가지 사례를 언급하자면, 박동진 장관이 생리현상 해소차 화장실 갈 때 기자들이 줄기차게 따라다니면서 질문을 이어 가자, 화가 난 장관이 순간적으로 혼잣말로 '개새끼들'이라고 내뱉었다가 이를 접한 기자들이 거칠게 항의하고 공식 사과를 요구했다. 결국 기자단의 항의에 박 장관이 내가 실언했다. 영어로 "Slip tongue" 했다고 말했다. 외교관 신분을 떠나 남자로서 장관의 자세는 지탄받아야 마땅했다.

박동선 사건은 우여곡절 끝에 1978년 박동선이 미국에 가서 미 의회 증언으로 마무리하고 미연방법원이 박동선 기소를 공식 철회하는 수준에서 종결됐다. 박동선의 미국행과 관련해 미 법무부 담당 차관이 특사로 내한해 우리 측과 협상했으나 소기의 목적을 이루지 못하고 귀국하는 김포공항에서 한 말이 기억에 남는다. 외교 교섭에선 결코 'NO'라는 언어를 사용하지 않는다는 외교 교본 내용을 확인했기 때문이다. 차관은 기자들 앞에서 다음과 같은 말을 남기고 총총히 전용기 트랩을 올라갔다. "We agreed to disagree." (TBC)

# 어느 쫄따구의 외신부 바라기

**한종범** | 보도국 외신부, 11기
- 중앙일보 편집국 부국장
- 동아방송예술대학 총장
- 80년 해직언론인협의회 상임대표

1974년 11월 15일, 11기 신입사원 인사 발령이 났다. 나는 보도국이다. 물론 예상은 했다. 연수가 끝나기 며칠 전, 인사 담당 김성수 부장(작고)이 "한종범 씨는 서울 말씨 또박또박 쓰는 게 보도국 체질 같아." 하며 넌지시 암시했다.

"아하. 보도국?", "가면 사쓰마와리(경찰 출입기자의 일본말)" 하고 짐작하고 있는데, 발령은 그게 또 아니었다. 11기 동기 5명이 보도국에 배치됐다. 신종오, 석인호, 정강영(작고)은 사회부, 나와 김영철(작고)은 외신부란다. 연수 때 입사 성적이 좋다며 동기생 반장까지 시키더니 첫 발령부터 내근 부서라니…. 풀이 푹 죽어 외신부를 찾아 나섰다.

당시 보도국은 서소문 중앙매스컴 사옥 5층에 있었다. 중앙에는 라디오 편성국 전용의 라디오 부스와 주조정실이 큰 규모로 자리 잡았고, 보도국은 그 옆 창문 쪽으로 긴 직사각형 형태로 구석지게 붙어 있었다. 그냥 보아도 잘나가는 라디오 편성국(당시 TBC 라디오 청취율은 타의 추종을 불허)에 더부살이하는 모양새였다.

## 전입 신고하던 날 기자도(道) 배워

외신부는 그 가운데서도 맨 구석쟁이었다. 체육부 옆에, 급히 만든 듯한 리포트 녹음실이 있었고, 그 언저리에 외신부였다. 책상은 다섯 개. 이번에 수습 둘이 오는 걸 감안하면, 기존 외신부는 달랑 세 명인 모양이다. '규모의 초라함' 때문인지 외신부는 금방 찾을 수 있었다.

당시 외신부 책임자는 박영술(TBC 1기) 부장. 서울문리대 불문과 출신답게 코가 크고 수염 자국이 성성한 이국적 풍모였다. 나중에 들은 얘기지만, 보도국 내 알아주는 경제통이었다. 엉거주춤 앞으로 다가가 전입 신고를 했다. "부장님. 수습 왔습니다." 그 순간 그는 우리 둘을 쳐다보더니 조용한 말투로 "야. 님 자(字) 빼." 한다. 처음에는 님 자를 빼라는 게 무슨 말인지 몰랐다. 그러다 한참을 생각해 보니, 당신을 '박 부장님'이 아니라 '박 부장'이라고 부르라는 거였다.

언론사에서는 높은 사람도 '김 차장', '이 부장', '박 국장' 하고 막 부른다. "기자는 각자가 자신이 소속한 언론사를 대표하는 독립적인 존재이기 때문에 상하 관계를 나타내는 '님' 자를 써서는 안 된다."는 것이 박 부장이 나중에 해준 설명이었다.

문화 충격이 채 가시기 전에 점심시간이 됐다. 박 부장은 우리 수습 둘을 데리고 구내식당으로 갔다. 점심값을 어떻게 내야 하는지 나도 모르게 손이 바지 주머니로 들어갔다. 뒤에 있던 박 부장, "선배 앞에서 돈 내는 시능만 해도 불경이다."라고 웃으면서 한말씀 하신다. 수습 첫날 나는 박 부장한테 기자가 갖추어야 할 덕목(德目) 두 개를 확실히 전수하였다. 누구에게도 '님' 자 안 붙이고 내가 제일 선배면 내가 계산한다는 것. 이 두 가지는, 그 뒤 내가 언론사에 근무했던 23년간 꼭 지키려고 애썼던 금과옥조(金科玉條)가 되었다.

## 잊지 못할 두 선배의 실전 교육

외신부 선배는 두 명. 9기의 정교용 형과 역시 9기의 김영수 형이다. 정교용 형은 자타가 공인하는 중국통이다. 60년대 문화혁명 이후 70년대에 들어서도 죽(竹)의 장막이 쳐져있던 중국의 움직임을 외신 보도와 당시 금기서적 등을 통해 꾸준히 추적하고 있었다.

김영수 형 역시 자타가 공인하는 만물박사 잡학사전. 양(洋)의 동서(東西), 시(時)의 고금(古今), 모르는 것이 없었다. 영수 형은 집이 서촌(西村) 쪽이었는데, 아침 출근길 서소문까지 뛰어서 왔다. 어제 마신 술이 단감 먹은 듯 달달하게 입 냄새로 살살 풍기면서 말이다….

드디어 두 선배에 의해 11기 두 수습의 리포트 실습이 시작됐다. 첫날은 김영철의 차례. 그런데 시작과 동시에 큰 사달이 났다. 김영철은 10대 초반인 중학교 입학 때 서울로 유학 온, 그러니까 평상시엔 서울 말씨를 또박또박 쓰는 서울 사람이다. 그런데 녹음실에 들어가 리포트를 하려니 자신도 모르게 고향 사투리가 튀어나오더란다. 당황해 녹음실을 뛰쳐나가 그 뒤로는 회사에 나타나지 않고 직장을 코트라(KOTRA)로 옮겼다.

김영철 다음은 내 차례. 그날 사망한 스페인 프랑코 총독에 관한 리포트가 내 몫이었다.

스페인은 1932년 좌파의 인민전선 내각이 성립되자 프랑코 장군의 군부가 반란을 일으켜 치열한 내전 상황에 빠졌다. 군부와 인민전선의 지원 국가가 각각 다를 정도로 역사상 유례를 찾기 힘든 내전이었다. 결국 1939년 3월, 프랑코 군부는 승리를 거두었고, 이후 40여 년간 프랑코의 장기 집권이 계속되다가, 내가 외신부로 발령받은 날인 11월 20일에 그가 사망했다.

스페인 내전이 할퀸 상흔은 예술가들의 작품에 고스란히 남아 있다. 미술 작품으로는 피카소의 〈게르니카〉가 있고 문학 작품으로는 어니스트 헤밍웨이가 쓴 〈누구를 위하여 종은 울리나(For Whom the Bells Toll, 1940)〉

가 대표작이다.

특히 헤밍웨이의 소설은 1943년, 게리 쿠퍼와 잉그리트 버그만 주연으로 영화화되며, 엄청난 화제를 불러일으켰다. 청순 미모 형의 순박한 잉그리트 버그만이 머리를 자르고 나온 것이 호사가들의 큰 관심을 불러일으켰고, 게리 쿠퍼와 키스를 도모하면서 "코는 어떻게 해야 해요?" 하며 순진무구하게 묻던 장면은 전 세계 뭇 남성들의 심금을 크게 울렸다.

또 마지막 장면. 다리를 지키기 위해 쿠퍼는 기관총을 난사하고 그 위에 잉그리트 버그만의 얼굴이 겹치면서 오디오는 교회의 종을 난타하는 클라이맥스로 이어진다.

리포트 원고는 정교용 형이 썼던 것으로 기억된다. 기사의 첫 리드 문장은 "누구를 위하여 종은 울리나"로 시작해 프랑코 사전(死前), 사후(死後)의 스페인을 훑어보고, 마지막 문장 역시 "누구를 위하여 종은 울리나"로 끝났다. 리포트에 교회 종소리를 배경 음으로 깔기로 했는데, 부스에 관련 시설이 없었다. 결국 교회 종소리를 소니 TC-100 녹음기에 녹음해, 교용 형이 녹음기를 부스 안에 직접 들고 들어와, 리포트 초반에는 크게, 중반에는 작게 하다가 종반에 더욱 크게 손으로 소리 크기를 조절해 나갔다. 나는 목소리만 빌려주었고, 김영수 형은 밖에서 녹음을 맡았다.

지금 생각하면 그렇게 원시적일 수 있겠느냐마는, 하여간 그렇게 해서 내 리포트 실습은 성공리에 끝났고 그날 오후 9시 〈TBC 리포트〉에 내 첫 리포트가 전파를 탔다. 나의 외신부 생활은 존경하는 부장, 좋은 선배들과 함께 조촐하지만, 그렇게 시작됐다.

### 격랑과 혼돈의 세계 역사 현장 지켜보다

내가 외신부에 있던 1975년은 국내외적으로 격랑과 혼돈의 시기였다. 가장 큰 변수는 베트남 전쟁이었다. 미국의 패전 조짐이 보이면서 수도 사이

공으로 좁혀오는 호치민 군대의 압박은 더욱 거세졌다. 보도국은 베트남에 특파원을 보낼 여력은 없고, 편집국과의 취재 협력도 그리 원활한 편은 아니었다. 그저 외신(外信)이 취재원의 거의 전부라고 할 수 있었다.

당시 외신은 AP와 UPI가 있었는데 UPI가 AP보다 항상 빨랐던 기억이 난다. 예컨대 AP는 호치민 군대가 사이공 북방 100km까지 진격했다고 보도하면 UPI는 한 걸음 더 나가 70km까지 왔다는 기사를 내보낸다. 어차피 망할 나라, 그게 무슨 대수냐고 할지 몰라도 사이공 함락에 대비해 여러 상황을 준비하고 있던 외무부, 관련 재외 공관, 기업, 교민들에게는 이것이 사활(死活)과 관계된, 엄청 중요한 뉴스가 아닐 수 없었다. 이미 예정된 일이었음에도 미처 준비 못 한 부분들이 구석구석에서 나타났던, 사이공 함락 직전의 참상은 지금도 눈에 선하다.

미국의 베트남전 패전 전후(前後)로 우리나라와 미국 간의 관계도 곳곳에서 암초를 만나게 됐다. 전쟁을 함께 치르는 동맹 덕분에 수면 밑에 가려져 있던 현안들이 하나씩 모습을 드러내기 시작했다. 예컨대 박정희 장기 독재에 대한 비판 여론, 미국 여론을 현 정부에 유리하게 돌리기 위해 자행됐던 불법 로비 사건, 미국 내 반(反)박정희 언론인들의 활동 본격화,

월남 패망의 날, 사이공에서 마지막 탈출하는 미군 헬기(1975.4.30.)

그리고 카터 이후에 등장한 주한미군 철수 여론 등 만만치 않은 문제들이 줄을 이었다.

### 해외 특파원 국제전화 연결 너무 힘들어

TBC 보도국은 독자적인 워싱턴 특파원이 없었다. 편집국의 김영희 선배(작고), 후에 김건진(중앙매스컴 2기) 선배에게 의존했는데 이게 보통 일이

아니었다. 주로 봉두완 앵커, 김성호 선배(TBC 1기 작고) 등이 진행하던 라디오 〈뉴스 전망대〉에 섭외, 출연을 시키는데, 우선 연락이 쉽지 않은 데다 연락이 돼도 우리가 정한 아이템에 동의할 때만 출연에 응했다.

〈뉴스 전망대〉가 방송되는 아침 8시는 미국은 밤중이다. 게다가 주업인 중앙일보 편집국 일(기사 송고)을 먼저 본 뒤에 과외로 부탁하는 보도국 일이라 여간 미안하지 않다.

나중에 들은 얘기지만, 저녁 취재를 가거나 집에 가는 도중, 〈뉴스 전망대〉 방송 시간이 되면 차에서 내려 근처에 있는 공중전화 부스에 들어가 동전 한 움큼을 넣고 서울과 생방송으로 진행하든가, 아니면 전화기가 있는 아무 곳이나 들어가 컬렉트콜(collect call, 수신자 부담 방식)을 신청하기도 하는데, 서울 근무자가 전화에서 영어가 나오니까 당황해 전화를 그냥 끊어 버리는 해프닝도 종종 발생했다고 한다.

당시는 많은 사람이 출근길 버스에서 라디오로 뉴스를 듣는데, 워싱턴 특파원이 출연하는 〈뉴스 전망대〉는 이 시간대 따끈따끈한 새 뉴스여서 관심을 많이 끌었다.

특히 앵커들의 능숙한 솜씨와 김영희, 김건진 특파원의 잘 정제된 뉴스 내용과 묵직하고, 설득력 있는 목소리 톤이 상승효과를 내면서 엄청난 청취율을 기록했다.

김영희 선배는 나중에 중앙일보 편집국장이 됐는데, 중앙일보의 기사, 칼럼보다는 TBC 〈뉴스 전망대〉에서 쌓은 명성과 관록이 더 큰 영향을 주었다는 게 필자인 내 판단이다.


### 외신부 떠났어도 연(緣) 끊을 수 없어

나의 외신부 근무는 3개월 만에 끝났다. 그 후 사회부 경찰 기자 3개월을 거쳐 정경부로 자리를 옮겼다. 야당 2진으로 당시 신민당 김영삼 총재가 부르짖던, "개헌만이 살길이다.", "닭의 목은 비틀어도 새벽은 온다."는 외침을 줄곧 따라다녔다. 중간중간에 건설부, 성남 주재, 외무부, 편집제작부를 다 녀왔지만 거의 야당 2진으로 보냈다. 그동안 일진으로 길종섭, 이민희(작고), 노재성, 김옥조 등 기라성 같은 선배들을 모셨다.

그래도 이상하게 외신부와의 간접적 인연은 끊어지지 않았다. 외신부 옆의 작은 녹음실이 매개체였다. 밖에서 돌아와 보도국에 들어서면 데스크 보고 직후, 우선 녹음실부터 찾는다. 녹음이 없는 시간에는 누군가 바둑을 두고 있기 때문이다. 구경하거나 나도 선수로 참전한다. 오락이 별로 없던 시절 그 녹음실, 바둑방은 우리들의 오아시스였다.

외신부 때문에 나는 '대형 사고'에 휘말린 적도 있다. 노계원 부장 시절, 외신부 사람들 고생한다고 누가 맥주 한 박스를 녹음실 안에 놓아두었다.

토요일 야근인데 새벽 2시쯤 아나운서실(5층) 당직인 동기 한 녀석이 보도국으로 왔다. 밖에서 술이 많이 취해 왔는데도 불구하고 어디 술이 더 없느냐고 보챈다. 5층 라디오 주조정실을 보니 역시 라디오 피디 동기 녀석이 MD(Master Director, 라디오 방송 전체 진행자)를 보고 있었다. 셋이 모여 외신부 녹음실에 있는 맥주를 꺼내서 마시기 시작했다. 새벽 4시, 나는 더 이상 못 견디고 잠자리로 돌아갔고, 이때 아나운서 동기가 피디 동기에게 "새벽 5시 라디오 첫 뉴스까지 한 시간 남았으니, 그때까지 한잔하며 깨어 있자."라고 하더란다. 한 시간 후 아나운서 동기는 〈5시 뉴스〉를 멀쩡하게 진행했고 피디 동기도 안심하고 자기 자리로 돌아갔단다.

그런데 사단은 그 이후에 벌어졌다. 〈5시 뉴스〉를 마친 아나운서 동기는 긴장이 풀어진 탓인지, 주조정실 부스 안에서 잠이 들어 버렸고, 6시 시보(時報)가 '땡' 쳤는데도 일어날 기미를 보이지 않았다. 다급해진 주조정실 엔지니어가 부스 안으로 뛰어 들어가 아나운서 동기를 흔들어 깨웠지만 이미 곯아떨어진 그 녀석을 일으켜 세울 수는 없었고, 〈6시 뉴스〉는 '찌찌지…' 잡음 속에 속절없이 지나갔다. 방송사고였다.

결국 5층 아나운서부에서 잠자던 모 선배가 팬티 바람으로 뛰어와 뉴스를 대독(代讀)했지만 6시 뉴스 시간 5분 가운데 절반이 '블랭크'로 나가는 초유의 엄청난 방송사고가 나고 말았다. 한 달간의 사고 진상 조사 결과 아나운서 동기가 광고국으로 전출되는 선에서 일단락되었다. 술 제공자인 나는 처벌을 받지 않았지만, 외신부를 생각할 때면 어김없이 떠오르는 아찔한 사건이었다.

## 외신부에서 기자의 ABC와 균형감각 익혀

1980년 5월 전두환의 신군부가 들어서면서 외신부의 형제들은 뿔뿔이 흩어졌다.

나는 5·18 광주 민주화 운동 때, 이에 항의하는 기자들의 제작 거부에 앞장섰다는 이유로 강제 해직돼 직장에서 쫓겨났고, 교용 형은 당시 기자협회 부회장으로 수사당국의 수배령이 떨어져 한동안 행방을 찾을 수 없었다. 영수 형만이 외롭게 자리를 지키다가 1980년 언론통폐합으로 여의도 KBS로 떠났다.

결국 셋 모두 TBC를 떠났다. 고향인 충북 영동에 살고 있는 교용 형은 서울에 올라올 때면 이따금 만났는데, 요즘은 소식이 뜸하다. 여러 모임에서 자주 보는 영수 형은 아직도 매사에 정열적이며 애주가다.

나의 보도국 외신부 근무는 3개월에 불과하다. 70여 년 삶 속에서 아주 조금밖에 되지 않는 부분이지만 그곳은 나의 인생에서 가장 의미 있는 장소이다. 나는 그곳에서 '상황의 균형을 잘 잡아 기사를 써 내려가는 두 선배 기자'를 지켜보면서 A부터 Z까지 모든 것을 배우고 나온 것 같다. 기자라는 직업이 무엇인지, 어떤 자세로 임해야 하는지, 꼭 지켜야 할 것은 무엇인지…. 이를 익히고 내 것으로 만들어 가는 과정에서 좋은 선배, 좋은 동료들을 만나, 지금도 잊지 못하는 많은 일화(逸話)도 만들어 냈다.

글을 끝내면서, 여우가 죽을 때 자기 머리를 고향 쪽에 둔다는 수구초심(首丘初心)을 생각해 본다. 불교에서도 이와 비슷한 말이 있다. 초발심(初發心). 처음에 먹었던 그 마음으로 끝까지 신심(信心)을 내라는 뜻이다.

나에게 수구초심, 초발심의 대상은 동양방송 보도국 외신부이다. 23년 기자 생활의 시작이 그곳이었고, 기자를 그만두고 여러 곳을 전전했지만, 지금의 마음속 고향도 그곳이다. 그래서 '바라기'가 되었나 보다. "TBC 보도국 외신부여 영원하라." (TBC)

# 질풍노도 속 의정부 주재기자의 고뇌(苦惱)

**한준엽** | 보도국 사회부, 12기
- KBS 홍콩 특파원
- 시사저널 런던 특파원
- 주미대사관 한국문화원장
- 국정홍보처 해외홍보원장

### "아들딸처럼 정성껏 길렀다"(중앙일보 입력 1978.10.28. 00:00)

1978년 10월 28일 자 중앙일보 종합 6면. 필자가 썼던 기사를 중앙일보 기사 아카이브에서 검색하니 스크린에 기사의 머리 부분과 입력 시간이 떠오른다.

46년 세월, 거의 반백 년 시간의 강 저편에서 풋내기 열혈 기자가 손짓해 부르는데, 급히 작성한 듯 짧은 인터뷰 기사는 깊이 없는 투박한 문장으로 이어져 간다. 필자에겐 그러나 추억의 의정부 파견 주재기자 생활을 돌아다보게 하는 그 기사 원문은 이렇다.

"말을 못해 짐승이지 소는 인간과 가장 가깝고 정다운 놈이라고 생각됩니다. 저는 소를 아들딸 키우듯이 길러 왔습니다."

26일 서울 뚝섬 경마장에서 열렸던 제7회 〈전국축산진흥대회 가축품평회〉에 참가한 전국 각 도의 16마리 수소 부문 우공 챔피언 중에서 〈올해의 전국 한우 챔피언〉으로 뽑힌 3살짜리 종모우(種牡牛, 씨수소, 농촌 방언으로 '쑥소'라고도 불린다.) 소유주 이민우 씨(59. 경기도 포천군 신북면 신곡리 467)의 담담한 수상소감이다.

◆ [한우 챔피언]을 길러내기까지 독특한 사료, 사육 방법, 우사 관리술이라도?

소마다 식성과 양이 다르므로 먹이를 먹는 상황을 일정 기간 관찰해야 한다. 이 자료에 따라 사료의 양, 종류를 결정하고 일정한 시간에 어김없이 먹이는데 새벽 1시에 첫 끼니를 주었다. 소를 주기적으로 운동시키고 매일 빗질·목욕으로 청결하게 했다. 우사는 겉모양이 문제가 아니고 내부 시설을 소에게 가장 편하고 위생적으로 꾸며야 한다.

우사 바닥을 아예 차가운 시멘트로 해버리는 예가 많으나, 젖은 것을 싫어하는 소의 속성을 고려하면 배설물이 잘 빠져나갈 수 있도록 밑바닥을 이중으로 해야 한다. 〈중략〉

의정부 가능동 우시장(1960년대)

◆ 우공과 인연을 맺은 것은?

고향 진주에서 곡물상, 그 후 상경하여 사업에 손댔다가 연이어 실패, 이곳 신북에 다시 정착, 손에 마지막 남은 돈과 융자로 송아지 2마리를 산 것이 지난 72년, 소들을 가족처럼 돌보며 하루하루를 온전히 살아온 6년 세월이었다. [의정부=한준엽 기자][1]

까마득한 질풍노도의 청춘기 1975년 가을 〈중앙매스컴〉 12기로 언론인의 삶, 기자 생활에 뛰어든 필자에게 위 짧은 신문 활자 기사는 언론인으로서의 성장 단계와 삶의 기나긴 과정에서 적잖은 의미를 지닌다.

---

1) 1978. 10. 18. 중앙일보 기사. https://www.joongang.co.kr/article/1495528

위 기사 한 건 작성하기 위해 1978년 10월 27일 저녁 5시 의정부 종합 시외버스 터미널에서 수소문한 취재원을 만나러 경기도 최북단 38도선 이북 포천의 외진 신북 마을까지 긴급 취재 길에 나서야 했다. 그때는 자가 취재 차량이 없는 신세였으니 털털거리는 버스가 고마운 교통편이었다. 급히 어두워진 가을밤 농촌 시골길 빠르게 걸어 취재원과 기사의 주인공이 될 우공을 우사의 불빛 속에서 직접 대면하고 바로 돌아와 아무도 없는 의정부 시청 기자실에서 즉각 기사를 작성, 경기판 마감 기사로 팩스 송부해야 했던 그날의 아련한 추억이 달콤 쌉싸름하게도 서럽다.

당시 필자가 방송에서 신문으로 파견돼 속하게 된 중앙일보 편집국은 지방판 중 수도권 섹션을 담당하는 선배 기자들이 있었다. 수도권 담당 선배에게 매일 아침 의정부 시청 기자실 유선전화로 첫 출근 신고를 하면서, 취재 전선의 하루가 시작되는데 대부분의 기사 송고는 당시 전화 송고를 대체하게 된 팩스(fax)가 참으로 유용했다. 동부 이촌동에 주거를 두고 있으면서 매일 꼭두새벽과 밤늦게 종로 5가와 의정부를 오가는 시외버스를 이용해 출퇴근했다.

당시 본사 중앙일보는 〈지사 및 지방 주재기자〉 장소로 ▲부산 ▲대구 ▲광주 ▲전주 ▲대전을, 그리고 〈지사 없이 지방 주재기자〉 파견지로 인천, 수원, 부천, 의정부, 강릉, 춘천, 청주, 울산, 마산, 제주를 두었다. 1970년대 후반, 신문 배급 업무를 담당하는 시도별 지국 수는 500~700개 정도로 추산된다.

방송(TBC와 KBS)과 신문(중앙일보)은 물론 시사저널 런던 특파원 등 3개 매체에서 25년 걸어온 기자의 길이, 2000년 초 김대중 국민의 정부에서 재외공관 공보공사와 해외문화 홍보 책임자로 총 3년 등의 내외신 기자 상대 공보 및 홍보의 길로 이어지리라고, 심야에 송고하던 의정부 주재기자 그 시절, 과연 상상이나 했을까?

1975년부터 2004년까지 30년 세월, 가끔은 매우 부끄럽기도 했지만, 그래도 좌절하지 않고 살아오게 한 언론 정도(正道), 기자의 길, 그 단단한 토대, 그 밑뿌리가 바로 이러한 〈중앙매스컴〉의 지방 주재 파견 경험에서 다져졌을까?

1975년 가을부터 TBC 동양방송에서의 다양한 부처 출입을 경험하고 방송기자 근무 3년 후 1978년 봄 중앙매스컴 즉 〈중앙일보 · 동양방송〉 산하 중앙일보 소속으로 지방파견 발령을 받아 중앙지 파견 주재기자 10개월을 경험했다. 그때 쓴 숱한 기사들의 흔적이 중앙일보 기사 인터넷 아카이브엔 위 기사 한 건으로 유일하게 살아남아 있다. 참으로 귀한 시간이었을 그 세월은 지금도 돌이켜보면 아쉬움 속 회한도 크다.

비록 당시의 한국 언론이 목줄 끌고 당기는 유신 독재정권의 애완견으로서 비루한 신세였겠으나 그 틈바구니에서나마 1인 주재기자로서의 신분과 위치, 물리적 취재 자유 공간 활용으로 더 담대하게 더 집요하게 기자로서의 사명과 책무를 왜 다하지 못했고, 또 하지 않았을까?
서울이라는 중앙 정권에서 물리적 · 심리적 거리를 둔 수도권 지방 행정의 부패와 무능과 총체적 부실, 지방 검찰의 파행적 법 집행, 그리고 지방 주민들이 유신의 쇠사슬 아래 어렵게 살아가야 했던 그 터전에서 갑남을녀 서민들이 억울하게 겪어야 했던 아픔과 불평등한 사안들을 추적하고 폭로해 과감하게 파헤치지 못했을까? 하는 자기반성의 지독한 부끄러움 말이다.

**지방 주재기자 제도의 탄생 배경**
〈중앙일간지의 기자 지방파견 제도〉는 애당초 1971년 중앙지 대한일보가 성남시 시청 지방신문기자실에 한대희(韓大熙) 기자를 중앙지 최초로 파견하면서 비롯된다. 1960년대 말 의정부, 성남 등 경기 지역 일원에 중앙일간지 지국이 설치되고, 현지 지역 주민인 신문 배달 배급소 지국장들에게까지 기자증이 남발, 발급되면서 〈지역언론인협의회〉가 결성된다. 언론인이 본령이 아닌 비전문인으로서 지자체의 관급성 홍보 기사나 지역 주민들의 생활 정보를 전달·보도한 데 그쳤겠으나, 곧 대한일보에 이어서 중앙일보, 조선, 동아 등 7~8개 중앙지에서 잇따라 자사의 기자들을 한시적으로 파견 주재케 했다.

수원, 인천 등에서 발행하는 7~8개 지방지도 자사의 기자들을 의정부, 대전, 춘천, 강릉 등 주요 지역에 파견하게 되니 중앙지가 가세한 지방언론의 지형은 전문기자들이 앞장서 누비는 심층취재와 취재 경쟁으로 돌연 활기를 띠게 된다.

〈신문기자 구락부〉로 이름을 바꾼 지방 기자실도 복작거리며 1970년대 중후반부터 언론 본래의 격을 갖춰, 진실 보도의 정론으로 척박한 풍토에 생기를 받으니 질긴 가지 뻗어 꽃을 피우게 된다. 여기서 만난 중앙지 파견 대선배 기자들, 그리고 지방지 주재기자들 가운데 몇 분은 그 후 필자와 인연을 이어가기도 했다.

### 의정부 주재기자로 무엇을 위해 싸웠나?

반백 년을 거슬러 아날로그 시대, 기자 초년병, 중앙일보 〈의정부 주재기자 한준엽〉은 과연 무엇을 추구하고 무엇을 위해 싸웠을까?

한수 이북 경기도 북서쪽 의정부·양주·동두천·포천·연천 지역에서의 1978년 하반기 300여 일 세월은 찬란한 훈장이 아니라 마른 솔가리처럼 이제 수북하게 쌓여 티끌로 돌아간다. 노년의 부끄럽게 살아남은 재야 언론인 가슴에 티끌은 무시로 타올라 잉걸불처럼 우련 붉다.

1980년 5·17 쿠데타로 나라의 모든 것을 장악, 한국의 언론 지형은 언론통폐합, 부정부패 언론인 숙정이라는데 광풍 속 소용돌이에 속절없이 무너졌다.

지방지도 각 도·시에 하나만 남았고(경기도의 경우 경인일보 하나만 존속시키고 모두 폐간), 중앙지에서 지방에 기자를 파견해 주재시키던 〈지방 주재기자 파견 시스템〉도 전두환 정권의 강압과 교활한 회유로 이뤄진 1980년 언론통폐합으로 폐지된다.

나는 오늘도 새벽녘 꿈속에서 1978년 야만의 시대, 의정부 주재 중앙일보 기자로서 매일 의정부시청 기자실 출근하는 질풍노도 속 열혈 기자를 만난다. 종로5가 출발 의정부행 〈대원여객〉 13번 노선버스를 타면서도 〈중앙매스컴〉 본사에서 동료 기자들이 당시 벌이는 재벌 모기업 삼성으로부터의 편집권과 제작의 독립, 기자의 신분 보장 등 자유언론 쟁취라는 그 투쟁의 열기에서 떨어져 나와 일말의 묘한 해방감과 도피라는 부끄러움을 함께 느꼈으리라. 그리고 지금은 인공으로 정비되어 상전벽해로 변한 의정부 중심을 관통하는 중랑천의 낯선 강물 줄기와 지천(支川)을 영상으로 목격하며, 또 다른 부끄러움, 분노도 느껴야 한다.

아파트 건립용 택지 조성을 위해 긴 세월 깎아져 내린 의정부, 양주, 포천, 연천의 구릉과 숲, 수락산과 도봉산에서 잇따라 자행된 생태계 파괴의 역사를 당시 애송이 지방파견 기자는 온몸과 영혼으로 파고들었어야 하리라.

그리고 의정부를 중심으로 경기도 북부에 퍼져 있던 10여 개의 주한미군 부대, 그 추악하게 숨겨진 부끄러운 얼굴, GI 병사들과 거기에 생계의 끈을 어쩔 수 없이 대야만 했던 기지촌 여성들의 고통과 실상을 집요하게 파헤치지 못한 무능과 무력감이 지금도 뭉근하게 가슴을 후벼판다.

이른 아침 의정부나 동두천 등 미군 부대며, 기지촌 일자리, 그리고 경기

북부 지역에서의 밥벌이 위해 사람들은 노동자며, 공무원, 학생, 회사원, 외기노조(外機勞組) 간부들, 농부들, 군무원들에 농부들이며 아낙네며 기지촌 윤락여성들도 꼭두새벽 의정부행 버스를 눈 비비며 타야 했는데, 밥벌이라는 그 신성한 명제 아래에서는 첫 번째 딸 가진 가장으로서 월급쟁이 기자도 인생이란 거친 바다에서 같은 배 탄 셈이어서 애써 무능한 자신을 위로하기까지 했다.

둥근 베레모를 머리핀으로 고정해 눌러 쓴 앳된 안내양은 짐짝 된 나까지 꾹꾹 휘몰아 채운 초만원 버스 문 탕탕 치며 "오라이!" 기세 좋게 외쳐 댔는데 아침부터 그 파김치 담그는 형국의 고된 통근 거리가 반백 년. 세월 거침없이 흐른 지금은 수도권 전철과 지하철, 의정부 경전철까지 물 흐르듯 이어진다.

당시 거의 두 시간 넘게 걸린 거리가 지금은 한 시간도 채 안 되는데 과연 그러한 물리적 속도의 시간 단축, 급격한 물질세계의 무한 팽창만큼 우리네 삶도 긍정적으로 변했을까?

우리의 언론도, 그리고 특히 우리의 정신적 고향이었을 〈중앙매스컴〉도 진실 보도, 자유 언론, 사회 정의, 정론 추구라는 귀한 정신적 사명의 궁극점에 속도 내 얼마나 가까이 다가서고 있을까. 필자는 자문하고 고뇌한다.

오늘도 내 청춘의 피와 땀이 용솟음치고 또 갖가지 희비애락으로 얼룩졌던 삶의 한 정거장 의정부로 가는 대원여객 13번 버스에 기를 쓰고 올라타야 한다. 문짝 퉁퉁 쳐대는 안내양의 붉어진 주먹이며 하얀 손바닥이 만들어 내는 그 고통의 단말마에 깜짝 놀라, 설핏 잔 새벽잠을 설친다.

결코 해방도 도피도 아닌, 분노와 좌절이 혼효(混淆)돼 밀려왔던 젊은 날

날카롭던 삶의 위기 그 첫 고비에 처한 한 청년 언론인으로서의 성장 과정에서 거쳐 가야만 했던 엄숙한 '통과 의례(rite of passage)'이었으리라. 의정부 주재 파견 기자의 하루하루는. (TBC)

# 뉴스 프로그램 혁신과 발전

"마땅히 기댈 언덕은 하나도 없던 암울한 시기에 국민은 아침마다 라디오를 통해 나오는 한마디 '희망의 소리'에 귀를 기울일 수밖에 없었다. 〈뉴스 전망대〉가 대통령을 비판할 정도로 국민을 속 시원하게 해주는 희망의 소리였기 때문이리라."

- 봉두완 앵커의 글 중에서 -

# TBC 11년-신문기자에게 '멋진 신세계'

**봉두완** | TBC 논평위원, 앵커맨

· 11, 12대 국회의원
· 광운대 신방과 교수
· 대한적십자사 부총재
· 한미클럽 회장

나는 스스로 한국에서 앵커맨 1호라고 자평해 왔다.

정말이지 앵커맨다운 앵커맨이 되고 싶었다. 기자들이 작성한 뉴스 원고를 그대로 읽는 아나운서와는 다르지만, 한국에서 앵커맨은 기자들의 리포트를 소개하고 연결해 주는 단순한 진행자라는 인식이 강하다. 하지만 앵커맨의 전형인 미국 CBS의 '월터 크롱카이트'의 경우에서 알 수 있듯 앵커맨은 기자들의 리포트를 연결해 주는 역할에 그치지 않고 있다. 그는 맡았던 〈CBS 이브닝 뉴스〉의 전체 틀을 짜고 취재도 지시할 뿐만 아니라 자신이 직접 화제의 인물과 인터뷰도 한다. 이처럼 앵커맨은 뉴스에 관한한 총감독이자 연출자며 진행자인 전권을 갖는 사람이다.

미국의 앵커맨이 뉴스 제작의 총감독이나 진행자 역할을 한다면 유럽의 앵커맨은 단순 뉴스 진행자인 캐스터 역할만을 하는 경우가 많다. 그렇다면, 한국 앵커맨의 위상은 어떤 것일까?

한국에서는 앵커맨의 정체성이 명확하지 않고 방송국의 사정에 따라 그 역할이 편의적으로 주어져 왔다. 그러한 결과 대부분의 한국 앵커는 시청자의 뇌리에는 한두 마디의 음성이나 몇 장면의 이미지로 남아 있지 않을까 싶다. 그 까닭은 수명이 짧은 우리 앵커들과는 달리 재임 기간이 긴 서구의 앵커들은 오랜 시간에 걸쳐 뉴스 프로그램에 자신의 이미지를 투영함으로써 시청자들이 자연스럽게 앵커와 뉴스 프로그램을 동일시하게 만든다.

미국의 〈CBS 이브닝 뉴스〉 앵커를 19년 동안 맡았던 크롱카이트는 미국인들에게 친절하고 믿을 수 있는 이웃집 아저씨 같은 언론인이 진행하는 뉴스 프로그램이란 이미지를 구축해서 한 시대를 풍미했다. 능력이 부족한 내가 어찌 비교될 수 있겠냐만, 나는 나름대로 TBC에서 그와 같은 방송인이 되고 싶었고, 그렇게 되기 위해 무진 애를 썼다.

### "안녕하십니까? 봉두완입니다"

TBC 라디오 〈뉴스 전망대〉는 진행자의 퍼스낼리티를 부각해 인기를 끈 첫 보도 프로그램이었다. 50년 전 옛날이나 요즈음도 "안녕하십니까? ○○○입니다."라는 멘트로 시작하거나 "○○○의 ×××" 프로그램이라는 타이틀이 유행하는 것은 진행자의 이미지나 경력을 은연중 내세워 프로그램을 차별화하려는 의도에서다.

미국 CBS가 저녁 종합뉴스를 시작하며 〈월터 크롱카이트와 함께하는 CBS 저녁 뉴스(This is CBS Evening News with Walter Cronkite)〉 또 ABC가 〈피터 제닝스와 함께하는 ABC 월드 뉴스〉라고 시작한 것도 앵커맨의 이미지를 방송국의 간판 프로와 결합해 시청자에게 각인시키려는 전략이었다.

1960년대 우리나라의 임택근(MBC) 아나운서나 스포츠 중계로 인기를 끌었던 이광재(KBS), 박종세(TBC) 아나운서는 당시에도 스타와 같은 팬덤이 있었다. 그러나 이들 아나운서가 단순한 뉴스 프로그램 진행자였다면, TBC 라디오 〈뉴스 전망대〉의 앵커는 기자나 출연자들과 대담하는 프로그램 진행자인 동시에 개인 생각과 의견을 개진하며 대중의 의견을 모아 대변하는 출연자였다.

TBC에서 공식 직함이 '논평위원'이었던 나는 보도국장이 뉴스 프로그램의 총 관리 감독권을 갖는 한국 방송계의 운영체제 때문에 미국의 크롱카이트가 가졌던 전권을 갖지 못했다. 하지만 뉴스 프로그램 진행자로서의 역할과 권한 및 영역을 넓히려고 부단히 노력했다.

나는 워싱턴에 특파원으로 주재하면서 크롱카이트가 CBS 뉴스에서 맡았던 역할뿐만 아니라 미국 ABC 등 3대 방송국의 다양한 시사 보도 프로그램의 포맷(format)을 잘 알고 있었기 때문이다. 그런 연유로 뉴스 아이템이 정해지면 기자가 작성한 원고를 그대로 읽지 않고 내가 직접 다시 작성했다. 그날그날 뉴스에서 화제가 되었던 주인공들의 육성을 그대로 내보내고 관련 인사들을 직접 인터뷰하기도 했다. 그래서 택시 운전사와 같은 보통 사람들의 생생한 목소리를 전파에 실어 내보냈다. 지금은 흔히들 하지만 당시 1970년대 초로서는 나름대로 새로운 시도였다.

### "국민의 버팀목이 되고 싶었다"

1970년대 군사정권의 엄혹했던 시기에 〈뉴스 전망대〉는 온 국민의 사랑과 관심을 모았다고 생각한다. 이를 기획하고 정착시킨 주인공은 전응덕 TBC 초대 보도국장이었다. 전 국장은 부산MBC 보도과장 출신으로 1960년 3월 15일 부정선거 때 부정선거를 규탄하는 마산 시민들과 경찰이 충돌한 현장에서 경찰이 난사한 총소리를 녹음 방송해 시위가 4·19 혁명으로 확산하는 데 기여한 방송인이었다.

전 국장은 그의 자서전 〈이 사람아 목에 힘을 빼게〉에서 결국에 〈뉴스 전망대〉가 앞서가던 동아방송의 뉴스 프로그램을 따라잡았고 그 추월의 계기는 봉두완 앵커가 마련했다고 말했다. 그는 나에 대해 "봉두완 앵커의 등장으로 〈뉴스 전망대〉의 기반을 확고하게 다질 수 있었고 이후 10년 동안 압도적인 청취율로 대한민국의 대표적인 라디오 뉴스 프로그램이 되었다."며 "봉 앵커의 날카로운 사회문제 제기는 청취자의 귀를 사로잡았고 매일매일 오늘은 무슨 말이 튀어나올지 가슴 졸이며 들었기 때문에 타의 추종을 불허했다."라고 극찬을 아끼지 않았다.

공교롭게도 당시 〈뉴스 전망대〉 나의 애청자 중의 한 사람이 박정희 대통령이었다.

박 대통령은 내가 가끔 정부 여당을 신랄하게 비판할 때마다 어쩌다 만나게 되면 나를 '언론 깡패'라고 부르기도 했지만, 가끔 청와대로 불러 밥을 같이 먹으며 〈뉴스 전망대〉 얘기를 많이 했다. 박 대통령은 아침에 화장실에 가면서도 트랜지스터 라디오를 들고 들어가 하루도 빠짐없이 들었다고 했다.

또 한 사람의 애청자, 이병철 삼성 회장은 삼성 방계회사 임직원들과 함께한 자리에서 "봉두완 방송 듣느라고 시간 맞춰 출근한다."라고 한마디 했다고 한다. 전주의 한 고등학교 교무주임이었던 나의 처남은 많은 교사가 〈뉴스 전망대〉를 듣고 교무회의를 하자는 바람에 회의 시간이 늦춰지기도 했다고 한다. 그렇게 전북 군산의 서해방송과 광주의 전일 방송 청취자들은 서울의 TBC가 내보내는 방송 프로그램에 매달리다시피 했다.

1970년대 전후 정치 상황이 어수선하고 언론 통제가 심한 속에서 대한민국 1호 앵커맨은 아침마다 소리 높여 떠들어 댔다. 사실 민주화를 향한 꿈은 절절했으나 그렇다고 마땅히 기댈 언덕은 하나도 없던 암울한 시기에 국민은 아침마다 라디오를 통해 나오는 한마디 '희망의 소리'에 귀를 기울일 수밖에 없었다. 〈뉴스 전망대〉가 대통령을 비판할 정도로 국민을 속 시원하게 해주는 희망의 소리였기 때문이리라.

### 삶에 지친 서민의 희망을 대변하며

만일 우리 〈뉴스 전망대〉 팀의 누군가가 일신의 안위만을 생각한 나머지 '우리 존경하는 대통령 각하께서 지금 김포공항을 떠나 서소문으로'라든가 '우리 위대한 박정희 대통령께서 3선 개헌을 통해 민족을 살리고 남북통일을 이룩할…' 어쩌고 이런 식으로 아침마다 마이크에다 대고 떠들어 댄다면 삶에 지친 국민은 과연 무슨 생각을 했을까?

대통령은 대통령대로, 서민은 서민대로 내놓고 말 못 할 사정이 틀림없이 있을진대 과연 민영방송이 설 자리, 말할 내용, 애국하는 길은 과연 무엇일까, 나는 그런 것에 방점을 두고 오래도록 생각하며 방송 뉴스의 길을 걸었다.

예를 들면, 5·16 후 땡전 한 푼 없던 사람들이 느닷없이 동빙고동에 이른바 도둑놈 촌을 만든다든가, 끼리끼리 연락해 엄청난 이권에 개입한 끝에 사람들의 빈축을 산다든가, 등등 이처럼 일반 국민 눈에 거슬리는 행위를 그냥 보고만 있기엔 언론인 양심에 도저히 용납이 안 되는 경우, 양심상 묵과할 수 없는 경우, 나는 그냥 눈 딱 감고 한두 마디 꼭 짚어 내뱉고 넘어갔다.

1970년대 말 모 재벌이 강남 요지에 아파트단지를 조성하면서 말깨나 하는 언론계, 검찰, 경찰, 법원 등 힘깨나 쓰는 작자들에게 아파트 입주권을 공산당식으로 뿌리고 하는 꼴을 보고 나는 도저히 나의 양심상 이를 그냥 지켜볼 수만은 없었다.

이틀에 걸쳐 아파트 특혜 분양 내용을 그냥 생방송으로 모두 쏴 버리고 말았다. 이에 따라 언론계는 물론 검찰, 법원 등 권력기관의 해당자 수백 명이 각종 수난을 겪은 일이 있었는데 그들은 모두 '타도 봉두완'의 팻말을 가슴속에 담고 살았을 것이다.

### 직설적이고 감성적인 대중의 언어로 방송

1970년대 초, 한국은 급속한 경제성장 덕분에 라디오와 TV가 가정에 급속히 보급되면서 국민의 생활양식이 크게 변하고 있었다.

나는 신문기자에서 방송인으로 자리를 옮기면서 머리로 혼자 읽는 신문보다, 다양한 배경과 기호를 가진 다수의 청취자에게 동시에 어필해야 하는 방송은 일반 대중이 쓰는 쉬운 말로 해야 한다고 생각했다. 그렇게 일반 대중의 말로 그들이 알고 싶어 하고, 위정자들에게 말하고 싶은 내용을 대변하고 싶었다.

대담에서도 격식에 신경 쓰기보다 요점을 단도직입적으로 물었다. 나는 오랫동안 워싱턴에서 미국 기자들이 우리 문화에서는 버릇없다 할 정도로 과감하게 정곡을 찌르는 질문을 해대는 것을 수없이 보아 왔고 그런 방식은 나의 직설적인 성격과도 맞는 것이었다.

내가 방송에서 나의 언어를 고집한 또 다른 이유는, 이성에 호소하는 신문과 달리 방송은 감성에 작용하는 측면이 강하다고 생각했기 때문이다. 나는 낙천적이고 비교적 유머 감각이 있는 편이다. 유머 감각을 높이 평가한 중국의 문호 린위탕(林語堂)은 유머가 없는 곳에서 정치적 유아독존이 생기고 모든 비인간적인 행태는 유머 감각의 결핍에서 나온다고 말했다. 모든 인간적 갈등은 어느 정도 유머로 메꿔질 수 있다는 뜻이다. 그 때문에 나는 〈뉴스 전망대〉 같은 시사 보도 프로그램도 유머가 작용할 공간이 있고, 사회의 갈등을 해소하는 데 도움이 될 수 있다고, 생각했다. 보도 프로그램이라고 해서 반드시 심각하고 딱딱하게 전달할 필요는 없고, 적어도 대담이나 논평에서는 린위탕의 말대로 유머나 재미도 있어야 한다고 생각했다.

이런 발상은 매사 긍정적이고 낙천적인 내 기질과도 관련이 있다. 나는 말이 좀 어눌한 편이지만, 인기를 끌려고 일부러 말을 더듬는다는 말도 들었다. '경박하다.', '쇼맨십이 강하다.', '방송에서 그렇게 말해도 되나?' 등 청취자들로부터 이런저런 지적을 받기도 했으나 내 귀에는 들리지 않았다. 그러나 비난보다는 호응이 더 컸고, 청취율이 하늘로 치솟는 데 도움이 됐기 때문에 버틸 수 있었다.

나는 뉴스 진행자로서의 맡은 역할을 절대 잊지 않으려고 했다. 그날의 뉴스를 객관적이고 공정하게 전달하는 방송 저널리스트이면서 사건의 의미를 해석하고 의견을 개진하는 논평위원 이른바 방송의 논설위원이었다. 내가 나의 직분을 망각하면서까지 파격적인 말투나 재담으로 인기를 유지하려고 했다면 기실 TBC에서 11년을 버틸 수는 없었을 것이다.

## 방송 언어 배우며 〈뉴스 전망대〉 앵커 10년

1971년 4월 1일, 공교롭게도 만우절 날 시작한 TBC 라디오의 〈뉴스 전망대〉는 그 후 1980년 언론통폐합 때까지 10년 동안 TBC 라디오 방송의 간판 보도 프로그램으로 자리 잡았다. 이 30분짜리 아침 뉴스 프로그램이 최고 청취율로 인기를 끌 수 있었던 데는 나의 홍두깨식 진행 방식에 이병철 회장의 무조건적 뒷받침 덕도 컸다. 하루는 방계회사 사장들과 아침 식사 도중 이 회장은 느닷없이 "니 방송으로 생기는 돈으로 중앙일보 월급 준다." 라고 한마디 하는 바람에 모두 무슨 죄라도 지은 사람들처럼 분위기가 숙연해지기도 했다.

한국일보를 떠나 중앙일보 논설위원으로 갔을 때 이건희 이사가 방송을 맡아 하라고 했을 때는 심장이 멎는 것 같았다. '방송' 무슨 방송? 어떻게 하는 건데?

나는 경복중학교 같은 반 친구였던 동아방송 전영우 아나운서를 찾아갔다. 나와 그는 요즘도 나이 90에 자주 만나는 절친한 사이로 당시 그의 〈12시 정오 뉴스〉는 청취율이 상한가를 치던 시절이었다.

"야, 영우야, 우리 중앙일보에서 나더러 방송하라는데 날 좀 도와다오…. 방송 어떻게 하는 건지…." 전영우는 갑자기 얼굴이 굳어지더니 한마디 했다.

"야, 너 그거 하루아침에 배워서 되는 게 아니야…. 우리 아나운서들은 몇 년씩 걸려야 방송에 투입되고 있어…." 하며 난색을 표명했다. "야. 알겠다. 알겠어…. 몇 년씩 걸려서 마이크 앞에 앉으면 세상 뭐가 달라지냐? 관둬라 관둬…. 내가 지금 아나운서 시험 쳤다간 이북 사투리 때문에 당장 떨어질 거다. 알겠다. 내가 알아서 할게." 그게 다였다.

이후에 방송 언어를 배우기 위한 나의 노력은 방송 내내 시도 때도 없이 계속되었다.

## "나는 경무대 출입기자가 자랑스럽다"

나는 자유당 말기 1959년 동화통신사 기자로 언론계에 입문했다. 내 나이 25세. 그리고 3년 뒤, 한국일보 워싱턴 특파원 생활 6년을 마치면서, 내가 좋아하는 조세형 선배에게 자리를 물려주고 돌아와 외신부 차장으로 있다가 서소문 쪽으로 옮겨 앉을 때까지 10년을 신문기자로 뛰었다. 이후 1969년 9월 중앙매스컴으로 옮겨 중앙일보 논설위원 겸 동양방송 논평위원이라는 직함으로 방송일을 하다가 급기야 1980년 11월 말 느닷없는 언론사 통폐합으로 언론계를 떠났다. 기자 경력 20년의 거의 절반씩을 신문과 방송에서 보낸 셈이다.

"내가 어쩌다가 나이 90에 아직 이 지구상에 남아 있는 몇 안 되는 '경무대 출입기자야'! 큰소리치며 살고 있는가?"(지금의 청와대 명칭은 1960년 4·19 혁명이 일어나 바뀌기 전까지는 경무대였다.)

4·19 당시 경무대 경호실 곽영주 경무관의 지휘 아래 대학생 등 데모 군중들에게 총부리를 겨누었던 그 현장에서, 사실 나는 기자임을 포기한 도망자였다. 그래서 그 현장을 목격한 선배들은 그때 심심하면 한마디씩 했다.

"저 봉두완이란 놈 말이야. 총소리 탕탕 나니까 제일 먼저 적선동 파출소 뒤안길로 내빼더라니까." "나는 그게 아니라….'" 어쩌고 하면서도 변명의 여지가 없었다. 일단 총알이 날아오는데 내가 나서서 총알받이가 되기엔 너무나 모든 게 순간적이었고 일찍이 논산훈련소도 다녀온 적도 없는 올챙이였으니 말이다!

그러나 그 일이 약이 되어 나의 기자정신은 오히려 그때부터 도도하게 떳떳하게 불타올랐는지도 모른다.

## 워싱턴 특파원 시절 방송으로 이끈 인연 만나

살다 보면 종종 자신의 인생 항로를 바꿔 놓는 사람을 만나게 된다. 누군가 내가 가는 길을 막으면 악연이 되고, 새로운 길을 열어 줘 인연이 되면 은인이 된다. 내가 한국일보 워싱턴 특파원을 마치고 돌아와 외신부 차장으로 밤샘하며 신문을 만들고 있을 때, 방송에 다리를 놔준 사람은 이병철 삼성그룹 회장의 3남 이건희였다.

내가 워싱턴 특파원 할 때 같은 동네에 살던 그는 조지 워싱턴대 경영대학원 석사과정 학생이었다. 하루는 그가 느닷없이 전화를 걸어 좀 만나자고 했다. 그러면서 부친이 신문을 창간하려고 하는데 어떻게 생각하는지 나의 의견을 물었다. 나는 한마디로 잘라 말했다.

"이것 봐! 재벌이 신문하는 거 아니야! 게다가 사카린 밀수까지 했다고 여론이 들끓는 판에~" 내뱉듯이 말했더니 평소 말수가 적은 그는 담배 한 대를 꼬나물고 화난 얼굴로 한마디 했다. "말씀 조심하이소!"

그 후 나는 1968년, 워싱턴 특파원 생활을 마치고 한국일보 본사로 돌아와 부장이 없는 외신부 차장으로 발령을 받았다. 그러나 정치부 기자로 현장에서 계속 뛰고 싶었던 욕망이 강했던 터라 늘

이병철 회장과 이건희 이사

불만 속에 하루하루를 보내던 어느 날 이건희가 자신이 직접 운전해서 우리집을 찾아왔다. 그는 심각한 표정으로 나를 뚫어져라 쳐다보면서 힘들게 입을 열었다.

"이젠 그만 서소문(중앙일보) 쪽으로 오이소!" 그게 다였다. 워싱턴에서 그가 중앙일보 창간에 대해 의견을 물었을 때, 단번에 어불성설이라고 일갈했지만 그 당시 한국일보 본사로 돌아와 쥐꼬리만 한 월급으로 아이 셋을 기르다 보니 순간, 마음이 동하기도 했다.

하지만 중앙일보? 글쎄… 선뜻 내키지는 않았다. 아직 창간한 지 5년밖에 안 돼 동아일보나 조선일보 같은 영향력도 없고 TBC도 삼성 계열사라지만 장래가 불투명한 신생 방송국이었다. 다만 천하의 이병철 아들이 나를 알아준다고 하는 자만감 같은 게 들기는 했다. 게다가 이건희는 나의 집사람이 세계은행에 다니면서 열심히 사는 모습에 감동했는지 나의 아내 안젤라를 꽤 좋아했다.

## 모든 걸 바꿔야 생존할 수 있다

이병철 회장의 3남인 이건희는 모든 걸 바꾸고 싶어 했다. 그러면서 내가 중앙일보로 옮겨오자 자기가 워싱턴에 있을 때 가장 좋아했던 프로그램이 〈CBS Evening News with Walter Cronkite〉였다면서 "봉 카이트도 그렇게 하이소."라면서 나중에 보도국장한테 지시해 저녁 〈7시 종합뉴스〉를 만들어 나더러 진행하라는 것이었다. 나는 처음에 방송에 방자도 모르는 나에게 '별소리 다 하고 앉았네!'라며 투덜거렸지만, 이건희는 한번 결단 내린 것을 철회할 줄 모르는 완고한 청년이었다.

"이봐, KH(건희), 뭘 잘못 알고 그러는 모양인데 지금 누가 저녁 7시에 방송 뉴스를 보나?" 했더니 나를 뚫어져라 쳐다보면서 "그냥 하라문 하이소!" 나는 속으로 '이 작자가 이병철이 아들이라고 되게… Dog baby!' 근데 그게 아니었다. 알고 보니 이건희는 10~20년 앞을 내다보는 경영인이었다. 그러면서 한마디 했다.

"이봐요, 엉터리 봉가! 저녁 7시엔 가정에서 살림하는 주부들만 본다고 하는데 아이들 기르고 교육하는 주부들이 국가 백년대계에 얼마나 중요한 역할을 하는지 아시지 않습니까? 그걸 알면서 저녁 〈7시 종합뉴스〉를 그런 식으로 과소평가하시니…." 나는 할 말이 없었다.

이후 전응덕 보도국장과 마주 앉아 저녁 뉴스에 관해 많은 의견을 나누게 되었다. 그리고 신중히 검토한 끝에 내가 저녁 〈7시 종합뉴스〉를 맡기로 결론이 났다. 내가 찜찜하게 여겼던 저녁 〈7시 종합뉴스〉는 그 후 이건희 말대로 여론 형성층에 엄청난 영향력을 발휘했다. 역시 이건희는 앞을 내보는 혜안을 가지고 있는 천하의 이병철 회장 아들임이 틀림없었다. 10년, 20년 앞을 내다보며 모든 걸 싹 바꿔야 한다는 게 이건희의 지론이었다. 그 엄청난 회오리바람 덕에 오히려 내가 더 유명해지고 말았다. 참으로 인생행로에는 상상을 초월하는 묘한 바람 같은 게 존재한다는 것을 나중에야 확실히 알 수 있었다.

### JP의 정치적 압력인가 협조 요청인가?

TBC 말년에 내가 잘 알던 JP(김종필)가 나를 좀 보자고 했다. 내 동생 장인과도 같은 육사 8기생이었다. 집무실에 들어서니 나를 어찌나 반기는지 내가 오히려 좌불안석이었다.

"이봐, 봉두완 씨…. 실은 우리 각하께서도 꼭 애청하시는 방송이고 또 우리 동기 똥가스 김형욱 중앙정보부장도 황해도 아니야? 그래서 말인데 내가 중간에서 정말 힘들어…. 무슨 이야기인지 알겠지?" 나는 냉정하게 대했다. "그래서요? 나더러 방송 그만두라는 거요?" 나는 그에게 덤벼들다시피 따져 물었다.

JP 왈 "아니~ 이거 뭐 말도 못 하겠네…. 이봐, 내 말 좀 들어봐…."

그 이틀 전 〈뉴스 전망대〉를 진행하면서 나는 마지막 멘트에, "오늘은 몇 월 며칠, TBC 〈뉴스 전망대〉에서 바라본 오늘의 세계! 에이 쌍놈의 거, 오늘은 똥까스나 먹으러 가야겠다! 에이~" 하며 끝냈다. 이날 방송을 들은 사람들은 어? 봉두완이 어디 가서 밥 먹는 거 가지고 지랄하고 앉았네! 등 반응이 컸다고 한다.

실은 그때 내 친구 김동익 중앙일보 정치부장이 편집국장 김인호 등과 함께 남산에 끌려가 한 이틀 고생했었다. 별것도 아닌 내용인데 똥가스(중정 부장)가 내 주변 인물들 다 잡아가 나는 정말 머리끝까지 화가 나서 사건 내용을 깡그리 들춰 방송하고 물러날 생각까지 했었다.

김동익 정치부장은 하루 일찍 풀려나왔다. "야, 동익아, 너 어떻게 된 거야. 편집국장은 아직 못 나왔는데." 그랬더니 내 귀에 대고 천하의 똘똘이 김동익이 한마디 하는 것이었다. 치질로 나온 '피 묻은 팬티'를 조사관에게 보여 주니 일찍 귀가하라고 해 나왔으니, 아무한테 말하지 말라는 것이었다. 김동익과 나는 돈은 벌지 못했을지라도 기자정신은 확고한, 변함없는 우정을 나눈 사이였다.

### 앵커맨의 솔직한 고백 "죽어도 이 땅에서…"

1970년대 말 당시 악명 높았던 실세 청와대 경호실장 차지철이 3선 개헌을 비판하던 나를 암살하려고 했다는 말을 6·29 선언 이후 백담사에서 돌아온 전두환 전 대통령에게서 직접 들은 적도 있다. 그 당시 주한미국 총영사는 나더러 미 군용기 편으로 망명할 의향이 없느냐고 종용하기도 했다. 나는 "그럴 생각이 전혀 없다. 난 죽어도 여기서 죽는다."라고 단호히 잘라 말했다.

나는 목숨줄 내놓고 민주화 투쟁을 하는 거리의 투사는 아니었다. 그냥 나는 펜(글) 대신 마이크(말)로 수백수천만 애청자들에게 내 생각을 전할 수 있었던 운 좋은 기자였을 뿐이다. 암울한 현실 속에서 많은 국민이 목말라하는 그나마 모기 같은 말 몇 마디라도 힘든 세상 힘들어하는 국민에게 그냥 아침마다 전해 드려야 하는 동시대적 사명만큼은 잊지 말아야겠다는 신념으로 하루하루 지냈을 뿐이다.

그게 다였다. 그게 한 시대를 누비며 떠들었던 앵커맨의 솔직한 고백이다. '예수님을 오늘날까지 세상 사람들이 믿고 따르는 것은 하나의 기적 같은 일이지만 그 말씀 한마디 한마디가 진리를 말하는 것이기에 사람들은 목숨 걸고 예수를 따른다.'고 나는 믿고 있다. 그 믿음을 갖고 방송 일을 계속해 왔다.

이제 나이 90살, 경무대 시절 출입기자도 몇 명 남지 않은 이 지구를 떠나기에 앞서 나는 이 자리에서 나와 함께 뛰며 고생했던 TBC 동료들에게 무한한 감사와 사랑을 전하며 글을 맺는다.

"사랑한다고 TBC 용사들이여…! TBC는 영원하리…!!!" 봉두완 다위(多爲). (TBC)

# TV 뉴스 편집과 진행의 진화 과정

**이보길** | 보도국 편집제작부, 4기

- KBS 해설위원
- 동국대 언론정보대학원 겸임교수
- 오메가텐더(IT회사) 부회장
- (사)한국방송신문연합회 회장

1972년 4월 3일, 첫 방송 된 〈TBC 夕刊(석간)〉은 뉴스 현장을 재현한 새로운 시도였다.

1968년 3월부터 '뉴스 15분 벽'을 깨고 파격적으로 '30분 뉴스'를 시작한 TBC-TV 뉴스는 〈TBC 夕刊〉 편성을 계기로 평면적인 2차원의 뉴스를 벗어나 사실(Fact) 전달과 함께 폭넓은 해설, 무게 있는 논평, '현장감의 재현'에 치중하는 새로운 유형을 개척했다.

〈TBC 夕刊〉의 특징은 우선 한국 TV 방송 사상 처음으로 와이드 뉴스 40분을 편성한 점이다. 또 비중 있는 뉴스 진행을 위해 논설위원진(봉두완, 양흥모, 홍용기)을 기용하고, 뉴스의 산실인 보도국에 카메라의 초점을 맞춰 24시간 움직이는 보도국의 모습을 생생하게 보여 준 점 등이다. 앵커인 뉴스 진행자와 취재기자와의 대담, 현장 직접 중계, 뉴스 관련 주인공 출연 등으로 입체적인 접근을 시도했다.

〈TBC 夕刊〉이 밤 10시에 정착한 것은 1972년 11월 5일부터였다. 앵커인 MC도 일부 교체됐다. 조용중을 새로 영입해 봉두완 앵커와 격일제로 담당하도록 했다.

그 뒤 1973년 4월 2일 봄철 개편에 따라 〈TBC 夕刊〉 MC는 박종세, 박노설, 원종관 등 전문직 뉴스 캐스터로 교체하고 취재기자 출연 코너를 강화했다.

뉴스의 다양성을 강화하기 위해 취재기자가 육성으로 직접 보도하는 현장 리포트 활용, '팬터마임' '카메라 현장' 등의 코너도 신설했다. 이 코너는 일상생활에서 누구나 볼 수 있지만 묵과하기 쉬운 부조리 현장을 예리하게 포착해 음악만으로 1분 동안 무언의 고발 프로그램이었고 '시청자 만화' 코너는 방송판 '만화' 시사만평이었다.

### 〈TBC 夕刊〉 TV 3사 뉴스 중 시청률 제일 높아

1974년 3월 4일부터 10일까지 이화여대 사회학과가 만 10세 이상 서울시 남녀 거주 시민 500명을 대상으로 조사한 시청률을 보면 〈TBC 夕刊〉 18.4%, 저녁 7시 〈TBC 뉴스〉 16.1%, 일요일 밤 9시 25분 〈TBC 뉴스〉 15.6%로 1위, 2위, 3위를 차지했다.

이는 MBC의 〈멕시코 월드컵 이탈리아 대 서독〉 14.2%, KBS 〈대통령 배 전국 축구대회〉 13.6%보다도 앞섰다.

토요일 밤 10시 〈TBC 뉴스〉 13.2%, TBC 〈일기예보〉 10.2%로 당시 TV 뉴스 프로그램 상위 9개 가운데 TBC 뉴스 프로그램이 5개를 차지했다.

이처럼 〈TBC 夕刊〉 시청률이 높았던 이유는 스튜디오에서의 월남전 전황 소개와 현장 필름 방영, 1974년 4월 7일 호남정유 여수공장 화재 때의 항공 촬영 특종 보도, 지하철 공사 현장 심층 취재, 마나슬루봉 조난 사고 때 인도 뉴델리 여진만 영사와의 전화 대담, 등반 때의 영상 화면 방송, 유족들 대담 등이 다른 방송보다 훨씬 앞섰기 때문이었다.

1972년 발생한 대홍수, 창경원 밤 벚꽃놀이, 한식 때의 망우리 현장 등을 신속하게 입체적으로 방송한 것도 시청률을 끌어올린 중요한 요인이었다.

〈TBC 夕刊〉 등 TV 뉴스는 취재기자들이 뉴스의 현장에서 촬영하고 취재한 내용을 종합적으로 정리해 시청자들의 욕구를 채워주는 종합 세트, 백화점이라고 표현할 수 있다.

### 뉴스용 슬라이드(Slide) 대폭 교체 보강

신속하고 정확하게 뉴스를 제작하기 위해서는 다양한 지원 시스템이 필요하다. TV 뉴스는 개국 때부터 슬라이드를 많이 사용해 화면을 장식했다. 그런데 개국 때부터 사용하던 뉴스용 슬라이드 화면에 상처가 많이 나고 슬라이드를 끼운 틀(Slide Mount)이 상당량 훼손되거나 상태가 나빠 시급히 교체되지 않으면 뉴스 진행상 어려움이 많거나 차질을 빚을 것으로 우려돼 일제 정비에 나섰다.

당시 보도국 편집제작부 기자로 발령 난 필자는 첫 업무로 석 달 동안 뉴스 취재용 스틸카메라와 보도 차량을 이용해 관공서의 간판과 건물, 내부의 직원들 근무 모습 등을 찍고 또 시내 교통과 일반시장, 각급 학교 등 2천여 장의 정사진을 찍어 새로운 모습의 사회상을 반영한 화면으로 슬라이드를 대폭 교체했다.

### 뉴스 첫 화면 개선 위해 시행착오 거듭

뉴스 방송을 할 때 고정된 직사각형 중간에 대개 9~10자로 써넣던 텔럽(TELOP, 자막 투사기)을 크기는 그대로 두되 메인 뉴스를 제외한 일반뉴스 타이틀도 바꾸어 화면 오른쪽에 아나운서를 넣고 왼쪽에는 뉴스 제목(제목은 5~6자)을 넣는 시도를 해 성공적으로 방송했다.

아울러 뉴스위크와 타임지, 라이프 등 외국 잡지에 있는 질 좋은 사진을 텔럽에 정교하게 오려 붙여서 시각적으로 현대화된 화면을 내보낼 수 있었다. 이때. 물론 텔럽 기계는 변형하지 않고 그대로 사용했다.

요즘엔 컴퓨터 그래픽 등 새로운 기계가 개발돼 자유자재로 다양한 화면을 만들 수 있으나 당시엔 그런 기계가 없어서 그냥 필자가 아이디어를 짜내서 여러 다양한 화면을 만들었고 그렇게 하려고 많은 고민과 함께 시행착오도 반복했다.

## TV 뉴스 타이틀 일본서 제작해 사용

1970년대만 해도 주요 뉴스 타이틀을 제작하는 기술과 역량이 부족해 일본 전문 제작사에 주문 제작해 사용했다.

전체 프로가 개편되면서 〈TBC 夕刊〉도 프로 개편에 맞춰 면모를 일신하기 위해 타이틀을 새로 일본에 발주해서 방송하게 됐는데 문제가 생겼다. 무슨 문제냐 하면 세계 지도가 그려진 지구본이 돌아가면서 〈TBC 夕刊〉 글자가 나와야 하는데 방송할 때 보니 이 지구본이 동쪽으로 도는 게 아니고 서쪽으로 도는 게 아닌가? 그래서 당장 이튿날 부장께 보고하고 새 타이틀이 다시 제작돼서 올 때까지 기존의 타이틀을 재사용했다.

당시 방송 제작 기술은 일본이 우리보다 앞서 있었던 것은 부정할 수 없는 사실이지만 이렇게 큰 실수를 하다니…. 문제는 일본 타이틀 제작업체도 지구가 돌아가는 방향을 착각했을까? 아니면 무식한 탓이었을까? 거기까지 신경을 쓰지 않은 걸까? 이에 대한 의문이 아직도 가시지 않는다.

당초 뉴스 마무리(끝) 슬라이드는 〈TBC 뉴스〉에 "끝" 자를 넣거나 〈TBC 夕刊〉에 "끝" 자를 넣어서 사용했는데 적당한 뒷그림을 찾다가 남산타워를 생각하고 남산타워를 찾아가서 하루종일 동서남북으로 돌며 다양하게 촬영했다. 그때 24장짜리 필름을 5통이나 사용했는데 이 중 한 장의 사진을 골라 "끝 슬라이드"로 만들었다. 이 끝 슬라이드는 필자가 알기로는 10여 년 사용됐다.

보도국에서는 뉴스 타이틀과 끝 슬라이드를 뉴스의 얼굴로 보고 그만큼 중요하게 여긴다.

### 뉴스 방송사고 상존 철저한 점검 필요

기자가 리포트를 녹음할 때 특히 긴급뉴스 발생 시 담당 기자가 리포트 중 잘못 읽은 기존의 녹음을 지우지 않고 바로 이어서 녹음하는 경우가 많아 종종 기존의 틀린 녹음과 또 새로 녹음한 리포트가 혼합 방송돼 방송사고로 이어졌는데 이를 막기 위해 편집제작부 요원이 기자의 비상 리포트 녹음 시 반드시 참여했고, 또 필름이 끊어지거나 짧아서 화면이 끊어지는 방송사고를 막기 위해 여백의 필름을 준비해 두기도 했다.

보통 기자가 뉴스를 리포트하면 동영상으로 화면을 뒷받침해 주지만 간혹 동영상을 준비할 수 없는 경우 슬라이드로 리포트를 하는 경우가 종종 있다. 이때 필자가 리포트용 슬라이드 제작을 위해 취재기자와 종종 동행해 사진 촬영을 했다.

### 〈일기해설(日氣解說)〉 방송의 대변혁

1974년 당시 〈TBC 夕刊〉 끝에 여자 아나운서가 전담으로 〈일기해설〉을 방송했다. 〈일기해설〉의 포맷(format)을 지속적으로 혁신했다.

주말에는 주말과 휴일 날씨를 방송해 보자는 생각으로 당시 KBS 라디오에서 〈일기해설〉을 하던 김동완 통보관을 설득해 매주 한 번씩 출연시켰다. 그러다가 계속해서 여자 아나운서들의 방송 실수가 잦아 아예 월요일부터 금요일까지 〈일기해설〉 전체를 김 통보관이 하도록 했다.

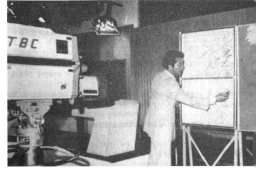

〈일기해설〉 출연한 김동완 통보관

김 통보관은 일기 개황도를 기상대에서 매일 가져와 방송했는데 어느 날 〈TBC 夕刊〉 진행 팀장이었던, 필자가 김 통보관에게 일기 전체 개황도를 미리 그려오지 말고 방송 중에 직접 그리면서 방송할 수 있겠느냐고 제안

했다. 이에 김 통보관이 한번 해 보겠다고 해 스튜디오에서 실제처럼 방송해 본 후 회의를 거쳐 생생한 현장 중계방송과 같은 이 역동적인 〈일기해설〉 방송을 〈TBC 夕刊〉이 맨 처음 시작하게 된 것이다.

당시 이 TBC의 〈일기해설〉 방송은 선풍적인 인기를 끌었고 나중에는 독립 프로그램으로 발전해 많은 스폰서를 끌어들여 회사 수입에도 이바지했다.

### 〈TBC 夕刊〉 끝에 스텝 이름 넣기 실현

드라마와 쇼 프로그램 등 여타 프로그램에는 제작 스텝의 이름이 들어가는데 유독 와이드 뉴스 프로그램인 〈TBC 夕刊〉에 스텝 이름을 밝히지 않는 것은 책임 있는 방송을 하지 않고 있다는 것이어서 방송 끝부분에 스텝 이름을 넣자고 주장해 이를 실현했다. 이에 따라 스텝 이름을 슬라이드로 처리했다. 슬라이드 내용을 보면 화면 오른쪽 아래에 "기술 감독 : 김영호, 변지선, 음향 : ○○○, 진행 : 이보길, 고수웅" 등을 3초가량 방송했다. 뉴스 프로그램에 스텝 이름이 들어간 것은 우리나라 방송 사상, TBC가 최초였다.

1970년대 흑백TV 시대여서 다양한 기술로 화면을 구성하는데 애로가 많았으나 뉴스 진행 담당자로서 나름대로 새로운 아이디어를 내 새로운 화면 만들기에 역량을 집중했다. 나중에 컬러TV 시대가 되고 나서 보니 이런 기발한 편집 기술이 기계 조작으로 가능한 것을 보고 놀라지 않을 수 없었다.

편집제작부에서 함께 일한 동료는 자막을 찍는 식자실의 최명희, 정해관 님과 촬영과 슬라이드 작업에 김수식 님 그리고 보도국 기자들이었다. 모두 합심해 〈TBC 夕刊〉을 국내 최고의 뉴스 프로그램으로 만들기 위해 노력했었다. 1977년 당시 편집제작부에서 함께 근무한 이창열(TBC 개국 요원) 부장, 이희준 차장(TBC 1기, 작고), 석종현(TBC 1기) 차장, 박광춘(TBC 개국 요원) 선배 등의 노고가 있었기에 〈TBC 夕刊〉이 성공할 수 있었다. (TBC)

# 편집제작부 - 방송기자를 숙성시키다

**김벽수** | 보도국 편집제작부, 14기
- SBS 논설위원
- 극동대학교 초빙교수
- 한국방송기자클럽 회장
- SBS 사우회 회장

1980년 11월 30일. 내 기억 속의 '그날'은 왜 그런지 모르지만, 흐린 흑백 필름으로 남아 있다. 일부분은 삼류 극장에서 보던 영화에서 가끔은 비 오는 것처럼 보이던 상처 난 필름 같기도 하다. 특히 밤 9시 뉴스 진행 PD 의 자에 앉기 전까지의 상황이 흐릿하다. 그 당시 동료들과 기억의 퍼즐을 맞춰 봐도 마찬가지다. 평생 몸담을 것으로 생각하던 TBC가 문을 닫은 비극적인 특별한 날인데도 왜 이리 기억이 흐려진 것일까?

그날 필자는 TBC 마지막 뉴스인 고별 〈TBC 석간〉 연출 담당이었다. 일 요일이었던 그날 일요 당번뿐만이 아니라 보도국 직원 전원이 회사에 나왔다. 모두가 침통한 가운데 각자의 책상을 마지막으로 다시 한번 정리하고, 라디오의 낮 〈12시 종합뉴스〉가 방송될 때는 여럿이 뉴스 부스(booth) 앞에 몰려가 눈물을 삼키면서 마지막 뉴스를 들으며 지켜보았다.

길종섭-이영혜 앵커가 진행한 당일 고별 〈TBC 석간〉 아이템은 단출했다. 당일 뉴스로는 진홍순 기자의 정치권 뉴스 종합 리포트와 TBC의 출범과 폐방을 상징하는 황호형 기자의 '성산포 일출' 리포트, 그리고 단신 6건뿐이었다. 이어 〈TBC 석간〉 평일 앵커인 노계원 부국장 진행으로 사전녹화 제 작된 'TBC와 TBC 뉴스의 역사'를 정리한 55분 분량의 특집 〈TBC 석간〉이 방영됐다.

당일 유일한 헤드라인은 동양방송 회사 깃발(社旗) 하기식 화면과 사가에 자막 타이틀은 'TBC는 永遠(영원)하리'였고, 길종섭 앵커의 TBC 약사(略史)와 보도의 간추린 역사를 아우르는 고별 〈TBC 석간〉의 오프닝은 뉴스를 진행하는 스튜디오와 조정실의 스텝들을 또 한 번 울컥하게 했다.

## TV 뉴스 제작 'Gatekeeping' 철저히

TBC의 뉴스 편집시스템을 되돌아보면, 하드웨어 측면에서 실로 격세지감을 느끼지만, 소프트웨어 측면에서 뉴스 진행 형식이나 뉴스의 취사선택(gatekeeping) 과정 등은 예나 지금이나 별반 큰 차이가 없을 것으로 생각한다. 당시 TV 메인 뉴스인 〈TBC 석간〉 아이템의 선정 과정을 보면

① 정치, 사회, 경제, 외신, 체육부 등 부서별로 당일 취재할 아이템 취합 편집회의에 상정
② 오전 8시 30분 : 1차 편집회의를 통해 부서에서 올라온 아이템을 취합 정리, 조율
③ 편집회의를 통해 1차로 선택된 아이템에 대해 취재 지시 및 촬영카메라 배정
④ 오후 2시 : 2차 편집회의를 통해 새로 발생한 기사 추가하는 등 아이템 조정
⑤ 오후 4시 30분~5시 : 보도국장과 관련 부서장의 간이 편집회의에서 아이템 최종 확정
⑥ 제작-송출 등의 순으로 이뤄졌다.

이 같은 과정은 1980~90년대 타 TV 방송사에서도 비슷했다고 본다. 물론 이러한 편집회의 과정 등은 국장과 부서장들이 주관하는 것이지만 햇병아

리 편집기자도 어깨 너머로 각 과정을 지켜보면서 뉴스 가치 판단을 간접 경험하고 공부할 수 있었다. 그러나 이러한 시스템은 온라인 뉴스가 주를 이루고 영상매체 수와 뉴스 시간이 대폭 확대된 오늘날의 미디어 환경에서는 전혀 맞지 않는 시스템이라 생각하지만, 방송 뉴스 제작의 저변에 흐르는 'gatekeeping'의 기본 정신은 크게 변하지 않았다고 본다.

### "영상매체 특성을 살려라"

특히 TBC 보도국 편집제작부에 근무하면서 인상적으로 배우고 방송기자 생활에 지침이 된 것이 있는데, 그것은 현장 화면과 오디오를 중시하는 것이다.

당시 2년여의 경찰 출입기자를 마치고 편집제작부에 배치된 말단 기자가 방송 뉴스의 속성이나 특성에 대해 얼마나 알았겠는가. 그저 선배들 하는 것을 보고 배우며 흉내나 내고 있었다 할까?

당시 〈TBC 석간〉에도 헤드라인 뉴스가 있었는데, 주로 자료화면에 메시지 중심의 아나운서 멘트로 제작됐다. 쉽게 말하면 인쇄매체인 신문의 주요 뉴스가 그날의 방송 헤드라인 뉴스였다.

그런데 1979년 1월, 도쿄 특파원을 마치고 귀국해서 보도국장에 취임한 강용식 국장(TBC 1기)이 새로운 헤드라인 제작 지침을 내렸다. 기존의 관점에서 볼 때 뉴스 가치가 다소 낮더라도 그날 촬영한 화면이나 생생한 현장 오디오가 있는 아이템을 헤드라인에 우선적으로 포함시키라는 지시였다. 한 마디로 인쇄매체가 흉내 낼 수 없는 TV 방송의 특성을 살린 뉴스를 만들라는 것이었다. 물론 그런 아이템은 본 뉴스에서도 우대할 수밖에 없다.

당시 TBC 보도국에는 동시녹음과 녹화가 가능한 ENG 카메라가 1대밖에 없어 거의 모든 아이템은 동시녹음이 안 되는 흑백필름으로 촬영 제작했다. 그래서 촬영기자가 현장을 촬영할 때 취재기자는 인터뷰 내용이나 현장음을 녹음기로 따로 녹음해서 사용하던 시절이다. 즉 필름을 영사기로 Play 하면서 리포트 녹음테이프를 함께 틀어야 화면이 완성되었다. 지금은 상상하기도 어려운 방식이다. 이런 환경에서 현장 화면과 현장음(音)을 중시하라는 편집지침은 저널리즘 교과서에서 제시하는 기사 가치 판단 요소인 * 시의성 * 근접성 * 저명성 * 중요성(영향성) * 흥미성 등에 더해 '영상적 볼거리(Visual attraction)'를 중요 판단 요소로 적용한 것이라고 볼 수 있다. 생생한 현장 화면과 현장의 소리는 메시지 전달력을 배가시켜 수용자의 이해를 크게 돕기 때문이다. 물론 방송에서는 당시에도 화려하고 예쁜 꽃이나 새 등 동물, 해맑은 어린이 모습 등을 영상적 볼거리로 중요시했다. TV 매체의 특성을 강조한 이러한 지침이 이후 30여 년 방송기자 생활을 한 필자에게는 뉴스와 프로그램을 제작하는 데 중요한 밑천이자 길잡이가 되었다.

### 필름 통과 슬라이드 통 보물단지 모시듯

뉴스 편집의 기계적(Hardware) 시스템을 돌아보면 그야말로 격세지감이다.

뉴스 편집 · 진행 PD는 우선 뉴스 진행표(Que Sheet)를 작성하고 방송에 사용할 필름과 슬라이드, 자막용 카드(scanner) 등을 순서에 맞게 세심하게 챙겨야 한다.

손 글씨로 작성하는 뉴스 진행표는 보도국장의 최종 결재를 받은 후 당시 3층 임원실에 있던 사내 유일한 복사기로 복사했다. 그나마 필자가 입사하기 전까지는 복사기가 없어 미농지(기름종이, 트레싱지)에 먹지를 끼우고 볼펜으로 꾹꾹 눌러써서 복사한 큐시트를 사용하면서 갖가지 촌극이 일어났다는 얘기를 선배들에게서 듣기도 했다.

진행표가 완성되면 뉴스 PD와 조연출인 AD(Assistant Director)는 4개의 통을 챙겨야 한다. 첫째 당일 뉴스에 사용할 필름 통, 둘째 슬라이드 통, 셋째 기자들의 리포트 녹음테이프 통, 그리고 'Telop'이라고 하는 자막용 카드 통이다. 통속에 들어 있는 각종 시각 자료는 뉴스 진행표 순서에 맞게 제

자리에 정확하게 있어야 한다. 특히 필름과 슬라이드, Telop 자막카드는 한 채널에서 연속해서 방영할 수 없어 1, 2채널로 구분해서 담당 기술 스텝에게 넘겨주고 방송 진행 중에도 1, 2를 구분해서 요청(call)을 해 줘야 한다. 혹 자료채널 순서가 꼬이면 방송사고가 날 수밖에 없고 항상 그런 위험은 내재 돼 있다. 또한 필름과 슬라이드는 실제 피사체의 어두운 부분은 밝게, 밝은 부분은 어둡게 보이는 음화(negative) 필름과 어두운 부분은 어둡게, 밝은 부분은 밝게 보이는 양화(positive) 필름 두 종류가 있는데, 진행표에 정확히 표기하고 요청 사인을 해야 한다. 당시 본사 촬영기자가 직접 촬영한 필름 등은 대부분 음화 필름인데, 외신자료나 타사에서 복사해서 온 자료 중에는 양화 필름이 있었다. 이것 역시 헷갈리면 방송사고다. 음화 필름은 얼핏 보면 화면 내용을 확인하기가 쉽지 않아서 필름을 영사기에 잘못 걸어서 방송화면 속 인물이 거꾸로 서서 걸어가는 사고도 발생하고, 슬라이드 인물사진이 다른 사람으로 잘못 나가는 경우도 종종 있었다.

그런가 하면 자막을 찍은 식자(植字) 사진을 끼워 사용하는 Telop 카드에는 금속 재질로 된 반원 모양의 Marking이란 것이 하나 또는 두 개짜리가 있는데, 하나짜리는 화면 하단에 자막 넣기 용이고 두 개짜리는 자체가 전면화면으로 나타나는 Nomal 화면 카드로 식자 사진 카드를 끼울 때 특별히 유념해야 했다.

뉴스 진행 준비는 늘 시간에 쫓긴다. 취재기자의 리포트 제작이 늦어지거나 방송 시간 임박해서 새로운 뉴스가 발생하면 특히 더 그렇다. 뉴스 제작물 준비가 모두 끝나면 PD와 AD는 진행표 순서대로 정리된 필름과 녹음테이프 통 등을 나눠 들고 5층 보도국에서 8층 주조정실로 올라가는데, 엘리베이터를 기다릴 틈도 없어서 계단으로 급하게 뛰어 올라가는 경우도 잦았다. 그러다가 자칫 발을 헛딛거나 해서 슬라이드 통이나 Telop 카드 통을 엎어 버리기라도 하면 초비상이 걸린다.

1980년 컬러TV 방송 준비를 위해 뉴스 제작용 ENG 카메라가 도입된 지 얼마 되지 않은 시기라서 U-Matic 테이프(녹화 테이프의 일종) 사용도 서툴렀다. 또한 뉴스 진행 PD로서는 다소 낯선 Standard VTR(비디오테이프 녹화기)을 활용할 때도 긴장의 연속이었다. 드라마나 편성 제작물 녹화용으로 주로 사용되었던 2인치 Standard VTR을 활용한 경험이 몇 차례 있긴 해도 이 또한 낯설었고, 사용하기가 겁부터 났다.

왜냐면 2인치 VTR은 Play 스타트 후 4초가 지나서야 모니터에 화면이 생성되기 때문에 다음 화면과 시간을 맞추기가 어렵기 때문이었다.

### "항상 준비된 기자가 되어라"

TBC 편집제작부의 뉴스 진행 PD는 〈TBC 석간〉 외에도 라디오의 아침 8시 〈뉴스 전망대〉와 오후 2시 〈뉴스의 현장〉, 오후 7시 TV 〈TBC 뉴스〉를 진행했다.

진행 PD는 2명씩 2개 조로 나눠 운영됐다. 1조가 아침 일찍 출근해서 라디오 〈뉴스 전망대〉와 〈뉴스의 현장〉, TV 〈TBC 뉴스〉를 진행하고, 2조는 오전에 좀 늦게 출근해서 〈TBC 석간〉을 준비하고 진행하는 형식이었다. 시대에 따라 다르지만

〈뉴스 전망대〉 진행하는 필자(1980.11.)

1980년에는 TV의 경우 평일에는 오전 방송이 없어서 숙직이 없지만 아침 방송이 편성되는 주말에는 오전 〈7시 TV 뉴스〉를 위해 1명씩 순번을 정해 숙직을 해야 했다. 라디오 일반 뉴스의 경우는 낮 시간대는 편집부의 선임 차장 1명이 전담을 하고 밤 8시부터 아침 7시까지는 일반 당직 기자가 편집을 맡았다.

라디오에서 가장 중요한 뉴스는 당시 최고의 청취율을 자랑하던 아침

〈뉴스 전망대〉인데, 아이템은 오후 2시 편집회의나 마지막 간이 편집회의에서 정해졌다. 그런데 TV의 〈TBC 석간〉 톱 기사(주요 뉴스)보다도 라디오 아침 〈뉴스 전망대〉 아이템을 정하지 못할 때가 종종 있었다. 그럴 때마다 자신이 하겠다고 손들고 나서는 기자가 9년 선배인 우석호(TBC 5기, 작고) 차장이었다. 그 누구보다 방송에 대한 열정과 때론 방송 욕심이 많았던 우 선배는 필자에게 "준비된 사람에게 기회가 온다. 언제라도 쓸 수 있는 기획 아이템 1~2개는 늘 준비하고 있어야 한다."라고 말하곤 했다. 이 충고가 뇌리에 박혀 취재기자 시절 아이템을 찾지 못해 쩔쩔맬 때면 나 자신을 스스로 자책하기도 했다.

편집제작부 뉴스 PD가 해야 할 또 하나의 역할이 중요 국가행사의 TV와 라디오 중계방송이다. 3·1절 기념식과 현충일, 광복절, 국군의 날 행사 등이다. 1980년에는 제11대 대통령 취임식 중계방송도 있었다. 당시 TV 중계방송의 경우 중계차 현장 운용과 진행은 최정웅(TBC 5기) 선배가 전담했지만, 뉴스 PD는 현장에서 들어오는 화면을 수신해서 방송하는 보조 AD 역할을 맡아 필요한 자막과 타이틀용 음악 등을 준비했다. 대통령이나 총리가 참석하는 행사의 경우는 사전에 청와대와 문공부 등에 신원조회용으로 모든 중계 요원의 생년월일과 본적, 호주 성명까지 포함된 명단을 보내야 하는데, 이것 역시 AD의 몫이었다. 기술진과 카메라맨, 차량 운전기사까지 포함하면 TV 중계팀은 20명 내외, 라디오 중계팀은 6~7명 정도다. 이러한 보도 중계방송 AD 역할을 통해서도 방송시스템과 중계 화면 구성 등에 대한 지식과 이해도를 높이는 데 많은 도움이 됐다.

## 편집제작부 이력, 방송기자 생활에 큰 영향

보도국 편집제작부는 내근 부서로 기자들이 선호하는 부서가 절대 아니고 오히려 꺼리는 부서라고 해야 맞을 것이다.

당시 외근인 취재부서 기자는 낮-밤이 따로 없고, 휴일도 반납하기 다반

사지만, 그래도 기자라면 취재현장에 있어야 한다고들 생각했다. 그러나 당시는 편집제작부로 발령 나는 기자들의 서운함을 달래기 위해서 담당 부장이나 국장은 "좋은 방송기자로 성장하기 위해서는 뉴스 제작 및 편집시스템을 이해하고 익히는 것이 꼭 필요하다. 편집제작부는 반드시 거쳐 가는 것이 좋다."라고 강조했다. 그땐 그저 궁색한 위로의 말로 치부했었다.

필자는 언론통폐합 후 '근무부서 수평 이동' 원칙에 따라 KBS 편집부로 발령받았다. 보통 1년이면 끝나던 편집부 근무가 2년으로 늘어나면서 **'편집-제작을 잘하는 기자'**로 낙인찍힌 듯하였다. 이런 연유로 특집 프로그램 제작 등에 수시로 차출되고 보도제작부서 근무도 오래 한 편이다. 물론 TBC에서 보고 배운 방송시스템에 대한 이해가 깊을 것이라는 과대평가도 작용했을 것으로 생각한다. SBS로 이적하면서도 편집제작부에서 창사 특집 프로그램 제작부터 일을 시작하고, 보도특집부장을 3년이나 한 것이나, 선거방송기획단장을 전무후무하게 세 차례나 역임한 것도 **'편집-제작의 경험이 많은 기자'**이기 때문일 것이다.

이처럼 TBC 편집제작부 근무 경력이 필자의 30여 년 방송기자 생활에 많은 영향을 미쳤다. 취재현장에서 한창 뛰어야 할 시기에 특집 프로그램 제작에 차출되거나 보도제작부서로 발령 받으면 속상하고, 나 자신을 스스로 자책하기도 했다. 그러나 돌이켜 생각하건대 그때 TBC 편집제작부원이 아니었다면 나의 기자 생활이 어떻게, 무엇이 달라졌을까? 더 보람 있고, 더 잘할 수 있었을까? 별로 자신이 없다. 또 한때 뉴미디어 분야 사업에 관여하면서 느꼈던 성취감이나, 누구보다도 내용이 알찬 강의를 했다고 자부하는 대학교 초빙교수 생활이 가능했을까?

TBC 시절을 되돌아보면서 당시의 편집제작부 근무이력이 방송기자로써의 필자를 숙성(熟成) 시키고, 긴 방송기자 생활에 절대적인 영향을 미친 것으로 새삼 느낀다. (TBC)

# 아나운서로 입사해 방송기자로 성공하기

**고수웅** | 보도국 경제부, 10기
- KBS 대전총국장
- KBS 파리 특파원
- KBS 주말 9시 뉴스앵커
- 지역민방협회 상근 부회장

TBC-TV와 라디오는 문화방송, 동아방송, 기독교방송에 앞서는 최고의 청취율과 시청률로 민간방송을 견인했다.

1973년 10월 2일 중앙매스컴 제10기 아나운서로 입사한 나는 언론통폐합으로 1980년 12월 1일 KBS로 적을 옮길 때까지 TBC 보도국 아나운서부에서 1년 반 근무하고, 보도국 사회부로 자리를 옮겨 경찰서 출입기자로 시작해 문공부, 과기처, 농수산부를 거치며 6년 동안 방송기자로 활동했다.

## 유연한 전직(轉職) 제도가 구성원 역량 키워

사실, 처음에 아나운서로 입사해 기자로 활동한 TBC 출신은 여러 사람이 있다. TBC의 전신인 〈라디오 서울(RSB)〉 1기생인 구 박 선배를 비롯해 성대석, 이보길, 이봉희, 최동철, 이재명, 남선현, 이정옥… 모두 아나운서 출신이지만 통폐합 후 KBS로 옮겨 활약했고, 각자 개인 역량에 따라 큰 성과를 거두며 고위직까지 올랐던 분도 있다.

필자가 아나운서로 출발해 보도국 사회부, 경제부, 편집제작부를 거치며 방송기자로 많은 경험을 할 수 있었던 것은 아나운서부 에서 보도국 기자로 옮기게 해준 중앙매스컴의 유연한 전직 인사제도 때문에 가능하지 않았을까 생각한다.

아나운서 초년 생활은 좀 단조로웠다. 10기 동료인 이재명, 김기혜, 안계상, 양원자, 함영미 모두 6명이 아나운서로 입사 했지만 남자는 단 2명이어서 아나운서부 막내인 내가 맡아야 했던 첫 방송은 3~4일 만에 돌아오는 숙직 근무 때 새벽 5, 6시 라디오 뉴스가 전부였다. 새벽 방송은 애국가를 시작으로 방송 개시 시그널과 고지(告知) 방송이 나간 뒤 5시에 첫 뉴스가 방송됐다. 뉴스 원고는 보도국 숙직자들이 전날 밤늦게 나간 주요 뉴스를 간추려 시제만 고친 뒤, 자정 넘어 편집한 것을 내가 찾아다가 수십 번 읽어보고 또 읽고… 연습 끝에 5분 뉴스가 나갔다. 편성에는 뉴스가 5분 편성돼 있지만 광고를 빼면 3~4분 정도 나간다고 봐야 한다. 이렇게 단조로운 아나운서 초년 시절, 낮에는 생방송인 "HLKC, 동양 라디옵니다."라고 콜 싸인(호출부호)하는 정도였다.

### 타의에 의해 아나운서에서 기자로 전직

그렇게 1년여 지난 어느 날 박노설 아나운서부장이 나를 불렀다. "자네는 아나운서의 역량도 있지만 앞으로 기자로서 활동을 해보는 게 어때?"라며 청천벽력 같은 인사 조치를 통보했다. 나는 대답을 못 하고 한참 머뭇거리며 서 있었다. "인사부와 다 상의했으니, 내일부터 보도국에서 일하게." 당시 난 너무 갑작스럽고 황당한 명령에 화가 치밀어 올랐다. 후에 안 일이지만 그 당시 아나운서부 연말 회식 장소에서 내가 사회를 보게 되었는데 선배들이 차례로 선배들의 덕담 인사를 하는 순서를 내가 잘못 소개해 모 차장이 크게 화가 났다는 것이다. 그런 연유로 나는 타의에 의해 일터를 보도국 편집제작부로 옮기게 됐다.

그러나, 보도국에 가서도 아나운서부에서 왔다는 이유로 찬밥 신세였다.

자리를 옮긴 보도국 편집제작부는 김우철(TBC 1기) 선배가 부장을 맡고 있었고 주 업무는 TV 9시 뉴스인 〈TBC 석간〉을 제작, 진행하는 것이었다. 아나운서의 꿈을 안고 치열한 경쟁을 뚫고 들어온 내가 꿈도 안 꾸던 기자로 전직이 됐다고 생각하니 분하고 삶의 희망마저 잃을 정도였다.

더구나 보도국에서 내근 부서인 편집제작부 근무에는 별로 관심이 없었기 때문에, 출입처를 배정받는 사회부나 경제부에 차츰 눈독을 들이게 됐다.

1974년 봄 어느 날, 나는 숙직 근무를 마치고 버스를 타고 내가 자취하던 성동구 왕십리 집으로 가고 있었다. 서울 동대문 운동장 앞을 지나가는 순간, 건너편에서 소방차가 사이렌을 울리며 달려가고 시커먼 연기가 자욱한 화재 현장을 지나게 됐다. 그때 순간적으로 내 머릿속에는 내 현직이 아나운서이지만 화재 현장을 그냥 지나칠 수는 없다는 생각이 들어 버스에서 내려 화재 현장으로 달려갔다. 현장에서 화재 장소의 위치, 화재 규모를 알아본 뒤 공중전화 부스로 뛰어가 보도국에 전화를 걸어 화재 소식을 알렸다. 당시 보도국 숙직 조장은 임웅식(TBC 1기, 작고) 선배였다.

그 덕분에 화재 소식이 MBC나 KBS보다 먼저 보도될 수 있었다고 한다. 나는 직원으로서 당시 보도국에 제보만 해 줬을 뿐인데….

다음 날 임웅식 선배가 어제 오후 화재 소식을 알려준 사람이 아나운서부의 고수웅이라는 걸 알고 이방훈 보도국장에게 나를 보도국으로 데려와야겠다고 제안했다는 것을 후에 임 선배에게서 들었다. 결국 아나운서부에서 보도국으로 옮긴 이유가 불쾌하게 여길 만한 일은 아니었구나! 하는 자위를 하게 된 것은 사회부 경찰 출입기자 생활을 하면서 서서히 알게 됐기 때문이다.

사회부 경찰 출입기자를 6개월 하고 나니 이희준(TBC 1기, 작고) 선배께서 사회부의 말단 출입처라고 할 수 있는 과기부, 문공부, 체신부 3개 부처를 동시에 출입하는, 이른바 "카케모치(掛け持ち 겸직)" 역할을 배정해 주었

다(당시, 언론계에서는 여전히 일본식 용어가 통용되고 있었다). 아나운서부에서 보도국으로 전출된 필자 외에, PD 출신인 최정웅(TBC 5기) 선배도 나처럼 경찰 출입기자 경험을 늦깎이로 시작해 기자 경험을 하게 되었다.

## 공항 출입기자의 또 다른 힘든 임무

문공부 등 부처 출입을 세 군데를 맡다 보니 어떤 날은 한 부처를 빼먹고 기자실에 들리지 못할 때도 많았다. 역시 아나운서부 내근보다 밖으로 도는 출입처 기자 생활이 훨씬 활동적이고 다양하며 인맥을 쌓는데 폭도 넓어져 점점 재미를 느끼기 시작했다.

그 후 부처 출입은 아니지만 특별히 해외 출입이 잦은 VIP를 모시는 일을 많이 하는 김포공항 출입기자가 되었다. 다른 곳도 마찬가지지만 당시 출입처에 가면 중앙일보 기자와 TBC 기자가 함께 출입하고 있어 이웃사촌처럼 공조하는 일이 많았다. 김포공항에서는 비행기 연착 소식이나 세관의 밀수품 압수 등 큰 뉴스가 가끔 터지기는 하지만, 기사 발굴보다 중요한 업무는 이병철 회장 가족, 중앙매스컴 고위 임원들의 출입국이나 회사와 관련된 민원을 처리하는 것이었다. 예를 들어 이병철 회장은 매년 연말이면 일본 도쿄에 가서 이듬해 사업 구상을 했기 때문에 이 회장을 공항에서 안내하는 일은 중앙일보 이순동(중앙일보 9기) 기자와 나의 몫으로 철저하고 완벽하게 탑승 전 과정을 끝내야 하는 중요한 업무 중의 하나였다.

김포공항은 어느 승객이나 C.I.Q, 즉 세관(Customs), 출입국 관리(Immigration), 면역 확인 장소(Quarantine) 등을 통과해야만 비행기에 오를 수 있었다. 따라서 이 회장의 출국 날짜가 정해지면 삼성그룹 비서실팀이 미리 공항을 찾아와 2명의 중앙매스컴 기자와 경호 아닌 경호 계획을 수립했다. 이 회장이 C.I.Q를 순조롭게 통과하려면 먼저 출입국 사무실에 들러 출국 스탬프를 받아 놓고 여권은 이순동 기자가, 휴대 가방은 내가 들고 C.I.Q를 통과했다. 이때 대부분 공항 직원은 이미 두 기자가 길을 닦아 놓았기 때문에 이 회장에게 인사도 하며 반갑게 맞아줘 우리는 순조롭게 이 회장을 모시고 출국장을 나갈 수 있었다.

일반 승객들은 당시에 '로딩 브릿지'가 없어서 공항 활주로에 있는 버스로 비행기까지 접근했지만, 이 회장과 우리는 미리 준비해 둔 KAL 미니버스를 타고 운전기사와 4명이 비행기에 접근해 기내로 안내했다.

공항 규정에 따르면, 승객과 항공사, 공항 관계자 외에 다른 사람은 누구를 막론하고 기내에 들어갈 수 없었다. 따라서 김포공항 출입기자였던 우리 두 사람은 탑승 규정을 어긴 것이었다. 이 회장을 배웅하고 기자실에 돌아오면 삼성그룹 회장 출국에 눈독을 들이고 있던 동아일보 기자를 비롯한 타 언론사 기자들이 어떤 기사(대부분 트집거리)를 쓸까, 눈에 불을 켜던 시절이었다.

### 특집 기획물 제작 통해 TV 저널리즘 터득

기자 생활에 점차 익숙해 가던 나는 출입처에서 기사를 발굴해 1분 30초짜리 뉴스 리포트도 방송했지만 가장 기억에 남고 보람 있었던 임무는 특집 프로그램을 제작하는 일이었다. 1970년대 후반에 TBC 기자 중에서 탁월한 필력과 프로그램 제작 능력을 발휘했던 오홍근 선배는(TBC 5기, 작고) 나에게 많은 제작 경험과 방송기자의 도(道)와 상(像)을 가르쳐 주었다.

당시 TBC 보도국에선 정부 시책에 발맞추어 국민에게 절약 정신을 계도하고 심어 주기 위한 60분짜리 다큐멘터리를 특별취재팀을 만들어 제작하게 됐다. 나는 2년 후배인 이동근 기자(12기)와 함께 특집팀에 들어가 오홍근 선배의 지시를 받아 1시간짜리 대형 프로그램을 만들게 됐다.

사실 6·25 이후 헐벗고 배곯은 시절을 겪었던 우리 세대뿐 아니라 많은 국민은 수출 호황 덕분에 살만하고 여유가 생기자, 식생활에서 낭비가 많아지고 절약의 미덕이 사라져 가던 시절이었다.

오홍근 선배는 나에게 "수웅이는 '식량, 더 절약할 수 없나?'라는 프로를 15분 맡아 만들되 각 가정에서 버려지는 음식물, 식당의 잔반으로 사라지는 쌀(음식)의 허실을 낱낱이 취재해!"라고 취재 방향을 꼼꼼히 지적해 주었다.

예를 들어 한 가정집에서 식사 후 밥그릇에 남은 잔반을 상 위에 펼쳐놓고 젓가락으로 일일이 밥알을 세어 가며 촬영하라는 식이었다. 또, 취재팀은 식당 잔반통도 뒤져서 버려진 밥을 비닐 위에 펼쳐놓고 밥 덩어리 무게를 재고, 밥알을 일일이 세는 장면을 촬영하는 등 2주 이상 취재에 몰두했다.

그 결과 이 기획물은 사회적으로 큰 반향을 불러일으켰다. 농수산부는 장관의 감사패를 취재팀에 전달하고, 이 프로그램을 카세트, VTR로 복사해 전국의 농협조직을 통해 홍보자료로 활용하기도 했다.

이렇게 TBC에서 쌓은 다큐멘터리 제작 능력이 1980년 언론통폐합 이후 KBS로 넘어간 뒤, 서서히 발휘돼 〈산지(山地) 더 개간할 수 없나?〉라는 한 시간짜리 월요 기획, 〈해외 건설 현장 바스라 전쟁터〉 등 특집 다큐멘터리는 물론, 새마을 운동 프로그램 〈앞서가는 농어촌〉 등도 제작할 수 있었다.

돌이켜 보면, TBC 아나운서로 출발해 전직에 의해 보도국에서 키운 역량과 비축한 자양분 덕분에 나는 KBS로 옮긴 뒤에, 〈뉴스 파노라마〉, 〈간추린 뉴스〉, 〈남북의 창〉, 〈와이드 정보 700〉, 〈경제 전망대〉, 〈일요 진단〉, 〈주말 9시 뉴스〉 등 많은 방송 프로그램의 진행을 맡을 수 있었다고 생각한다.

TBC가 사라진 지 어언 43년이 흘렀지만, TBC에서 키운 방송기자로서의 자긍심은 방송 현업을 떠난 지 20년이 지났어도, 아직 생생히 살아 있다.

진정, 내 마음속에서 "TBC는 영원하리…." (TBC)

# TBC 뉴스 취재 장비의 현대화 과정

**이광춘** | 보도국 촬영부, 5기

- KBS 도쿄 특파원
- 영상취재부 국장
- 호남대 중부대 초빙교수

　1968년 TBC 입사 후 1980년 언론통폐합 때까지 10년 이상의 영상 취재 경험을 바탕으로 TBC 뉴스 취재 장비 현대화 과정을 정리했다.

### TV 등장으로 삶의 양식에 큰 변화 초래

　1960년대 중반 식당들이 즐비한 골목길에서 흘러나오는 노랫가락. '아아! 신라의 달밤이여. 목포의 눈물' 음악 소리가 우리 귓가를 즐겁게 했다.

　큰길가 버스 정류장 건너편의 전파상 앞에 많은 사람이 손뼉 치며 환호성을 울린다. 재일동포 출신 역도산, 상대 선수를 제압하는 영상이 TV를 통해 중계되는 한일 프로레슬링 대회. TV는 재미있고 유익하고 교육 매체로 발전해 거리에서나 안방에서 눈으로 보고 귀로 듣는 친근한 벗이 되어 우리 삶의 패턴을 엄청나게 변화시켰다.

　1963년 초 TV 수상기는 8천여 대로 추산되었으나 공보부에서 면세 수입한 2만 대와 통관 수입된 1만여 대가 보급되면서 그해 말에는 TV 수상기 등록 대수는 3만 4,800대로 늘어났다. 1968년 10만 대이던 TV 수상기가 두 배이상 늘어나 1969년 말에는 22만 대로 집계됐다. 그 후에도 1971년 말 150

만 대를 넘어서고 1979년 말에는 6백만 대로 폭증할 정도로 TV 수상기 보급 대수는 급진적인 성장세를 보여 1970년대 말 드디어 영상문화시대(影像文化時代)에 들어서면서 이른바 텔레비전 시대가 개막된 것이다.

1965년 중앙일보 동양방송의 신사옥인 중앙매스컴 빌딩이 서소문에 준공되었고 TBC-TV는 가시청 지역을 서울 중심으로 한 수도권에서 부산, 경남 지역 일부까지 확대되었다.

## 수습 과정에서 방송국 전체 현황 습득

한강변에서 영상 촬영 등 현장 수습 교육을 받고 있는데 〈中央日報 東洋放送(중앙일보 동양방송)〉 표시판이 있는 취재 차량에서 선배 한 분이 내렸다. 촬영부 K 선배였다. 이 선배는 평소 "여러분은 촬영이라는 특수 직종으로 입사했기에 현업 부서에서 전문적 교육을 집중적으로 먼저 받고 어느 정도 익숙해지면 하루라도 빨리 현장에 투입되어야 한다."라고 여러 차례 주장했다.

취재 차량에 장착된 카폰(car-phone)을 통해 '픽업(pick-up)해서 회사로 데려가고 있다'고 사무실에 보고하는 내용을 들으면서 어느새 회사에 도착했다.

선배를 따라 8층에 올라가 스튜디오 등 방송국 구조에 대한 설명을 자세히 들었다.

뉴스 생방송을 진행하는 TV 주조정실과 부조정실 그리고 7층과 8층을 구분하는 천장을 없애고 통합한 하나의 공간, 대형 스튜디오(Studio)를 보는 순간 입은 자연스럽게 크게 열리고 감탄사가 연이어 쏟아졌다.

바로 이곳은 전속악단, 무용단, 인기 가수가 총출동하는 쇼 프로그램의 대명사 〈쇼, 쇼, 쇼〉의 무대로 이용되거나 〈드라마〉 또는 〈특집 대담〉 등 대형 프로그램의 생방송 무대나 공연 공간으로 사용된다는 것이다.

특히 이 스튜디오에서 전형적인 한국 여인상을 그린 일일드라마가 제작된다는 것이다. 이 드라마가 방영될 때 TBC 시청률은 46% 동 시간대 다른 방송국의 시청률은 KBS 27%, MBC 27%를 기록했다는 드라마 관계자의 부연 설명을 듣고 수습 촬영기자들은 놀라지 않을 수 없었다.

## 시대 변화에 맞춰 영상 부문 조직 개편

TBC-TV는 1964년 12월 7일 개국 당시 방송부(部) 산하에 영화과(課)를 두고 드라마나 뉴스 및 다큐멘터리 등 영상을 취재 제작하는 촬영 업무를 전담했다.

영화과는 직원들의 휴식 공간, 영상 편집실, 장비 보관실, 암실과 현상실 등으로 분리돼 있었다.

이 나눠진 공간에서 촬영된 필름을 현상, 편집하는 등 TV 영상이 모두 제작됐다. TV 개국 요원으로 특별 채용된 선배 10여 명은 대부분 문공부 산하 국립영화제작소에서 당시 극장에서 영화 시작 전에 상영하던 〈대한뉴스〉를 제작했거나 민간 영화사에서 극(劇) 영화를 제작하던 나름대로 현장 촬영 경험이 많은 영상 전문가였다.

경험 많은 선배들이 기획 편성 프로그램 〈카메라의 눈〉, 교양 프로그램 〈논픽션 시리즈〉, 드라마 중간중간에 삽입될 제작국의 야외 촬영 부분을 담당했다.

1974년 12월 개국 10주년을 맞아 새로운 10년 컬러TV 시대에 대비해 대대적인 조직 개편을 단행했다.

영화과의 업무가 많이 늘어남에 따라 영화부(部)로 승격되었고 마침내 개국 10주년이 되자 영화부는 다시 영상제작부와 촬영부로 분리 확대 개편되었다.

이로써 촬영부는 보도국에 배속되어 명실공히 뉴스용 영상 촬영만 전담하게 된 것이다.

10년 안팎의 연배들로 구성된 촬영부는 효율적인 뉴스 영상 취재를 위해 청와대, 국회(정당), 정부 부처, 법원 담당 등으로 출입처를 배분 분담했고 사건·사고 현장 취재는 서너 명의 초임 촬영기자의 몫이었다.

### 단기간 촬영기법 교육 받고 현장에 투입돼

필자가 1968년 입사 때 사용하던 필모(Filmo)라는 카메라(촬영기)는 세계 2차 대전 당시 종군 기자들이 널리 사용한 무비 카메라(Movie-Camera)로서 흑백 16㎜ 필름에 영상만을 담는 소형이라 가볍고 휴대하기 편리하며 또 조작이 그리 어렵지 않았다.

흑백필름 사용 16mm 필모 카메라

수습 기간 중 1대1의 대면 교육은 시각 효과를 극대화하기 위해 전문적이고 창조적인 영상 구성으로, '영화문법'에 기초한 촬영기법에 관한 이론과 실습을 집중적으로 배울 수 있었던 강도 높은 교육이었다. 현장 실습 위주의 집중 영상 교육을 통해 단기간에 수습을 마치고 현장에 투입됐다.

〈CP 16〉으로 통용되던 동시녹음 카메라 아리플렉스(Arriflex)라는 카메라는 줌렌즈를 사용, 배터리 파워로 전동 모터를 작동시켜 영상을 촬영하는 고가(高價)의 카메라였다. 1970년대 초, 최신형인 이 카메라는 〈보도 특집〉 프로그램, 다큐멘터리 제작에 주로 사용되었으며 나그라(NAGRA)라는 특수 녹음기와 함께 필름과 오디오 테이프가 셔터의 동작과 함께 영상과 녹음이 동시에 녹화 저장되었다.

〈CP 16〉은 고가에다 필름 등 가동 운영비가 많이 들기 때문에 TBC 통틀어 보도국 촬영부에 1대밖에 없었다. 이 장비를 쓰고 싶어 하는 지원자들이 많았기 때문에 장비 동원에 경쟁이 치열했다.

## 최신 장비 동원 철새 생태계 잇달아 취재

TBC는 일반 TV 뉴스 영상뿐만 아니라 〈기획 특집〉 프로그램 제작으로 많은 시청자의 호응을 받았다.

1974년 1월 초, TBC 보도국은 〈한국 조류의 실태〉를 기획해 특별취재팀을 구성하고 1월 12일부터 20일까지 낙동강 하구 철새 도래지, 을숙도와 거제도 해안, 제주도 등 4천 리를 현장 취재했다. 당시 최신 장비였던 500㎜와 1,200㎜ 망원 줌 렌즈, 안테나식 마이크 등 촬영과 녹음 장비 등을 동원했다.

필자는 경희대 조류학자 원병오, 윤무부 교수팀과 최철주(사회부, TBC 7기) 취재기자, 함창기(TBC 4기) 선배와 같이 낙동강 하구 을숙도를 찾았다. 큰고니, 두루미, 기러기, 청둥오리, 독수리 등 여러 종의 겨울 철새가 늦은 가을, 한국에 날아와 갈대밭이 우거져 있고 먹이가 풍부한 을숙도를 찾아 휴식하며 이듬해 봄에 번식지로 이동하는 철새들의 생태를 취재했다.

또 거제도에서는 50년 만에 '흰 수염 바다오리'을 발견하고 카메라에 담았다. 취재팀은 20m까지 접근해 촬영하는 데 성공했다.

1월 24일과 25일 이틀 동안 60분 특집 프로그램을 방송한 희귀조 특별취재팀은 1974년도 대한민국 방송보도상을 수상했다. 특집 방송이 나간 뒤 문공부는 조사단을 현지에 파견해 철새 수렵 허가제 도입의 필요성을 파악하기도 했다.

방송이 나간 뒤 대한항공이 미주 첫 취항에 맞춰 광고(CF)를 제작했다. 이 광고에 큰고니 철새가 내려앉고 날아오르는 영상물을 사용했다는 뒷이야기가 있었다.

1974년 5월에는 강화도 북쪽 민통선 부근의 대송도와 소송도에 '검은머리물떼새'가 서식하고 있는 사실을 처음으로 발견해 특종 보도하기도 했다.

## 해외 다큐멘터리 제작에는 신장비 동원이 필수

1968년 울진·삼척 무장 공비 침투 사건과 북한이 청와대를 습격하기 위해 남파한 공작원 김신조 일당이 일으킨 1·21 사태. 그 후 1976년 8월 판문점 도끼 만행 사건 등으로 안보가 불안한 시기에 〈동북아 전선, 이상 없다〉는 보도 특집 프로그램이 기획됐다.

필자는 김성호(정경부장, TBC 1기, 작고) 팀장을 비롯해 송도균(정경부, TBC 7기) 기자와 함께 괌에 배치된 B-52 폭격기를 취재하기 위해 하와이 미 태평양사령부에서 신체검사까지 받았다. 괌을 이륙해 오키나와 상공까지 왕복하면서 몇 시간에 걸친 고공 저공비행 등 다양한 훈련 과정을 영상과 음향을 동시에 담을 수 있었다. 이 기획 제작물은 해외 다큐멘터리 제작의 신기원을 이뤘고 방영 후 AFKN 미군 TV에서 영역(英譯)해 방영되기도 했다.

특수 필름을 사용할 수 있는 미첼 카메라 장비로 필리핀 수빅만에 주둔한 미 7함대 훈련 모습도 특집으로 제작해 방송한 경험이 있다.

해외 취재에는 항상 신장비가 동원되었고 신장비로 제작한 TV 다큐멘터리는 언제나 시청자의 사랑을 받았다.

## ENG 카메라 시대가 되면서 TBC 종영(終映)

1979년 10월 26일 박정희 대통령 시해 사건 후 정국이 매우 혼란스럽고 오일쇼크로 경제마저 어려웠던 시절. 1980년 5월 15일 최규하 대통령이 중동 건설 노동자 위문 격려차 사우디아라비아와 쿠웨이트를 방문했다.

수행 기자팀은 TV 3사 공동취재팀으로 구성됐고 동원된 취재 장비는 비디오테이프에 영상과 음향을 함께 동시에 녹화할 수 있는 전자식 시스템 ENG(Electronic News Gathering) 카메라였다.

ENG 카메라는 현업 부서에 제대로 배정되지 못했다. 최규하 대통령 수행 취재 당시에는 TV 중계차에서 휴대용 카메라로 이용됐고 위성 송출을 처음 시도할 때 성공해서 최 대통령 중동 방문 때 큰 도움이 됐다.

1980년 들어서 영상 취재 장비는 ENG 카메라 시대로, TV 화면은 소형에서 대형으로, 흑백TV에서 컬러TV 수상기로….

방송 장비와 TV 수상기의 획기적인 진화가 이어지면서 방송 환경이 대변혁기를 맞았다. 방송 장비가 아날로그 시대에서 디지털 시대로 바뀌는 찰나에 TBC는 그해 말, 보기 좋은 컬러 영상을 보지도 못한 채 "TBC는 영원하리"라는 여덟 글자를 스크린에 흑백으로 비추고 막을 내리고 만 것이다. (TBC)

# TV 경쟁력은 동영상에서 나온다

**이우승** | 보도국 촬영부, 13기
- KBS 청와대 출입기자
- 한국TV기자회 회장
- SBS 영상취재부장, 영상취재국장
- SBS 뉴스텍 보도이사

TV 뉴스에서는 무엇보다 동영상 확보가 최우선이다.

듣는 뉴스가 아니고 보는 뉴스이기 때문이다. 움직이는 생생한 화면을 보여 줘야 한다. 독도 생방송 특별취재반의 TV 뉴스 촬영기자에게 부여된 임무는 독도 자연생태계의 동영상을 충분히 확보하는 일이었다.

1977년 2월 18일 독도에 도착한 첫날 낮에, 독도 특별취재반의 일원인 아마추어무선연맹 대원들의 무선통신 활동과 독도 경비대의 경계 근무 및 자연생태계 등 이런저런 움직임을 두루두루 촬영하던 중 기온이 급강하고 갑자기 비바람이 몰아쳐 일단 촬영을 중단했다. 촬영기자가 휴대한 카메라는 '16㎜ Filmo 카메라(Bell & Howell 社의 스프링 구동식)'였다.

## 카메라 고장 나 결정적 동영상 촬영 망쳐

그런데 독도 경비대원 숙소에서 비가 그치기를 기다리며 무비카메라를 점검하던 중 갑자기 동력 전달 장치인 스프링이 파손되는 사고가 발생 더이상 촬영을 할 수 없는 지경이 되었다. 이날 밤 숙소에서 카메라를 모두 분해한 뒤 파손된 동력 장치 스프링을 제거하는 등 밤을 꼬박 새우며 정상 작동되도록 고치려고 무진 애를 썼다. 그러나 모두 허사였고 다만 수동으로

만 촬영할 수 있도록 임시방편으로 비상조치를 취해 놓았다.

19일 아침 식사 후 잠시 눈을 붙이려고 했으나, 야간 항해 등으로 몹시 피곤한 터라 순간 잠이 곤히 들었다. 갑자기 독도 상공에 일본 헬기가 나타났다는 경비대원의 고함에 놀라 비몽사몽간에 카메라를 들고 나가 정신없이 작동 셔터를 눌러대며 열심히 촬영한다고 안간힘을 썼는데도 순간순간 수동 촬영이라 정상적으로 찍힌 동영상을 기대할 수는 없었다.

결과적으로 이번 독도 출장 취재는 예고 없이 갑자기 나타나 독도 상공을 선회한 일본 TV 방송국의 헬기를 동영상 카메라로 촬영하는 것이 가장 중요한 임무가 되었다. 당시 헬기에 탄 일본 TV 카메라맨은 헬기 창문 밖으로 몸을 내밀고 자신들을 지켜보는 독도 경비대원과 TBC 특별취재반의 움직임을 여유롭게 촬영하고 아울러 독도의 겨울 생태계 모습을 카메라에 담는 것을 목격할 수 있었다.

이때 독도 경비대원들은 즉각 대공 방어 태세를 취했으나 단지 독도 상공을 선회하는 일본 헬기의 비행을 계속 추적 경계하며 속수무책(束手無策)으로 지켜보기만 했다. 영공 침범에 대한 경고 방송도 할 수 없었고 경고 사격도 할 수 없었다. 아무튼 우리 정부의 사전 비행 허가도 없는 일본 헬기의 독도 상공 출현은 이달만도 두 번째란다. 일본 언론의 취재 항공기가 이처럼 공공연하게 불법을 자행해도 되는 것일까?

## 살아 움직이는 뉴스는 추적 촬영(Following Shot)이 필수

고장 난 카메라로 독도 영공을 침범한 일본 헬기를 촬영하려고 안간힘을 썼지만 제대로 영상이 찍혔을지 미지수이고 또한 동영상을 충분히 확보하지 못했음을 자인하지 않을 수 없다. 사실 헬기의 독도 상공 선회 비행을 계속 추적하면서 찍어야 뉴스 제작에 필요한 만큼의 동영상을 확보하는 것인데 이에 앞서 카메라가 고장났기 때문에 추적 촬영(following shot)을 할 수 없었다. 추적 촬영이 불가능했던 것은 카메라 동영상 필름을 회전시키는 모터의 동력원인 스프링이 끊겨 정상 작동하지 못해 임시방편으로 순간순간 끊어진 스프링 태엽을 감아 가며 촬영할 수밖에 없었기 때문이다. 카메라 스프링 태엽을 감는 동안 결정적인 장면을 놓치게 된 것이다. 고장 난 카메라에 애써 비상조치를 취했어도 편집제작자가 원하는 쓸 만한 화면(shot)을 만들어 낼 수 없었다. 그 때문에 필자는 영하의 추운 날씨인데도 식은땀 줄줄 흘리며 고역을 치렀다.

왼쪽부터 중앙일보 사진부
박상원 기자와 필자

이 순간 동행한 중앙일보 사진부의 박상원 기자가 특종 사진 찍는 흥분된 기분으로 카메라의 셔터를 정신없이 연거푸 눌러댐으로써 헬기의 선회 비행과 일본 TV 촬영기자의 움직임을 다양한 각도로 찍은 여러 장의 정사진(靜寫眞)을 남긴 것은 퍽 다행스러운 일이었다.

그래도 필자가 출장을 마치고 회사에 돌아오자마자 독도에서 찍은 필름을 급히 현상 편집해 본 결과 그 화면은 일본 방송국 취재 헬기가 빠르게 날다가 곧이어 느리게 나는 것만을 반복하는 희한하고 단조로운 영상으로 확인되고 고작 20~30초밖에 되지 않아서 너무 당황하지 않을 수 없었다.

한일(韓日) 간의 외교적 문제로 비화할 피사체가 바로 눈앞에 있고 촬영할 수 있는 시간적 여유가 충분하게 있었음에도 제대로 된 동영상을 촬영하지 못한 근본적인 원인은 한마디로 취재 장비를 철저하게 준비하지 못하고 현장 촬영 경험도 부족했기 때문이었다. 이에 대해 특별취재반 그 누구도 부인할 수 없고, 후회막급이었다. 유비무환(有備無患)이란 이런 때 쓰는 말임을 뼈저리게 실감했다.

## 독도 특집 뉴스 제작에 촬영부 비상

〈TBC 夕刊(석간)〉은 독도의 동영상을 보여 주기 위해 "독도(獨島) 특집 뉴스"를 4회 편성했다.

### 〈특집 뉴스 편성표〉

| 방송 일자 | 특집 뉴스 제목 | 방송 길이 |
|---|---|---|
| 2월 26일 | 독도 상공에 일본 헬기 불법 침공 | 2분 30초 |
| 2월 27일 | HAM, "독도는 한국 영토다." 세계에 전파 | 2분 20초 |
| 3월 11일 | TBC 夕刊 독도 종합개발 건의 | 1분 45초 |
| 3월 13일 | 정부 독도 종합개발계획 수립 | 1분 40초 |

특집 뉴스가 편성되었다는 말을 듣는 순간 자신도 모르게 눈앞이 캄캄해지고 가슴이 뛰었다. 문제의 일본 헬기 동영상을 충분히 확보하지 못한 촬영기자로서의 죄책감 때문이다. 무엇보다 특집 뉴스는 시간적 여유를 갖고 기획하고 제작하므로 평일 뉴스보다 더 잘 제작해야 한다는 일종의 강박관념도 작용했다.

평상시 뉴스와 비교가 되지 않을 정도의 특출한 독점 영상을 삽입하고 동시에 편집 과정에 특수 효과를 사용하는 등 영상이 돋보이도록 꼼꼼하게 제작해야 시청자의 시선과 관심을 끌 수 있다. 독도 동영상은 TV 최초 공개의 의미도 있어서 더욱 그러했다.

그런데 독도 특별취재반이 확보한 일본 헬기의 동영상은 길이가 20~30초에 불과하고 단조로운 화면이어서 진수 부분을 추출해 편집하기가 어려웠다. 특집 뉴스 제작진은 이런 동영상만으로 시청자들의 관심을 끌 만한 기획 뉴스를 제작할 수 없다는 결론을 내렸다.

## 정사진을 동영상화(動影像化) 작업

그래서 특단의 조치로 중앙일보 사진부 기자가 찍은 독도의 다양한 정사진을 빌려다가 한규설(TBC-TV 개국 요원, 작고) 촬영부장 감독 아래 동영상화(Animating) 작업에 착수했다.

여러 각도로 찍은 정사진을 놓고 movie -camera로 zoom in, zoom out 등의 각종 촬영기법을 활용해 다양하게 움직이는 영상을 만들어 내는 '동영상화' 작업을 했다.

그러나 마치 다양한 동영상을 확보한 것처럼 시청자들의 눈을 잠깐 속일 수는 있겠지만 시청자들의 눈을 확실하게 끝까지 속일 수 없는 한계가 있다.

그만큼 시청자들의 TV 화면에 대한 욕구도 다양하고 눈높이도 이만저만 높아진 것이 아니다. 아무튼 독도 특집 뉴스는 선배 촬영기자의 도움을 받아 정사진의 동영상화와 최신의 편집기법 등을 동원해 특수제작한 결과물 4편으로 가까스로 방송 시간을 메꿨지만, 썩 만족스럽지 못했고 씁쓰레한 여운만 남겼다.

## 첨단 장비와 우수 인력 확보가 TV 경쟁력

특집 뉴스를 어렵게 끝낸 것을 계기로 깊은 반성의 시간을 갖기로 했다.

TV 3사(TBC, KBS, MBC)의 시청률 경쟁에서 이기려면 예나 지금이나 생생한 독점적(monopoly) 동영상 확보가 관건이다.

이를 위해 최신의 성능 좋은 movie-camera와 함께 동영상을 보기 편하고 흥미롭게 제작하는 특수 편집기가 마련돼야 한다. 아무리 첨단 카메라로 좋은 동영상을 찍어오고 최신 편집기가 있더라도 이를 제대로 편집제작하지 못하면 쓸모없어 사장되고 만다.

그러나 어떤 기계든 이를 다루는 것은 사람이므로 인재 확보가 우선이다. 첨단장비를 능숙하게 다룰 줄 아는 인재와 팀워크를 이뤄 이를 총체적으로 지휘 감독할 수 있는 제작자가 많으면 많을수록 그 TV 방송국은 경쟁력이 높은 것으로 평가된다.

독도 취재에 가져갔던 동영상 카메라는 보도국 촬영부 내에서 가장 낡은 장비였기 때문에 고장은 필연적이라는 사실을 취재 끝나고 귀사 후 알게 되었다.

정말 낡아도 많이 낡아 고장 직전의 카메라로 확인되었다. 입사한 지 얼마 안 되는 신입사원 촬영기자에게 낡은 장비를 휴대하도록 해 왔다는 것이 회사의 중간 간부를 원망하는 이유다. 신입사원을 챙기고 교육할 수 있는 사람은 회사의 중간 간부인데 제작비 절약만 외치는 고위층 경영진의 등쌀에 견디지 못해 제 역할을 다하지 못한 것으로 드러났다.

어느 회사든지 회사 생활에 어느 정도 익숙해진 중간 간부들은 자신의 영달과 출세만을 위해 부하 직원의 근무 여건 개선보다는 회사 경영 개선에 더 무게를 두고 경비 절약을 강요하는 경향이 짙다. 이를 거역하는 중간 간부는 어느 순간 도태되기 때문에 어쩔 수 없이 마지못해 경영진 방침에 굴복하게 된다는 것이다. 이런 풍토가 만연하는 회사는 결코 발전할 수 없고 충격적인 경영혁신을 통해서 그 풍토를 바꿔야만 생존할 수 있을 것이다.

사실 해외 출장이나 국내 오지(奧地) 또는 험지(險地)로 출장 갈 때 예측하기 어려운 장비 고장이나 분실 등 비상사태에 대비해 고장률이 낮은 신형 장비를 휴대토록 하거나 고장 난 장비를 대체할 수 있는 예비 장비로 복수의 카메라를 휴대하도록 하는 것이 바람직하다.

외딴섬 독도 출장 취재는 나의 경험 부족에서 비롯된 실수이자 후회스러운 대목이다. 또한 오지 출장인 줄 알면서 예비 장비를 챙겨주지 못한 중간 간부나 신입사원에게 오지 출장 준비 교육을 철저히 하지 않은 선배의 잘못도 되풀이되지 않기를 기대한다.

## 취재 실수가 '장비 Digital화' 촉진

독도 특별취재반은 독도 관련 모든 방송을 마무리하고 월간(月刊)으로 발행되는 사보(私報)에 기고문을 통해 "깊은 자기반성과 함께 회사의 경쟁력을 높이기 위한 뉴스 제작 장비의 현대화"를 강력히 건의했다.

또한 "과감한 투자가 더 많은 수익을 창출한다는 점"에 각별히 유념해 달라"고 강조했다. 그 결과, 경영진으로부터 "이른 시일 안에 과감한 투자로 취재 장비를 현대화하겠다."라는 약속을 받아냄으로써 보도국 선후배들의 큰 박수를 받았다.

결과적으로 TBC 보도국에서 누구도 예상 못 한 촬영기자의 돌이킬 수 없는 큰 실수가 뉴스 제작 장비의 현대화(Digital화)를 앞당기는 데 일조를 한 셈이 되었다.

이에 따라 그해 하반기 TV 3사 가운데 TBC가 맨 먼저 최첨단 뉴스 취재용 카메라인 ENG(Electronic News Gathering)와 SONY사(社)가 개발한 자동 편집기를 도입해 취재 현장과 편집제작에 사용됐다.

이로써 TV 뉴스 취재 및 편집장비 현대화의 서막이 오른 것이다. 이때가 한국 TV 방송계가 방송장비 전자화(電子化) 및 디지털화의 길로 접어드는 초기 단계였다. 방송장비의 디지털화를 위해서는 막대한 자금이 필요하므로 경영진이 적극적으로 앞장서는 과감한 선행적 투자가 이뤄져야 한다. 그런 면에서 TBC가 방송장비 첨단화의 불씨를 지피는 바람에 회사의 경쟁력을 높이는 전화위복(轉禍爲福)의 계기가 마련되지 않았을까 한다.

비록 독도 취재에서 제구실을 다 하지 못했을지라도 1977년의 방송보도 특종대상을 받은 필자는 TBC 보도국 가족들의 부러움을 샀고 간헐적으로 계속되는 책망이 가미된 찬사와 함께 많은 음주 세례도 받았으며 선배의 촬영기법을 전수받는 기회도 많았다. 독도 특집 뉴스용 동영상화 작업을 진두지휘하시며 직접 동양상을 찍어 주신 한규설 부장님의 명복을 빌면서 이 글을 마친다. (TBC)

# 한국 스포츠 중흥에 원동력을 제공한 TBC

**최동철** | 보도국 체육부, 7기

• TBC 스포츠 전문기자
• KBS 스포츠부장
• 강원대 초빙교수
• CDC 스포츠 컨설팅 대표이사

때는 1977년 11월 27일 일요일 오전, 장소는 파나마시티.

프로권투 홍수환 선수가 4전 5기라는 새로운 단어를 창조한 날이다. 1977년은 우리나라 경제가 어려운 시기였다. 홍수환 선수는 1974년 남아프리카공화국 더반에서 있었던 WBA 밴텀급 타이틀 매치에서 챔피언인 아놀드 테일러 선수를 판정으로 꺾고 세계 챔피언의 영광을 차지한 선수였다.

홍수환 선수의 두 번째 세계 챔피언 도전은 더욱 힘든 것으로, 전문가들은 거의 무모한 도전이라고 말릴 정도였다. 이유는 경기 장소가 적지인 파나마시티이고 상대가 11전 11승, 전 KO승의 18살 '카라스키야' 별명이 '지옥에서 온 악마'였다.

그 당시 우리나라와 파나마와는 외교 관계가 순조롭지 않아서 그런지 중계권료를 직접 '달러'로 챙겨 가야만 할 정도였다. 중계방송 PD는 머리를 항상 짧게 깎아서 '까까부장'이라는 별명이 있는 김재길(TBC 개국 요원, 작고) 선배였다. 우리나라 스포츠 PD 1호로 한국 스포츠 발전은 물론 TV에서의 스포츠 중계방송 발전에 큰 족적을 남겼다. 중계 캐스터는 박병학(TBC 1기) 아나운서, 해설자는 경비 절감을 이유로 김재길 선배가 담당해 마이크를 잡을 수밖에 없었다. 언론뿐만 아니라 전문가들의 전망도 한결같은 '승산 제로'였다.

사내 TV 주조정실에서의 중계방송 진행은 필자인 내가 맡았다. 프로권투 기구의 하나인 WBA가 새롭게 신설한 체급인 주니어 페더급 챔피언을 가리는 타이틀전이었다.

"홍수환 선수, 적지에서 11연속 KO승의 카라스키야 선수를 맞아 1회전은 잘 싸웠지만 2회전에서는 연타를 허용해 비틀거리고 있습니다. 홍수환 선수, 다운됐습니다. 4번째 다운입니다. 안타깝습니다. 경기장에 총소리가 들리고 있습니다."

"홍수환 선수, 3회전에서 잘 싸우고 있습니다. 라이트 훅, 레프트 훅. 카라스키야 선수, 비틀거리고 있습니다. 홍수환 선수, 링에 기대고 있는 카라스키야 선수에게 레프트, 라이트 훅. 카라스키야 선수가 다운됐습니다. 홍수환 선수, 챔피언이 됐습니다. 4전 5기로 홍수환 선수가 주니어 페더급 세계 챔피언이 됐습니다."

## 4전 5기의 기적이 국민에게 자신감 줘

1977년, 무역수지와 경상수지 적자로 우리나라 경제가 위기 상황일 때 홍수환 선수의 4전 5기, 세계 프로권투 역사를 새로 쓴, 새 챔피언 탄생은 국민에게 자신감과 자긍심을 주었다.

일요일이었던 그날은 온 나라가 홍수환 선수의 4전 5기 세계 챔피언 이야기로 동양텔레비전 TBC는 야단법석으로 호떡집에 불난 격일 수밖에 없었다. 필자인 나는 그 당시 취재기자, TV 프로그램 제작, 중계 진행 PD, 스포츠 뉴스 진행, 중계차 디렉터 등 5개 업무를 담당하고 있었다.

47년 전, TBC가 세계 프로권투 역사의 4전 5기라는 명승부전을 중계한 것은 국내는 물론 세계 TV 방송사의 길이 빛나는 큰 업적이고 자랑이다. 홍수환 선수가 2회에 4차례 다운당하고 3회에 통쾌한 KO승으로 챔피언이 되는 장면을 TBC 채널로 본 시청자들은 엄청나게 축하 전화를 해줬다. 지금도 생생하게 머릿속에 기억되고 있는 전화 내용은 '사업에 실패해 극단적인 선택까지 생각했던 한 시청자가 홍수환 선수의 4전 5기로 챔피언이 되는 것을 보고 용기를 얻어 자신감을 갖게 됐다'는 것이었다.

TBC 스포츠 중계방송은 1980년 11월 '언론통폐합' 전까지 시청자들의 사랑과 시청률 면에서 타의 추종을 불허할 정도로 독보적이었다.

지금은 프로권투, 프로레슬링 중계를 지상파 TV에서 거의 볼 수 없지만 1960년 후반과 1970년대에는 대단한

〈TBC 스포츠〉 프로레슬러 김일 선수 경기 생방송

인기 프로그램이었다. 프로권투 세계 타이틀전이나 김일, 장영철, 천규덕 등 프로레슬러 경기가 있는 날은 다방마다 커다란 중계방송 예고 포스터를 출입구에 내붙이고 매상을 올릴 정도였다.

### '알리'와 '이노끼'의 세계적 대결 TBC가 독점 중계

프로권투 헤비급 세계 챔피언 '알리', 일본 프로레슬러 '이노끼' 하면 1960년대와 1970년대 세계 스포츠팬들은 두 스타 얼굴과 함께 경기 장면을 쉽게 떠올릴 것이다.

1976년 6월 26일 토요일. 경기장은 일본 도쿄의 무도관! 나비처럼 날아서 벌처럼 쏜다는 명언을 남긴 알리와 일본 레슬러의 대부 이노끼와의 격투기 경기가 있었다. 이 대결을 전 세계가 지켜봤다. 이 세계적인 대결도 역시 TBC가 독점 중계했다. 승패는 무승부로 끝났고 이노끼는 경기하면서 계속 알리의 해머펀치를 피해 링에 드러누워서 경기를 했던 기억이 난다.

이 밖에 프로권투 라이벌전 홍수환 선수와 염동균 선수와의 경기 등 TBC는 다양한 스포츠 경기를 기획하고 중계방송하면서 시청자들로부터 전폭적인 성원과 사랑을 받았다.

필자도 세월의 흐름과 함께 나이, 여든이 넘었지만, 아나운서에서 1972
년 스포츠 기자로 다시 시작해 오늘날까지 53년간 스포츠 대기자로 지금도
현역 기자로 활동할 수 있는 데 대해서 중앙매스컴 공채 7기의 한 가족으로
뽑아준 당시의 임원 선배들에게 늘 고마운 마음을 잊지 않고 있다.

TBC 가족 모두의 훌륭한 인성이 지금까지의 내 인생행로에 큰 행운이었
다고 생각하고 있다.

필자가 우리나라 스포츠 앵커 1호가 될 수 있었던 것도 1972년 스포츠 기
자가 된 뒤 1973년부터 TBC-FM의 〈아침 대행진〉 프로그램에서 매일 스포
츠 코너와 함께 TBC 라디오 〈이덕화 문지현 쇼〉, 허참의 〈가슴 뭉클〉 프로
그램의 스포츠 코너에서 방송한 것이 큰 밑거름이 되었다.


우리나라의 세계화와 산업화를 진척시키는 데 크게 이바지한 것은 1988
년 서울 올림픽이 절대적이었다고 생각한다. 1981년 서독 바덴바덴 IOC
총회에서 일본의 나고야를 제치고 제24회 서울 올림픽 대회 유치를 한 뒤
당시 KBS 이원홍 사장은 서울 올림픽 붐 조성을 위해 1982년 봄부터 KBS
2TV에서 매주 월요일부터 금요일까지 저녁 8시 50분부터 50분간 〈KBS 9
시 스포츠〉를 제작해 방송하게 했다.

우리나라 방송 역사상 50분짜리 대형 기획 프로그램을 주 5회 제작한다
는 것은 스포츠 기자로서는 상상도 못 한 일이었다.

언론통폐합 이전과 서울 올림픽 유치 전까지 방송에서의 스포츠 뉴스는
〈TV 종합뉴스〉에서 고작 두세 개의 아이템이 방송됐고 라디오에서도 마지
막 아이템으로 5분 안팎 정도의 구색 갖추기 정도에 불과했다.

좀 더 덧붙이면 필자가 1972년에 스포츠 기자를 한다고 할 때 대부분 선
배와 후배들이 말릴 정도였다. 스포츠부, 체육부라는 독립부서가 된 것이
1973년에서야 처음이었으니 말릴 수밖에 없었을 것이다.

여하튼 88 서울 올림픽의 성공적인 개최를 위한 붐 조성을 위해서는 공영방송인 KBS의 역할은 절대적일 수밖에 없었다. 이원홍 사장은 KBS 2TV 〈9시 스포츠〉의 진행자로 필자를 지명했다. 이 사장은 필자가 TBC 스포츠 기자 시절 TBC-FM과 TBC 라디오 프로그램에서 〈스포츠 코너〉를 맡아 방송하는 것을 기억하고 저를 선택했다고 했다. 바로 이것은 내가 방송을 잘해서가 아니라 〈TBC 스포츠〉가 17년 동안 쌓아 온 저력이자 그 영향력 때문이라고 생각한다.

과거 TBC 스포츠 뉴스와 중계방송은 서민들에게 스포츠의 즐거움을 주고 삶의 의욕을 북돋아 주었을 뿐만 아니라 우리나라 스포츠 발전에 이바지하는 원동력을 제공하는 동시에 스포츠 중흥의 인재를 키우는 데 적지 않은 힘을 발휘했다.

필자가 53년 동안 현역 스포츠 대기자로 활동할 수 있었던 원동력은 TBC 보도국의 체육부 기자로 출발한 데서 나왔다고 생각한다. 그리고 불모지였던 TV 스포츠 방송 분야를 끊임없이 개척해 온 선배들의 뼈를 깎는 노고를 결코 잊을 수 없다.

스포츠 뉴스 외에 스포츠 프로그램을 제작하는 TBC-FM 김대성 PD와 TBC 라디오 박광희 PD가 필자의 은인이다. TBC 보도국 체육부 시절 선후배와 PD들의 끈끈한 협력과 아낌없는 지원이 시청자의 인기를 독차지할 수 있는 스포츠 뉴스와 프로그램을 제작하는 데 큰 도움이 되었다.

이런 경험을 바탕으로 필자는 1년 반 전 스마트폰 시대에 걸맞게 지인의 권유로 시작한 유튜브 〈최동철의 스포츠 X 파일〉이 조회수가 100만 회를 향하고 있지만 이 시각에도 TBC 체육부 시절의 초심을 잊지 않고 나의 건강이 허락하는 한 계속 정진할 것이다.

필자가 53년 동안 스포츠 기자로 활동하면서 제일 보람을 느끼는 것은 시청률 1위를 차지했던 스포츠 프로그램의 진행자였다는 사실이다. 우리나라 TV 63년 역사상 깰 수 없는 기록이라고 자부한다. 중앙매스컴 TBC 가족 여러분에게 늘 감사할 따름이다. TBC는 영원할 것이다. (TBC)

# 스포츠 방송기자의 새 길을 개척하다

**조봉환** | 보도국 체육부, 14기
- KBS 정치부 차장
- YTN 보도국장
- 성균관대 초빙교수
- 중앙매스컴 사우회장


중앙일보·동양방송 공채 14기는 1977년 9월 21일 입사했다.

동기생은 기자, PD, 아나운서, 행정직원 등 89명으로 기억한다. 창사 이래 최대 규모라고 했다. 입사할 때 신입사원 최종 면접은 이병철 회장과 홍진기 사장이 맡았다.

이 회장이 "와 기자를 할라카노?"라고 묻기에 "잘못된 나라와 사회를 바로잡기 위해 기자직을 선택했다."라는 취지로 답했다.

### 체육부 발령받고 고민에 빠져

보도국은 해마다 3월이 되면 각 부서 간 전보 인사를 한다. 1979년 3월 중순 어느 날 강용식(TBC 1기) 보도국장이 불러서 국장석으로 갔더니 "조봉환이는 운동도 잘하고 활동적이라고 하니 내일부터 체육부(통칭 스포츠부라고 함)에 가서 근무해요." 인사 발령장을 받기에 앞선 갑작스러운 구두발령이라 아닌 밤중에 홍두깨라고 당황스럽고 내심 놀라웠다.

당시 체육부는 공채 기자들의 순환 근무처가 아닌 스포츠 전문가들만 근무하는 부서로 알고 있었다. 그런데 체육부에 근무하라니….

통상적으로 공채 기자는 수습을 거쳐 사회부의 사건기자를 마치면 모두 내근 부서인 편집제작부나 외신부에 근무했다. 원칙적으로 내근 부서 근무 1년이 지나면 또 사회부, 정치부 등 외근 부서로 배치되었지만, 스포츠 담당 기자는 타 부서와는 인적 교류 없이 붙박이로 스포츠만 전담하고 있는 것으로 알고 있었다.

고등학생 때부터 미래의 희망 직업은 국가 동량재를 길러내는 일류고등학교의 선생님이었지만 부패하고 부조리한 사회를 조속히 바로잡는 첩경은 언론인이 되는 것으로 생각하고 대학 학과도 언론 관련학과를 선택한 나였다. 그런데 스포츠 기자라니? 언뜻 '이 회사를 그만둬야 하나'라는 생각이 스쳤다.

체육부 발령이 당황스럽고 내키지 않아 마음을 가다듬고, 고민스럽다는 나의 뜻을 보도국장에게 전했더니, 강 보도국장은 "걱정하지 마. 1년 후에는 반드시 원하는 외근 부서로 배치해 줄 테니." 그 약속 꼭 지켜질 것이라는 다짐을 받고 체육부 발령을 받아들였다.

그랬던 강용식 국장은 1979년 8월 'YH 여공 신민당사 농성 사건'의 보도를 당국이 문제 삼아 부국장으로 강등됐다가 필자가 체육부로 발령 난 지 1년 5개월 만인 그다음 해 1980년 8월 5일 KBS 보도국장으로 자리를 옮겼다.

강용식 국장과는 사연과 인연이 얽혀있다. 1979년 1월 어느 날 경찰 기자로 야근하는 밤.

기온이 급강하면서 세차게 내리던 눈이 얼어붙어 시내 도로는 빙판길로 변했다. 통행금지가 있던 시절이지만 지하철 운행 시간이 1시까지 연장되고, 미처 귀가하지 못한 시민들로 시내 여관 등 숙박업소는 만원이었다. 이런 내용의 기사를 밤 11시부터 라디오 뉴스에 내보냈다.

이튿날 아침 일찍 출근한 강 국장이 야근 기자를 찾는다고 해 국장 자리로 갔더니 "어젯밤 귀국했는데 빙판길이라 공항에서 집에 가는 데 세 시간

이상 걸렸어. 다른 5개 라디오 방송 채널을 돌려봐도 외신만 나가는데 TBC
만 유일하게 빙판길 기사가 나가더구먼."이라며 칭찬을 아끼지 않았다. 나
에 대한 칭찬을 아끼지 않던 그런 보도국장인데 사전 의사 타진도 없이 체
육부 발령이라니 어찌나 서운했던지…. 그래도 회사의 명령인데 수용할 수
밖에 없었다.

## 체육부 놀랍고도 새로운 경험의 연속

체육부 기자의 1년은 사회부의 사건기자와는 전혀 다른 새로운 경험이었
다. 놀랍고 당황스럽고 신기한 경험이기도 하다.

당시 체육부에는 김재길(TBC-TV 개국 요원) 부장에. 김영일, 박태웅, 최
동철 세 선배 기자가 있었다. 김재길 부장은 각종 스포츠 중계 진행의 거
성 '왕 PD'로 통하는 통 큰 남자였고, 야구 경기 '요약 리포트'로 유명한 김영
일 선임기자는 CBS 출신, 축구 등을 담당하는 박태웅 선배는 MBC 출신이
었고 농구 담당의 최동철 선배는 TBC 아나운서에서 스포츠 기자로 전직했
다. 신참 기자를 오랫동안 받지 못했던 선배들은 환영 일색이었고, 따뜻하
게 잘 보살펴 주었다. 필자는 저녁 9시 〈TBC 석간〉에 이어 방송되는 〈스포
츠 뉴스〉를 진행하고, 매주 수요일 밤 10시에 나가는 〈진기명기〉와 금요일
밤 10시에 방송되는 〈금요 권투〉의 진행을 맡았고, 가끔 권투 시합. 야구 경
기 등 중계 현장에 배치되기도 했다.

스포츠의 현장 중계는 앞을 예측할 수 없고 기대가 크게 되기 때문에 매
우 흥미진진하고 하루하루가 새로운 긴장의 연속이었다.

## 하일성 야구 해설가로 발탁, 중계 현장 교육

1970년대엔 고교야구는 최고의 인기 스포츠 중 하나였다. 특히 중앙일보
가 주최하는 대통령 배 고교야구대회는 본사 주최라 보도국 체육부에서도
신경을 많이 썼는데 경기해설자가 공석이었다. 김재길 부장은 해설자 추천

을 독려했는데 당시 배구 해설과 〈진기명기〉 진행자인 오관영 씨가 하일성 씨를 소개했다. 경희대에서 야구했는데 "주전도 아니고 볼 보이(?)를 주로 했고 현재 환일고 체육 선생인데 술은 잘 마신다."라고 우스개를 섞어 소개했다. 하일성에 대한 해설 교육은 조봉환 기자가 전담하라는 김 부장의 지시를 받은 나는 잘 알지도 못하는 야구 해설의 기초지식만 대충 전하고 청룡기 고교야구 중계 현장에 하일성 신입 해설가를 데리고 나갔다. 야구 중계 캐스터는 그 유명한 박종세 아나운서였다.

"안타, 안타. 유격수와 세 칸 사이를 뚫는 깨끗한 안탑니다. 하일성 씨 어떻습니까?"

마이크를 넘기자, 하일성 씨는 손사래를 치며 뒤로 물러났다. 이런 상황이 계속됐다. 신참 해설가에 대한 나의 집중 교육이 시작됐다. 우선 야구 규정집을 통째로 외우게 했다. 박종세 아나운서에겐 야구 규정에 관한 질문을 주로 하도록 했다. 그러나 원래 어눌한 하일성 씨는 마이크만 가면 피하기 일쑤여서 중계 현장 PD는 당황하지 않을 수 없었다.

하루는 해설 전에 삼강사워(유명 식음료 회사의 제품) 병에 소주를 가득 채워 하 해설가에게 억지로 먹이곤 해설 자리에 앉혔더니 그런대로 말이 술술 나오는 것이었다. 그러면서 야구 규정을 자주 언급하니 다른 해설가와는 달리 뭔가 깊이 연구하고 아는 게 많은 듯한 인상까지 주었다.

결국 하일성 씨는 허구연과 쌍벽을 이루는 해설가로 명성을 얻게 되었다. 하일성은 지상파나 케이블TV 오락프로에 자주 출연했는데 어떻게 해설가가 됐는지를 묻는 사회자의 질문에 TBC 스포츠부 시절의 필자를 소개하며 소주 마시고 해설하던 웃지 못할 초창기 일화를 언급하곤 했다.

## 왕 PD 김재길, 한국 복싱 전성기 창출

TBC의 전성기는 한국 복싱 전성기와 맥을 같이한다. 뉴스는 물론이고 드라마, 쇼뿐만 아니라, 스포츠 중계도 단연 TBC가 으뜸이었다. 1977년 11월 27일 한국을 들썩이게 한 이른바 4전 5기의 홍수환 신화도 TBC가 만들어냈다 해도 과언이 아니다. 그만큼 이런 이벤트를 유치할 수 있는 자금력과 경영진의 결단, 김재길 왕 PD와 같은 우수한 인력이 있었기에 가능했다고 생각한다.

스포츠 PD 출신인 김재길 부장은 전호연이라는 걸출한 복싱 프로모터와 손잡고 세계적인 프로모터 돈 킹을 통해 한국 선수의 세계 타이틀전을 성사하고 이를 TBC를 통해 생중계했다. 김재길 PD는 공채 기수 기자 출신인 나를 무척 아끼고 사랑했다. 중요한 '스포츠 비즈니스' 자리에도 뭐든지 제대로 배워야 한다면서 데리고 다녔고, 당시 중요 행사 뒤 뒤풀이 장소인 근사한 유흥업소에까지 나를 데려가 어색하게 말석에 앉았던 기억도 난다.

## 〈스포츠 뉴스〉 진행 맡아 전문기자로서 역량 키워

체육부 선배들은 야구, 축구, 농구 등 종목별로 분담해 취재와 리포트 업무를 맡았다. 나는 특정 종목 분담 없이 바쁜 종목의 보조 기자로 도와주거나 스포츠 뉴스 진행을 맡았다. 특히 수요일 밤 10시에 나가는 〈진기명기〉와 금요일 밤 10시에 나가는 〈금요 권투〉 진행도 담당했다.

〈진기명기〉는 당시 ENG 테이프가 대본(script)과 함께 수입됐는데 완전히 컬러 원본이었다. 이 원본을 한국에서는 최초로 ENG 편집기로 편집해 방송했다. 물론 시청자에게 수신은 흑백으로 됐지만 TBC는 이미 컬러 방송 시스템을 갖추고 있었다. TBC 뉴스 제작조차 모두 흑백필름으로 제작되던 시기다. TBC 스포츠는 지상파의 컬러 방송 도입보다 2년 앞서 컬러 방송 도입에 단계적으로 대비했던 셈이다. TBC 보도국 체육부에서 익힌 ENG 편집 기술은 나의 방송 생활에 큰 밑거름이 되었다.

〈진기명기〉 프로는 배구 해설가 오관영 씨가 진행을 맡았는데 해외에서 인기 있는 스포츠가 많이 소개돼 국내 시청자들의 관심을 끌었다. 영어 대본을 번역해 오관영 씨에게 넘기면 이를 바탕으로 해설하는 형식이다. 오관영 씨의 별명이 '오구라'다. 대본에 없는 말을 재미있게 지어내 곁들였기 때문에 붙여진 이름이다. 진기명기에 나오는 주인공의 형제자매를 유명인으로 둔갑시켜 소개하거나 선수의 사돈 팔촌까지 재미난 인물인 것처럼 흥미진진하게 소개했다.

앞서도 언급했지만 〈금요 권투〉는 홍수환, 김태식 같은 권투 세계 챔피언의 배출로 더욱 관심을 끌었다. 유명 권투선수의 발굴과 성장에 크게 이바지한 프로그램이다. 당시 가장 큰 사설 체육관인 정동 문화체육관에서 녹화한 주요 권투경기를 편집해 방송했다. 권투나 야구 등 스포츠 경기 중계 PD는 순간 포착력과 순발력이 뛰어나야 한다.

체육부 내 후임으로는 후배인 유연채(TBC 15기) 기자가 왔고, 나는 정치부로 자리를 옮겼다. 정치부 시절 DJ가 79년 가택연금 와중에 외신기자를 자택에서 만난다는 정보를 입수했다. 당시 내신 기자는 DJ에 접근할 수 없었다. 녹음기를 들고 외신기자들 틈에 섞여 동교동 자택에 들어갔다. 도쿄에서 납치됐다 송환된 그가 무슨 말을 할지, 모습은 어떤지 궁금했다. DJ는 비교적 건강한 모습에 언변이 청산유수라는 느낌이 들었다. 납치사건, 국내문제 등에 대해 폭넓게 언급했다. 이를 녹음한 다음 날 점심시간에 보도국에서 틀었다. 점심을 거른 채 녹음을 듣는 선배들이 다수 있었다. 그 뒤 경찰 쪽 아는 사람이 '조 기자의 그런 행동이 정보기관에 걸려 있으니 삼가는 게 좋겠다.'라는 경고성 충고를 듣기도 했다.

1980년 중앙일보 성남 주재기자로 6개월 근무하고 복귀한 지 얼마 되지 않아 방송통폐합이 단행됐다. 편집국 지방 담당 차장이던 정일상 선배(중앙매스컴 7기 작고)가 '성남 주재할 때 많은 기사로 중앙일보 지면에 기여한 공로가 크다'며 신문에 잔류하기를 권했지만, 방송기자를 선택한 사람으로서 대세에 동참하겠다는 마음으로 찬 바람 세차게 부는 여의도의 KBS로 갔다.

많은 세월이 흘렀음에도 TBC 체육부가 항상 친정처럼 느껴짐은 무슨 이유에서일까?

체육부에서의 현장 스포츠 중계 경험은 언론통폐합 후 KBS 정치부에 근무하면서 국회나 청와대 생중계 등에 유용하게 활용할 수 있었다.

비록 체육부로 발령 났을 때 마음도 내키지 않고 고민도 많이 했지만 스포츠 기자란 새로운 분야에서 새로운 길과 전문 영역을 개척한다는 정신으로 근무하면서 스포츠 전문가가 다 된 것처럼 많은 것을 배우고 익혔기 때문일 것이다.

스포츠 뉴스의 제작과 방송 그리고 각종 스포츠의 현장 중계 진행은 나에게는 '구원투수'나 다름없는 기자 생활의 소중한 재산이 되었다. (TBC)

# IV

# 아나운서와 방송 뉴스

"1980년 11월 30일! 아마 언론계 출신이라면 가족의 생일은 헷갈려도 이 날은 절대로 잊지 못할 원망의 날짜로 기억되리라. 신군부에서 그들의 권력을 공고히 하기 위해 저지른 언론통폐합으로 잘나가던 TBC에도 날벼락이 떨어졌다."

- 한국 상업방송 최초 여성 아나운서 이성화 님의 글 중에서 -

"11월 30일 저녁 7시, 라디오 뉴스의 마지막 고별 방송은 필자인 나와 내가 가르친 이희옥 아나운서가 담당했다.

두 사람이 아나운서 부스에서 마지막 뉴스 방송을 하는 동안 보도국 기자들과 일부 임원진은 라디오 주조정실 바깥에서 이 역사적인 마지막 라디오 뉴스 방송 과정을 슬픈 표정으로 지켜보았다."

- 맹관영 아나운서의 글 중에서 -

TBC 라디오 마지막 고별 뉴스를
방송하는 맹관영, 이희옥 아나운서

# TBC 뉴스가 활짝 문을 연 아나운서 전성시대

**맹관영** | 보도국 아나운서부, 4기
- KBS 방송위원
- 대한민국 서예문인화 원로 총연합회 회장
- 현재 고문

　방송국엔, 프로그램을 제작하는 프로듀서(PD), 뉴스를 취재해 보도하는 기자, 모든 분야의 내용을 직접 방송하는 아나운서, 방송을 송출하기 전까지 녹음, 녹화하는 엔지니어, 카메라맨 등 이 필수 요원이다.

　아나운서를 방송의 꽃이라고 일컫는 이유는 무엇일까?

　PD가 프로그램 제작의 내용을 수집하고 기자가 뉴스의 핵심을 취재하면 그것을 최종적으로 방송하는 것은 아나운서의 몫이기 때문에 그렇다. 아나운서가 방송하는 분야나 내용은 뉴스, 대담, MC, 스포츠 중계, 행사 중계, 해설(나레이션), DJ 등이다. 대략 이런 종류의 프로그램을 직접 전파에 내보내는 역할을 하는 것이다.

## 아나운서 되기가 너무 어렵고 힘들다

　아나운서가 담당하는 분야가 매우 다양하지만, 오늘은 뉴스에 관해서만 이야기하려 한다.

　우선 아나운서 입사 시험을 치를 때에 뉴스 원고를 나누어준 다음 낭독하도록 한다. 거기에서 음성 테스트, 발음, 자고저(字高低), 억양, 전체 흐름 파악 능력을 시험하고 평가한다. 그다음 카메라 테스트를 종합해서 1차 합격자를 선발한 뒤, 2차 필기시험을 치른다. 필기시험 과목은 국어, 영어, 상식 과목을 보는데 2차 시험 합격자만 다시 낭독(reading 또는 narration)과 카메라 테스트로 3차를 본 뒤에, 합격자는 4차로 면접시험을 거쳐 최종 합격자를 발표하게 된다. 이처럼 아나운서가 되기 위해서는 여러 단계의 실기, 필기, 면접시험을 통과해야 할 정도를 어렵고 힘이 든다.

내가 아나운서가 된 것은 1967년 여름이다.

1960년 대학 2학년 때부터 방송국 성우 활동하면서 방송국의 여러 분야를 눈여겨본 결과 방송국에서는 아나운서가 꽃일 것을 누구보다 잘 알기 때문에 반드시 아나운서가 되겠다고 다짐해 왔다.

1965년 ROTC 1기(육군 소위), 복무기간 2년을 마치고 삼각지 소재 상명여고 교사로 재직 중일 때 1967년 7월에 동양방송 제4기 수습사원을 모집한다는 광고를 보고 마침 여름 방학 기간이라 학교 근무에 지장이 없겠기에 아나운서 부문에 응시해 합격하면서 나의 아나운서 생활이 시작된 것이다. 그 당시 합격한 동기생은 김양일, 박태웅, 나동숙 등 14명이다.

### 교직 경험 살려 신입 아나운서 교육 전담

내가 1967년 8월 25일 입사해서 보도국 아나운서실에 출근할 때는 최계환 (TBC 개국 요원, 작고) 선배가 실장이었고 그 뒤에 박종세, 박노설로 이어졌고 아나운서실 행정을 남정우 아나운서가 담당하다가 그 후임으로 내가 맡게 됐다.

그리고 1969년 초, 보도국 직제개편으로 아나운서실이 아나운서부로 바뀌었으나, 그전 1968년 원종관 아나운서 실

맨 왼쪽이 필자, 안계상, 원종관 부장, 남정우 등(송추 유원지에서 1975년 봄)

장 때부터 내가 아나운서실 행정은 물론 신입 아나운서 교육까지 담당하게 돼 이것저것 프로그램에 참여하랴, 아나운서실 살림하랴, 교육생 관리하랴, 매우 바쁜 일상의 연속이었다.

특히 1977년 9월에 14기생이 입사하면서부터 내가 담임선생처럼 신입 아나운서들의 교육을 집중적으로 시키게 됐다.

### TV 3국 아나운서 인기 경쟁 치열

1969년 MBC-TV 개국과 함께 TV 3국은 치열한 뉴스 경쟁을 벌였다.

이런 이유로 해서 KBS-TV의 〈7시 뉴스〉의 여성 앵커인 이병혜와 〈9시 뉴스〉의 박찬숙 아나운서가 뉴스를 잘한다는 시청자의 평가가 있었다.

심지어 TBC가 뉴스 잘한다고 소문난 KBS의 박찬숙 아나운서를 스카우트하기 위해 섭외 중이라는 풍문이 나돌 정도였다. 때맞춰 원종관 아나운서 부장이 신입 14기 가운데 여성 앵커로 키울만한 사람을 집중적으로 교육하라는 엄명을 내려 우선 박초아, 이정애, 이영혜 등 세 사람(모두 TBC 14기 입사 동기)을 별도로 불러 내가 집중 교육을 했다. 오선지에 음표를 그려가면서 뉴스의 톤과 높낮이, 억양, 속도 등을 가르쳤고 특히 토씨의 음정 즉 "…. 말하고"에서 '고'의 음정을, 반음정으로 엉거주춤 걸터앉은 느낌을 주지 말고 한 음을 완전히 낮춰서 안정감 있게 말해야 한다는 식으로 디테일 교육을 엄격하게 했다.

그 결과 〈7시 뉴스〉에 이정애, 9시 〈TBC 夕刊(석간)〉에 박초아 아나운서를 투입해 좋은 평가를 받으면서 TBC 여성 앵커로서의 자리를 굳혀 나갔던 것이다. 이와 같은 아나운서 교육과정을 통해 아무튼 "모든 방송의 기본이 되는 것은 뉴스에서부터 시작된다는 신념"을 갖게 되었다.

### TBC 고별(告別) 특집 방송

언론통폐합 조치로 TBC는 1964년 5월 9일 개국한 이래 16년 6개월 21일 만에 그리고 TBC-TV는 1964년 12월 7일 개국한 이래 15년 11개월 21일 만에, 1980년 11월 30일 밤, 마지막 고별 방송을 하게 됐다.

TBC 동양라디오는 11월 29일(토) 오전 8시 35분부터 1시간 25분 동안 〈고별 특집 방송〉 "TBC 애청자 여러분! 안녕히 계십시오"를 시작으로 17년 동안 빠짐없이 저녁 7시에 방송돼 오던 라디오의 일일 종합뉴스인 〈뉴스 기상도〉를, 11월 30일 저녁 7시, 라디오 뉴스의 마지막 고별 방송은 필자인 나와 내가 가르친 이희옥 아나운서가 담당했다.

두 사람이 아나운서 부스에서 마지막 뉴스 방송을 하는 동안 보도국 기자들과 일부 임원진은 라디오 주조정실 바깥에서 이 역사적인 마지막 라디오 뉴스 방송 과정을 슬픈 표정으로 지켜보았다.

"이게 마지막 뉴스라는 것…. 17년 동안 아껴 주신 애청자 여러분께 거듭 감사를 드린다는 것…." 뉴스를 읽어 가던 나는 끝내 울먹이기 시작했고 주조정실 좁은 공간을 꽉 메우고 있던 기자들과 임원들도 끝내 같이 울고야 말았다.

TV의 마지막 뉴스인 일요일 밤에 방송된 고별 〈TBC 석간〉의 앵커는 길종섭 기자와 이영혜 아나운서였는데 여기서도 슬픈 분위기는 마찬가지였다. 보도국 중앙에 TV를 옮겨놓고 마지막 방송을 지켜보던 사우들과 몇몇 회사 중역들 가운데서 누군가가 뉴스가 끝나자마자 목멘 소리로 "TBC 만세"를 선창해서 모두 목이 터져라, 함께 외쳤다.

### 뉴스에 얽힌 웃픈 에피소드도 많아

뉴스를 방송하다 보면 잊지 못할, 때로는 웃지 못할 에피소드가 많이 발생한다.

아침 8시부터 40분 동안 방송되는 아침 종합뉴스인 〈뉴스 전망대〉를 봉두완 앵커가 진행할 때다. 부스(녹음실 booth)를 양쪽으로 나눠서 한쪽에서는 봉 앵커가 개시 멘트와 함께 "오늘의 주요 뉴스를 ○○○아나운서가 먼저 전해 드리겠다"라고 옆 부스로 사인(Sign)을 주는 것인데 이날은 바로 전날인 1977년 9월 15일에 산악인 고상돈 씨가 8,848m 세계 최고봉 에베레스트 등정에, 한국인 최초로 성공한 소식이 전해진 것이다. 바로 옆 부스에서 개시 멘트를 한 봉두완 앵커가 옆 부스의 나를 향해 "맹관영 아나운서 야호!" 하고 큰 소리를 외치는 바람에 놀라고 웃음이 터져서 한동안 뉴스를 전하지 못해 방송 사고가 날 뻔한 일이 있었다.

1960년대 후반, 최계환 아나운서 실장이 매일 낮 12시 〈정오 뉴스〉를 담당할 때였다.

이분은 언제나 뉴스 하기 전에 화장실을 들러야 하는 습관이 있었다. 이날도 뉴스 원고를 들고 화장실에 들렀다가 5분 전에 문을 열고 나오는데 아무리 문을 열려고 힘껏 밀쳐도 열리지 않자 "사람 살려!"를 외쳐서 지나던 사람이 열어 줬는데 화장실 문은 당겨서 안으로만 열리도록 Pull이었는데, 너무도 급한 김에 밖으로 Push 밀기만 했으니 열릴 까닭이 없었다.

아나운서에 합격한 후에 3개월간은 기본 교육 기간이어서 매일 아침 8시 30분에 출근해서 9시부터 각계의 전문 분야 저명인사를 초빙 강사로 모시고 언어, 시사, 한문, 교양, 상식 등 오후 5시까지 강의를 듣고 아나운서실로 복귀해서 선배들의 지적을 들은 뒤 오후 6시에 퇴근하는 게 신입사원들의 일과였다. 실기 교육에선 뉴스 읽기, 중계방송의 요령, MC의 기본자세 등 폭넓은 상식을 읽히는 데 주력했다.

1967년 하반기에 TV의 아침 방송이 시작됨에 따라 자매국인 TBC 부산국에 아나운서가 남자 1명과 여자 2명 등 모두 3명밖에 없어서 본사에서 파견 근무자를 내려보내기로 결정했다. 그 때문에 3개월 기본 교육을 마친 우리 4기생 가운데 바로 뉴스를 할 수 있고 실력을 갖춘 아나운서를 선발했는데 그때 나를 비롯해 입사 동기인 박태웅, 유경영(여) 등이 확정됐다. 당시 TBC 부산국엔 김경동, 이정옥, 김영대 등 3명이었는데 우리 3명이 파견가서 뉴스, 대담, 행사 중계 등을 함께 나눠서 담당했다.

1960~70년대만 해도 한자 사용이 보편화돼 있어서 당시에 신문은 물론이고 일반 방송 원고도 한자를 함께 썼다. 특히 악필에 속하는 기자(속칭 아나운서 킬러)가 써 준 뉴스는 몇 번을 읽어 보고 부스에 들어가 막상 뉴스를 방송할 때는 더듬기 일쑤였다. 요즘처럼 활자로 원고가 나왔으면 상상할 수 없는 진풍경이 속출했다.

더구나 그 시절엔 뉴스 기사를 가로가 아니라 세로로 썼는데 웃지 못할 오독 사건도 종종 있었다. 그 당시 미국의 신예 전투기 'F(에프)-111기' 2개 편대를 도입하기로 했다는 기사를 세로로 마구 휘갈겨 쓰다 보니 '下(하)-111기'로 잘못 읽어 망신을 톡톡히 당하는 사건 아닌 사건도 있었다. 또 한 번은 FM의 음악 방송에서 한자에 익숙하지 못해 엉뚱하게 잘못 읽어 오랫동안 한자 오독의 실례로 회자(膾炙)되기도 했다. 독일 낭만파의 기수 칼 마리아 폰 베버 작곡의 '무도회의 권유(舞蹈會의 勸誘)'를 '무답회의 권수(舞踏會의 勸琇)'로 잘못 읽은 것이다.

이 이야기는 실수담이나 부끄러운 이야기가 아니라 아나운서가 뉴스를 한 번 방송하는 데 얼마나 많은 노력과 신중을 기해야 하는지를 알리기 위한 것이다. 특히 방송국에 죄지을 짓을 한 것은 아니기 때문이다. 아나운서는 기초 교육을 마치고 1년 넘게 매일 뉴스 연습을 하다가 현업에 들어가게 되는데 우선 콜 사인(Call Sign)과 시각 고지만 담당하다가 현업 조장의 판단에 따라 새벽 5시 첫 뉴스를 시키는데 새벽 〈6시 뉴스〉는 2년 넘어야 배당을 받게 마련이다.

1975년 말, 11기생 5명 가운데 남자 아나운서 2명이 현업에 투입됐다. 필자인 내가 현업 조장인데 신입 아나운서를 새벽 〈5시 뉴스〉에 배당했는데 당시 박노설 아나운서부장은 다음 해에 투입하라고 엄명(?)을 내린 상황이었다.

　11기생 남선현이 〈5시 뉴스〉를 곧잘 방송해 어느 날, 5시와 6시 뉴스를 이어서 담당하라고 배당했는데 이 친구가 버릇대로 〈5시 뉴스〉를 마치고는 부스 안 바닥에 누워 깜빡 잠이 들어버린 것이다. 6시가 다 되자 기술감독인 엔지니어가 바깥에서 부스를 살펴보니까 아무도 없어서 5층 라디오 생방송 스튜디오에서 아나운서부로 뛰어와 "아나운서! 뉴스!"라고 소리치는 바람에 조장인 내가 팬티 차림으로 뛰어가 2분 정도 구멍 난 뒷부분 뉴스를 방송했으니, 방송국이 발칵 뒤집혔다.

　결국 내가 책임을 지고 시말서를 쓴 덕분(?)에 연말 보너스를 50%밖에 받지 못해 그해 씁쓸한 연말을 보냈다. 그래도 그 친구가 기자로 전직하더니 훗날 JTBC 초대 사장까지 역임했고 후일담으로 그 얘기를 하면서 웃는다.


　1979년 10월 26일, 서울 종로구 궁정동 안가 만찬장에서 발생한, 박정희 대통령 시해 사건으로, 9일장인 국장이 11월 3일 거행됐다. 그 실황중계방송은 TV 3社가 구간별로 맡아서 방송하게 되어 TBC는 서울 동작구 동작동 국립묘지 입구에서부터 하관식까지 맡았다.

　가장 어려운 부분, 특히 하관식은 그 절차나 방법 등을 전혀 알 수 없는 의식이기 때문에 누구든 큰 부담이 아닐 수 없었다. 그 중계 담당으로 필자가 지명 선정됐다. 더구나 5년 전에 있었던 육영수 여사 국민장 중계방송 때 S 모 아나운서가 '육영수 여사'를 '육영사 여수'라고 세 번씩이나 잘못 방송했기 때문에 3개월 감봉 처분을 받은 것을 생각하면 이만저만 부담되는 것이 아니었다. 당일 발인장 중계를 맡은 KBS에서는 이창호, 이정부 아나운서가 현장 분위기와 인터뷰 등으로 무난히 방송했고 연도별 담당인 MBC

도 무사히 넘겼고 한강대교를 담당한 차인태 아나운서가 영구차가 다리를 건너자마자 "국립묘지에 나가 있는 맹관영 아나운서에게 마이크를 넘기겠습니다." 하고 마이크가 넘어오는 바람에 한강교 넘어 흑석동 초입에서 동작동 국립묘지 입구까지도 결코 짧은 구간이 아닌데 하관식장까지 장장 1시간 20분 동안 나 혼자 중계 멘트를 하느라 젖 먹던 힘까지 다 썼던 기억이 아직도 생생하다. 전 국민 90%가 시청했다고 하지만 울고불고 정신이 없어서 막상 누가 중계했는지는 우리 집 식구들밖에 모르는 것 같았지만 중계 뒤 방송 잘했다고 표창을 받았으니 천만다행이었다.

1967년 8월 25일 수습사원 입사 발령장을 받고 입사한 4기 아나운서 14명 가운데 작고한 김양일, 임양근, 권윤기, 나동숙, 김영애 씨 등과 함께 했던 TBC 시절의 추억을 기리고 그들의 명복을 빌면서 이글을 맺는다. (TBC)

# 아나운서로서 할 얘기는 많지만

**원창묵** | 보도국 아나운서부, 5기
- KBS 아나운서실 총괄부장
- KBS 안동방송국장
- KBS 방송위원

여의도 눈밭을 밟던 날!

그날은 1980년 12월 1일(월)이었다. KBS 출근이 시작됐다. 언론통폐합 첫날이었다. 외부 서소문 사람을 맞아야 하는 KBS 여의도 사람들도 떨떨한 표정. 피난민처럼 주눅 든 민방 사람들. 아나운서들은 한 사무실에서 얼굴을 익혀 갔다. 모두가 KBS 사람이 돼야 했다.

하지만 당시 서울서 일했던 아나운서들은 소속 방송국이 달라도, 얼굴들이 낯설지 않았다. 해마다 한 운동장에 모여서 운동회를 열었기 때문이다. 축구도 하고 앉아서 먹고 마시고 놀았다. 알 만한 사람은 이미 웬만큼 아는 사이였다.

그렇게 십 년, 이십 년, 삼십 년, 사십 년…. 이제는 모두 퇴직했다. 통폐합 당시 선배들은 많이들 돌아가셨다. 남은 이들, 발걸음은 느리고 기억은 가물거린다. 이제 무슨 이야깃거리가 남아 있겠는가? 머릿속에 흩어져 있는 일화들을 꺼내 본다. 모두가 치부가 아닐는지….

### TBC 아나운서 왜 이직률이 높은 걸까?

아나운서 입사는 1차 음성 테스트를 거친다. 1차 합격자만 2차 필기시험을 보게 한다. 그렇게 충원에 필요한 수만큼 합격자를 낸다. 아나운서부에 배치된 신입 아나운서들은 선배들의 지도를 받는다. 중견 선배 몇이 낭독 연습을 시킨다. 어쩌면 이때 아나운서로 자랄 재목인지 판가름 난다. 지도하는 중견 아나운서의 눈과 귀는 대개 같다. 어느 정도까지는 발전하겠다든지, 다른 길을 가야 할 것 같다든지⋯. 모음 발음, 음색, 성량, 지역 사투리를 엄격히 따진다. 서너 달의 기초적인 훈련이 끝나면 스스로 판단할 수 있게 된다. "아, 나는 여기 있을 사람이 아니구나!" 하나둘⋯. 그만둔다. 자의 반, 타의 반이랄까. 이직률이 높은 데가 아나운서부였다. 여자 아나운서가 두드러졌다. 그렇게 나가고 남은 TBC 그때의 여자 아나운서들이 지금도 모임을 한단다.

## 떨리고 제정신이 아닌 5분의 후유증

갓 들어온 아나운서는 라디오 오후 〈3시 뉴스〉나 〈4시 뉴스〉를 배정받는다. 5분짜리 뉴스이지만 광고 시간을 빼면 3분 40초다. 열댓 장 뉴스 원고를 받아들고 라디오 부스로 간다. "시계라면 오리엔트, 정확한 오리엔트 손목시계가 세시를 알려드리겠습니다. 때앵!" 그다음 순간 ON AIR 램프가 붉게 켜지면 마이크가 산다. 아나운서 뉴스가 시작되는 거다. 내 말소리, 숨소리가 전국으로 퍼진다. 덜덜덜덜 떤다. 제정신이 아닌 상태로 3분 반을 읽는다. "어디 어디 제공, 세 시 뉴스를 마칩니다." 그러면 녹음돼 있던 광고가 1분 정도 나간다. 다시 큐가 들어오면 "지금 시각은 3시 5분입니다."까지 방송한다. 이 5분을 딱 맞추는 것이 경륜이다.

여기에서 아나운서 입사 동기생 얼굴이 떠오른다. 떨면서 뉴스 원고를 읽기 때문에 원고 펄렁거리는 소리까지 방송되던 친구는 곧 다른 부서로 옮긴다. 평안도 사투리가 남아 있는 것을 몰랐던 친구도 제작부서로 간다.

또 다른 친구의 말이었다. "나 말야, 내일부터 출근하래!" 동양통신 기자 시험에 합격한 거다. 입사 몇 달도 안 돼서 네 명 가운데 나만 남았다.

## 숙직비 100원 받아 설렁탕 90원, 커피 10원! 그땐 그랬지

남자 아나운서들은 부장, 차장 빼고 4개 조를 나눈다. 4교대 근무하는 것이다. 아침 출근, 오후 출근, 저녁 출근, 숙직 뒤 퇴근! 숙직비는 100원이었다. 서소문 회사 부근 미성옥 설렁탕은 90원이었다. '온 다방' 커피는 10원. 어쩌면 그렇게 똑 맞는 원가 계산을 했는지? 경리부인지 총무부인지 경탄스러웠다. 너무 오래된 물가다.

몇 년 뒤다. 인플레이션이 심했다. 방송국 가까이 평양 냉면집 '강서면옥'이 있었다. 한 그릇 400원에 사리 추가하면 500원? 마음을 바꾸면 200원짜리 냉콩국수를 먹는다. 냉면을 먹으면 곧 배고프지만, 콩국수는 든든했다.

몇십 년이 지난 콩국수집 '진주집'은 여전하다. 낮 1시가 지나도 기다리는 줄이 길다는 것. 국수의 쫄깃함과 김치의 새콤달콤함이 여전하다는 것. 의자는 삐걱대고 여전히 선금 받고…. 근처 맛집이 여럿 있어도 선뜻 "내가 살게." 나서기가 쉽지 않았다. 10층 구내식당에서 염가 음식을 줄기차게 먹었다.

## 권투 중계 전문 박병학 아나운서와 그 조원 원창묵

박병학 아나운서(TBC 1기)와 조(組)를 같이 한때다. 박병학은 조장이고 나 원창묵(TBC 5기)은 조원이었다. 조원은 밤 1시 반까지 방송하고 다시 새벽 4시 반에 새벽 〈5시 뉴스〉를 해야 한다. 잘 수 있는 시간은 세 시간이다. 깜빡 잠들었다가는 새벽 〈5시 뉴스〉를 놓치고 만다. 사발시계를 맞추고 두어 시간 눈을 붙인다. 그러면 조장은 뭐 하나? 조장은 5시간쯤의 잘 시간이 확보된다. 아침을 먹는 둥 마는 둥 교대자가 출근하면 방을 나선다. 박병학 조장이 잠시 '온 다방(회사 부근에 있다)'에 들르자고 한다. 잠깐만이란다. 다방에는 오일룡(보도국 체육부, TBC 개국 요원) 기자가 와 있었고 또 누구를 기다린다. 권투쟁이들이다. 눈이 자꾸 감기는 나는 일어나고 싶었다. 먼저 일어서면 커피값을 내야 한다.

요즘도 그 박병학 아나운서와 자주 통화하고 만난다. "한 발, 한 발 다가서는 양 선수!"

4전 5기의 홍수환 선수 경기를 중계하고서는 신분이 달라졌다. 어딜 가든지 누구든지 박병학 아나운서를 알아본다. "원 투, 원 투!" 그는 아직도 50대 얼굴이다. 진짜다.

### '〈추계대학〉 농구대회'냐? '〈추계〉 대학농구대회'냐?

라디오 뉴스를 끝내고 부스를 나서는데 나를 불러 세운 분이 계셨다. 드라마 연출하는, 키가 작은, 박용기 선생이 라디오 조정실을 지나가다가 내 뉴스를 들으신 거다. "지금 뭐라고 했어? 다시 한번 해 봐!" '추계, 대학 농구대회'를 '추계대학, 농구대회'라고 발음한 것을 지적하셨다. 망치로 머리를 맞은 듯한 기분이었지만 얼마나 고마운 일인가? 안면이 있어서 마주치면 인사를 드리는 분인데 그날 꼭 집어서 바로잡아 주셨다. 드라마를 연출하려면 이런 '띄어 읽기'는 기본적인 지적 사항이 아닌가?

낮 뉴스 시간으로 기억된다. 돼지 수출 물량이 늘어난다는 기사. 즉 생돈(生豚/살아 있는 돼지) 내용이었다. "산 돼지 수출이 증가한다."는 기사를 나는 어떻게 읽었을까? 그대로 읽으면 '산돼지(산에 사는 돼지)'다. '산 돼지'라고 띄어 써 있었을까? '산돼지'라고 붙여 쓰여 있었기에 지금까지 기억하는 것이다.

〈띄어쓰기〉, 〈띄어 읽기〉의 중요성을 말하고자 한다. 방법은 있다. 작은 소리로 예독한다. 띄고 붙임이 저절로 된다. 읽기에 따라 의미가 크게 달라지기 때문에 반드시 예독이 필요하다.

### TBC 국악 PD, 명퇴 후 국악계 대부 돼

문이 열리면서 얼굴을 삐죽이 들이민 국악 PD, 아무개. 나하고 눈이 마주치자 "원형! 녹음 하나 해 줘!" 종이 한 장을 건네주는 데 국악 곡목 서너 개뿐이었다.

"먼저 이런저런 이야기를 하고 나서 곡목을 대야 하는 거 아냐?"

"그냥 원형이 적당히 해 줘!" 국악에 깜깜인데 갑자기 뭐라고 한단 말인가? 하긴 밤 12시 이후에 방송되는 프로그램인데 누가 정성을 쏟겠는가? 그래도 그렇지. 어떻게 곡명만 말하면서 방송하겠는가?

그 무렵이었나? 그룹 총수 이병철 회장은 국악에 관심을 두면서 국악에 관한 기초지식을 듣고 싶었나 보다. 서울 음대 국악과를 나온 아무개를 3층으로 자주 불렀다. 부장, 국장을 건너뛰고 총수를 만나니 눈엣가시였을 것. 그리고 얼마 후다. 중앙일보 동양방송이 "새로운 10년을 연다."는 캐치프레이즈를 내걸고 직원 '숙청'을 시작했다. 1974년쯤이다. 근무 평가가 연속해서 나쁘면 퇴사하게 사규가 돼 있었다. 40여 명인가 책상이 없어졌다. 거기에 그 국악 PD가 끼어 있었다. 그때 그는 TBC에서 퇴직하고 참 잘 나갔다. 얼마 안 가서 그는 국악계의 대부가 됐다. "여기 계실 분이 아니옵니다. 나가서서 큰 구름에 오르세요!"

## 순화동 왕파리 윙윙대며 TV 뉴스에 출연

일요일 낮, TV 뉴스를 시작하려는데 의외의 출연자가 얼씬거린다. 윙윙거리면서 날다가 내 얼굴 쪽으로 온다. 조명이 비치는 내 얼굴이 따뜻해서 그랬나 보다. 파리다. 왕파리다. 뉴스 하는 10분 내내, 기사 읽으랴! 파리 쫓으랴! 모니터를 봐 가면서 손사래를 쳤다. 어쨌든 내 뉴스 시간에는 왕파리 출연은 없었다.

왜 거기 파리가 있었냐고? 사연은 이랬다. TV 뉴스 부스 옆은 드라마 세트장인데 무대를 꾸미느라 주말에 밀가루 풀을 덕지덕지 발랐는데 냉방이 꺼지면서 변질된 풀이 악취를 풍겼다는 거다. 중앙일보 동양방송은 토요일 오후엔 냉방이 멈췄다. 더운 여름이니 주말 근무자는 창문을 활짝 열 수밖에…. 전깃불 밝힌, 퀴퀴한 냄새 풍기는 스튜디오는 순화동 왕파리의 새 동네가 된 것이다.

낮에 내가 뉴스를 방송하던 그 부스에 박종세 부장이 밤 10시 뉴스 앵커로 들어오셨다. 내 얼굴에 앉으려던 그 왕파리가 박 부장 얼굴에 앉아서는 살금살금 볼 아래까지 내려갔다. 박 부장은 전혀 개의하지 않는다. 대단한 인내심이었다. 그동안 어디서도 공개된 적 없는 사실이다. 진실이다.

## 여자 탤런트 보러 온 친구, 이건희 뒷모습만 보고 가다

서울 무교동에 개인 사무실을 낸 친구가 있었다. 어떻게 하면 예쁜 여자 탤런트를 볼 수 있겠냐고 물었다. "글쎄, 중앙 매스컴 10층 휴게실에서는 혹시 볼까?" 말했더니 오겠단다. 오고도 남을 시간이 지나자, 전화가 왔다. "나, 거기 중앙매스컴은 다시는 안 가!" 10층 휴게실에 가려고 1층 엘리베이터 앞에 여러 명과 함께 서 있는데 저쪽 계단을 두 사람이 올라가더란다. 앞에는 홍진기, 뒤에는 이건희. 부지불식간에 "어이, 건희야!" 막상 건희는 안 돌아보고 주변 사람만 이상한 눈초리로 자기를 보더란다.

내 친구는 서울 사대부고 출신이다. 이건희는 사대부고 1년 후배다. 내 친구는 고등학교 때 레슬링부 부원이었고 이건희는 신입 부원이었다. 1:1로 레슬링을 가르쳤으니까, 이건희가 기억 못 할까?

사업에 성공한 이 친구. 삼성 일가와도 알게 됐나 보다. 이건희 장례식에서 조사를 낭독했는데 아버지를 능가한다는 뜻의 '승어부(勝於父, 아버지보다 나음)'라는 표현을 두고 장례식에 참석한 친구들이 그게 무슨 뜻이냐고 묻더란다. 은퇴하고서도 운전기사가 딸린 차만 탄단다. 전철, 버스를 타 본 적이 아득하다고 한다. 가끔 조선호텔로 나를 불러 밥을 산다.

## 다시 듣고 싶은, 그때 그 목소리

이쯤에서 대한민국 방송 초창기에 국민의 귀를 사로잡은 분들을 떠올려 본다. 몇 명을 소개하고 싶다.

박인환의 시 〈세월이 가면〉에 곡을 붙인 이진섭. 그는 명동의 낭만파였지만 아나운서였다. 또 〈얄개 전〉으로 사춘기 아이들의 우상이 던 조혼파. 그는 조봉순 아나운서였다. 서울 중앙방송국장을 지냈다.

〈재치 문답〉을 깔끔하게 진행한 장기범. 이분 목소리는 무슨 행사에 종종 재방송된다. 우렁찬 목소리의 강찬선. 퇴직 후에도 방송하셨다.

'청산유수'의 임택근. 함께 지명되는 이광재. 이분들이 흥분하면 국민도 함께 흥분했다.

따뜻한 목소리의 최계환 아나운서는 얼마 전 돌아가셨고 전영우 아나운서는 지금도 건강하시다. 최계환, 전영우! 이들이 라디오 〈정오 뉴스〉를 방송할 때, 그때가 아나운서 뉴스의 전성시대였다.

2023년 어느 날, 서울 서소문을 떠난 지 40여 년 만에 TBC 1기생부터 막내들까지 점심시간에 만났다. 열 명이 미처 되지 않았다. 하고 싶은 말이 많았다. 올해 또 만나자고 할 거다. (TBC)

# 여성 아나운서의 도전과 애환

**이성화** | TBC 개국 요원, 아나운서
- 한국 상업방송 최초의 여성 아나운서
- TBC, KBS 〈밤을 잊은 그대에게〉 1대 DJ
- 관악공동체 라디오 〈캐지나 청춘〉 14년째 MC로 활동 중
- TBC 〈밤을 잊은 그대에게〉 진행하던 시절의 필자

내가 방송과 인연을 맺게 된 것은 6·25 전쟁이 일어난 후 1·4 후퇴 때 서울에서 부산으로 피난 가서 그곳에 눌러앉은 가정사 때문이기도 하다. 내가 고등학교를 졸업한 1959년의 부산은 전쟁이 끝난 후 10년이 채 안 되는 시기여서 그간에 서울로 되돌아간 사람도 많았고 그대로 눌러앉아 사는 사람도 많았다. 나는 그해 봄, 3월에 고등학교를 졸업하고 집에서 막연한 시간을 보내면서 '나도 돈을 벌면 좋을 텐데….' 하고 한 달쯤 지나던 어느 날 집에 배달된 부산일보에 실린 박스 광고 기사가 눈에 띄었다.

### 부산MBC 아나운서에 도전

〈부산문화방송 방송요원 모집〉 그 내용에는 여러 부문이 있었는데 내 눈에는 아나운서만 들어왔다. 사회생활을 경험하지 못했지만 내 생각에 '아나운서는 말하는 거잖아' 이렇게 쉽게 생각하고 그길로 부산 중앙동에 있는 MBC로 가서 입사원서를 받아 왔다.

그때는 회사 합격 후 증빙 서류를 내는 절차를 밟기 때문에 입사원서를 접수하는 것이 우선이었다. 빈칸을 메우는데 대학 졸업 칸이 휑~해서 적당한 대학 가정과 졸업이라고 써넣었다. 1차 필기, 2차 실기에 합격했다. 최종 3차 면접 날 걱정이 많이 됐다. 웅성웅성 긴장한 사람들 속에 나는 더했겠지. '어떡하지?' 걱정하는 마음으로 내 차례가 와서 심사위원 앞에 앉았다. 그 심사위원은 내가 낸 서류를 내려보고 나를 쳐다본다. 그가 질문하기도 전 내가 먼저 말했다. "저기요… 저… 사실은 대학 졸업 안 했어요. 접수하려고 그냥 썼어요." 이렇게 말하니까 그분은 얼굴에 엷은 미소를 보이면서 '알았다. 가 보라.'고 했다. 다른 말 주고받은 것도 없이 간단히 끝나서 실망한 마음으로 왔지만, 결과는 봐야 하니까 며칠 후 합격자 발표날에는 가 보고 싶었다. 건물 외벽에는 대자보같이 커다란 종이에 붓글씨로 합격의 접수 번호가 있었다. 떨리는 마음으로 한 줄 한 줄 내려가는 데 중간쯤에 내 번호가 있었다. 뛸 듯이 기뻤던 마음을 이때 경험했다.

그래서 나는 1959년 한국 최초로 탄생한 민간 상업방송 HLKU(부산MBC 호출부호)의 아나운서가 되어 입사 후 3개월 만에 공개 방송에 투입됐고 그 후 많은 프로그램을 진행했다.

## TBC 아나운서 인기, 유명 연예인 못지않아

우리나라 라디오 방송 역사가 100여 년 된다고 하는데 내가 아나운서 일을 시작했던 1959년까지는 TV가 나오기 전이어서 라디오는 대중을 위한 오락 프로그램이 큰 비중을 차지했다. 그 당시 어떤 사람은 저 통 속에 어떻게 사람이 있지? 하고 라디오를 앞뒤로 흔들어 보기도 했다는 둥 호기심의 여러 가지 일화가 떠돌기도 했다. 특히 얼굴 없이 목소리만 드러나는 아나운서의 인기는 대단했다.

부산MBC를 떠나 1964년 봄 〈라디오 서울〉 개국 요원으로 특별 채용되어 아나운서로 열심히 일하던 시절 나도 인기인 가운데 하나여서 당시 유명한 〈아리랑〉 잡지에서 실시한 연예 오락 인기인에 뽑혀 일본에서 활약한 프로 레슬러 김일, 배우 윤정희와 함께 무대에 올랐었다. 그 행사는 세종문화회관에서 있었다.

'동양라디오(TBC)'에서 진행한 개국 프로그램 중 하나인 심야방송 〈밤을 잊은 그대에게〉는 내가 첫 진행 DJ를 7년 하고 수많은 진행자가 바뀌면서 1980년 언론통폐합 후 지금도 KBS2 HAPPY FM에서 우리나라 방송 중 최장수 프로그램으로 이어지고 있다.

또 TBC에서는 우리나라 최초의 라디오 자선 방송 〈일선 장병에게 김치 보내기〉를 송해 씨와 함께 진행했다.

맨 왼쪽 프로레슬러 장영철 가운데 이성화 오른쪽 권투선수 김기수 성우 임옥연

그리고 아침 출근을 준비하는 회사원을 상대로 시내 출근길 교통상황을 안내한 아침 방송 〈가로수를 누비며〉는 매일매일 인기리에 방송되어 아직도 어쩌다가 그날의 내 음성을 기억하는 사람을 만나기도 한다.

## 가족 생일은 잊어도 이날만큼은 잊을 수 없어

1980년 11월 30일! 아마 언론계 출신이라면 가족의 생일은 헷갈려도 이날은 절대로 잊지 못할 원망의 날짜로 기억되리라. 신군부에서 그들의 권력을 공고히 하기 위해 저지른 언론통폐합으로 잘나가던 TBC에도 날벼락이 떨어졌다. 그날이야말로 17년간 서소문 중앙매스컴센터에서 근무하던 라디오, TV 모든 부서 사우에게 개인 인생길이 일순간에 달라지는 시작이었다.

그날도 나는 평소처럼 〈가로수를 누비며〉 생방송을 하기 위해 아침 8시쯤 회사에 들어가는데 분위기가 평소와 달랐다. 사람들이 삼삼오오 침통한 얼굴로 몰려다니고 엘리베이터에서 나오는 얼굴도 죄다 우울해 보였다.

이상했다. 6층 편성부에 올라가니 염기철(작고) 프로듀서가 느닷없이 하는 말 "오늘이 방송 마지막이에요.", "응? 무슨 소리?" 방송이 마지막이라니… 이 어리둥절한 말을 이해하는 데 많은 시간은 걸리지 않았다. '하! 이런 청천벽력이 있나.' 하여튼 오늘이 끝이라고 하지만 내 시간은 담당해야 하니까 〈가로수를 누비며〉 이동 방송차는 멀리 갈 것도 없이 서소문 회사에서 가까운 대한상공회의소 앞쯤에 세우고 출근길 거리 모습을 생방송했다.

"여러분의 아침 길에 동행하던 〈가로수를 누비며〉가 오늘을 마지막으로 지금 고별인사를 드립니다."로 끝맺음한 후 나의 세월은 40여 년이 넘어 흐르면서 요즘은 중앙매스컴 사우회 동호회에서 정든 옛 동료들과 만나 그때 그 시절 얘기로 즐거운 시간을 갖는다.

## 먼 옛날 TBC 시절은 마냥 행복했었다

젊음을 한껏 향유 하며 드나들던 서소문 중앙매스컴 빌딩의 구조가 훤~하게 그려진다. 삼성이라는 일류기업에 일류 사원으로 뽑힌 자부심으로 생기 넘치고 빼어난 기량을 가진 젊은 일꾼들이 쌩쌩한 걸음으로 들락거리던 그 크지 않은 건물은 다른 직장인들이 매우 부러운 시선을 보냈던 우리들의 근무처였다.

현관문 열고 들어서면 반들거리는 대리석 바닥에 여름엔 시원한 바람, 겨울에는 따뜻한 온기가 어깨를 펴게 했다. 부자라는 말이 재벌이라는 단어로 바뀌던 경제부흥과 함께 새마을운동이 시작되던 시기라서 일반 회사는 대체로 그런 첨단 시설을 갖추지 못했었다.

라디오, 텔레비전, 신문 등 3개 언론 집합체가 들어선 그 서소문 중앙매스컴센터 2층에 1965년 9월 22일, 중앙일보가 창간되고 몇 달 후에 젊은 이건희(2020년 10월 25일 작고) 이사가 계단을 오르내리는 모습도 보았다. 그 조금 지난 시기에는 "이병철 회장님의 따님 이명희 양이 중앙일보에 들어왔대~" 하는 수군거림이 군데군데서 들렸다. 재벌이 언론을 겸한다는 말도 있었다.

라디오 개국 며칠 후 이병철 회장이 당시 보도과를 방문해 보도과장으로부터 업무보고를 받은 뒤 본인 사무실로 돌아가신 후 전응덕 보도과장

(2023년 11월 21일 작고)이 나를 보시더니 "미쓰 리, 이병철 회장님께서 미쓰 리 방송 잘한다고 하셨어."라고 했다. 나는 전응덕 과장의 뜬금없는 이 멘트가 장난기가 발동할 때 주변 사람에게 건네는 정다운 농담조의 말투라는 것을 잘 알기 때문에 나도 가볍게 장난기로 대꾸했다. 전응덕 과장과 나는 1959년 한국 최초의 민간 상업방송인 부산MBC에서 방송 생활을 같이 시작했다.

나는 오른쪽 아나운서실로 그분은 왼쪽 보도과로 가신… 그렇게 사람들과 얽힌 많은 에피소드는 서소문 시절의 귀한 추억이다.

### 체전 중계 첫 여성 아나운서로 육영수 여사 깜짝 인터뷰

스포츠 총괄의 김재길 기자(TBC-TV 개국 요원, 작고)는 나를 미사리에서 진행되는 조정경기 중계방송도 하게 했고 1964년 9월 3일 제45회 전국체전 오프닝을 생중계하자고 했다. 옛날 동대문 야구장에서 전국체전이 치러지는 가을날 우리의 중계석 위치는 포수의 등을 보게끔 관중석 앞줄에 마련됐다. 주변을 둘러보는데 맞은편 관중석에는 사람이 많은데 우리 쪽에는 관중석이 넓게 비어 있었다. 좀 이상하다 싶었고 상황을 파악하려고 주위를 살펴보니까 저 위쪽에 육영수 여사가 혼자 앉아계시지 않은가! 마이크 넘어오기 10여 분 전이지만 불쑥 인터뷰 욕심이 생겼다. 중계석과의 거리는 한 20여 미터쯤이었다.

전홧줄을 연결하고 있는 김명재 엔지니어에게 "빨리 마이크 주고 줄 좀 늘여주세요!" 하고는 그 긴 전홧줄을 끌면서 육영수 여사를 향해 빨리 올라갔다. 그분의 2~3미터 아래에 경호원 2명이 나를 막는다. 육 여사는 우리를 보고 계신다. "저 잠깐만 육영수 여사님에게 청취자에게 목소리만 들려드리려고요, 1, 2분이면 돼요." 하고는 경호원들이 '안 된다'는 표정을 짓는 순간 나는 그대로 육 여사 앞에 섰다. "저…. 안녕하세요? 동양라디오에서 나왔는데요, 곧 체전 개막식이 시작되니까 육영수 여사님께서 선수들에게 잘하라는 격려의 인사 말씀 한마디만 부탁드리러 왔습니다. 날씨도 화창한데 오늘 참여하는 선수들이 좋은 역량을 발휘하기를 바란다는 말씀만 해주시면….” 하고 마이크를 드렸더니 육 여사께서는 “참 하늘도 맑고 좋은 날씨군요. 우리 선수들이 참여 종목에서 좋은 기량을 펼쳐 주면 좋겠네요.” 그런 내용으로 짤막한 격려 말씀을 해 주셨다. 그것이 개회식 시작 약 5분 전이니까 마음이 급했다. “감사합니다.” 인사하고 내려오면서 “방금 육영수 여사님의 격려 말씀을 전해드렸고 지금 전국체전 개회식이 시작됐습니다.” 이렇게 헐떡이며 오프닝을 한 그날의 전국체전 개막식 중계방송은 아직도 내 기억에 유쾌한 그림으로 남아 있다.

### 위장 간첩 이수근, 미니스커트 보고 체제 힐난(詰難)

그뿐이 아니라 1967년 3월 22일 귀순한 간첩 이수근과 방송국 스튜디오에서 인터뷰할 때 그가 나의 치마를 지적한 말도 잊을 수가 없다. 미니스커트가 유행할 시기여서 나도 짧게 입었다. 나란히 앉은 내 치마는 무릎 위에 선이 있었는데 그가 말할 차례에 내 다리를 힐끗 보더니 진행 내용과는 상관없는 “이렇게 여성들이 다리 다 나오는 짧은 치마를 입고 회사 다니는 거. 이런 거… 정신세계가.” 이런 말을 한 후 얼마 되지 않아 위장 이중간첩이라고 요란한 기사가 나왔고 그날 그 사람의 말투로 보아 이념전쟁의 하나로 그 사회를 간접 비난하는 것도 그들의 전략인가 보다고 생각했다.

### 뉴스 진행, 공개 방송 등 나는 전천후 아나운서

세월이 흘러 내 나이가 많아지다 보니 가끔 떠오르는 옛날 회상 중에는 동양라디오 개국 당시 모습도 있다. 초창기부터 우리들이 담당하던 뉴스나 라디오, TV 프로그램들이 타 방송국을 훨씬 앞서는 좋은 결과를 초래하면서 직원들은 기가 살아서 움직이는 듯했다. 5층에서 자주 마주치던 보도국 기자들과 6층 PD들, 60여 년 전 꿈 많던 발랄한 청춘 일꾼들의 얼굴이 아른거린다.

내가 직장 생활도 오래 했지만, 그 시절엔 국회의원 선거가 손으로 하는 수작업 개표 시절이어서 나는 기자나 프로듀서들하고 개표 방송하러 학교 강당에도 여러 번 나갔고 접촉이 많았다. 요즘같이 전문 분야 고정 진행자가 없던 시절이어서 나는 뉴스는 물론, 공개 방송, 스포츠 중계, 오페라 중계, 미술 전시회 소개 등의 다양한 프로그램을 섭렵한 라디오 전천후 아나운서였다.

## 60~70년대엔 여성에겐 그리 제약이 많은지!

지금은 내 청춘의 흔적, 정든 동양방송이 사라지고 함께 하던 많은 분이 유명을 달리했으나 TBC에서 맺은 과거의 끈끈한 인연으로 15년 전부터 활성화된 중앙매스컴 사우회 노년 동호회에 초창기 때부터 참가했는데 그땐 여자는 나 하나여서 좀 유감스러운 마음도 들었다. 요즈음엔 여기자 등 10여 명의 여성 동지가 참여하고 있지만 안훈 TV PD 한 사람을 제외하고는 여자 PD는 거의 보이지 않는다.

돌이켜 보면 이유가 있다. 그 시대 분위기는 여자 직원이 25세 좀 넘어가면 으레 결혼으로 퇴사하거나 더 있으면 주변의 눈총이 심했고 더군다나 임신해서 다니면 밉게 보는 남성들의 곱지 않은 시선이 머리 뒤끝을 땡겼으며 남녀 차별이라고 여권을 주장하면 '여자가 왜 저래?' 하면서 흉보는 세상을 살았다. 실례로 얼마나 위축된 언어 사용 분위기였냐 하면 〈사랑받는 아내〉라는 라디오 가정생활 인기 생방송 상담 프로그램이 있었다. 한 청취자가 "밤에 남편의 어느 쪽에 눕는 것이 좋으냐?"고 질문을 하니 상담 강사인 조동춘 박사는 좀 당황하면서 "음~~ 남편의 왼팔을 베는 것이 좀 괜찮을 것 같습니다." 나도 어? 하는 생각에 얼른 분위기를 바꾸면서 "다음 전화를 받겠습니다."로 그 시간을 마치고 나왔는데 프로듀서 얼굴에 근심이 꽉 차 보였다. 알고 보니 그 말 나가자마자 청취자들로부터 전화가 빗발쳤다고 한다. "아니, 아침 방송에 무슨 잠자리 얘기를 하느냐? 당장 강사 교체하라!" 이래서 그 날짜로 그분이 출연 못 하게 된 그런 언어 제한 속에 있었고 여자는 비독립적으로 남성에 의한 일생을 보내는 것이 당연시되던 시절이 기도 했다.

나 또한 그런 사고방식에서 벗어나지 못한 촌스러운 과거가 떠오른다. 통폐합 이후 방송을 그만두고 쉬고 있던 어느 날 김재길 스포츠 기자가 전화해서 "씨름 중계방송을 해 보자."라고 한 것을 "아이! 안 해요."로 끊은 그 것이 한참 후 후회가 됐다. 명랑, 활발했지만 여성이라는 소극성에서 벗어나지 못했고 인생 계획을 세울 전략적 사고를 할 줄 몰랐던 무지가 있었다. 그렇게 많은 기회의 광장에 있었으면서도 사회 환경, 가정 환경에 순응한 내 탓이 더 컸겠지만, 그래도 TBC는 그 시절 맺은 직장의 인연으로 내 생활의 일부로 크게 자리 잡았다.

중앙매스컴의 기반이었던 TBC, 그 TBC는 과거의 존재로도 훌륭하며 그 존재와 정신이 TBC 가족들의 마음 깊숙이 자리 잡고 있어 TBC는 영원하다고 볼 수 있다. (TBC)

# 고별 〈TBC 석간〉 여성 앵커 "울 수도 없었다"

**이영혜** | 보도국 아나운서부, 14기
- KBS 아나운서
- SBS 개국 요원 아나운서
- 홍익대 교양학부 전임교수

나는 대학교 4학년인 1977년 9월 21일 TBC 아나운서 14기로 입사했다.

그 당시 아나운서부는 많은 여성 아나운서가 갑자기 퇴직한 상황이라 일손이 부족해 연배 높은 선배들이 거의 신입이 하는 라디오 콜싸인이나 텔레비전 ID(방송국명) 고지(告知)까지 해야 하는 비상사태였다. 따라서 우리 기수 10명의 동기 아나운서는 아나운서 직무 수습을 그 어느 때보다 짧은 기간 안에 혹독하게 받았다. 생방송 텔레비전 방송 순서 진행도 들어온 지 두 달 만에 동기 카메라맨과 같이 벌벌 떨며 진행했던 기억이 난다.

신인 아나운서들은 뉴스 원고 연습을 통해 발음과 음조(音調 : 소리의 높낮이와 강약, 빠르기의 정도), 억양, 속도, 쉼, 강조하는 법 등을 배우는데 매일 목이 쉬도록 연습했다.

여성 아나운서의 경우 라디오 오후 〈4시 뉴스〉가 첫 번째 관문이고 연륜이 쌓이면서 그다음엔 텔레비전 〈저녁 7시 뉴스〉, 밤 9시 〈TBC 석간〉까지 뉴스 진행 순서가 단계적으로 올라간다.

### "악필 뉴스 원고는 지옥"

라디오 5분 뉴스에 데뷔하는 날 30분 전부터 보도국 편집제작부에서 대기하고 있었으나 뉴스 원고가 전부 들어오지 않아 일부만 들고 라디오 스튜디오(부스보다 큰 녹음실)에서 연습하고 있는데 오후 〈4시 뉴스〉 시보가 울리자마자 스튜디오 문이 열리면서 뉴스 원고를 던져주는데 도저히 알 수 없고 읽기 힘든 기러기 글씨가 가득해 식은땀 흘리며 한 방송을 지금도 잊을 수가 없다. 그 당시는 모두 손으로 쓰는 뉴스 원고라 악필(惡筆) 원고를 받을 때는 신인들에게는 지옥의 원고로 기피 대상이었다. 오래 근무를 한 경우는 거의 모든 기자의 글씨가 눈에 익어 읽기 편하지만, 신인에게는 공포 그 자체였다. 그 당시 원고 글씨가 가장 좋았던 3대 명필을 들자면 송도균(TBC 7기), 백낙천(9기), 유 균(10기) 기자 이 세 명은 명필에 뉴스 원고 작성도 돋보였다. 지금도 잊혀지지 않는 '대웅제약과 동화약품 제공 TBC 4시 뉴습니다.'란 라디오 뉴스 첫 멘트, '대웅제약과 동화약품'은 참 발음하기 어려운 제공 멘트라 광고가 바뀌었으면 좋겠다고 우스갯소리도 많이 했었다.

### 잊지 못할 양띠 해 아기 탄생 특집

1979년 1월 1일 정초 양띠 해 특집도 잊지 못할 추억이었다. 그 특집은 양띠 해에 양띠 아나운서가 진행하는 특집이었는데 12월 31일 밤 새해에 태어나는 아기를 찍으러 병원에서 대기하고 있다가 새해 첫 양띠 아기 울음소리가 담긴 영상을 찍고 부모 인터뷰까지 녹화한 후 방송국에 돌아와 영상을 틀어보니 오디오가 전혀 들리지 않았다. 모두들 혼비백산해 새벽에 병원으로 다시 달려가는 촌극을 빚었다. 간호사가 자고 있는 아기 발바닥을 탁탁 치자 아기가 자지러지게 우는데 어찌나 미안한지…. 또 눈 내리는 강원도 양떼목장과 휴전선 철조망 앞에서 한복만 입고 달달 떨며 고생 많았던 프로그램이라 지금껏 뇌리에 맴돌고 있는 것일까?

### 선배의 야구 관련 돌직구에 아연 긴장

어느 날 출근하자마자 이장우 차장(TBC 개국 요원, 야구 전문 캐스터, 작고)이 갑자기 "이영혜 씨, 야구 기록 좀 배워 봐요."라며 던진 돌직구에 아연 긴장했다. 야구의 볼과 스트라이크도 모르는 나로서는 눈앞이 캄캄했다. 지금은 없어진 동대문야구장에 나가 유수호 선배(TBC 6기)로부터 야구 기록을 배웠던 기억도 잊지 못한다. 야구보다 기록을 먼저 배워 지금도 야구 경기 보면서 기록하는 버릇이 생겼다. 무더운 여름에 연장전까지 있는 날은 꼼짝 못 하고 6시간 이상 앉아 있으면 목에 땀띠까지 나 벌겋게 된 기억도 새롭다. 그때는 아날로그 시절이라 투수가 던진 공의 수를 일일이 기록했다가 캐스터가 물어보면 그때그때 옆에 앉아 전해줘야 했고 오늘 구원투수가 누구인지 시합 전에 몸을 풀고 있는 선수들을 살피러 가면 감독과 코치가 여자가 시합 전에 들어온다고 인상 쓰던 시절이라 모든 게 살얼음판을 걷는 분위기였다.

### 〈밤을 잊은 그대에게〉 오프닝에서 야구장 스케치는 왜?

황인용(TBC 3기) 선배와 초창기에 〈밤을 잊은 그대에게〉를 진행한 기억도 좋은 추억으로 남아 있다.

밤 프로그램이라 주로 해가 지면 녹음했고 올드팝부터 그 당시 유행하던 가요나 팝을 즐길 수 있는 청취율 높은 밤 프로그램이라 기억에 오래 남아있다. 그 당시 아나운서 프로그램은 요즘같이 구성작가 역할을 하는 스크립터가 없는 시절이라 멘트는 거의 즉흥적으로 진행(ad lib)했는데 황 선배의 방송 멘트는 마이크만 들면 흐르는 물처럼 너무 자연스럽고 부드럽게 나와 감탄이 절로 나왔었다.

황 선배가 어느 날 멘트거리가 없으니, 야구장에 가서 방송 멘트 좀 찾아보자고 해 중계팀을 쫓아 따라갔는데 그때 찾아낸 멘트가 "오늘 야구장에 나갔더니 모든 것이 빠르게 움직이더군요. 야구선수의 재빠른 발놀림과 타자가 친 공이 빠르게 하늘로 솟아 올라가고 야구중계를 하는 캐스터(caster)의 흥분된 빠른 목소리가 5월의 하늘을 수놓고 있네요." 그날 오프닝 멘트로 내가 던진 돌직구였다. 나중에 이장우 차장에게 "왜 나에게 야구를 배우라고 했나요?"라고, 물어봤더니 그날 황인용 아나운서와 야구장에 온 것을 보고 내가 10대 시절부터 유명 야구선수에 빠져 야구장에 와 사인받는 열성팬으로 보였단다. 나는 그날 태어나서 처음으로 야구장에 갔는데 말이다. 덕분에 그날 이후 야구 기록도 배웠고 야구를 사랑하게 됐다.

그 외에도 사보 담당 14기 동기가 옛날에 그만두신 선배들을 만나 인터뷰하는 코너를 만들었으니 도와 달라고 요청해 인터뷰한 것을 직접 정리해서 사보에 연재했었다. 나는 잘 모르는 선배였지만 그 당시 퇴직해 다른 분야에서 잘되신 분들이어서 사우들의 궁금증을 풀어주는 코너여서 반응도 좋았고 참 재미있는 경험으로 남아 있다.

### 〈TBC 석간〉 봉두완 앵커의 돌발 행동에 당황

1980년 11월 30일 43년이 지난 옛 기억을 끄집어내려니 왠지 막막하고 아득한 기분이 드는 것은 어쩔 수 없다. 필자는 1980년 7월부터 〈TBC 석간〉을 진행했고 7명의 남성 앵커(박종세 방송주간, 봉두완 논평위원, 구박 정치부장, 노계원 경제

〈TBC 석간〉을 진행하는 필자

부장, 이희준 사회부장, 성대석 편집제작부장, 길종섭 정치부 차장)와 3명의 여성 아나운서(박초아, 이영혜, 최희선)가 평일에는 두 번씩, 일요일은 나와 최희선 아나운서가 교대로 출연했다.

나는 평일은 화, 금 담당이었는데 화요일 앵커는 봉두완 위원이었고 금요일 앵커는 고정이 아니고 일곱 명이 돌아가며 진행했던 기억이 난다. 일요일은 성대석 부장과 길종섭 차장 두 명이 교대로 했고 특히 화요일 담당이었던 봉두완 위원은 갑자기 즉흥적인 질문으로 나를 곤혹스럽게 만들었는데 "오늘은 또 뭘 물어보실까?" 하고 전전긍긍했었다. 그렇지만 봉 위원

은 항상 유머가 넘치고 상대를 편안하게 대해 줘 좋은 인상을 갖고 있다. 봉 위원은 본인에게는 〈TBC 석간〉 마지막 날이었던 11월 25일 화요일, 비장하게 고별 멘트를 하시면서 갑자기 일어나 나한테 악수를 청해서 일어나야 할지 앉아 있어야 할지 허둥댔던 어설픈 순간이 기억난다. 나 자신은 많이 당황해서 어쩔 줄 몰랐는데 시청했던 사람들은 다들 폭소를 터뜨렸다는 얘기를 많이 전해 주었다. 사실 그날은 봉 위원이나 나 자신이 웃을 수 있는 상황이 아닌 가슴 아픈 순간이었는데. 끝나는 날까지 나를 놀라게 한 봉두완 앵커가 지금도 많이 생각난다.

## 너무 울어 부은 얼굴로 고별 〈TBC 석간〉 진행

1980년 11월 30일 일요일. 〈TBC 석간〉이 마지막으로 방송된 날 TBC는 말 그대로 초상집이었다. 이날 정오쯤 대부분의 방송 관계자(기자, PD, 아나운서, 엔지니어, 전속 탤런트)가 여의도 TBC 별관에 모여 김덕보 사장의 울먹이는 모습에 다 같이 통곡했고 어찌나 울었는지 내 눈도 통통 부어 뉴스를 할 수 있을지 걱정이 되었다. 본사에 돌아오니 그곳도 난리 통이었다. CBS 정오 뉴스 도중 여성 아나운서가 울어 통합되는 방송국마다 경고가 들어왔고 그날 뉴스를 진행하는 여성 아나운서 둘은 마음 단단히 먹고 절대 울면 안 된다는 주의 사항을 전달받고 마음이 착잡했다.

마지막 석간은 평소에 비해 영상이 들어가는 리포터 뉴스보다는 간단한 스트레이트 뉴스(단신)가 대부분이었으나 어떤 태도로 뉴스를 진행해야 할지, 음조(音調)는 어떻게 해야 할지, 표정은 어떤 표정을 지어야 할지 막막하기만 했다. 10·26, 12·12, 광주항쟁 때마다 야근 담당이어서 놀랐던 기억이 많았던 탓에 선배, 동료들이 '이영혜 야근하면 사건 난다'라는 얘기까지 들었는데 왜 마지막 뉴스까지 내가 해야 하나라는 철없는 생각까지 들었다. 그러고 보니 그때가 만 25살밖에 되지 않은 나이였었다.

아나운서부 이장우 차장은 내가 혹시 울까 봐 뉴스 스튜디오까지 와서 마음 독하게 먹어야 한다고 몇 번이나 당부하던 말이 지금도 귀에 생생하다. 무슨 정신으로 '고별 〈TBC 석간〉'을 했는지 생각이 나지 않을 정도로 긴장감이 방송국 전체를 휘감았다. 같이 진행하던 길종섭 선배는 약간 멈칫하며 말을 잇지 못해 나도 울컥했던 기억이 난다.

## 흑백TV 뉴스 진행자가 컬러TV 갈아탄 기구한 운명

맨 마지막 TBC 뉴스가 끝난 뒤 보도국 기자들과 부근 다방에서 커피를 마시며 내일 아침 TBC가 통합되는 KBS로 출근해야만 하는지 다들 울분과 울적함을 달래다 새벽 2시쯤 보도국 차로 집으로 돌아가 잠깐 눈만 붙이다 옷만 갈아입고 쌀쌀한 겨울바람이 부는 여의도로 출근했다. 퉁퉁 부은 눈으로 어제는 울음을 참고 오늘은 기뻐 죽겠다는 표정으로 특집 버라이어티쇼 〈KBS 새 가족〉을 진행해야 했으니 지금 생각해도 참 어이없는 일이라 여겨진다.

한마디로 시청자 우롱이라고나 할까? 그 당시에는 딱 죽고 싶은 심정이었다. 아이러니하게도 지금도 내 이름 석 자를 검색창에 치면 1980년 11월 30일 마지막 고별 〈TBC 석간〉과 1980년 12월 1일 KBS 특집이 나오는데 내가 생각해도 참 기구한 운명이라 생각된다.

1980년 12월 1일 특집은 우리나라 최초의 컬러텔레비전 방송이라 지금도 해마다 9월 3일 방송의 날에 나오고 있으니….

1977년 9월 21일부터 1980년 11월 30일까지 만 3년 2개월 동안 TBC에 있었던 일들을 돌아보니 짧은 기간이었지만 참 다사다난했던 일들이 뉴스파노라마처럼 스쳐 지나간다.

나 자신이 지난 일을 돌아보니 걸음마를 하다 조금씩 걸을 수 있는 상황에 갑자기 사라진 첫 직장 TBC에서 방송의 기초를 닦을 수 있었고 좋은 선배들을 만나 많은 가르침을 받았다는 것을 새삼스럽게 느낀다.

오늘의 나를 있게 한 선배들께 고마운 마음 전하며 고별(告別) 〈TBC 석간〉의 시간을 곱씹어 본다. (TBC)

# TBC의 마지막, 비운(悲運)의 16기!

**이정옥** | 보도국 아나운서부, 16기

- KBS 파리특파원
- 한국방송협회 사무총장
- KBS 글로벌전략센터장
- 방송통신심의위원회 위원

1980년 11월 14일은 중앙매스컴 16기가 입사한 지 정확히 1년이 되는 날이다.

바로 그날 아침, 우리는 출근하자마자 선배들에게서 '12월 1일 TBC는 KBS로 통폐합된다.'는 청천벽력 같은 말을 들었다. 약 보름 뒤에 갑자기 회사가 없어진다니! 믿을 수 없는 일이었지만 현실이었다. 그러니까 TBC 16기는 정확히 입사 1주년 되는 날에 TBC 사망 선고를 듣게 된 것이고, 그로서 16기는 TBC 동양방송의 마지막 기수로 기록되었다.

그날 저녁 우리 16기는 입사 1주년을 맞아 동기들끼리 기념 회식을 하기로 예정되어 있었다. 동기들과의 그날 저녁 회식은 완전히 초상집과도 같은 분위기였다. 16기 동기 중 중앙일보 D 기자는 신세계 여성복 코너로(엉뚱하게도!), L 기자는 삼성 비서실로 발령받게 되었다고 말했다. 그동안 방송으로부터 재정적 지원을 받아온 신문사가 TBC가 문을 닫게 되면 재정이 축소될 것을 염려하여 사측에서 미리 부담을 덜기 위한 인사를 한 것이었다. 이미 동기들이 해고되는 두 번의 언론인 숙정(肅正)을 겪고, '월간중앙' 강제 폐간으로 동기인 K 기자가 회사를 떠나야 했던 충격적 사건마저 겪은 우리로서는 '올 것이 왔구나!' 하는 한숨과 함께 절망감에 휩싸였다.

1979년 11월 14일, 10·26 사건이 나던 해에 입사한 중앙매스컴 16기는 입사 1년 동안 그야말로 한국 현대사의 가장 거칠고 요동치는 격동의 시간을 겪어야 했다. 입사 한 달도 못 되어 일어난 12·12 사태는 아침에 출근한 입사 초년생을 어리둥절하게 했고, 선배들은 간밤과 새벽, 시내에까지 진입한 탱크의 목격담을 나누며 술렁였다.

12·12 사태 이후 우리나라의 정치적, 사회적 상황이 어떻게 흘러갈 것인지 예측불허의 상태가 계속되고 있는 가운데, 다음 해 3월, 이른바 '서울의 봄'이라고 불리는 거센 민주화의 바람이 불기 시작했다. 우리는 TBC 5층에서 서소문 앞 대로변을 가득 채우며 행진하는 흰 와이셔츠 부대들의 시위 행렬을 내려다보았다.

'정치군인 물러나라!' 전 서울시민이 시내로 달려 나오다시피 했다는 '서울의 봄'.

서울역 앞에 십만여 명의 대학생과 시민들이 신군부를 규탄하며 운집하였다는 뉴스는 국민에게 '민주화 시대가 오는가'에 대한 일말의 기대감과 희망을 갖게 해주었다. 격동의 시간이 지나가고 있었다.

### 계엄 확대 무장 군인 TBC에 상주

1980년 5월 17일 토요일 오후, 당시 보도국 아나운서부에 근무했던 나는 라디오 스튜디오에서 아나운서 선배와 한 경찰기자의 실랑이를 목격하였다. 경찰기자 선배가 스튜디오 안으로 직접 들어가 데스크를 안 거친 기사를 아나운서 선배에게 읽어 달라고 부탁했고, 그때 그 선배 아나운서는 '내가 시집도 못 가고 붙잡혀 가라고?' 하며 이를 거절하는 장면이었다. 그날 이화여대에서 열린 전국 총학생회장단 회의 현장을 경찰이 급습해 학생 대표 95명을 연행해 간 사건이었다. 경찰 출입기자는 기사를 써서 데스크를 거치면 수정되거나 기사 처리가 안 될 수 있으므로 데스크를 거치지 않고 직접 아나운서에게 주고 읽게 하려 했던 것이었다. 5월 17일 바로 그다음 날 0시부터 전국적인 비상계엄 확대가 단행되었다.

계엄 확대 이후 시내 한복판 서소문 TBC 앞에는 거대한 탱크가 들어섰다. 한창 아름다워야 할 5월의 태양 아래, 철모를 쓴 무장한 군인이 탱크 위에서 총을 겨누고 있는 모습을 우리는 출퇴근 때마다 목격하였다. 6월, 7월, 8월 한여름 뙤약볕 아래 육중한 탱크와 군인은 변함없이 TBC 정문 앞자리를 지키고 있었고, 우리는 곧 그 모습을 익숙한 일상처럼 받아들이게 되었다. 뜨거운 햇볕을 받으며 미동도 하지 않고 뜨겁게 달구어진 금속성의 탱크 위에서 총을 겨누고 있는 젊은 군인을 보며 나는 연민마저 느꼈다.

또한 아나운서부가 있는 TBC 라디오 스튜디오 앞에는 보기에도 무시무시한 대검을 꽂은 장총을 맨 계엄군들이 밤낮으로 보초를 서고 있었다. 나는 군대를 갔다 오지 않은 탓에 대검을 꽂은 장총을 난생처음 보았으나 이역시 얼마 안 가 곧 익숙한 광경으로 받아들이게 되었고, 꼼짝도 안 하고 24시간 서 있는 이들 군인을 보면서 좀 안 된 마음이 들었다.

선배가 말했다. "지금 계엄 상황이니까 네가 스튜디오 안에서 섣불리 잘못 말하면 총을 쏠 수도 있는 상황이야!"

### 두 번의 언론인 숙정과 세 번의 사직서

'5·18 광주사태 수배자 명단 발표' '광주사태, 이런 유언비어를 믿지 마세요.' 아나운서들은 이런 내용의 글을 하루에도 여러 번 반복해 방송해야 했다. 한 아나운서 선배가 수배자 명단을 방송하고 스튜디오를 나오면서, "애국자 명단이야." 하며 자조 섞인 혼잣말을 하는 것을 들었다.

그러던 어느 날 아침, 출근해 보니 모두의 책상 위에 사직서가 놓여 있었다. '일신상의 사유가 있어 사표를 제출합니다.' 사직서의 글귀를 읽은 나는 "저는 일신상의 사유가 없는데요."라고 말했다. 그때 한 선배가 나를 구석으로 끌고 갔다.

"너만 똑똑하니? 여기 있는 사람 다 똑똑해!"

1차 숙정의 시작이었다. 두어 달 뒤에 이어 우리는 또 사표를 썼다.

그렇게 두 번의 사표를 썼고 두 번의 숙정이 단행되었다. 동기 가운데 광주를 자주 오가며 '어느 교사의 편지'를 복사해 돌리는 등 동기들에게 광주의 상황을 전해 주던 보도국 동기 K 기자가 해직 되었고, 동기 L 피디는 사표를 쓰 라는 지시를 따르지 않았다고 해

16기 입사 동기 아나운서들(1979. 겨울)
왼쪽부터 홍인화, 최희선, 박광호, 필자, 지영서

직되기도 했다. 그리고 세 번째, 1980년 12월 1일 방송 통폐합을 위해 TBC 를 사직하고 KBS로 가기 위해 우리는 또 사표를 써야 했다.

### TBC의 마지막 날은 일요일이었다

마침 나는 일요 근무에 배당되어 회사에 나왔다. 근무하는 낮에 어디선 가 사람들이 들어와 사무실의 모든 책상과 의자들을 차례로 끌어서 내갔 다. 인적, 물적 자원 100%를 KBS에 양도한다는 서약을 했기 때문에 그날까 지 책상을 KBS로 모두 가져가야 한다는 설명이었다. 책상과 의자가 다 나 간 횡한 사무실에서 우리 근무자들은 선 채로 전화기를 사무실 바닥에 놓 고 걸려 오는 전화를 받아야 했다.

CBS 12시 뉴스를 들었다. 여자 아나운서는 울먹이며 뉴스를 거의 이어가 지 못했다. 정부의 언론통폐합으로 CBS는 종교방송만을 할 수 있게 되었 고, 뉴스 등 여타 일반 프로그램은 하지 못하도록 했기 때문에 CBS의 일반 뉴스는 그날이 마지막 방송이었고 때문에 CBS 아나운서가 감정이 격해져 서 울먹였던 것이다.

그날 퇴근 무렵 저녁 시간 옥상에서 TBC 깃발을 내리는 예식을 시작으로 TBC의 작별이 시작되었다. 나는 동기 아나운서 몇 명과 함께 복도를 지나다 TBC 깃발 하강식을 마치고 내려오시는 홍두표 사장님과 맞닥뜨렸다. 방금 옥상에서 'TBC 깃발을 영원히(!) 내린', 비통한 역사적인 예식을 치르고 내려오신 직후였다. 홍 사장님은 말없이 우리들의 손을 일일이 잡고 악수를 하셨다. 악수를 하는 1, 2초의 짧은 시간이었지만, 동양방송의 위대한 역사가 막을 내리는 아쉬움을 서로 공감하며 공유하는 순간이었다. 입사 1년 차 신입사원으로서 처음으로 사장님과 악수를 한 이날의 느낌은 지금까지도 생생히 마음속에 남아 있다.

너무나 큰 일을 겪게 되면 오히려 말을 잃게 되는 법이던가. 당장 이제 몇 시간밖에 남지 않은 TBC, 어느 사람도 섣불리 어떤 말도 하지 않은 채 마지막 남은 시간은 숨이 막히게 흘러가고 있었다. 단지 전 사원에게 나누어 준 작은 유리패의 'TBC는 영원하리!' 글귀가 우리 모두의 마음을 대변해 주고 있었다.

### 마지막 〈밤을 잊은 그대에게〉 TBC 종식 아쉬워해

그날 밤 TBC 메인 뉴스인 〈TBC 석간〉에는 정부의 방송 통폐합과 관련한 뉴스 리포트가 방송되었다. 뉴스 리포트는 '서구의 선진적인 공영방송 제도를 본받아 우리도 상업방송 체제에서 공영방송 체제를 도입하는 언론구조 개선으로 방송의 발전을 꾀한다'는 논리의 리포트가 나갔고, 이를 환영한다는 시민들의 인터뷰를 곁들였다. 그 뉴스 리포트에서 예를 든 것은 프랑스의 1, 2, 3 공영방송이었다. 프랑스는 당시 드골 정권 이래 방송의 국가 독점체제를 제도화하여 TF1, A2, FR3 등 3개의 공영방송 체제를 유지하는 특이한 방송 제도를 운용하고 있었다.

자신이 다니는 방송국이 내일 당장 문을 닫고 다른 방송으로 통폐합되는데, 그것이 선진적 공영방송으로 가는 정책이라며 시민들의 인터뷰를 한 기자들의 속내는 어떠했을까? 뉴스를 보며 마음이 착잡했다.

그날 밤 시청자들에게 TBC 고별 방송인 쇼프로그램은 출연한 가수 등 연예인들이 울먹여 완전히 눈물바다가 되고 말았다. 17년 동안 안방극장에서 최고의 인기를 누리던 TBC와의 갑작스러운 이별에 연예인들도 시청자들도 모두 마음 아파했다. 일요일 밤인데도 보도국에는 기자들이 하나둘씩 모여들었다. 가슴 아프고 아쉬운 마음을 어쩌지 못해 모두들 위로주를 나누며 넋두리하는 분위기였다.

집에 돌아오자, 나는 라디오를 켜고, TBC FM의 〈밤을 잊은 그대에게〉를 들었다. 당시 최고의 인기 DJ였던 황인용 선배가 그날 TBC로서는 마지막으로 '밤을 잊은 그대에게'를 진행하고 있었다. "이제 TBC는 5분 남았습니다. 이제 3분, 2분, 1분…. 이제 30초, 20초, 5초…!" 황인용 선배는 떨리는 목소리로 청취자들에게 TBC의 마지막 순간을 중계하듯이 진행하였다. 모두들 TBC의 종식을 안타까워하고 아쉬워하는 시간이었다. 강제로 헤어지는 연인처럼, 어쩔 수 없이 이별하는 혈육처럼 TBC의 마지막 방송의 모습은 그러하였다.

## 1980.12.1. TBC 간판이 KBS로 바뀌어

'다음 날 아침 8시 여의도 TBC 별관 로비로 모일 것.'

우리는 공지된 대로 여의도로 시간에 맞추어 갔다. 로비에 여러 방송국 인사들이 모여 인사를 나누며 와글와글 얘기를 나누고 있는 가운데, 나는 여의도 TBC 건물 외벽에 붙어 있던 'TBC'라는 커다란 금빛 글자판을 인부가 매달려서 떼어내고 있는 모습을 목격하였다. 선배들은 로비에서 모처럼 만난 타 방송국의 선배들과 반가운 인사를 나누느라 아무도 건물 외벽의 이 광경을 신경 쓰지 않는 듯했다.

나는 혼자 서서 건물 외벽에서 **TBC** 글자가 떨어져 나가는 모습을 한참 동안 잠자코 지켜보았다. 참으로 아이러니한 광경이었다. (지금은 KBS 별관 건물이 되어 외벽 그 자리에 KBS 간판이 붙어 있다.) 그 당시에 만약 지금처럼 휴대폰으로 촬영을 할 수 있었다면 그 장면을 촬영하여 기록했으리라! 그날 인부가 TBC 글자판을 떼어내는 광경을 지켜보면서, 그제서야 이제 영원히 TBC는 역사의 뒤안길로 사라지고 더 이상 존재하지 않게 되었다는 것이 비로소 실감이 났다.

YH 사건을 용감하게 보도해 제4공화국 정부의 눈 밖에 났던 TBC!

최초의 FM 방송으로 수많은 청소년이 애청하던 TBC!

〈쇼쇼쇼〉로 대표되는 여러 예능프로그램으로 시청자들의 인기를 독차지했던 TBC!

매일 밤 일일드라마로 안방극장의 주부들을 울리고 웃기던 그 TBC가 이제 완전히 막을 내리고 역사 속으로 영원히 사라지는 것이다!

방송인, 언론인으로서 나의 경력은 TBC 1년, KBS 35년, 모두 합해 36년이다. 하지만 TBC 1년이라는 비록 짧은 기간 동안 내가 겪은 일들은 내 인생에서 잊을 수 없는 강렬한 느낌으로 지금까지도 나의 뇌리에 남아 있다.

### 프랑스 공영방송의 민영화가 주는 교훈

파리 기자학교 연수차 파리에 있던 1987년, 나는 시라크 내각이 프랑스 공영방송 TF1을 민영화하는 과정을 지켜보게 되었다. 이는 여소야대(미테랑 대통령, 시라크 총리)로 정책의 주도권을 잡고 있던 시라크 정부의 파격적인 정책이었다. 우리나라로 치면 공영방송 KBS1 채널을 민영화한 것이었다. 제1 공영방송을 민영화한 우파 시라크 정부의 정책은 세계에 유례가 없는 과감한 정책이었다. 당시 프랑스 언론은 공영방송 TF1의 민영화 과정을 연일 보도했고 경쟁에 나섰던 시라크 대통령을 지지하는 기업들 가운데 '부이그(Bouygues) 건축그룹'이 최대 주주로 선정되었다. 한국에서 민영방송이 공영방송으로 통폐합되는 과정을 지켜본 나는 프랑스의 공영방송 TF1의 민영화를 보면서 남다른 감회를 느꼈다.

1987년 4월 TF1이 민영화되기 전 마지막 날 저녁 TF1 저녁 메인 뉴스 시간에 앵커는 '오늘 밤이 공영방송 TF1의 마지막 방송'이라며 울먹이며 마무리 멘트를 하였다. TF1의 언론인들은 TF1이 민영방송이 되면 언론의 자유와 독립이 침해되고 저널리스트의 자율성이 훼손될 것을 우려하며 비통해했다.

당시 프랑스 방송환경과 한국 상황의 차이를 자세히 인식하지 못했던 나는 한국에서는 TBC 민영방송이 공영화될 때 언론인들이 언론의 자유와 독립이 훼손될 것을 우려했었는데, 프랑스에서는 거꾸로 공영방송의 민영화가 언론의 자유와 독립을 훼손할 것을 우려하는 반대의 상황이 무척 의아했었다. 프랑스 언론인들은 진정한 공영방송으로서 독립적인 언론의 자유를 누리던 TF1에 우파의 특정 기업이 최대 주주가 됨으로써 친 시라크 성향의 방송이 될 것을 우려했다.

언론통폐합 당시 한국의 정치, 사회적 환경은 언론이 제대로 독립적이고 객관적인 보도를 할 수 있는 환경과는 거리가 먼 상황이었다는 것은 두말할 것도 없다. 이런 열악한 언론 환경하에서도 TBC는 TV 방송 3사 가운데 가장 앞장서서 국민을 위해 바르고 정확한 보도를 위해 부단히 노력해 왔었다. 내가 TBC를 선택한 것도 바로 그런 이유에서였다.

40여 년 전 급박한 정치, 사회 격변기 속에서도 TBC 선배들은 최선을 다해 언론인으로서의 올곧은 정신과 자세를 지키려 안간힘을 썼다. 모쪼록 선배들이 지켜내고 실천하려 노력한 언론인으로서의 양심적인 자세와 용감하고 당당한 기자정신을 요즘 후배 언론인들이 거울로 삼기를 간절히 바라는 마음이다. (TBC)

# V

# 취재기

"서울의 봄'이라는 민주화 열풍의 혼돈이 불어닥치면서 한국 언론은 내부로부터 무너지고 있었다. 감시 대상인 취재원과 지나치게 밀착하고 패거리를 만들어 내부로부터 언론의 본질과 언론의 자유를 스스로 허물어내고 있었다. TBC 정치부는 적어도 이런 면에서는 자유스러웠고……"

- 송도균 기자의 글 중에서 -

"강고한 유신체제도 그러나 정권의 막바지 고비에 이르면서 균열의 조짐이 나타나기 시작한다. 언론탄압의 짙은 어둠 속에서도 1978년으로 넘어오면서 중앙매스컴에선 언론자유운동의 작은 불씨들이 하나둘 지펴지고 있었다."

- 장성효 기자의 글 중에서 -

## 1) 기획 특집 뉴스

# 한국 TV, 처음으로 '아프리카 적도(赤道)를 가다'

**박충** | 보도국 촬영부, 9기

- KBS 워싱턴 특파원
- SBS 영상취재국장, SBS A&T 사장
- 서울예술대학 부총장
- 마사이족 여인과 대화하는 필자

1978년 6월 21일, 평소와 다름없이 회사에 나와 아침에 배달된 신문을 보고 있는데 출근하던 문경춘(TBC-TV 개국 요원, 작고) 촬영부장이 자기 자리로 오라고 호출했다.

문 부장은 "그동안 사고(社告)를 통해 계속해 소개되었던 〈아프리카 적도를 가다〉 취재를 당신이 가줘야겠어." 하며 씩 웃는 것이었다. 그 순간 나는 멘붕 상태가 되었다.

입사 6년 만에 첫 해외 출장인 데다 회사에서 사운을 걸고 대대적으로 홍보하고 있는 대형 프로젝트 취재를 내가 맡다니 한편으로 기쁘기도 했지만, 엄청난 부담감 때문에 스트레스를 받기 시작했다.

### 적도 취재팀, 김찬삼 여행가 조언 들어

〈아프리카 적도를 가다〉 취재팀은 팀장에 노계원 외신부장, 팀원은 사회부 오홍근 기자와 촬영부 박충 기자로 편성되었다. 노계원 부장이 팀원들을 구내식당으로 소집해 "우리가 이렇게 엄청난 프로젝트를 맡은 만큼 꼭 성공해야 하고 그러기 위해서는 경험 있는 사람의 조언이 꼭 필요하다."라고 해서 당시 베스트셀러인 《김찬삼의 세계여행》을 출판해, 유명세를 치르고 있던 수도여사대의 김 교수를 섭외해 경험담을 듣기로 했다.

이 자리에서 오홍근(TBC 5기, 작고) 선배가 대한민국 최초로 아프리카 취재를 하러 가는데 단복을 맞춰야 한다고 주장했고 이에 내가 앞으로 준비할 것도 많은데 그냥 편안한 옷 입으면 되지 무슨 유니폼이 필요하냐고 하니 그래도 TV 화면에 단복을 입고 리포트 하면 멋이 있을 것이라고 강하게 주장해 며칠 뒤 코오롱 등산복 센터에서 단복을 맞추었다.

10년 뒤의 일이지만, 1988년 육군 정보사령부 요원들에게 테러당해 병원에 입원했던 오 선배에게 유니폼을 맞추자고 고집해서 단복을 입고 아프리카를 누빈 것은 군사문화 아니냐는 나의 물음에 "그래, 그것도 군사문화지." 하며 둘이 공허한 웃음을 날렸었다.

나는 《김찬삼의 세계여행》 전집 10권 가운데 아프리카 편 3권을 회사 도서실에서 대출해 읽기 시작했다. 며칠 뒤 사내에서 김찬삼 교수를 만났다. 그는 이때 "아프리카의 많은 나라들이 식민지 역사가 있어 수도 부근에 가면 그동안 지배를 받았던 나라의 문화가 남아 있지만 지방이나 행정력이 미치지 않는 곳에 가면 아직도 원시 그대로다."며 "그런 곳에 갈 때는 반드시 자급할 식량을 준비해야 하고 특히 지방으로 가면 전기가 들어오지 않는 곳이 많다."라고 말해 주었다. 현지의 전기 사정은 내가 가장 많이 신경을 써야 할 핵심 사안이었다. 촬영하려면 배터리 충전과 조명이 필수 요건이기 때문이다.

노 부장과 오 선배가 취재자료를 수집하는 사이 나는 나대로 무척이나 바빴다. 우선 촬영할 필름을 확보해야 하는데 당시는 흑백TV 시대여서 흑백 필름을 가져가려고 했더니 앞으로 컬러TV 시대가 될 때를 대비해 컬러로 촬영하기로 해 컬러 필름을 샀다.

## 컬러TV 시대 대비 컬러 필름 대량 준비

TBC에 필름을 공급하는 회사에서 보유한 필름 재고가 부족해 일본에서 추가로 들여오려면 열흘 정도 걸린다는 통보를 받고 출국 일자를 그때에 맞춰 7월 12일로 결정했다.

100피트 필름을 촬영하면 3분, 400피트를 넣고 찍으면 12분, 10시간 분량을 찍으려면 24,000피트가 필요한 데, 이것을 군용 더블 백에 넣으면 1개 반을 차지하는 엄청난 분량이었다. 게다가 당시에는 배터리 무게가 10kg 정도로 무겁고 조명(Light)도 텅스텐이라 오래 켜면 뜨거워지고 밝기도 시원치 않아서 실내나 밤 촬영을 하려면 애로사항이 많았다. 또 큰 가방에 필름을 넣고 나라마다 출입국을 할 때 X-Ray 투시기 통과가 잘 안돼, 검사관에게 촬영된 필름이라고 일일이 설명해야 했던 고충은 이루 말할 수 없었다.

무엇보다 우리가 취재 갈 아프리카 나라의 비자를 받는 일이 더 큰 과제였다. 1970년대 후반만 해도 한국 여권으로 무비자로 갈 수 있는 나라는 많지 않았다. 특히 아프리카에는 한국에 대사관이 있는 나라는 극소수라 그중 몇 나라는 영국과 벨기에, 프랑스 등 과거 식민지 지배국의 대사관에서 비자 발급 업무를 대행해 주는 실정이었다. 서울에서 케냐와 가봉, 자이르 비자를 받고 나머지 나라 비자는 프랑스에 가서 받기로 했다.

출국하기 전날 홍진기 중앙일보 동양방송 회장께 출발 인사를 하러 갔더니, 대뜸 하시는 말씀이 "아니 당신들 세 사람만 가는 거예요? 신문에서는 안 가고?" 노 팀장이 "네, 그렇습니다."라고, 말하니 "아, 참! 신문은 뭐 하는 거지? 신문에서 사진기자 한 명 보내서 사진을 커버하고 기사는 노 부장 당신이 쓰세요! 신문 사진부에 이창성 기자가 복수 여권이 있으니 이 기자와 함께 가도록 하시고!" 이런 연유로 중앙일보 사진부 이창성 기자가 합류하게 되었다.

## 취재팀 파리에 도착 값비싼 카메라 걱정

1978년 7월 12일 중앙일보 1면에 "중앙일보 동양방송이 기획한 다큐멘터리 '적도를 가다, 아프리카 취재반'이 12일, 현지로 떠났다. 취재반은 앞으로 한 달 동안 세네갈과 감비아, 코트디부아르, 가봉, 자이르, 케냐, 우간다 등 아프리카 적도 지대를 횡단하면서 자연에의 향수와 문명의 공해, 그리고 아프리카에서 땀 흘리는 한국인을 영상에 옮겨 10월부터 TBC-TV에서 방영할 계획이다…"라는 출발 기사가 실렸다.

파리 공항에 도착하니 중앙일보 파리지국 주섭일 특파원이 마중 나와 몇 년 만에 회사 사람을 만난다며 반갑게 맞아주었다. 취재 장비를 정리하는데 주섭일 특파원이 "박충 씨! 짐이 상당히 많군요. 정신 바짝 차려야 합니다. 파리에서 잠깐 한눈팔면 남의 물건을 들고 도망가는 도둑놈 천지입니다. 또 아프리카 어느 나라를 가도 치안이 좋지 않아 도난 사고가 빈번하니 정말 조심해야 합니다."라는 경고의 말에 정신이 번쩍 들었다. 내가 휴대한 카메라가 〈CP16〉으로 TBC에 단 1대밖에 없는 고가의 카메라로 중요 취재에만 쓸 수 있었던 것이었다.

1972년 미국 닉슨 대통령의 역사적인 중국 방문 때 미국의 ABC와 CBS, NBC 등 메이저 방송사들은 중국 측에서 취재기자 수를 제한하는 바람에 음향 담당자를 데려갈 수 없었다. 그래서 그들은 카메라 제조업체인 Cinema Products 회사에 동시녹음 카메라를 특별 주문해 카메라 필름 옆에 녹음테이프를 붙여 동시녹음이 가능토록 급조했다. 그렇게 제작된 것이 6만 달러의 〈CP16〉 카메라로 만약 도난당하거나 분실한다면 이후 사태는 물어보나 마나였다. 이 외에도 필름과 마이크, 조명기구 등등 그중에 하나라도 잃어버리면 취재가 중단되는 사태가 날 것이어서 정말 정신 바짝 차려야겠다고 다짐했다.

프랑스의 전압이 220볼트라는 사실도 호텔 방에서 카메라, 조명 배터리를 충전하려다 처음 알게 됐다. 그때까지만 해도 나는 세상이 모든 전기는 110볼트인 줄 알았다. 호텔의 변압기를 힘들게 빌려서 충전을 마치고, 이튿날 통하지도 않는 불어와 손짓, 발짓해 가며 물어물어 전기 재료상을 겨우 찾아 변압기와 220볼트 플러그와 콘센트를 살 수 있었다.

### 첫 취재국 신생 독립국 자이르

아프리카! 피부색이 검은 사람들이 살고 있어 검은 대륙이라 부르지만, 비행기에서 내려다본 아프리카는 너무너무 푸르고 풍성한 땅덩어리였다. 아프리카 첫 기착지인 자이르의 수도 킨샤사 공항에 도착해서 숙소에 짐을 풀자마자 우선 카메라를 챙겨 들고 당시 자이르 대통령 모부투가 근무하는 대통령궁으로 달려가 이곳저곳 열심히 촬영하는데 사복 입은 건장한 청년이 다가와 프랑스어가 공용어인 나라인데 취재 허가는 받았냐고 유창한 영어로 물었다. 누구냐고 묻자, 그는 자이르의 CIA 요원이라고 밝혔다.

자이르뿐만 아니라 그 뒤에 여러 나라를 취재하는 과정에도 어김없이 정보기관 요원이 찾아와 관심을 보였다. 대부분 아프리카 나라들이 신생 독립국인 데다 군부 쿠데타로 정권을 잡아 장기 집권하는 나라들이라 앞으로 계속 집권하려면 정보망이 중요할 수밖에 없겠다는 생각이 들었다. 당시 모부투 대통령도 1965년 쿠데타로 집권한 뒤 13년째 정권을 잡고 있었다. 그는 1997년 죽을 때까지 정권을 놓지 않았던 아프리카 장기 집권의 대표적 인물이다.

### 전통 중시하는 마사이(Maasai)족

'생각은 사람을 늙게 한다. 그러나 모르는 것이 곧 젊음은 아니다.'

이 말은 아프리카의 수많은 부족 가운데 고유의 원시생활을 그대로 영위하고 있는 마사이족의 격언이다. 그들은 생존에 필요한 최소한의 앎 이외의 것은 알려고 하지 않는 생활 철학을 고수하며 무섭게 엄습해 오는 물질문명을 몸 전체로 거부하는 것 같았다.

취재차 마사이족을 찾아갔을 때 가장 나이가 많은 노인이 나무를 깎아 만든 그릇에 붉은색 음료수를 마시라고 건네주었다. 무엇이냐고 묻자, 씩 웃으며 소의 피를 우유와 섞은 것으로 맛과 영양이 최고라고 한다. 어렵게 얻은 취재 허가가 무산될 것 같아 모두 조금씩 맛을 보고 그만 자지러졌는데 생피의 비린 맛이 너무 강하고 역겨워 더 마실 수가 없었다. 물어보니, 이곳 어린이들은 아침마다 소의 목을 예리한 창으로 찔러 뿜어 나오는 생피를 긴 나무로 깎은 그릇에 담아 우유와 함께 매일 먹는다고 했다.

마사이 소년들은 사춘기가 끝난 직후, 부족의 입문 의식과 할례식을 치르고 나면 10년에서 12년 동안 전사(MURRAN) 생활을 한다. 이 기간 그들은 유일한 무기인 창과 나무 뭉치로 사냥과 전쟁에 나가는 책임을 지며 전사 생활이 끝나면 결혼과 가족을 거느릴 자격을 부여받는다. 드디어 어른으로 인정을 받는 것이다. 마사이 여인들은 결혼 후에도 마음에 드는 남자와 잠자리를 함께하는 것이 허용되는데 여기서 태어난 사생아는 모두 남편 소유가 된다고 했다.

## 아프리카 부족의 춤사위는 열정적, 공예품은 빼어나

마사이족은 리듬에 대한 감각이 매우 예리하고 특이했다. 춤은 아프리카 어떤 부족에서나 중요한 생활의 일부로 할례식과 결혼식, 장례식, 전쟁 상황 등에서 중요한 의식으로 자리 잡았음을 알 수 있었다. 한가한 저녁 시간에 무료함을 달래기 위한 오락 활동으로 어느 거리나 마을에서도 혼자 또는 무리 지어 춤추고 노래 부르는 것을 쉽게 볼 수 있었다. 마사이족들이 의식을 거행할 때는 전사들의 춤이 주축이 되는데, 수십 명의 전사들이 마을에 모여 큰 원을 그리면서 함성을 지르고 손뼉을 치며 발로 땅을 구른다. 붉은 도포를 두른 전사들이 금방 솟아오르는 태양을 등지고 추는 춤은 장중한 의식 바로 그것이었다.

서아프리카 끝에 있는 세네갈의 세레레(Serere)족이 추는 춤은 그 분위기가 전혀 다르다. 남녀가 뒤섞여 마구 흔들어 대는, 이 춤은 하늘을 손으로 휘저어 태양이라도 끌어 내릴 듯하고 발로는 땅을 차 던질 듯한 정열이 용솟음치는 몸부림이다. 이들의 춤에서는 그들만의 타고난 선천적인 리듬이 몸이나 손, 발의 놀림 속에 그대로 생동하고 있음을 느꼈다. 춤을 이끄는 음악은 주로 합창인데 보통 남녀가 구분돼 부르지만 때로는 남녀 혼성일 경우도 많다.

아프리카 부족들의 여러 가지 춤 속에서 현대 서구식 춤의 근원을 볼 수 있었다. 흑인 보컬 그룹, 보니 엠(Boney M)이나 마이클 잭슨의 재능은 모두 아프리카 흑인의 DNA에서 나온 것이라는 생각이 들었다.

세네갈과 케냐에서 미술관을 방문했었는데, 케냐에서는 빼어난 회화와 조각, 공예품이 많았다. 특히 조각품 가운데, 케냐의 국경지대에 사는 마콘데(Makonde) 부족의 흑단 나무 조각은 누구도 흉내 내지 못하는 아프리카의 전통문화의 진수였다. 물에 가라앉는 단단한 나무 한 그루 안에 수십 명의 흑인을 새겨 넣은 것으로 매우 정교하고 섬세하며 그 안에 새겨진 흑인 모두가 곧 밖으로 튀어나올 것 같은 생동감이 넘쳐난다. 이밖에 회화 미술에도 수준 높은 작품들이 많아서 우리를 놀라게 했다. 1974년 우리나라 천경자 화백이 아프리카를 방문한 뒤 그의 작품들이 아프리카를 연상시키는 화풍으로 변화된 것을 보더라도 아프리카인들의 예술 감각이 독특하고 우수하다는 것을 알 수 있었다.

### 쿤타킨테의 고향에 가다

TBC는 1976년 퓰리처상을 받은 알렉스 헤일리(Alex Haley)의 소설을 각색한 드라마, 〈뿌리(Roots)〉를 방영해 큰 인기를 끌었다. 이 소설의 주인공 '쿤타킨테'가 나서 자란 감비아의 주프레(Juffureh) 마을을 가기 위해 반줄항에서 전세 낸 배를 타고 시속 9노트로 감비아강을 거슬러 올라가는데 순조롭게 항해하던 배가 갑자기 제 자리에서 빙글빙글 돌기 시작했다. 조타실로 뛰어가 보니 선장이랑 선원 3명이 바닥에 엎드려 기도하고 있었다. 이슬람교의 기도 시간이어서 항해를 멈춘 것이었다. 그들에게는 지켜야 할 엄격한 계율이라고 하지만 그래도 가는 배의 키를 놔두고 기도를 드리다니 배는 돌고 있는데 참으로 딱했다.

감비아는 노동력이 부족하고 토지 대부분이 늪지대 이거나 모래밭으로 땅콩 농사 외에는 별 소득이 없어 가난했던 나라였다. 그런 감비아가 1976년 이곳을 무대로 한 소설 《뿌리》가 세계적인 베스트셀러가 되자 1년 뒤 한 해에만 2천5백 명의 관광객이 이곳 오지를 찾았다고 한다.

어린 쿤타킨테 소년이 잡혀갔다는 주프레 마을 바오바브나무 앞 넓은 공터에는 관광객으로 온 백인 소년들과 쿤타킨테의 후예인 만딩고(Mandingo)족의 헐벗은 아이들이 한데 어울려 술래잡기 놀이를 하고 있었다. 만딩고족은 전통적으로 일부다처제를 채택하고 있어, 여인들은 대여섯 명이 한 남자를 섬겨도 질투나 불화를 모르고 농사일을 열심히 한다고 한다. 이에 비해 만딩고 남자들은 주로 사냥이나 집 짓는 일 외에는 빈둥빈둥 놀고먹는 것이 본업이다. 쿤타킨테의 아버지도 이렇게 지내다가 아들이 백인에 끌려간 게 아닌가?

## 노예 수출항 고레(Gorée) 섬

쿤타킨테가 노예 사냥꾼에게 잡혀 끌려간 곳은 감비아강 하구의 제임스 섬과 함께 서부 아프리카 세네갈의 흑인 노예 집산지인 고레(Gorée) 섬으로 1978년 유네스코 문화유산으로 선정됐다.

노예 거래는 아프리카 일부 부족의 영향력 있는 족장들이 죄수들이나 다른 부족 포로들을 백인들에게 팔아넘긴대서 처음 시작됐다. 식민지 개간에 일손이 달린 백인들이 점차 '노예무역'을 본격화하자 흑인들이 다른 부족의 무고한 흑인들까지 마구잡이로 백인들에게 끌고 왔다고 한다. 이들을 해안의 중개인에게 넘기면 백인 노예상들이 배를 타고 와 실어 갔다.

고레 섬의 노예창고는 1782년, 네덜란드인이 지은 것으로 노예선이 올 때까지 사냥한 노예들이 달아나지 못하도록 격리해 감금해 놨던 흙벽 2층 건물이다. 노예가 이곳에 끌려오면 아래층에 돼지우리나 다름없는 여러 칸의 방에 남자와 여자, 어린이로 나누고 다시 젊은이와 늙은이로 분리 수용되었다. 노예선이 도착하면 흥정이 벌어지는데 남자는 60kg이 넘고 젊어야 값이 나갔고, 여자는 젊고 젖가슴이 클수록 인기가 있었다는 것이다.

어머니로부터 격리된 아이들은 대부분 영양실조로 배를 타기 전에 죽어 나갔다고 한다. 반항하거나 난동을 부린 노예들을 가뒀던 감방은 허리를 펼 수 없는 토굴이었다. 창고의 흙벽에 수없이 많은 손톱자국만 보아도 바다를 향한 손바닥만 한 숨구멍을 통해 들려오는 파도 소리에 헤어진 가족과 고향을 그리며 피가 나도록 흙벽을 마구 긁고 통곡했으리라는 것을 쉽게 짐작할 수 있었다. 노예창고 옆 건물은 '노예박물관'으로 당시 백인들이 사용했던 쇠사슬과 가죽 채찍 등이 진열돼 있었는데 그때의 참상을 증명해 주고 있었다.

## 검은 대륙의 성인 슈바이처 박사

악랄하게 흑인을 노예로 팔아먹은 백인들이 있었는가 하면, 숭고한 삶을 살아 인류사에 귀감이 된 인물도 있었다. 다름 아닌 아프리카의 성인(聖人) 알베르트 슈바이처 박사(1875~1965)로 그는 38살 되던 해에 검은 대륙 아프리카에서 병들고 집 없는 가난한 이들을 돕기 위해 부인과 함께 아프리카 험지행을 실행했다. 악천후의 가봉국 오고웨 강변 랑바레네 언덕 원시림 속에 병원을 차리고 1965년 9월 4일 90살로 영면할 때까지 오직 헐벗고 병든 불쌍한 흑인들에게 인간애를 발휘한 봉사로 위대한 삶을 살았다. 우리 취재팀은 그의 발자취를 취재하면서 시멘트로 거칠게 만들어진 십자가 아래 잠든 슈바이처 박사 부부의 묘지 앞에 고개 숙여 인류애에 무한 헌신한 그의 명복을 빌었다.

　슈바이처 박사의 유지를 받들어 이 병원을 운영하는 병원장 막스콜래 박사는 "세계 여러 나라에 흩어져 있는 후원자들의 후원금으로 병원을 운영하고 있는데 해마다 후원금이 줄어들어 어려움이 많다."는 말을 듣고 우리 취재팀도 아껴 쓰고 아껴 쓴 출장비 일부를 병원장에게 운영비에 보태라며 건네니 고맙다는 말과 함께 취재팀의 성공을 빈다고 화답했다.

슈바이처 박사 묘소 앞에서
왼쪽부터 오홍근 이창성 박충 기자

　슈바이처 박사가 이곳에 처음 세웠던 낡은 목조 건물은 그가 늘 지니고 다니면서 환자를 돌보든 청진기와 쓰고 있던 하얀 헬멧, 회중시계, 돋보기안경, 확대경 등과 직접 흑인들의 병든 몸에 발라주던 약품들이 진열된 약장 등 고인의 유물이 생시와 다름없이 보존된 전시관이 돼 있었다. 특히 1958년에 이곳을 방문해 2년간 슈바이처 박사와 함께 흑인들을 돌본 우리나라 이일선 박사 부부의 사진이 취재팀의 눈길을 끌었다. 취재 도중 점심시간을 알리는 종소리가 울렸다. 종을 치고 있는 사람이 백인 할머니여서 저분이 누구냐고 병원장에게 물으니 "저분은 1938년 31살 처녀의 몸으로 박사를 흠모해 찾아와 평생을 함께하며 신앙과 사랑으로 박사를 따랐던 '마리아 라겐딕' 간호사로 아직도 처녀의 몸으로 박사의 유지를 실천하고 있다."라고 말해 주었다. 당시 71살이었으니 지금은 슈바이처 박사 묘소 옆에 잠들어 있지 않을까 싶다.

### 아프리카에 한국을 심는 사람들

　한 달간 아프리카 적도에 걸쳐 있는 6개국을 취재하는 과정에서 취재팀은 곳곳에서 다양하게 활동하고 있는 한국인을 만날 수 있었다. 각국에 주재하고 있는 한국대사관 직원들과 대한무역투자진흥공사(KOTRA) 직원, 상사 주재원, 태권도 사범 등 모두가 검은 대륙에 한국을 알리느라 적도의 열기와 싸우고 있었다.

특히, 한국 정부가 아프리카 각 나라와 친선을 목적으로 파견한 의사들은 현지인들로부터 뜨거운 호응을 받고 있었다. 처음에는 정부와 2년 계약 조건으로 떠나오지만, 막상 현지의 기후와 풍토, 생활 습성 등에 적응하고 독벌레와 풍토병 등 극한 상황을 극복하기 위해 흘린 땀과 눈물이 아쉬워 체재 기한을 연장하는 의사들이 많았다. 코트디부아르의 작은 읍, 티아실레에서 11년째 의술을 펼치고 있는 41살 안순구씨는 이런 연유로 3~4년간 있다가 흑인들의 순박한 삶에 끌려 10년이 넘도록 이곳을 떠나지 못하는 의사들이 여러 명 있다고, 전했다.

가봉에서 만난 태권도 사범 김용만 씨(당시 40세)는 봉고 대통령 경호실과 경찰학교에서 태권도와 합기도를 지도하고 가봉 대학교 태권도 담당 교수로 학생들을 가르치고 있었는데 흑인들이 입고 있는 하얀 도복 앞가슴에 태극기와 가봉 국기가 나란히 붙어 있었다. 특히 훈련에서 쓰는 구령이 순 우리말 이어서 관심을 끌었다. '태극기에 대하여 경례', '차렷', '기마 자세', '앞차기 시작!' 등 흑인들이 외치는 소리에 우리 취재팀 모두가 뿌듯해했다.

이처럼 아프리카에서 활동하는 한국인이 늘어나자, 한국대사관도 늘어나 아프리카에 먼저 진출한 북한대사관과 맞서게 되는 상황도 많았다. 그런 상황에서도 현지 대사관들은 열악한 치안과 숙소 상태를 감안해 우리 취재팀을 기꺼이 대사관저의 손님방에 재워주는 친절을 베풀기도 했다.

아프리카에서 활동 중인 한국인 중 특별히 기억되는 사람은 우리 취재팀이 케냐의 사파리 취재를 하는 사흘간 숙식을 함께한 나이로비의 현대상사 지사장이었다. 그는 취재 장비도 날라주고 내가 휴대한 카메라 〈CP16〉에 대해 많은 관심과 함께 필름의 한국 수입 가격도 알아보는 등 영상 분야에 남다른 관심을 보이며 우리의 취재 활동에 많은 도움을 줬다. 그 후 그는 지

사장 사표를 내고 서울로 돌아와 영화계에 투신했다. 4년 뒤 1982년에 〈꼬방동네 사람들〉로 데뷔하고 1984년에 〈고래사냥〉으로 여러 영화제에서 감독상을 받았는데, 바로 그 유명한 배창호 감독이다. 지금도 배 감독과는 그때 인연으로 가깝게 지내고 있다.

### 시청자 반응 좋아 후속편 제작 거론됐으나…

36일 만에 서울에 돌아온 취재팀은 쉴 틈도 없이 편집과 녹음 등 후속 작업을 마치고 한 달 동안 〈TBC 석간〉에 방영해 높은 시청률을 기록하자 후속편 제작하자는 이야기도 나왔다.

중앙일보에는 노계원 팀장이 기사를 쓰고 이창성 기자의 컬러 사진을 곁들여 아홉 차례에 걸쳐 아프리카의 현실을 소개해 독자들의 뜨거운 호응을 받았다. 같은 해 12월 세종문화회관에서 〈아프리카 적도를 가다〉 보도 사진전을 20일 동안 열었는데 무려 80만 명의 관람객이 다녀가는 대성황을 이뤘다.

이처럼 적도 프로그램이 성공할 수 있었던 것은 기획 운영에 치밀했던 노계원 팀장과 취재력이 남다르게 뛰어난 오홍근 팀원이 있었기 때문이다. 세월이 많이 흘렀지만, 아프리카 취재에 물심양면으로 지원해 주신 모든 분께 이 지면을 빌려 다시 한번 "고맙습니다."라고 정중하게 인사드린다. (TBC)

# 독도(獨島) "여기는 한국 땅" 최초 생방송

**차만순** | 보도국 사회부, 10기
- KBS 비엔나 특파원, 경제부장
- KBS 목포국장, 대전총국장
- EBS 부사장
- 한서대학교 대우 부교수


독도 생방송이 마침내 가능하게 되었다

1977년 2월 10일(목) : 내무부의 긴급 전통문이 TBC 보도국 이희준 사회부장(TBC 1기, 작고) 앞으로 전달됐다. 전통문에는 '독도 생방송 특별취재반'을 독도까지 태워 갈 100톤급 해경(海警) 경비정이 속초항에서 대기 중. 경비정은 2월 17일 오후 4시 속초항을 출항해 울릉도를 거쳐 독도에 다음 날 오전 8시쯤 도착할 예정이다. 특별취재반은 출항 시간에 맞춰 속초항에 도착, 승선해 주기 바란다는 내용이 담겨 있었다.

TBC 보도국 사회부가 석 달 전에 한국 방송사상 처음으로 '독도에서의 생방송'을 기획해 정부 당국에 허가와 지원을 요청한 게 드디어 결실을 본 것이다. 독도 생방송은 독도가 영원한 우리 땅임을 세계에 재확인시키고 널리 알리는 국가 주요 정책사업임을 내세워 내무부, 외무부, 해운항만청, 정보 당국 등 관계 부처의 적극적인 협조를 요청했었다.

현재 해양경찰청은 해양 경비와 순찰에 5천 톤급 경비정 2척을 포함해 1천 톤급 이상의 경비정만도 37척이나 보유하고 있다. 하지만 반세기 전인 1977년 당시에는 100톤급 경비정이 해안 경비의 가장 큰 몫을 맡고 있을 정도로 열악한 형편이었다.

이러한 당시 해경 장비 실태와 안보 상황 등을 고려해 볼 때 '독도 생방송'을 위해 정부가 경비정을 내준 것만도 대단한 지원이었다.

TBC는 독도 생방송 특별취재반을 보도국 사회부 차만순, 촬영부 이우승, 중앙일보 사진부 박상원 등 기자 3명과 한국아마추어무선연맹 이해수, 이동준 등 무선사 5명으로 이미 편성해 대기하고 있었다.

## 무선통신(HAM) 장비 싣고 속초항 출항

1977년 2월 17일(목) 오후 4시 : 독도로 떠나는 날은 음력으로 하루 뒤면 해가 바뀌는 섣달그믐날이었다. '독도 생방송' 특별취재반이 속초에서 경비정에 무선통신(HAM Radio) 장비와 함께 해경 대원들의 환영을 받으며 승선하자 출항을 알리는 우렁찬 뱃고동 소리가 길게 울려 퍼졌다.

출항 직전 선장으로부터 항해 중 선상에서 지켜야 할 주의 사항을 들었다. 동해의 겨울 바다는 파도가 높고 바람이 세차 경비정은 롤링(rolling)과 피칭(pitching)이 심하므로 선상 사고 위험이 크다는 것이다. 되도록 선내에서 활동해 줄 것을 강조하고 특히 야간 음주와 실외 활동을 삼가 달라고 주문했다.

해경 대원과 어울려 저녁 식사를 마친 특별취재반은 대원 선실에 여장을 푼 뒤 무선사들(호출부호 : HM1KR)은 이동 무선국을 설치, 일본 등 세계 무선사를 상대로 무선통신 활동에 들어갔고 취재기자는 긴 항해의 시간을 이용해 독도에 관한 각종 자료를 검토하고 익히기에 바빴다. 파도가 거센 동해바다의 배멀미를 예방하기 위해 미리 준비한 건삼(乾蔘) 한 뿌리를 입에 물고 간간이 빨면서 씹어 삼켰다. 그래서인지 별로 배멀미 없이 거친 야간 항해에 차츰 적응하면서 자는 둥 마는 둥 하다가 동해 먼바다에서 새벽을 맞았다.

## 울릉도에 기착, 재급유 후 독도로

1977년 2월 18일(금) : 경비정은 11시간의 긴 항해 끝에 설날 새벽 3시에 울릉도에 도착했다. 도동항 부두에선 울릉군과 수협 및 해경 관계자들의 따뜻한 영접을 받았다. 한 시간가량 재급유를 마치고 독도 경비대원들에게 줄 식량과 부식, 비상 의약품 등 생활보급품을 실은 경비정은 다시 독도를 향해 떠났다. 울릉도는 그때나 지금이나 경비정이나 어선들이 독도에 가기 위해 최종 점검하는 전진기지 역할을 톡톡히 하고 있다.

해경 경비정은 출발 전에 무엇보다 엔진과 레이다 등 각종 기기가 정상적으로 작동하는지를 꼼꼼히 점검했다. 왜냐하면 울릉도에서 독도까지 87.4㎞인데 최고 20노트 내외로 항해하더라도 3시간~4시간 정도 소요되고 새벽 겨울 바다는 파도가 거칠고 귀가 아릴 정도로 매섭게 추운 악천후의 연속이기 때문이다. 한마디로 출항 전, 엔진에 대한 철저한 점검은 악천후 시 표류에 대한 최선의 대비책이다.

## 설날 아침 독도에 상륙

2월 18일(금) 오전 8시 40분 : 설날 아침 떡국은 독도행 경비정에서 대원들과 함께 먹었다. 5시간 가까운 긴 항해를 끝내고 아침 해가 동해를 붉게 물들이며 떠오른 시간에 독도 연안에 도착해 '독도 생방송의 성공'을 비는 것으로 설날의 소원을 대신했다.

독도는 동도(東島)와 서도(西島) 외에 89개의 크고 작은 섬으로 구성되어 있다. 동도는 둘레가 2.8㎞, 정상까지 높이가 98.6m이고 서도는 둘레가 2.6㎞, 높이 168.5m이며 이곳에는 어민 대피시설을 비롯해 발전기와 기상측정기 등 시설물이 있다. 동도와 서도 간의 최단 거리는 약 151m이고 독도 해안의 깎아지른 듯한 낭떠러지 암벽에는 괭이갈매기와 철새들이 서식하는 크고 작은 동굴도 적지 않다.

특별취재반이 상륙한 곳은 등대(1953년 건립)와 경비대원 숙소 등의 주요 시설물이 있는 동도이다. 동도에는 독도 경비대원 12명과 등대원 3명이 상주하고 있었다.

독도에는 선착장이 건설되지 않아 경비정 대부분은 돌출된 바위가 거의 없고 수심이 깊은 독도 연안에 정박하고 자체 구명보트를 이용하거나 때로는 독도 주변에서 조업하는 어선에 도움을 요청해 인원과 보급품을 50~60m 떨어진 독도로 수송한다.

독도에 상륙하는 날, 날씨는 청명했지만, 북서풍이 초속 3~ 10m로 강하게 불고, 파도는 1~2m로 높게 일고 있어 소형 어선을 접안시키는 데 적잖게 어려움을 겪었다.

독도에는 닷새 전부터 눈이 내려 이날 새벽까지 30㎝ 이상의 적설량을 보였다. 눈으로 온통 새하얀 독도의 설경은 말 그대로 절경으로 특별취재반 모두의 마음을 온통 설레게 했다. 그렇지만 독도에 눈이 오면 생활에 장애가 많아, 90m가 넘는 섬 꼭대기까지 그것도 눈 덮인 좁은 계단을 오르기란 독도에서 오래 근무한 경비대원들도 그리 쉽지 않은 등정(登頂)이란다.

사실 눈 덮인 경사 45도의 잘 다듬어지지 않은 야전식 계단을 오르기란 결코 쉬운 일이 아니다. 필자는 더구나 고소공포증(高所恐怖症)까지 있어 더 했다.

### 자연생태계 보고(寶庫) 독도 현장 취재

2월 18일(금) 오전 10~11시 : 대망의 "독도 최초 생방송"은 TBC 라디오 낮 12시 〈정오 뉴스〉로 예정돼 있었다. 일행은 부랴부랴 사전 취재에 나서 독도 정상에 설치된 경비 초소를 비롯해 24시간 불 밝히는 등대와 경비대원 숙소 및 기타 시설물 등을 두루 둘러본 다음 경비대원의 안내를 받아 괭이갈매기 서식지 등 새와 동물의 자연생태계를 두루두루 살펴보았다.

독도는 사람 살기에 열악한 환경이지만, 괭이갈매기, 바다제비 등 160종의 새와 130종의 곤충이 서식하고 60종의 식물이 성장하는 데 최적화된 환경으로 자연생태계의 보고로 불린다. 특히 독도는 철새 이동 경로의 중간 기착지로 휴식처 역할을 제대로 하고 있다. 그만큼 독도는 자연 조건상 우리나라 생물의 기원과 분포를 연구할 수 있어, 섬 생물지리학적(island biogeography)으로 중요하다는 것이 생물학계의 평가다.

한국아마추어무선연맹 무선사들은 경비대원 숙소 옆 양지바른 곳에 고성능 안테나를 세우고 무선통신 장비를 설치한 뒤 시험 교신을 통해 이상 유무를 점검했다. 곧바로 응답한 미국을 비롯한 일본, 대만 등지의 아마추어 무선사들에게 '독도가 영원한 한국 영토임'을 재확인 시키고 또 독도 생방송을 하기 위해 중앙일보 동양방송의 취재기자와 아마추어 무선사들이 오늘 아침 독도에 도착했다고 소상하게 전파했다.

### 방송사상 최초 독도 생방송 성공적

1977년 2월 18일(금) 낮 12시 : "여기는 영원한 우리 땅, 우리나라 가장 동쪽에 자리 잡은 독도입니다"로 시작하는 독도에서의 첫 라디오 리포트가 TBC 〈정오 뉴스〉 시간에 전파를 타고 전국에 울려 퍼졌다. 한국 방송사에 'TBC가 단독으로 독도 최초 생방송 성공'이라는 새로운 역사를 기록한 것이다. 독도발 리포트는 최초 생방송의 취지를 최대한 살리기 위해 독도가 한국 땅임을 주지시키는 데 많은 시간을 할애했다. 또 아마추어 무선사들의 세계 무선사들을 향한 '독도 알림이 활동'과 독도 자체가 자연생태계의 보고임을 상세히 보도했다.

아울러 특별취재반이 독도에 오기 며칠 전 '일본 요미우리 신문사 항공기'가 독도 상공을 다섯 바퀴 선회하고 돌아갔다는 경비대원들의 목격담도 단독 보도했다. 일본 신문사 소속 항공기 독도 침범과 같은 정보는 현장에 오지 않고서는 알 수 없는 귀중한 독점적 정보다.

1977년 당시 독도에는 방송할 수 있는 시설이 없는 데다 서울까지 무선은 물론 유선 통화도 할 수 없는 실정이어서 애초부터 생방송은 엄두조차 내지 못했었다.

그러면 TBC의 독도 최초 생방송은 어떻게 가능했던 것일까? 언제 어디서나 세계의 불특정 다수끼리 무선통신이 가능한 한국아마추어무선연맹의 전폭적인 지원을 받았기에 가능했다. 관계 당국(치안, 통신, 국방 등)의 특별 허가를 받아 생방송을 위한 이동식 무선통신 장비 2기가 독도와 TBC 라디오 주조정실에 긴급 투입 설치되었다. 독도에서 서울까지 무선통신이 가능하다면 생방송도 가능하다는 방송국 송출(送出)팀의 제안을 실제 행동으로 옮긴 결과 바로 '독도 최초 생방송'이 가능했다.

전파관리법상 아마추어 무선통신을 방송국 송출센터에 바로 연결해 방송할 수는 없다. 따라서 TBC 라디오 주조정실에 '개인 무선기지국(김시민 무선사 운용)'을 설치하고 독도에서 송신한 리포트를 수신 녹음해 바로 방송하도록 설계함으로써 '독도에서의 방송'이 성공할 수 있었다.

후일에 들은 비화이지만 사실 '독도 최초 생방송'은 외교 문제로 비화할 것을 우려한 정부(정보당국과 외무부)의 강력한 요청과 통제로 불방(不放)될 뻔했다. 그러나 당시 이희준 사회부장이 정부와의 팽팽한 물밑 협상 끝에 차관(借款) 문제가 걸린 일본 정부를 크게 자극하지 않는 범위 내에서 길이 2분 40초짜리 리포트를 1분으로 요약 편집해 라디오 정오 뉴스에 1회 방송하기로 조율함으로써 독도 최초 생방송이 이뤄진 것이다.

### "아 이럴 수가!" 일본 방송국 헬기 독도 영공 침범

2월 19일(토) : 아침 7시 25분 여명(黎明)이 밝아 오는 수평선 맞닿은 하늘은 청명한 날씨와 잔잔한 바람을 예고했다. 이른 아침부터 시작한 오전 취재를 마치고 경비대원 숙소에 돌아와 라디오 정오 뉴스 리포트 원고를 작성하려고 자료를 정리하고 있는 11시 10분쯤 어디선가 헬리콥터 프로펠러 돌아가는 소리가 독도 상공의 정적을 깨트렸다. 정체불명의 헬기가 날아온다는 경비대원의 고함도 들린다.

VIP가 올 때마다 헬기를 타고 오는데 오늘은 VIP 온다는 통보가 없었다고, 한다. 예고 없이 출현한 정체불명의 헬기가 동도 상공 80m에 접근하면서 비로소 육안으로 국적 등을 확인할 수 있었다. 헬기 동체 앞부분에 'RKB' 약자와 꼬리 날개 뒷부분에 'JA 9037'이라는 글자가 적혀 있었다. 이 헬기는 '일본 후쿠오카, RKB 마이니치 방송'의 취재 헬기로 일본 남쪽 지방인 규슈(九州)의 후쿠오카에서 날아온 것으로 밝혀졌다. 오전 11시 15분 이 헬기의 정체를 확인하는 순간, 왜 독도에 어떻게 왔을까? 하는 호기심이 발동했다.

"일본 TV 방송국의 헬기가 독도 상공을 침범 선회했습니다." TBC 라디오 〈정오 뉴스〉의 Head line이다. 이 뉴스는 국방부와 외무부 등 정부 관련 당국에 큰 충격이었다. 평소보다 목소리가 높은 다소 흥분된 어조이긴 했어도 침착하게 두 번째 독도 생방송을 성공리에 끝냈다.

이에 대해 외무부와 정보당국은 일본 방송국 헬기의 독도 영공 침범은 독도에서 한국 아마추어 무선사들이 활동한다는 소식을 듣고 이를 확인하기 위한 일본 TV 방송국의 취재 활동으로 분석했다.

아무튼 기자는 일본 헬기 영공 침범을 단독으로 독도에서 최초 생방송을 두 번째 함으로써 그 어느 때보다 몹시 가슴 설렜으며 한편으로는 애국심이 발동해 분노를 멈출 수 없었다. 일본 신문과 TV 방송국 헬기의 잇따른 독도 영공 침범에 대해 종일 분개한 나머지 밤늦게까지 잠을 청하기 어려웠다. 잠을 청하기 어려웠던 또 하나의 이유는 어제 낮에 독도 촬영 도중 무비 카메라가 고장 나 촬영기자가 밤을 새워 가며 고친다고 고쳤으나 정상적으로 작동하지 않아 오늘 일본 헬기의 영공 침범 동영상을 마음먹은 대로 촬영하지 못한 자책감 등 신경 쓸 일이 많았기 때문이다.

겨울철 독도의 밤은 길게만 느껴진다. 독도는 해가 일찍 지고 밤이 빨리 찾아와 오후 4시 전후 어두워지기 시작하면 발전기를 점검하고 정전 대비용 초를 준비하는 등 칠흑의 밤을 평안하게 넘길 채비를 서두른다.

그래서 독도의 밤이 길다고는 하지만 오늘따라 더 길고 길게만 느껴지는 까닭은 느닷없는 일본 방송국 헬기의 영공 침범에 대한 삭히기 힘든 분노 등이 복합적으로 얽히고 설켜 잠을 청하기 힘들기 때문이리라.

## 독도 2박 후 귀환(歸還)길 올라

2월 20일(일) : 독도는 구름 낀 흐린 날씨에 바람은 약하지만 파도의 높이는 2~3m로 높다. 지난 이틀 동안 독도의 아마추어 무선사들은 20여 개 나라 300여 명의 무선사들에게 독도는 역사적으로나 지리적으로 볼 때 영원한 한국 땅임을 알렸고 세계 곳곳의 무선사들은 독도가 얼마나 아름다운 섬이냐고 물어오기도 했다.

일본의 한 아마추어 무선사가 "RKB 텔레비전 방송국이 독도에 관한 뉴스를 영상과 함께 방영했다"는 소식을 알려와 이곳 대원들은 더욱 분개했다. 독도에 설치한 무선통신 소형안테나까지 식별할 수 있는 선명한 화면이 방영되었다고 설명했다.

어젯밤 무선사들의 활동을 중심으로 원고를 작성해 라디오 〈정오 뉴스〉에 리포트함으로써 세 번째 독도 생방송을 끝으로 2박 3일간의 독도 취재 일정을 마치고 해 지기 전에 떠날 준비를 서둘렀다. 비록 독도 경비대원들과 2박 3일간의 짧은 만남이었지만 무엇보다 그들의 경비 임무가 왜 중요하고 힘든지도 새삼 깨닫게 되었고 그들과 눈시울 붉히며 헤어지는 아픔도 맛봤다.

독도 연안에 정박 중이던 경비정에 무선통신 장비를 옮겨 싣다가 거친 파도 때문에 소형 발전기를 바닷속에 빠뜨린 것이 사고라면 유일한 사고다.

독도의 파수꾼 괭이갈매기 떼의 환송을 받으며 경비대원들과 작별하고 지루한 항해 끝에 울릉도에 도착한 시간은 밤 8시, 여장을 풀고 도동항 부둣가 작은 주점에서 막소주와 울릉도 근해에서 잡힌 싱싱한 잡어회로 '독도 최초 생방송' 성공을 밤늦게까지 자축했다.

2월 21일(월) 일반 국민들이 평생 한 번 가보기 힘든 독도! 그 정상에서 생방송을 세 차례나 한 것은 엄청난 행운이었다.

아침 8시 울릉도를 떠난 경비정이 저녁 7시쯤 속초항에 도착하자 해경 관계자와 독도 생방송을 적극 지원해 준 고위 정보당국자가 미리 나와서 특별취재반을 환영해 맞았다. 정보당국자는 '영토애(嶺土愛)를 발휘한 독도 특별취재반과 경비정 대원들을 격려해 주라는 '대통령의 특명'을 받고 속초에 왔다고 전하고 멋진 저녁 식사에 초대했다.

### 〈TBC 夕刊(석간)〉 독도 종합개발계획 건의

2월 22일(화) 아침 〈7시 TV 뉴스〉 시간에 독도에서 고장 난 카메라로 찍은 동영상을 처음 시청자에게 보여 주기 위해 귀사를 서둘러야 했다. 아침 뉴스를 위해 긴급 동원된 중앙일보 신문 발송차는 총알택시 버금가는 빠른 속도로 내달렸다. 대관령의 꼭두새벽 찬 공기를 마시며 회사에 도착해 아침 〈7시 TV 뉴스〉 시간에 '독도 생방송' 리포트를 새로 제작, 방송하는 것을 끝으로 독도 취재는 그 1막을 내렸다.

TBC의 간판 뉴스인 〈TBC 석간〉은 3월 11일 특집 뉴스를 통해 '독도 종합개발 방안'을 정부에 제안했고 정부도 이 제안에 긍정적인 신호를 보냈다.

주요 골자는 ① 독도와 서울 사이에 Hotline 설치 ② 선착장과 헬리패드 및 소규모 방파제 건설 ③ 독도 근해 새로운 어장 개발 ④ 관광 명소로 개발, 영토 홍보 확대 등이다.

당시 박정희 대통령의 특별 지시로 해운항만청이 TBC 특집 뉴스의 제안을 받아들여 독도 종합개발계획을 발표하기에 이른다.

정부가 1977년 하반기 선착장 등의 시설 공사를 추진하려고 했으나 한일 외교 갈등 증폭 우려와 공사비 조달 문제 등의 난관에 부딪히는 바람에 독도 종합개발계획 추진이 일단 보류되고 말았다.

독도 최초 생방송 〈TV 특집 대담〉 왼쪽부터 박종세 앵커, 이희준 사회부장, 필자, 이해수 무선연맹 이사 (1977.3.12.)

이 계획은 상당 기간 사장(死藏)된 상태로 있다가 국가 재정에 여유가 생기면서 2010년 전후 다시 빛을 보기 시작, 선착장 등이 구축돼 일반 관광객들도 독도를 편하게 드나들 수 있게 된 지 오래다.

독도 최초 생방송은 필자에게 과분한 '방송보도 특종대상'을 안겨 줬지만, 무엇보다 한국아마추어무선연맹 이해수 이사, 이동준, 김시민 등 무선사 5명의 헌신적인 무선통신 활동이 있었기에 성공할 수 있었다. 모든 공을 그들에게 돌린다.

이와 함께 보도국 사회부 데스크로서 당국의 방송 불허 압력에 굴하지 않고 '독도 최초 생방송'이 가능하도록 오롯이 현장 취재기자를 믿고 뒷받침해 주신 이희준 사회부장(TBC 1기, 2014년 8월 19일 작고)께 거듭 감사의 말씀을 올리며 명복을 빌고 싶다. (TBC)

# 3공화국 시대의 언론 환경과 TBC의 언론자유운동

**장성효** | 보도국 경제부, 13기
- 중앙일보 논설위원
- 편집국장 대리
- 영어신문 본부장

동양방송(TBC)이 1964년 5월 라디오 방송(RSB)을 시작으로 개국한 이후 1980년 11월 종방(終放)하기까지 한국 사회의 언론 환경은 말 그대로 척박했다. 더구나 언론자유의 측면에서 보면 장기집권을 획책한 박정희 정권의 집요한 탄압 아래 가시밭길을 헤쳐 온 시련의 시기였다.

1948년 정부수립 이후 이승만, 박정희 정권의 연이은 독재화는 한국 사회 전반은 물론 언론계에도 돌이키기 어려운 불행이었다.

5·16 군사쿠데타로 등장한 박정희 정권은 거사 이전부터 언론장악의 중요성을 충분히 파악하고 있었던 것 같았다. 쿠데타 성공 이후 계엄 포고 제1호로 언론의 사전검열 조처를 했다. 이어 일주일만인 5월 23일 '사이비 언론인 및 언론기관정화'를 앞세워 언론통폐합을 단행했다. 그 결과 4·19 혁명 이후 잠시 봄기운이 돌던 언론계는 된서리를 맞으며 76개 일간지가 37개, 375개 통신이 11개로 줄어드는 등 월간, 계간까지 합쳐서 1,170개 언론사가 문을 닫았다.[1]

이후 박 정권의 언론통제는 그들의 실정과 영구집권의 의욕이 부풀어 갈

수록 가속 궤도를 달린다. 신문통신 등의 등록에 관한 법, 국가보안법, 계엄법, 군사기밀 보호법, 대통령긴급조치 등 동원할 수 있는 모든 법적 통제에 더해서 사전 행정적 통제 수단이라 할 프레스카드제(1972.1.1) 실시, 정부 각 부처 대변인제(1973.3) 도입, 경찰기자실 폐쇄 등이 시도 때도 없이 강행되었다. 불법적인 보도지침을 통한 보도 통제, 언론사에 대한 중앙정보부, 경찰 등에서의 기관원 출입과 함께 게재된 기사를 문제 삼아 일선기자나 언론사 간부를 연행하는 경우가 빈번해지고 1960년대 말 이후는 기자의 폭행, 구속 사태가 일어나도 보도조차 하지 않는 일들도 잦아졌다. 이러한 언론통제를 통해 대통령을 비롯해 정부에 유리한 기사는 크게 다루어지고 정권에 불리한 기사는 축소, 왜곡, 삭제되었다.

### 국민의 채찍이 언론자유수호운동 촉발하다

3선 개헌의 회오리가 한차례 지나간 뒤 71년 대통령 선거가 다가오자, 박정권의 언론에 대한 공세는 더욱 집요해진다. 언론이 제 기능을 상실해 가면서 당연히 국민의 언론에 대한 불신과 비판의 소리도 높아졌다. 1971년 3월 26일 서울대생들이 서울 광화문 네거리에서 '민중의 소리 외면한 죄 무엇으로 갚을 텐가'라는 플래카드를 앞세우며 언론의 분발을 촉구했다. 학생들은 신문, 잡지를 불태우는 언론화형식도 거행했다. 사태가 심각해지면서 더 이상 주저앉아 있을 수만은 없게 된 언론에선 신문 방송 통신기자들의 언론자유수호운동이 일제히 일어났다.

동양방송과 중앙일보 기자 180여 명도 이런 운동의 대열에 합류해 1971년 4월 17일 저녁 편집국에 모여 자구(自救) 선언을 하기에 이른다. 중앙매스컴의 〈자유언론 제1선언〉이 되는 이 선언을 통해 기자들은 방송보도와 신문 제작에서 주어진 책무를 충실히 못해 왔음을 자괴(自愧)하며 사실을 사실대로 보도하는 본연의 자세로 되돌아갈 것을 약속했다. 더불어 외부

간섭을 막기 위해 기관원의 사내 출입 등의 즉각 중지를 요구했다.[2]

언론자유수호 기자 결의대회(중앙일보 편집국, 1971.12.3.)

박 정권은 그러나 1972년 10월 영구집권을 위한 사실상의 쿠데타를 일으켜 전국에 비상계엄을 선포하고 국회를 해산, 유신체제를 출범시켰다. 국민들의 장기집권에 대한 비판이 높아져도 약속이나 한 듯 언론계의 무거운 침묵은 지속되었다. 그러나 오랜 침묵 끝에 이러한 숨 막히는 상황을 돌파하고자 중앙매스컴 기자들은 다시 73년 11월 30일 〈언론자유수호 제2선언문〉을 채택, 발표했다. 언론자유를 침해하는 어떠한 압제에도 뭉쳐 싸우며 신문 편집권, 보도·제작편성권의 독립을 강력히 요구하는 한편 이러한 결의를 관철하기 위한 의사표시로 '1일 제작 거부'에 나섰다. 이러한 투쟁에는 부·차장들도 사표로 동참해 단합된 결의를 보여 주었다.

중앙일보·동양방송 기자들은 이와 함께 정부의 언론통제에 조직적으로 대처하기 위해, 각 부서의 의견을 모으고 단결된 행동을 하기 위한 공채 수습기자 출신의 기(期) 대표와 부(部) 대표로 구성된 편집 및 출판, 방송 '부대표회의'를 만들었다.

## 중앙매스컴 기자 언론탄압에 조직적으로 대처

1974년 10월 24일 저녁, 중앙매스컴 기(期) 대표 등 50여 명의 기자들은 편집국에 모여 여전한 박 정권의 언론탄압에 맞서 〈자유언론 제3선언문〉을 채택한다. 이어서 25일 오전에 중앙매스컴 2백여 명 기자 전원이 모여 자유언론수호 실천대회를 열고 선언 실천의 결의를 다졌다.

중앙매스컴이 〈제3선언문〉을 발표한 때는 동아일보 기자들도 뒤에 이른바 동아·조선 사태에 발단이 된 '자유언론실천선언'을 결의한 같은 날이었다. 이러한 움직임은 각 언론사로 번져 그날 밤 조선일보가, 다음 날 새벽에는 한국일보 기자들이 철야농성을 거쳐 '민주언론 수호를 위한 결의문'을 발표했고, 관영 방송과 정부 기관지까지 포함한 31개 신문·방송·통신 기자들이 일제히 자유언론의 기치를 들고 일어섰다.

사태가 걷잡을 수 없이 번지자, 박 정권은 자유언론을 위한 기자들의 노력을 봉쇄하기 위해 아예 동아일보를 폐간시킬 작정으로 광고주들에게 압력을 가하였고, 이로 인해 무더기 광고해약 사태가 벌어지자, 동아일보에는 전국 각지는 물론 해외에서까지 언론자유운동을 지원하는 격려 광고가 밀려들었다.

중앙매스컴 기자들은 이러한 광고 탄압 사태가 한창 진행 중인 1975년 1월 14일 또다시 〈자유언론 제4선언문〉을 발표하고 최근의 광고 해약 사태를 언론자유의 침해일 뿐만 아니라, 전체 언론에 대한 도전으로 보고 공동 투쟁할 것을 천명, 언론자유수호를 위한 굳센 연대 의지를 보여 주었다. 그러나 박 정권의 광고 탄압이 장기화되자 동아일보 사업주는 결국 권력에 야합해 굴복했고 3월 회사 측이 무더기로 기자들을 해고함으로써 사태는 막을 내렸다.

제3공화국의 언론통제는 집권 후반기에 들면서 더 강압적 모습을 드러낸다. 동아·조선 사태에서 보인 이 같은 전(全) 언론계의 자유수호를 위한 저항에도 불구하고 박 정권은 유신체제를 더욱 공고히 하기 위해 1974년 1월부터 1년여 반에 잇따라 긴급조치를 발동해 한국 언론을 '동토(凍土)의 땅'으로 완전히 밀어 넣었다. 박 정권의 언론통제는 언론매체나 언론사의 특성을 고려하지 않은 획일적인 것이었다. 하지만 통제하는 사안에 따라서는 매체별로 차별화해 신문 등 여타 매체보다 방송매체를 더 강하게 통제해 왔다. 유신체제 이후 문공부는 방송편성지침을 만들어 편성권마저 쥐고 흔들었다. 1976년에는 아예 시간대별 편성지침까지 만들어 MBC, KBS, TBC 3개 TV에 같은 시간대에 동일한 성격의 프로그램을, 예컨대 저녁 8시대에는 안보, 새마을운동 같은 걸 주제로 한 프로그램을 제작해 방송하라는 식이었다.

특히 TV 방송에 대해선, 전파매체가 지닌 동시성과 광역성 등 큰 영향력과 파급효과를 우려한 나머지 방영되는 화면에 대한 통제도 심했다. 반체제 인사들과 학생들의 시위, 구속, 재판에 관한 현장화면은 동영상이나 정사진이나 일체 방송할 수 없었다.[3]

강고한 유신체제도 그러나 정권의 막바지 고비에 이르면서 균열의 조짐이 나타나기 시작한다. 언론탄압의 짙은 어둠 속에서도 1978년으로 넘어오면서 중앙매스컴에선 언론자유운동의 작은 불씨들이 하나둘 지펴지고 있었다.

그해 3·1절 날, TBC는 성남시 주민교회에서 열릴 예정이던 '구속자 석방 기도회'가, 참석 예정이던 종교 지도자 함석헌이 자택 연금되고 시인 김지하도 현장에서 연행되는 바람에 무산되었다는 기사를 마감 뉴스 시간에 내보냈다. 원래 방송의 아침 5시 첫 뉴스나 밤 12시 마감 뉴스는 시간대가 안 좋아서 청취율이 낮게 마련이었다.

그런데 공교롭게도 그날은 북한 측에서 이 뉴스를 청취해 자기네 방송으로 내보냈고, 박정희 대통령이 이 이야기를 듣고 중앙정보부에 자초지종을 묻자, 정보부는 사건 경위를 조사하는 한편 TBC에 이들에 대한 중징계를 강력히 요구해 왔다. 이에 회사 측이 서둘러 사건취재를 담당했던 박원훈 기자를 해임하고 야간 데스크였던 이상근 기자는 방송심의실로 좌천, 당직이었던 유균 기자는 1개월 감봉하는 사태가 벌어졌다.[4]

이러한 탄압에 분노한 소장 기자들이 주축이 돼서 편집제작의 자율성을 지키고 부당한 징계와 해고를 철회시킬 대책을 모색하던 중 그해 6월 TV 편성국에서 또다시 불합리한 해직 인사가 발생하자 편집국, 보도국, 출판국, TV 편성국의 기자와 PD들이 합세해서 '중앙일보 개혁을 위한 결의대회'

를 열고 전사적으로 연대 서명 작업을 벌인 끝에 회사 측으로부터 기자들의 요구를 전폭 수용하겠다는 결정을 얻어냈다.

## YH 사건 보도로 TBC 경영진 큰 곤욕 치러

1979년 8월 11일에 일어난 YH 사건은 불과 2개월 후에 다가올 10·26을 예고하는 것 같았다. 토요일인 그날 새벽을 틈타서 기동경찰 천여 명이 마포에 있던 야당인 신민당사 4층 강당에서 농성 중이던 YH 여성노동조합원 187명을 강제 해산시켰다. 여성노동조합원들은 새벽 2시 경찰이 강당으로 밀어닥치자, 사이다병을 깨 들고 맞서기도 했고 창문을 깨고 뛰어내리려 하는 등 처절하게 저항했다.

경찰은 김영삼 신민당 총재와 국회의원, 기자들도 무차별 구타했다. 현장에 있던 TBC 노재성 기자, 중앙일보 양원방 기자, 한국일보 박태홍 기자 등이 경찰에게 카메라와 야간통행증을 뺏기고 폭행을 당했다.

사건은 이후 TBC가 촬영한 사건 현장이 전파를 타면서 더 크게 번진다. 정부의 가혹한 YH 여성노동조합원들의 농성 진압에 동료 기자까지 크게 다치자, TBC 보도국 기자들은 당연히 격앙했다. 그런 가운데 다음 날인 8월 12일 오후 5시 20분 TBC 뉴스에 경찰에게 진압당한 신민당사 안팎의 모습을 1분 20초 길이로 내보냈다. 신민당사 2층에 위치한 총재실에는 깨진 유리 조각이 흩어져 있었고, 전화기는 부서지고 문짝도 떨어져 나갔다. 4층 강당에서는 야당 국회의원들이 머리에 띠를 두르고 허탈한 표정으로 앉아 있었다. 연단에는 "박정희 정권은 단말마적인 발악을 중단하라"라는 플래카드가 걸렸다.

뉴스가 나가자마자 중앙정보부는 TBC에 전화를 걸어 "그 뉴스를 다시 내보내지 말라."라고 압력을 넣었다. 회사 경영진은 이를 받아들였으나 기자들은 "다시 내보내야 한다."는 입장이었다. 기자들은 당직 데스크를 설득해 9시 종합뉴스에도 진압 현장 화면을 다시 내보냈다.

그날 밤, 김성진 문화공보부 장관으로부터 홍두표 TBC 전무에게 전갈이 왔다. "내일 아침 8시까지 홍진기 중앙매스컴회장을 모시고 장관실로 오시오." 다음 날 김 장관은 홍 전무를 비서실에 대기시킨 채 홍 회장과 30분간 면담했다. 이 자리에서 김 장관은 홍 회장에게 이렇게 말했다고 한다. "삼성을 그만두겠소? 방송을 그만두겠소?"

회사 측은 TV와 라디오 총책임자인 홍 전무와 강용식 당시 보도국장 직무대행을 해임했다. 그뿐만 아니다. 그 뒤 10월 9일엔 YH 사건 당일 야간 데스크를 맡았던 박광춘 사회부 차장, 국회 취재반장 이민희 기자, 사건을 취재했던 신민당 취재팀장 노재성 기자 등 관련 기자 모두가 타 부서로 전출되었다.

YH 사건에 대한 당시 언론의 보도는 TBC의 8월 12일 보도 등 한두 건만이 그나마 제대로 눈에 띄는 것이었다. 상시적인 검열에 극도로 위축됐던 언론은 특히 노동문제에 더 침묵했던 시절이었다.[5]

### '서울의 봄'과 함께 언론의 자성 움직임 활발

1979년 10월 26일 박 대통령의 사망에 따른 3공화국의 퇴장으로 1980년 '서울의 봄'이 열리면서 민주화를 향한 요구가 각계에서 봇물처럼 터져 나오기 시작했다. 대학가에서도 민주정부의 수립 요구는 물론 서울대 총학생회가 언론에 보내는 메시지를 발표하는 등 언론의 자성과 반성을 촉구하는 목소리가 높아졌다.

봄이 되자 언론사들 내부에서도 젊은 기자들을 중심으로 언론자유운동 움직임이 다시 일기 시작했다. 동아일보 기자들이 그해 4월 17일 언론자유와 언론검열 철폐를 주장하는 '자유언론을 위한 선언문'을 발표한 데 이어 4월 28일에는 동양통신 기자들이 기사와 관련해 기자 두 명이 계엄사에 연행된 데 항의해서 임시총회를 열고 '자유언론 및 언론인의 신분보장'을 요구하는 결의문을 채택했다. 5월에 들어서면서 정국은 더욱 어수선해진다. 대학생들의 연이은 민주화와 계엄철폐를 요구하는 데모에 노동자와 시민들의 시위도 점점 거세졌다.

그러나 12·12 사태로 정국을 장악한 신군부 세력은 언론장악의 고삐를 빠르게 죄어 가고 있었다. 주춤했던 기관원들의 언론사 출입이 눈에 띄게 다시 확산됐고 기사검열도 강도를 더해갔다.

중앙일보 태백 주재 탁경명 기자 구타사건은 신군부의 이러한 대언론 강압 분위기 속에서 발생했다. 5월 6일 계엄군이 강원도 사북지역에서 탄광 광원들이 들고 일어난 집단 항거를 무자비하게 진압하던 중 이를 취재하던 탁 기자를 M16 소총 개머리판으로 내려찍고 부대 연병장으로 끌고 가서 집단폭행을 하고 대검으로 고문까지 벌였다.

중앙매스컴 기자들은 다음 날 오전에 기별 대표자회의를 열고 계엄 당국에 대한 엄중 항의와 집단폭행 사실의 기사화를 회사 측에 강력히 요구했다. 기자들의 요구로 중앙일보(당시 석간) 5월 7일 자에 기사를 게재했으나 계엄사 검열단은 단 한 줄도 실을 수 없다며 전부를 삭제시켰고 이에 중앙일보는 이 부분을 비워둔 채 「백판(白板)」으로 제작, 1판을 배포했다.[6]

당연하게 그날 사내에서는 자사 기자의 폭행 사건조차 제대로 보도하지 못하는 언론 현실에 대한 기자들의 분노가 끓어올랐다. 중앙일보·동양방송의 기자 200여 명은 같은 날 저녁에 편집국, 보도국, 출판국 전체 기자총회를 열어 향후 대책을 논의했다. 성토와 반성이 이어진 '자유언론실천의 밤' 밤샘 토론 끝에 8일 아침 기자들은 계엄 당국의 조속한 진상 규명과 관련자 엄중 문책을 요구하는 결의문을 채택했다.

중앙매스컴의 이런 언론투쟁은 하나의 기폭제 역할을 한다. 이를 시작으로 해서 5월 9일에는 기독교방송과 국제신문, 10일에는 경향신문, 동아방송, 12일 KBS, 13일에는 MBC의 기자들이 잇따라 검열 거부를 결의하는 등 언론자유운동이 언론계 전체로 거세게 퍼져 나갔다.

이런 와중에 신군부는 5월 17일 자정을 기해 비상계엄을 전국으로 확대하는 비상조치를 단행하고 3김(金)을 비롯한 재야인사, 대학생들을 대거 연행했다. 그동안 적극적으로 검열거부운동을 벌이던 기자협회 간부들도 자택 등을 급습해 중앙일보 정교용 부회장(당시 『월간중앙』 기자) 등 7명을 잡아갔다.

5월 18일을 하루 넘긴 월요일, 중앙매스컴에는 아침부터 긴장이 감돌았다. 정 기자 연행뿐만 아니라 광주에서 시위에 나선 시민들이 군경에 의해 사망했다는 소문이 나돌았기 때문이다. 19일 저녁 중앙일보·동양방송 기자들은 비상총회를 열어 대책을 숙의한 끝에 광주항쟁의 왜곡 보도를 묵과할 수 없다며 기자협회의 검열 거부 결정을 존중해서 광주항쟁의 진상이 제대로 보도될 때까지 20일부터 무기한 제작 거부에 들어가기로 결의했다. 방송에서는 기자는 물론 PD들도 제작 거부에 참여했다. 내근기자들은 출근해도 회사에는 얼굴을 안 비쳤고 외근기자들은 출입처에 나가서 취재는 했으나 본사로 기사를 송고하지 않았다.

하지만 이러한 기자들의 결의에도 차장급 이상 간부들이 통신기사를 이용해 방송 보도와 신문 제작에 나섬으로써 '제작 거부'라는 극약 처방도 당초 기대했던 것만큼 성과를 거두지 못했다. 이런 상황을 지켜보던 기자들은 26일 편집국·보도국 대표와 기별 대표들의 긴급회의를 열고 제작에 다시 참여해 광주항쟁의 진상 보도에 적극 나서기로 의견을 모았다. 다음 날인 5월 27일부터 기자와 PD들이 제작에 복귀해 제작 거부운동은 단기간에 막을 내린다. 5월 27일은 광주항쟁에서 신군부가 시민군을 유혈 진압한 최후의 날로, 전국 언론사들의 제작 거부 열기도 수그러들 때였다.

## 언론계 숙정(肅正)에 이어 언론통폐합 강행

신군부가 공수부대까지 앞세워 무자비한 광주항쟁의 진압에 성공하자 정국은 급속도로 얼어붙었고 언론자유수호운동도 기세가 꺾일 수밖에 없었다. 언론계에는 그 무렵 기자들에 대한 숙청과 언론사 통폐합에 관한 흉흉한 소문들이 나돌기 시작했다. 권력탈취를 위해 치밀하게 준비해 온 언론장악의 시나리오가 수면위로 본격적인 모습을 드러낸 것이다.

1980년 신군부의 언론인 대량학살은 7월 중순에서 8월 초에 걸쳐 언론사별로 행해졌고 중앙매스컴에선 편집국, 보도국, 출판국 등 국(局)별로 사직서를 받았다. 사직서 내용은 사전에 인쇄된 채 각자 이름과 소속만 적으면 되는 것이었다. 이 사태로 강제 해직된 언론인은 문공부가 작성(1980.8.16.)한 최종 '언론인정화결과' 문서에 따르면 정부 측의 요구에 의한 대상자 298명(보류자 38명 제외)과 각 언론사의 자체 인사를 한 635명 등 모두 933명이었다.[7]

중앙매스컴 기자와 PD 등 33명에게 사표 수리가 통보된 것은 7월 31일이었다. TBC 보도국에서는 한종범(편집제작부), 황용복(외신부), 오홍진(대구 주재), 정홍렬(외신부), 김준범(편집제작부) 등 5명의 기자가 해직됐다. 이들 중에는 광주취재를 다녀왔다거나, 김대중과 지역적, 사상과 이념적으로 가깝다는 이유도 있었으나 강제해직의 목표가 검열, 제작거부 등 언론자유운동 주동 인물을 대상으로 했음은 분명했다. 신군부는 해직언론인들이 정부기관이나 공기업, 심지어 일반기업에 취업하는 것까지 막아 이들은 오랜 기간 생업대책을 못 찾고 거리를 헤매야 했다.

신군부의 언론통폐합은 그해 11월에 단행되었지만, 골격은 그전 여름에 짜였고 그에 관한 소문도 이미 언론계에 파다했었다. 1988년 11월 국회 언론청문회에서 드러난 '언론계의 정화, 정비계획 보고'(국가보위비상대책위원회 문교공보 분과위원회가 작성)를 보면 신군부는 1980년 6월 이미 신문·방송·통신사별로 정비계획을 마련, 합동통신과 동양통신은 정부 주도하에 하나로 통합하고, TBC는 재벌에서 운영을 분리하며, 신아일보는 부실을 이유로 폐간한다는 등 얼개가 짜여 있었다.

언론통폐합 작업은 각본대로 진행되어 그들은 1980년 11월 12일 저녁에 서울 지역 13개 언론사의 발행인과 경영주들을 국군보안사령부 건물로 호출하기 시작했다. 보안사는 미리 마련한 언론통폐합 내용대로 이들에게 소유하고 있는 언론사를 조건 없이 포기한다는 각서를 쓰게 했다. 중앙매스컴 홍진기 회장은 저녁 6시 조금 넘어 보안사 109호실로 불려 들어왔다. 홍회장은 "내가 소유주가 아닌데 어떻게 서명하느냐."며 거부했다. 그러자 보안사 측은 실질 소유주인 이병철 삼성그룹 회장도 불렀고, 이 회장은 한 시간 뒤쯤 보안사에 도착했다. 그들이 이 회장에게 TBC를 포기하라며 같은 내용을 요구하자 이 회장은 잠시 침묵 끝에 "홍 회장님, 서명하시지요."라고 말했다.[8]

언론사주로부터 이런 식으로 통폐합 각서를 받은 신군부는 통폐합조치가 언론계의 자율결의인 것처럼 꾸미기 위해 각서 징구(徵求) 바로 이틀 뒤인 11월 14일 신문협회와 방송협회를 잇따라 열게 해 소위 '건전 언론 육성에 관한 건의문'을 발표하게 한 것이다. 그 주요 내용은 TBC, 동아방송 등의 통폐합과 KBS의 비대화를 불러온 방송 공영화, 신문과 방송의 겸영 금지, 신문 통폐합, 중앙지의 지방 주재기자 철수, 각 도마다 1도 1사(1道 1社)제 도입, 통신사를 통폐합해서 대형 단일 통신사인 연합통신을 설립한다는 것이었다.

제3공화국은 되돌아보면 한국현대사에서 가장 언론통제가 혹독한 시기였다. 박 정권은 이 시기에 언론탄압에 덧붙여 언론의 상업주의적 속성을 이용한 행정, 재정적 지원과 특혜 등으로 언론을 권력에 편입시키려는 시도도 마다하지 않았다. 정부의 강력한 통제 아래 언론은 순치(馴致)되고 때로는 기나긴 침묵 속에 빠지기도 했다. 그러나 중요한 고비마다 기자들의 자유언론 수호운동은 다시 불붙었고 1987년 6월 항쟁 결과 마침내 언론자유의 새 지평을 열어나가기 시작했다. 동양방송 TBC가 활동한 영욕의 17년은 바로 그러한 한국 언론자유수호운동과 대열을 함께 해 걸어간 시기였다. (TBC)

〈주〉

1) 한국기자협회·80년 해직 언론인회 공편, 《80년 5월의 민주언론-80년 언론인 해직 백서》, 나남출판, 1997. 5. 22쪽.

2) 중앙일보·동양방송 사사편찬위원회 《중앙일보 20년사, 附동양방송 17년사》, 1985. 9. 341-345쪽.

3) 노계원 《제3공화국 말기 언론통제에 대한 분석적 연구-舊 동양방송 '보도통제연락접수장부'를 중심으로》, (석사학위논문, 성균관대학교), 1999. 4. 26쪽.

4) 5·18 기념재단 《5.18 민주화운동과 언론투쟁》, 2014. 8. 107-108쪽.

5) 장성효 《되돌아보다》, 한솜미디어, 2022. 4. 152-153쪽.

6) 중앙일보 〈실록 80년 서울의 여름-(56) 언론숙정·통폐합〉, 1988. 11. 16.

7) 위의 책, 《80년 5월의 민주언론- 80년 언론인 해직 백서》, 1997. 5. 682-685쪽.

8) 중앙일보 사사편찬위원회 《중앙일보 30년사》, 1995. 9. 126-127쪽.

# 'YH 사건' 유신체제 종말의 도화선

**노재성** | 보도국 정치부, 5기
- 국민일보 본부장(창간)
- 종합유선방송위원회 사무총장
- 청와대 정무비서관

1979년 8월 9일 목요일 아침, 그날은 매우 습도가 높은 후텁지근한 날이었다.

필자는 정경부 김성호(TBC 1기) 부장 휘하에서 김영수(9기), 한준엽(12기) 기자 등과 함께 국회를 출입하는 TBC 취재반장이었다. 아침에 정경부에 출근한 뒤 바로 서울 상도동 김영삼 총재 자택으로 달려갔다. 김 총재가 일방적 폐업으로 퇴직금도 제대로 못 받고 해직과 추방 위기 속에서 회사를 상대로 생존권 투쟁을 하던 YH무역(가발 수출회사) 여공들이 마포 당사에 와서 농성해도 좋다고 허락했다는 정보가 입수됐기 때문이었다. 당시 노동조합 운동이 '반정부 불순 운동으로 취급되는 유신시대'였기 때문에 YH무역 여공 노조의 노동권 확대 투쟁은 정권 반대 운동으로도 인식되었고, 제1야당이 이들에게 당사를 농성 투쟁 장소로 제공한다는 것은 노동계와 야당의 연대투쟁 범주에 들어간다는 정치적 의미도 만만치 않아 그 파장이 컸다.

김영삼 총재 자택에는 이미 당시 여공들 편을 들고 있었던 이문영 고려대 교수 등 노동운동 후원 인사들이 와 있었고, 김덕룡 비서실장, 박권흠 대변인, 서석재 특보 등 총재 측근 당료들도 다 집결해 있었다. 그날 김 총재는 이문영 교수 등 노동운동 후원 방문자들과 만난 자리에서 우호적인 대화를 나눈 것으로 알려졌다.

## YS, 당사에서 농성 중인 YH무역 여공 격려

오전 11시쯤 서울 마포 신민당 당사(지금의 공덕동 네거리 부근 오피스텔 SK 허브 그린 자리)에 김 총재와 당료들이 도착했다. 이때 벌써 YH무역 노조 여공들은 당사 4층에서 노동가를 부르고 구호를 외치며 농성하고 있었다. 여공들은 모두 187명으로 파악되었다.

김영삼 총재는 당사 4층 강당에서 농성 중인 여공들을 만나 "마지막으로 우리 당을 믿고 찾아 준 것을 눈물겹게 생각한다. 우리가 여러분을 지켜 주겠으니 걱정하지 말라."고 격려와 위로의 메시지를 전했다. 여공들은 농성 이틀째인 8월 10일 저녁 식사도 당사 농성장에서 끝냈다. 여공들이 신민당 당사에 집결해 정부와 YH무역 회사를 성토하며 권익을 주장하도록 보호하는 사태를 박정희 정권과 여당 공화당은 매우 불순한 야당의 태도로 보고 있었음은 말할 나위도 없었다.

농성 이틀째인 8월 10일 오후에는 서울시 경찰국 특공대와 마포경찰서 경찰들로 보이는 정사복 경찰 1천여 명이 당사를 에워싸고 여공들에 대한 강제 해산할 움직임을 보였다. 신민당사 주변은 북새통을 이뤘고 교통 체증이 발생하는 등 긴장이 극도로 고조됐다. 당시 청와대 차지철 경호실장은 이순구 시경국장에게 왜 강제 해산을 지체하는가에 대해 불호령을 내리고 있었다는 정보도 있었고, "탱크로 신민당사를 밀어 버릴 수도 있다."면서 격노했다는 풍설도 들려올 정도였다.

경찰이 10일 밤 8시쯤부터 몇 차례 당사 내로 진입하려고 시도했으나 신민당 청장년 당원들과 당료들이 당사 입구를 철통같이 폐쇄해 무산되는 듯했다. 당사 2층에는 김영삼 총재를 비롯한 박용만, 박한상, 황락주 의원 등 김영삼 총재 측 주류 당 중진들 (당시 S, L, J, K 씨 등 비주류 당 중진들은 김 총재의

YH무역 여공 마포 신민당사에서 농성(1979.8.9.)

대여 강경 투쟁 노선을 비판적으로 보아 농성 당사에도 오지 않았다.) 그리고 박권흠 대변인, 김덕룡 총재 비서실장 등이 총재실을 지키고 있었다. 필자인 나를 포함한 당 출입기자들과 각 언론사 사진기자 등 수십 명의 기자들이 취재 전선에 임해 있었다. 그 당시 KBS, MBC는 영상 취재를 하지 못했고 오직 TBC만이 영상 취재를 했다.

### 경찰 신민당사 진입, 농성 여공 강제 해산

이윽고 8월 10일 밤 11시쯤, 경찰은 경찰봉을 휘두르고 최루가스를 발사하면서 당사로 진입하기 시작했다. 현관 계단으로 들어온 경찰은 순식간에 2층 총재실과 당료 집무실 등으로 좁은 복도를 가득 채우며 돌입했다. 경찰은 방망이로 박권흠 대변인의 얼굴을 내리치기도 했고, 진입에 방해되는 사람들은 가차 없이 경찰봉으로 제압하면서 돌진했다. 당사 복도는 가뜩이나 좁은데 경찰이 물밀듯 진입하자 난장판이 되었다. 신민당 출입기자 8년 차인 필자는 취재 수첩을 높이 들고 기자라고 외치면서 경찰들 틈새로 빠져 당사 밖으로 나가려고 했다. 그러자 사복 경찰관 한 명이 "이 새끼는 까부는 놈이야!"라고 소리치며 경찰봉으로 내 머리를 내리쳤다. 눈에 별이 번쩍하는 느낌이었지만 악을 쓰고 계단으로 밀치고 내려와 당사 밖으로 피해 나왔다.

김영삼 총재는 당시 '여공 강제 해산 작전'을 지휘하던 마포경찰서장이 찾아와 강제 해산이 불가피하다고 말하자 강한 경상도 어조로 "너거들이 저 여

공들을 다 죽일라카나!"라면서 서장의 뺨을 때리기도 했고, 총재 호송 책임을 맡았던 황용하 마포경찰서 정보1과장 멱살을 잡고 발로 정강이를 걷어차기도 했다. 당료들의 부축을 받으며 "이놈들아, 감히 야당 총재를 이렇게 끌어내느냐!"며 호통을 쳤지만 역부족이었다. 경찰들에 의해 달랑 들려 나와서 "닭장차"로 불리던 경찰 호송차로 상도동 자택으로 강제 호송되었다. 그때의 황용하 씨는 후일 김영삼 대통령 시대가 되자 경찰청장으로 발탁되었으니 '원수를 사랑하라'는 기독인 정신의 김 총재 배려였는지는 모르겠다.

### 경찰봉 무차별 세례로 다친 기자 속출

경찰은 당사 4층으로 쇄도해 여공들에 대한 강제 해산에 들어갔다. 여공들은 4층 당사 창문으로 뛰어 내리려다가 모두 경찰의 제지로 불발했던 것으로 알려졌다. 경찰봉 세례를 받은 기자는 나뿐 아니라 사진기자들도 있었다. 경찰의 해산 작전은 신속히 이루어졌다. 부상 기자들은 서울 서대문 고려병원(지금의 삼성강북병원) 응급실로 달려가서 치료받았다. 몇 사람은 응급실에 드러누웠고 장기간 입원했다. 당시 나는 피를 많이 흘리고 머리가 아파 뇌 손상이 없는지 병원에서 진단했었으나 뇌에는 이상이 없으니 걱정하지 말라는 통보를 받았다.

그런데 중앙일보 고흥길 기자가 조금 후 병원으로 달려와 '여공들 해산 중에 한 사람이 추락해 죽었다'는 풍문을 들었으나 아직 확인은 하지 못해 기사를 쓰지는 못하겠다고 했다. 그때 내 머리에 번쩍하는 '방송기자 즉발 즉보(발생하는 즉시 보도) 원칙' 아래의 취재 욕심이 타올랐다. 병원에 누워 있을 때가 아니라는 생각이었다. 나는 응급실에서 네댓 바늘쯤 꿰매고 옆머리를 봉합하는 치료를 받은 뒤 반소매 셔츠에 피를 흘린 흔적이 있는 채로 다시 마포 당사 현장으로 달려갔다. 고흥길 기자가 시체는 아마 당사 옆 '한마음병원'에 있는 것으로 들었다고 말해, 그곳으로 직행했다. 8월 11

일 새벽 3시 반쯤으로 기억된다. 마포 신민당사는 완전히 텅 빈 상태였고 당사 앞 거리도 물청소로 깨끗이 청소돼 썰렁한 상태였다.

## 경찰 진압 과정에서 여공 1명 사망 확인

'한마음병원' 정문 복도에 들어서다가 간호사 한 명을 마주쳤다. 다짜고짜로 유도 신문법을 썼다. "죽은 여공은 어디 있습니까?" 하고 죽은 사실을 확실히 알고 있는 것처럼 물었다. 그러자 그 간호사는 대답하기를 "저기 냉동 보관실에 있다."며 하얀 철판으로 가려진 벽을 가리키는 것이었다. "좀 볼 수 없겠느냐?"고 한 번 더 물었더니 "안 된다."고 딱 잘라 말했다. 나는 더 이상 확인할 필요가 없다고 판단하고 여공 1명이 경찰 진압 과정에서 사망했다는 확신 아래 곧장 마포 당사에서 얼마 떨어지지 않은 서울 서소문 TBC 보도국으로 달려갔다. 새벽 4시 가까운 시간으로 얼마 지나지 않아 새벽 5시 첫 뉴스가 있을 예정이었다. 그날 야근 당직 데스크였던 사회부 박광춘(TBC 개국 요원) 차장에게 "이거 특종입니다." 하고는, "어젯밤 경찰이 신민당사 YH 여공 농성을 강제 해산하는 과정에서 여공 1명이 당사 4층에서 추락해 사망하는 사건이 일어났습니다. 사망한 여공의 시신은 현재 마포 당사 옆 한마음병원에 안치된 것으로 알려졌습니다."라는 요지의 기사를 써서 넘겼다. 8월 11일 새벽 5시 라디오 톱뉴스로 정확히 송출됐다. 다른 방송을 모니터해 보니까 어떤 곳도 그런 보도를 하지 않았다.

커다란 특종감에 들뜬 기분으로 회사 근처에서 해장국을 먹고 다시 회사로 출근했다. 그런데 대소동이 일어났다. 보도국장 말씀이, 남산 정보부에서 여공 1명이 죽었다는 우리 보도를 문제 삼고 있으니 당분간 피신하는 게 좋겠다는 말씀이었다. 필자인 나는 갈 곳이 막연해 친밀한 김영삼 총재의 상도동 자택 반지하 밀실을 생각하고 그곳으로 달려갔다. 그 골방에 드러누워 무더운 한나절을 보내면서 외부 뉴스를 들어 보니 오전 11시쯤 '여공 김경숙 양이 마포 당사 경찰 해산 과정에서 추락 사망했음을 시 경찰국장이 공식 발표했다'는 소식이었다. 회사에 전화를 하니까 이제는 여공 사망을 경찰 측에서 시인한 상황이므로 피신하지 않아도 되겠다는 통보를 받고 회사로 복귀했다.

### 'YH무역 여공 추락사' 미궁에 빠질 뻔

8월 11일 아침 9시쯤 서울시 경찰국은 신민당사 YH 여공 강제 해산 작전에 관한 뉴스 브리핑에서 "죽은 사람은 없고 일부 자해나 부상이 있었다."고 발표했다. 이때 시경 출입기자 한 명이 "새벽 라디오 뉴스를 들으니 여공 1명이 추락사했다는데 무슨 소리냐?"고 강력히 질문했다. 시경 측은 잠시 발표를 미룰 수밖에 없었다. 시경은 긴급회의를 한 뒤 여공 김경숙(YH 무역 노조 집행위원) 양이 사망했다고 공식 시인하는 내용으로 바꿔 발표했다.

TBC 보도가 없었다면 YH무역 여공 김경숙 양의 사망사건은 경찰이 계속 숨기는 가운데 미궁에 빠질 뻔했다고 생각하니 당시 매우 큰 특종을 했던 것이 분명하다고 생각된다. 하지만 특종상은 받지 못했고 정보부에 끌려가지 않은 것만으로도 만족해야 했다.

YH무역 여공 강제 해산 사건 20여 일 후 김덕룡 비서실장 주도로 "단말마적 최후 발악"이라는 제목의 당사 강제 해산 사건 백서가 150쪽가량으로 발간되었는데 필자는 그 백서 1부를 30여 년 보관하다 지난 2010년 김영삼 기록관에 기증하였다.

### YH 사건 보도 후 박정희 대통령 마지막 행사 취재

필자는 1979년 10월 26일 박정희 대통령의 최후 공식 행사였던 서산 삽교천방조제 준공식을 맹관영 아나운서와 함께 TBC, MBC, DBS, CBS 4개 민영방송 풀(pool) 기자로 현장에 참석해 단독 중계방송을 하기도 했다. 그 당시 나는 YH 여공 사건 보도 책임 후속 조치로 정치 분야에서 경제 분야로 출입처가 바뀌어 농림부 출입기자로 전출되어 있었다. 당시 삽교천방조제 준공은 농림부 주관 행사였기에 이희일 당시 농림부장관과 함께 준공식에 기자단 대표 기자로 참가해 취재한 것이다. 박 대통령의 최후 연설을 그의 얼굴 앞에서 바로 듣고 중계 보도하는 순간이었다.

10월 26일 저녁 서울로 돌아와 오후 7시쯤 삽교천방조제 준공 9시 TV 뉴스 〈TBC 夕刊(석간)〉 제작을 끝내고 귀가했는데 이튿날 새벽 뉴스로 박 대통령 타계 소식을 접했다. 피격 시간을 보니 내가 26일 밤 7시쯤 삽교천방조제 준공행사 9시 뉴스용 리포트를 제작하고 있을 때 박 대통령은 궁정동 안가에서 김재규와 만찬을 나누고 있었고, 7시 반에 김재규의 총격을 받았으므로 뉴스 제작을 마칠 무렵엔 이미 박 대통령은 이 세상 사람이 아니었었던 셈이다.

1979년 당시 유신체제 시국은, YH무역 여공 강제 해산을 기점으로 김영삼 총재 국회의원 제명(10.4.), 부마 사태(10.16.), 박 대통령 피살의 순서로 이어졌으니 당시 역사적 현장을 취재한 기자의 한 사람으로서 다시 새로운 감회를 느끼게 된다. (TBC)

### 〈참고 : YH 여공 사건의 배경〉

1966년 설립된 YH무역(주)은 종업원 4천여 명에 수출 순위가 15위에 이를 정도로 급성장한 회사였다. 1970년대 후반 가발산업이 사양화되자 경영주는 자금 해외 유출과 노동자 인원 감축, 위장 휴업, 등을 단행하였다. YH 노조는 1979년 4월부터 회사 측의 폐업 철회 등을 요구하며 농성을 벌였고 회사 정상화를 위해 청와대, 등에 탄원했다.

1979년 8월 6일 회사가 폐업 공고를 한 데 이어 기숙사와 식당을 폐쇄한다고 하자 YH 노조는 시민사회단체 등에 도움을 요청하였고, 급기야 8월 9일 새벽 야당인 신민당사에 187명의 노동자가 들어가 농성을 벌였다.

# 목숨 건 '광주민주화운동' 취재기

**조순용** | 보도국 사회부, 14기
- KBS 정치부장
- 대통령실 정무수석
- U1미디어 대표이사
- 한국TV홈쇼핑협회장

한참 사회부 기자로 물이 오를 무렵 1980년 봄, 정말 봄이 왔다.

3김(金) 씨들도 정치활동을 재개했다. 특히 DJ는 그때에야 비로소 '김대중'이라는 이름 석 자로 불리게 되었다. 재야인사 혹은 동교동 인사 등으로 불리던 인물이 자신의 이름으로 정치무대에 서게 된 것이다.

그 아름다운 봄, 나는 남대문경찰서 출입기자. 사쓰마와리(察廻)였다. 서울의 서쪽이 내 담당구역. 5월 학생들의 움직임이 심상치 않았다. 기자들도 바빠졌다.

1980년 5월 14일 이화여대 동창회관에서는 전국 대학 학생회장단 회의가 열렸다. 결론은 대규모 시위. 회사에 긴급 보고를 하는 순간 경찰이 들이닥쳤다. 아수라장이 되고 그다음 날부터 학생 시위가 계속됐다. 숫자도 늘어났다. 서울역에는 수만 명 학생들이 모여들었다. 과격해진 시위대가 버스를 밀어 굴렸다. 전경 한 명이 깔려 사망했다. 나는 서울역 2층 그릴의 광장 쪽으로 난 창틀에서 그 현장을 목도했다. 이 서울역 시위는 당시 서울대 이수성 학생처장(제29대 국무총리 역임)의 설득으로 일단 산회 되었다.

## 역사의 비극적 현장 광주에 총각 기자 특파

그로부터 나흘 뒤 5월 18일. 광주에서 한국 현대사에서 가장 비극적인 사건이 발생했다. 충정작전. 광주 시민들에 대한 무차별적인 폭력적인 군사 작전이 펼쳐지고 있다는 소식이 전해졌다. 보도는 되지 않았다. 보안사의 보도지침에 따른 언론검열과 통제 때문에. TBC 보도국은 광주에 기자를 특파하기로 한다. 누가 갈 것인가. 특파 기자의 조건은 두 가지였다. 하나는 그곳 사정을 잘 알아야 하고 또 하나는 총각이어야 할 것. 이 조건에 부합하는 사람은 보도국 사건기자 중엔 딱 한 사람, 나뿐이었다. 당시 고일환 보도국장과 김우철 사회부장은 "파견 목적은 보도가 우선이 아니다. 현장에 TBC 기자가 있었다는 것이 중요하다."고 강조했다. 후배 기자의 안위를 걱정하는 선배들의 배려였다. 다음 날 5월 19일 아침 나는 촬영부 김창훈 기자와 함께 고속버스를 탔다. 우리 둘은 약속했다. '현장을 제대로 보자. 그리고 찍을 수 있는 한 찍자. 만약 헤어지더라도 살아서 서울에서 만나자고.' 우리를 태운 버스는 광주 입구에서 멈추고 만다. 시내까지 걸어서 가야 했다. 카메라에서 TBC 로고를 뗐다. '살벌한 무법천지'라고 들었던 터라 기자라고 해도 봐줄 것 같지도 않았고 해서. 광주 외곽 여관에 숙소를 정하고 우선 걱정하고 계실 부모님께 전화를 드렸다.

## 총알이 코앞 스쳐 다락방에 은신

5월 20일에는 20만 명의 시민들이 시청 건물을 장악한다. 이날 밤 계엄군은 전화선을 차단했다. 광주와 외부를 잇는 시외전화가 두절돼 광주는 그야말로 완벽하게 고립되고 말았다. 광주 시내 누님 집에 숙소를 정하고 우리는 시민군 활동을 취재하기 시작했다. 불탄 자동차들과 어수선한 거리, 시신을 손수레(리어카)에 끌고 가는 시민들의 모습, 확성기를 통해 울리는 군중 리더의 열변과 그 뒤를 따르는 노랫소리, 지친 나머지 투구도 갑옷도 벗은 채 거리에 주저앉아 있는 경찰들. '한 집 건너고 한 다리 건너면 다 알 수 있는 사람들에게 우리가 어떻게 곤봉을 휘두를 수 있느냐'고 그들은 반문했다. 취재 사흘째인 5월 21일 아직 시민군 측이 도청을 접수하기 전. 나는 도청에 들어가 경찰 경비 전화로 서울 내무부 기자실을 연결했다. 내무부 출입기자인 정종진 선배(TBC 개국 요원, 작고)에게 그때까지의 취재 내용을 보고했다. 그리고 우리 집에 전화를 걸어 안부를 전해달라고 부탁도 했다. 정선배는 '무리하지 말라 취재보다 안전이 더 중요하다'라고 거듭 당부했

전남도청 광장 시민군본부에서 취재하는 김창훈 촬영기자(1980.5.21.)

다. 도청을 빠져나와 점심을 먹기 위해 가까운 식당. 뿜뿜집이라고 하는 추어탕집에 들어갔다. 주문하고 음식을 기다리고 있는데 갑자기 총성이 울리기 시작했다. 낮 1시가 조금 넘은 시각. 식당 문을 빼꼼 열고 밖을 보니 대형 아치 한쪽 밑에 한 젊은이가 쓰러지고 있는 모습이 눈에 들어왔다. 계속 울리는 총성. 내 코앞으로 총알이 지나가는 것을 느꼈다. 살아 있는 것과 죽는 것의 차이는 과연 있기나 한 걸까, 몸을 뒤로 빼고 일단 숨을 곳을 찾아야 한다는 생각이 들었을 때 식당 주인은 2층 다락방으로 피하라고 소리쳤다. 우리는 다른 손님 몇 명과 함께 다락방으로 피신했다.

### 들것에 고인 피를 훑어 내리고

얼마나 시간이 흘렀을까. 총성이 멎었다. 적막감이 감돌았다. 한참이 지난 뒤 우리는 지붕을 타고 내려왔다. 갑자기 구급차의 사이렌 소리가 천지를 뒤덮기 시작했다. 아! 병원으로 가야겠다! 광주천 변에 있는 광주기독병

원 앞. 사람들이 들것을 세우고 손으로 무엇인가를 훑어 내리고 있었다. 나는 내 눈을 의심해야 했다. 그것은 붉은 피였다. 가장 큰 병원 전남대병원으로 내달렸다. 의사, 간호사, 직원들 모두 정신이 없다. 수십 구가 넘는 시신이 흰색 광목에 둘둘 말려져 있었다. 조금 전 한두 시간 동안 벌어진 참혹한 결과였다. 다시 거리로 나와 걷기로 했다. 이제 총성은 들리지 않고 적막감이 감도는 도심 한복판. 트럭 한 대가 골목을 가로막고 멈춰 서 있었다. 조심스럽게 가까이 다가갔다. 운전석에 앉아 있는 청년이 운전대에 고개를 박고 눈을 뜬 채 숨져 있었다. 차 바닥엔 피가 고여 있었다. 두려움도 이젠 사라져 버렸다. 누님 집이 취재 본부가 되었다. 중앙일보, 통신 등 기자 대여섯 명이 누님 집을 거점으로 취재했다. 화순읍이 시민군에 넘어갔다는 소식. 어디에서 총격전이 벌어졌다는 소식들이 전해졌다. 이미 도청은 시민군이 접수한 상황. 김창훈 기자는 시민군 차량에 같이 타 살아 있는 화면을 담을 수 있었다. 사방에서 총을 든 사람들을 만났지만 두렵지 않았다. 취재만 하고 보도는 생각도 못 하는 상황. 그래서 광주의 실상은 입에서 입으로만 전해질 뿐이었다. 이 때문에 유언비어가 난무할 수밖에 없었다.

### 총성 피해 상경길 계엄군 만나 곤욕 치러

5월 24일이던가 갑자기 텔레비전에서 광주 사건(당시는 사건 혹은 사태로 불리었다)이 보도됐다. '무장 폭도에 의해 광주가 무법천지'라는 내용이었다. 불현듯 내가 '기자'라는 것이 생각났다. 나도 광주 상황을 보도해야만 한다. 통신이 두절돼 있는지라 방송보도는 불가능하다. 광주를 벗어나 본사 데스크와 연락할 수 있는 곳으로 가야 한다. 어떻게? 중앙일보 광주지국 차량을 이용하기로 했다. 의견을 모은 기자들. 나를 포함해 중앙일보, 통신 기자들과 함께 우리 다섯 명은 25일 아침 일찍 광주를 떠나 상경길에 올랐다. 차가 아직 광주 시가지를 벗어나지도 못했는데 우리가 탄 차가 그만 강아지를 치고 말았다. 나이 지긋한 운전기사는 운전대에서 손을 내려놓고 이제 더이상 못 가겠다고 말한다. 어디에서 총알이 날아올지 모르는 상황에서 처음부터 내켜서 운전대를 잡은 것은 아니었지만 개를 치고 보니 마음이 완전히 돌아선 모양이었다. "당신 그러면 모가지다."라고 윽박질러 간신히 광주를 벗어났는데 이번에는 정말 어려운 상황을 맞게 된다. 위험하기 짝이 없는 상경길을 실감했다. 탕! 탕! 탕! 한바탕 총알 세례가 분명 우리를 향해 퍼부어지고 있었다. 운전기사는 즉각 차를 세우고 우리는 본능적으로 모두 바닥에 고개를 박았다. "내렷!" 어디선가 고함이 들렸고 우리는 차에서 내렸다. "손 들엇!" 총구가 옆구리를 찌르며 물었다. "너희들은 누구냐?" 군인들이었다. 취재기자들이라는 사실을 밝히고 서울로 가는 길을 도와달라고 오히려 부탁했다. 한참 동안 우리의 프레스 카드를 들고 무전을 치더니만 차량으로는 통과할 수 없다지 않는가. 걸어서 서울까지 가든지 말든지 알아서 하라는 식이었다. 낭패가 아닐 수 없었다.

### 외신기자들 광주 현장 찍은 필름을 팔아라?

건너편을 보니 큰 트럭이 광주로 들어가려다 역시 통행 불가로 서 있는 것이 보였다. 트럭 기사는 울상이었다. 트럭 가득 달걀을 싣고 있었는데 그날 중으로 광주에 넘겨야 돈을 받을 수 있다는 것. 다시 왔던 곳으로 되돌아가야 한다니 갑갑할 일. 미안한 일이었지만 우리에게는 행운? 북쪽으로 가야 한다면 우리를 좀 태워 달라고 사정해 중앙일보 광주지국 차량을 광주로 돌려보내고 그 트럭에 올라 서울로 향했다. 사남터널(지금 호남터널)에 이르자 더 나쁜 상황이 우리를 기다리고 있었다. 터널 입구에 탱크 두 대가 버티고 서 있는 게 아닌가. 이번에 만난 군인들 역시 도보로 가는 것은 허락하지만 차량 통행은 안 된다고 했다. 기자들이라고 통사정해도 군인들은 미동도 하지 않았다. 달걀 트럭 기사는 우리에게 어떻게 좀 해보라고 간청하지만, 도리가 없는 일. 정말 미안한 일이었지만 우리는 그 트럭을 놔두고 걸어서 터널을 통과하기로 결정했다. 아니 그럴 수밖에 없었다. 내장산을 관통하는 700m 길이의 터널을 지나서 전남에서 전북으로 넘어갔다. 그 동안 찍은 필름들을 여기저기에 숨기고 장비를 들고 터널을 빠져나왔다. 터널 중간에도 트럭이 가로로 서 있어서 애당초 차량 통과는 불가능한 일이었다. 터널을 빠져나오니 수십 명 사람들이 몰려왔다. 내외신 기자들이었다. 거기엔 TBC 오홍근 선배(TBC 5기, 작고)도 보였다. 광주에 들어가지 못하고 입구에서 기다리고 있었다. 계엄군의 광주 출입에 맞춰 들어갈 수 있으리라는 계산이었다. 외신기자들이 큰 소리로 외쳤다. "필름을 팔아라!" 자기들 같으면 필름을 팔겠는가. 죽을 고비를 넘기며 지킨 목숨 같은 역사 현장 필름을.

### 〈TBC 석간〉에 출연 광주 취재 8분간 생방송

그 길에 서울 본사로 내달렸다. 회사에 도착하니 나더러 취재해 온 것을 방송하란다. 생방송용 원고를 쓰면서 나는 속으로 되뇌었다. '나는 광주 놈이다. 나는 광주 놈이다!' 검열받아 온 그림을 김창훈 기자가 편집하였고 거기에 맞춰 기사를 작성했다. 가능한 한 드라이하게 원고를 썼다. 우선 폭도라는 단어는 쓰지 않았다. 무장한 시위대, 군중, 시민들, 총을 든 학생과 시민 등으로 표현을 바꿔 가며 썼다. 나의 기사는 아무도 데스크를 보지 않았다. 나는 내가 쓴 원고를 들고 부스에 들어갔다. 〈TBC 석간〉. 동양방송의 메인 뉴스 시간, 8분쯤 시간이 지나자, 나의 생방송은 끝났다. 마치 몇 시간이 흐른 것만 같았다. 그때 나는 겨우 3년 차 햇병아리 경찰서 출입 사건기자, 그렇게 긴 생방송을 해 본 적이 없었다. 방송을 마치고 나오자, 아무도 말을 건네지 않았다. 누구와도 말하고 싶지 않았다. 그 무서운 세상, 그 무서운 현장을 다녀온 졸병 기자가 안쓰럽기도 했을 것이고 저 방송이 혹시 문제가 되지나 않을까 염려도 되었을 것이다. 은근히 시위대를 감싸는 듯한 느낌을 받기도 했을 것이다. 그러나 어쩔 수 없는 일이었다. 그 뒤 나는 더 이상 5·18 광주에 관한 방송은 하지 않았다. (TBC)

# 기자가 본 1980년 5월의 광주

**김준범** | 보도국 편집제작부, 16기
* 중앙일보 정치부장 대우
* 국방홍보원장
* 80년 해직언론인협회 공동대표

1980년 5월 나는 보도국 편집제작부에서 뉴스 편집 외에 서울시청 2층에 있던 계엄사 검열단(대령이 단장) 출입을 맡고 있었다. 신문, 방송, 통신, 잡지 등 모든 언론매체는 사전에 반드시 검열받게 돼 있었다. 원고를 들고 하루에도 몇 번씩 이곳에 가서 검열받다 보면 담당 장교들과 잦은 말싸움을 벌이기 일쑤였다.

## 계엄 해제 요구 금남로 횃불 대행진

검열단의 최대 관심사는 김대중 · 김영삼 · 김종필 등 3김과 학원가, 노동계, 종교계 등의 움직임이었다. 그중에서도 DJ에 대한 지침은 매우 구체적이었다. 그의 웃는 모습이나 군중의 환호하는 모습 등은 어김없이 보도 금지 대상이었다. 반면 DJ가 연설할 때 얼굴을 찡그리고 오른손을 높이 들어 내리치는 장면은 오히려 크게 보도하라고 허용했다.

그 무렵 나는 광주 상황을 비교적 자세히 알고 있었다. 광주에 먼저 내려간 TBC 취재팀의 상황 보고와 내가 검열단에서 들은 정보를 종합해 보면 현지 상황이 대충 그려졌다. 5월 16일 광주 금남로의 횃불 대행진도 평소 잘 알고 지내던 한 검열관에게서 들은 특급 정보였다.

그날 오후 금남로 도청 앞 광장. 전남대를 비롯한 광주 시내 각 대학생 2만여 명이 '계엄 해제', '민주화 일정 단축' 등 구호를 외치며 시국 성토대회를 열고 있었다. 날이 어두워지자, 시위대는 횃불을 들고 가두행진을 벌였다. 경찰은 시위대가 차도로 나가지 못하게 통제하면서 만에 하나 오열(五列)의 침투를 막기 위해 행진대열을 따라가며 호위했다. 이를 본 계엄당국은 큰 위기의식을 느꼈다고 그 검열관이 말했다.

이들은 시위가 끝난 후 금남로 일대를 말끔히 청소하고, 즉석에서 10만원 정도의 성금을 거둬 경찰에 전달했다. 횃불행진을 무력 진압하지 않고 오열의 침투 방지를 위해 배려해 준 데 대한 감사의 표시였다. 이날의 횃불시위는 '민주화 성회(聖會)'로 명명되었고, 행사 마지막엔 '5·16 화형식'도 가졌다. 전국 어디서도 볼 수 없는 광경인데 어떤 언론도 다루지 않았다.

### "역사 현장에 있어야 한다"는 일념으로 광주행 결심

5월 21일(수)은 '부처님 오신 날'이었다. 취재팀의 일원으로 먼저 광주에 간 성창기(TBC 14기, 작고) 기자가 어렵게 전화로 현지 상황을 정보 보고 형식으로 전해왔고, 나는 그것을 받아 적었다. 끓어오르는 분노를 참을 수가 없었다. '초파일의 유혈극'으로 알려진 그날 공수부대의 살육전 얘기는 듣기만 해도 치가 떨렸다. 광주에서 중고등학교에 다닌 나는 그 장면이 눈에 선했다. 평화의 도시 빛고을이 참혹한 전쟁터로 변해 버리다니!

광주 시내 병원마다 대검에 찔리고 총에 맞은 부상자들로 넘쳐났다. 출혈이 심한 이들에게 헌혈하겠다고 나선 충장로 뒷골목 직업여성들도 줄을 이었다. 그날 아침부터 외부로 통하는 고속버스 전 노선은 운행이 중지됐다. 고립무원의 도시 광주에 출처 불명의 가짜뉴스와 유언비어만 횡행하고 있었다. 정보기관이 심리전의 일환으로 조작, 유포한 것으로 보였다.

나는 그날 밤 결심했다. 기자라면 당연히 역사의 현장을 가 봐야 한다고 생각했다. 12·12 사태 당일 밤에도 나는 한남동 육군참모총장 공관에 가려고 했다가 구박(TBC 1기) 정경부장이 극구 만류하는 바람에 그만 발길을 돌린 적이 있던 터였다. 회사에는 직계 사수인 한종범(9기) 선배와 정종진 편집제작부장(TBC 개국 요원, 작고)에게만 알렸다. "외할머니가 위독하시다니 주말에 광주를 다녀오겠다."라고만 말했다. 두 분 다 '조심해서 잘 다녀오라'는 당부의 말을 잊지 않았다.

5월 24일(토) 오전 11시, 마침내 전주행 고속버스를 탔다. 21일부터 이미 광주행 정기 노선버스는 모두 끊겼기 때문이다. 오후 2시쯤 전주에 도착했으나 거기서도 마찬가지였다. 하는 수 없이 정읍행 버스에 올랐지만, 그곳에서도 사정은 다르지 않아 여관에서 하룻밤을 자야 했다. 일찍 잠자리에 들었으나 쉽게 잠이 오지 않았다. 정읍사(井邑詞)의 고장 정읍은 광주의 슬픔을 알고 있는 듯 무거운 침묵에 휩싸여 있었다. 이따금 개 짖는 소리만이 정적을 깰 뿐 사방은 온통 무서우리만큼 조용했다.

25일은 일요일. 아침을 먹고 8시 47분 전남 장성행 버스에 몸을 실었다. 버스 안에서도 내내 긴장감이 가시지 않았다. 카메라며 녹음기 등을 만지며 취재 의욕을 다졌다. 광주와 가까운 곳이라서 그런지 장성의 분위기는 정읍과는 사뭇 달랐다. 사람들의 표정은 어두웠고 웃는 모습을 찾아볼 수가 없었다. 그곳에서도 역시 광주행 노선버스는 물론 택시도 다니지 않아 막막했다. 터미널 근처에서 담배를 한 대 피워 물고 있는데 길 건너편에 파란색 소형 트럭 한 대가 보였다.

### 광주 들어가기 어렵고 가짜뉴스 횡행

배추 같은 야채 더미를 싣고 있었다. 기사에게 어디로 가느냐고 물었더니 하루 세 번씩 송정리를 다닌다는 말에 귀가 번쩍했다. 기자 신분임을 밝히고 '송정리까지 나 좀 태워 달라'고 간청했다. 사례비도 주겠다고 말했더니 운전사가 "에이, 이보시오! 교통비 받을 생각도 없지만 기자 양반이 겁

도 없소잉. 가다가 들키면 내 모가지는 (손으로 목 치는 시늉을 하며) 이거
라우." 하며 내 말이 '당찮다'는 표정을 지었다.

실랑이 끝에 이렇게 묵시적 합의를 보았다. 트럭 뒤 짐칸의 야채 더미 안
에 숨어서 가다가 검문에 걸리면 운전사는 "나도 모르는 일."이라고 잡아떼
고, 나는 "장성에서 출발 직전 운전사 몰래 올라탔다."고 실토한다는 식으
로 입을 맞췄다. 서로 윈-윈 하자며 내가 꾸며낸 시나리오였다. 운전기사는
의외로 담담했다. "하늘에 맡기고 한번 가 봅시다." 그 말에 나도 안도의 한
숨을 쉬었다.

짐칸에 숨은 채 10여 분쯤 달렸을까? 계엄군이 나타나 차를 세웠다. 긴
장한 채 귀를 쫑긋 세워 들어봤더니 다행히 검문 얘기는 나오지 않았다. 운
전사가 "조 병장! 별일 없제? 제대 언제야?" 하는 걸 보면 병사들과는 잘 아
는 사이로 보였다. 혹시나 짐칸을 보자고 하면 어쩌나 긴장하고 있었는데
한두 마디 대화로 검문은 무사히 끝났다. 운전사가 내게 큰 소리로 말했다.
"송정리까지 검문소는 없은깨 안심 푹 하쇼잉." 감수했다고 생각했다.

트럭에서 내려 이윽고 송정리역에 도착했다. 그런데 이게 웬일인가. 송
정리역사(驛舍) 바로 앞에, 눈에 익은 '중앙일보 동양방송'이라고 쓴 파란색
취재차량이 눈에 들어왔다. 고립무원의 적진에서 아군을 만난 것처럼 기뻤
다. 나도 모르게 취재차를 향해 달려가는데 보도국 사회부 오홍근(TBC 5
기, 작고) 차장이 나를 알아보고는 "너 여기 어떻게 왔어!" 하며 야단치듯 큰
소리를 지르는 것이 아닌가. 나중에 들어보니 나 같은 병아리 기자가 겁도
없이 광주에 나타나다니 하도 기가 막혀서 그랬노라고 말하는 것이었다.

오 차장은 박충(9기), 한준엽(12기), 성창기(14기) 기자 등과 한 팀을 이
뤄 지난 20일부터 광주에서 취재 중이었다. 나는 자연스레 취재팀 선배들
과 합류했다. 화정동까지는 차로 갔지만 거기서부터 시내까지는 걸어가야
했다. 차도에는 전봇대만 한 목재들이 어지럽게 널브러져 있어 차량은 일
절 다닐 수가 없었다.

오후 1시쯤 우리 일행은 광주 신역에서 가까운 중앙일보 광주지사 사무실에 도착했다. 먼저 현지 주재기자(황영철, 박근성, 김국후, 임광희, 장재열)들로부터 최근 광주 상황을 들었다. 처음엔 분노가 치밀다가 나중엔 공포심으로 바뀌었다. 외부와의 통신 수단이 완전히 단절돼 있던 그 무렵, 광주 주재기자들은 유일하게 TT(텔레타이프) 선을 확보, 서울 본사에 송고했다.

그러나 이들이 죽음을 무릅쓰고 취재해서 만든 생생한 기사는 하나도 지면에 반영되지 못했다. 본사 편집국이나 보도국에서도 현지에서 올려보낸 기사는 거의 보도하지 못하고 있었다. 검열 지침 때문이었다. 어떤 기사를 보내라는 지시도 일절 하지 않았다. 광주 관련 기사는 오직 계엄당국이 만들어 배포한 자료만 쓸 수 있었다. 그야말로 가짜뉴스만을 보도한 것이었다.

브리핑을 들은 뒤 성창기 기자와 나는 오 차장을 따라 금남로 도청 앞으로 이동했다. 박충, 한준엽 두 기자는 외신들과 함께 시민군 공보팀의 안내를 받았다. 금남로 주변에는 온통 벽보와 현수막 등이 어지럽게 널려 있었다.

**계엄군의 잔인한 만행에 시민들 분노**

조용하던 빛고을 광주의 중심가 금남로에는 '민주시민 만세', '비상계엄 해제하라', '유신잔당 물러가라', '김대중을 석방하라', '승리의 그날까지' 등과 함께 아스팔트 차도 바닥에는 빨간 페인트로 '살인마 전두환 물러가라'라고 쓴 선홍색 글씨가 내 두 눈에 들어와 박혔다.

오후 3시 30분부터 도청 앞 광장에는 10만이 넘는 시민 학생들이 궐기대회를 열고 있었다. 23일에 이은 제3차 민주수호범시민 궐기대회였다. 시민군 대표가 '우리는 왜 총을 들 수밖에 없었는가?'를 낭독하자 장내가 숙연해졌다. "그 대답은 간단합니다. 너무나 무자비한 만행을 더 이상 보고만 있을 수 없어 너도나도 총을 들고 나섰던 것입니다. 우리 부모·형제들이 무참히 대검에 찔리고, 차에 깔리고, 연약한 아녀자들에게까지 차마 입으로 말할 수 없는 무자비하고도 잔인한 만행이 저질러졌습니다."

궐기대회를 보고 난 뒤 나는 TBC 취재팀과 함께 시민군 지도부가 있는 도청 건물 안으로 들어가 보았는데, 그날 아침 도청에서는 난데없는 '독침사건'이 발생했다. 사건이 발생하자 도청 안은 순식간에 혼란에 빠졌고, 상당수 시민군은 '도청 안에 간첩이 침투한 것 아니냐?'며 하나둘씩 자리를 뜨기 시작했다. 그 배후에는 분명 작전세력이 있었을 것으로 시민군 측은 인식했다.

그날 도청 앞 광장에서 가장 인상 깊은 장면 중 하나는 시민군 지도부 상황실장인 박남선의 모습이다. 푸른 군복에 베레모와 검은색 안경, 야전용 지프에 올라타고 지휘봉을 든 그의 모습은 영락없는 야전 지휘관이었다. 43년이 훌쩍 지난 지금도 선명한 장면 중 하나다.

계엄군이 일시 퇴각한 22일부터 시민군 지도부는 현지에서 활동 중인 각 언론사 기자에게 매일 도청 앞 광장에서 노란색 보도 완장을 교체해 주었다. 광주의 실상을 제대로 보도한 언론사는 새 완장을 채워 주지만 그렇지 않은 언론사는 완장을 바꿔주지 않았다. 시민군이 발급한 완장 없이는 어느 곳도 취재할 수 없었다. 그 대신 사실 보도에 충실한 외신들은 시민군의 적극적인 지원 아래 원하는 곳 어디든지 취재할 수 있었다.

성난 군중들은 이미 5월 20일 광주MBC 건물, 21일엔 KBS 건물에 불을 질렀다. 광주 상황을 왜곡 보도한 데 대한 배신감과 분노의 표출이었다. 그러나 다행히 TBC는 매번 완장을 받을 수 있었다. 오 차장과 취재팀은 각자 완장을 팔에 차고 도청 앞 우측에 있는 상무관으로 향했다. 그곳은 본래 유도장으로 광주에서 유명한 체육관이었다.

그러나 그곳은 이미 커다란 장례식장으로 변해 있었다. 수많은 유가족과 어지럽게 널려 있는 관(棺)들, 그리고 아직 입관(入棺) 못 했거나 할 수 없는 시신들도 여기저기 널브러져 있었다. 총 맞은 시신은 그나마 상태가 양호한 편이었다. 대검에 찔렸거나 몽둥이로 맞아 형체를 알아볼 수 없을 만큼 퉁퉁 부어 있는 사람, 심지어 내장이 터진 사람 등 그날 내가 상무관에서 본 광경은 차마 눈 뜨고 볼 수 없는 지경이었다.

오열하는 유족에게 조심스레 말을 붙여 봤지만, 반응은 싸늘하기만 했다. "내가 말하면 보도할 수는 있습니까?" 제대로 보도하지도 못할 거면서 뭘 묻느냐는 핀잔만 무성했다.

TBC 취재팀장 오홍근 차장은 그때를 이렇게 회고했다. "그때 광주에서 가장 괴로웠던 것은 '내가 기자'라는 사실이었다. 당시 나는 기사 한 줄 보도할 수 없는 '거세된 무정란' 기자였다. 마음 놓고 취재수첩에 메모도 못했다."라고.

## 밤 7시부터 통행금지 통신 통행 끊겨 고립무원

광주는 오후 7시 모든 통행이 금지됐다. 그 이전에 모든 활동을 마쳐야 했다. 나는 취재팀 일행과 함께 상무관에서 걸어서 5분 거리인 민가(한준엽 기자의 고모댁)에서 25~26일 이틀을 묵었다. 25일 밤, 최규하 대통령은 상무대 전남북계엄분소를 방문, 소준열 계엄분소장과 장형태 전남도지사로부터 상황 보고를 받은 뒤 9시부터 TV와 라디오를 통해 광주지역에만 특별담화를 발표했다. '냉정과 이성을 되찾아 현 사태를 속히 종결지으면 정부도 최대한 관용을 베풀겠다'는 것이었다. 그러나 아무런 실권도 없는 그의 담화를 믿는 사람은 거의 없었다.

밤이 깊어지면서 도시는 깜깜한 암흑천지로 변했다. 어디선가 총소리가 요란하게 들려왔다. 처음엔 '탕, 탕' 하고 몇 번 들리더니 이윽고 '탕~탕~탕!' 하며 연발로 쏘아대는 소리에 놀라지 않을 수 없었다. 간단없이 들려오는 총소리에 개들도 덩달아 짖어댔다. 총소리와 개 짖는 소리는 밤의 정적을 무참히 깨버렸다. 외부와의 통행도, 통신도 끊겨버린 고립무원의 도시 광주에서의 첫날 밤은 어둡고 무섭기만 했다.

26일의 광주는 외곽으로 물러나 있던 계엄군의 탱크 소리와 함께 밝았다. 새벽 5시 무렵이었다. 이 소식은 금방 광주 전역에 퍼졌고, 시민들은 하나둘 도청 앞 광장으로 모여들기 시작했다. 사람들이 모이자, 예정에 없던 범시민 궐기대회가 열렸다. 시민들은 계엄군의 시내 진입은 협상을 위반한 것이라고 규탄하고 '전 언론인에게 보내는 글'과 '대한민국 국민에게 보내는 글' 등을 채택했다.

그런 다음 대형 태극기를 앞세운 채 전남대 스쿨버스와 1천여 명의 고등학생을 선두로 시민 전원이 시가행진에 참여했다. "우리는 싸움을 포기할 수 없다", "살인마 전두환을 죽이자", "무기 반납은 절대로 안 된다" 등의 구호와 함께 '우리의 소원'을 불렀다. 금남로를 출발, 주요 지점을 돌아 다시 도청 앞 광장으로 모였다. 외부와의 통신이 끊어지자, 취재팀은 광주경찰서와 내무부 기자실로 통하는 핫라인을 이용해 본사와 서울에 있는 자기 가족과도 통화를 했다.

그런 가운데서도 우리 취재팀은 전날과 같이 도청 앞에 나가 시민군 측에서 재발급해 주는 취재 완장을 바꿔 차고 취재를 시작했다. 금남로 충장로를 비롯한 시내 중심가의 벽마다에는 미국, 영국, 독일, 프랑스 등 해외 유력 신문들이 요소요소에 붙여져 있었다. 원문 옆에 한글 번역본도 나란히 붙여 놓았다. 시민들은 광주를 있는 그대로 보도해 준 외신들에는 감사를 표했지만, 광주를 왜곡하는 국내 언론에 대해서는 불신을 넘어 적대감을 나타냈다.

### 계엄군 진입 후 취재팀 안전상 서울로 철수

26일 늦은 오후쯤, 오 차장은 서울 본사로부터 '곧 계엄군이 진입할 테니 빨리 광주에서 탈출하라.'는 통보를 받았다. 취재팀의 박충 기자도 미국 성조지(星條紙, the Stars & Stripes) 기자로부터 '계엄군 광주진입' 정보를 들어 알고 있었다고 한다. 몇 시간 뒤 그 말은 곧 사실로 드러났다. 우리는 26일 밤 자정 무렵 어둠 속에 들려오는 젊은 여성의 목소리를 생생하게 들었다. "시민 여러분! 지금 계엄군이 쳐들어오고 있습니다. 우리 형제자매가 계엄군의 총칼에 죽어가고 있으니 전 시민은 무기를 들고 나가 싸웁시다."

마침내 올 것이 오고야 말았다. 계엄군의 광주탈환 작전은 시간 문제일 뿐 언젠가는 올 수밖에 없는 운명이었다. 그날 역사적인 가두방송을 한 사람은 당시 송원전문대 2학년 재학 중인 21살의 박영순 양으로 밝혀졌다. 박 양의 목소리는 차분하면서도 듣는 이의 가슴을 울릴만큼 호소력이 있었다.

박 양의 가두방송을 듣고 도청으로 향해 가던 수많은 시민 가운데 일부는 계엄군에 의해 체포되거나 사살되기도 했다. 27일 새벽 4시가 넘어서 시민 군 지휘본부가 있는 전남도청은 계엄군에게 완전히 포위되었다. 열흘 동안 광주에서 전개됐던 민초들의 항쟁은 그렇게 맥없이 막을 내리고 있었다. 우리 취재팀은 더 이상 광주에 머물 수가 없었다. 계엄군의 삼엄한 경비와 가택수색, 검문검색 등이 강화되면서 광주는 또다시 공포의 도시로 변해가 고 있었다. 우리야 떠나면 그만이지만 광주 시민들은 또 얼마나 무서운 공 포의 나날을 보내야 할까, 생각하니 가슴이 먹먹했다.

27일 오전 짐을 싸고 철수에 나선 취재팀 일행은 장성-고창-정읍을 거쳐 서울로 올라왔다. 서소문 본사 5층 보도국에 도착, 고일환 보도국장과 선배 들에게 인사를 했으나 다들 싸늘한 반응이었고, 넋 나간 사람들처럼 무표 정하기까지 했다. 빈말이라도 '고생했다'라거나 '광주가 어떻냐?'고 묻는 사 람은 아무도 없었다. 6월쯤엔 언론사별로 20명 안팎이 해직될 것이라는 괴 소문이 나돌았다. 그러던 7월 중순쯤 보도국 기자들에게 손바닥만 한 용지 를 줬다. 사직서였다. 빈칸에 소속 부서와 이름만 써넣으면 되게 돼 있었 다. 부장들은 "군인들의 요구에 따른 요식행위일 뿐"이라며 "가벼운 마음으 로 쓰라"고 했다. 기자들은 기다렸다는 듯 순식간에 적어 냈다.

7월 31일, 마침내 그날이 왔다. 중앙매스컴 기자, PD 등 33명(중앙일보 24명, TBC 9명)에게 사표 수리가 통보됐다. 필자도 포함됐음은 물론이다. 회사의 지시 없이 광주취재를 갔다는 이유로 해직된 경우는 나 말고 국제 신문의 조갑제 기자도 있었다. 하지만 입사 1년도 채 안 된 기자가 해직되 기는 내가 유일했다. 해직된 상태에서 처음 몇 달간은 광주에서 목격한 끔 찍한 장면들이 떠올라 잠을 잘 수가 없었다. 당시엔 그것이 '트라우마'라는 것인 줄도 몰랐다. (TBC)

# 1980년 '서울의 봄'에 한파(寒波) 경보

**송도균** | 보도국 정치부, 7기
- SBS 대표이사 사장
- 방송통신위(委) 부위원장
- KT 이사회 의장
- 숙명여대 석좌교수

이른바 '서울의 봄'이란 1979년 박정희 유신정권이 10 · 26 사태로 무너진 이후 1980년 5월 17일까지 대략 6개월 동안의 정치적 과도기를 의미한다.

유신정권이 종말을 고하자, 당시 최규하 국무총리가 대통령 권한대행으로 제주도를 제외한 전국에 비상계엄령을 선포한 데 이어 11월 6일에는 '유신헌법에 따라 대통령을 선출한 뒤 이른 시일 안에 헌법을 개정하고 대통령 선거를 하겠다'라는 등 민주화 일정을 밝혔다.

### 진정한 '서울의 봄'은 올 것인가?

12월 6일 통일주체국민회의에서 대통령으로 선출된 최규하 10대 대통령은 먼저 긴급조치 9호를 해제하고 12월 8일 가택 연금 중이던 김대중(DJ) 재야인사의 연금을 풀어주는 등 자신이 약속한 대로 민주화 일정을 행동으로 옮겼다.

이로써 신민당 김영삼(YS) 총재와 11월 12일 민주공화당 총재로 선출된 김종필(JP)에 이어 재야인사 김대중까지 정치활동을 재개하면서 "3김 시대의 막"이 올랐다.

1980년 삼일절 하루 전인 2월 29일 재야인사 김대중이 사면 복권되어 정치활동에 본격적으로 뛰어들면서 민주화를 향한 국민의 열망은 폭발하고 정국은 점차 요동칠 기미를 보였다.

당시 필자는 야당 출입기자로 '서울의 봄' 한가운데 서 있었다.

### 신문의 날, 방송기자만 야당 취재

3김(金)의 활발한 정치활동 재개로 미증유의 혼란기에 집권을 눈앞에 둔 듯한 야당 정치인들과 야당 출입기자들로 시장 바닥 같았던 광화문의 동아 일보 옆에 있는 서린호텔 2층 커피숍, 이날 오후 넓은 홀이 썰렁했다.

마침 4월 7일 신문의 날이어서 신문기자들은 출근하지 않았고 방송기자 들만 몇몇 모습을 보여 사실상 야당 취재의 핵심 장소가 개점휴업 상태나 다름없었다.

김대중의 사면 복권으로 당시 정치권의 최대 이슈는 '야권 통합' 논의였 다. 그러나 김대중의 신민당 입당 결정으로 정국의 최대 현안이 수면 아래 로 가라앉아 정치 쟁점이 사라졌기 때문이기도 했다.

취재원도 이를 쫓는 야당 취재기자들도 오늘 하루 일단 휴식 상태에 들어 갔다.

김영삼 신민당 총재와 김대중은 다음날인 4월 8일 오전 9시 30분 이 같은 내용을, 기자회견을 통해 발표하기로 합의한 상태였다.

### 1980년 봄 정국의 최대 현안 '야권 통합'

10·26과 12·12 사태라는 전대미문의 충격으로 1979년 연말을 보낸 정 치권은 최규하 정부와 10대 국회를 중심으로 1980년 새해를 맞게 된다.

10대 국회의 의석 분포는 유정회 77석, 민주공화당 76석, 신민당 67석.

당연한 수순으로 김종필 총재와 김영삼 총재 중심으로 정국이 돌아갔고 정치권의 힘은 개헌 논의로 모아지고 있었다.

야권만 떼어놓고 보면 김대중의 2월 말 사면 복권으로 '야권 통합'이라는 새로운 거대 이슈가 대두되고 있었다. 김영삼은 국회 유일 야당 총재라는 기득권을 내세워 김대중을 압박했고 김대중은 동교동계의 단단한 기반과 범야권 단일화 추진 세력을 배경으로 야권 통합에 임하고 있었다. 4월 초까지 김영삼은 김대중과 동교동계의 개별 심사 입당을 요구하고 있었고 김대중은 50%의 지분을 요구했다.

### 야권 통합 제대로 될 것인가?

우여곡절 끝에 김영삼, 김대중 양측은 4월 8일 오전 합동기자회견을 갖고 '야권 통합'을 발표하기로 합의했다. 이런 배경 때문에 서린 호텔 커피숍에서 정치인과 기자들의 북적대던 모습이 사라진 것이다.

양 김의 합동기자회견 하루 전 오후 4시께 KBS의 K 차장이 차를 마시던 도중 필자에게 말을 걸었다.

K "어이 송 형, 회사에 들어가야 되나?"

송 "아니."

K "동교동 들렀다가 귀가하면 어떨까?"

송 "내일 회견 잡혀 있는데 새로운 얘깃거리가 있을까?"

K "그냥 얼굴이나 보고 표정이나 읽어 보지 뭐."

송 "좋아!"

K "오케이~"

마침 K 차장이 소형차를 몰고 다닐 때여서 함께 바로 동교동으로 향했다.

평소 같으면 DJ를 독대할 기회가 흔한 것도 아닌데 이날은 우리가 도착하자마자 DJ가 응접실로 나왔다.

"내일 회견 준비는 잘돼 갑니까?"

"준비할 것이 뭐이 있겠어. 그냥 하면…."

"워낙 또박또박 정리해서 말씀하시니 그렇지요."

"두고 봅시다. 그런데요 요즘 시국을 어떻게 보시나요?"

"통합야당과 재야세력, 시민단체 쪽으로 힘이 실리지 않겠습니까?"

"속도 경쟁에서 지고 있는 것 같아요?"

"속도 경쟁이라니요?"

"민주세력과 재야세력, 시민단체가 정국을 주도하려면 조직화되어야 하는데 그 속도를 말하는 겁니다. 반면에 군부는 이를 타도하기 위해 지금 열심히 공작을 하고 있어요. 그런데 군부의 속도가 좀 더 빠른 게 아닌가 생각이 되고 불길합니다."

DJ는 마치 응접실 벽에 걸려 있는 세계 지도를 가리키며 말했다.

"세계 역사를 보면 유사한 사례들이 있고 해답도 있는 것 같아요! 제도권 야당의 역할도 한계가 있는 듯하고요."

이후로는 차와 과일을 들면서 소소한 일화를 중심으로 담소하다가 DJ를 하직하고 동교동을 떠났다.


### DJ "민주화 세력 대통합 총력 투쟁키로"

마침 K모 차장과는 집이 같은 방향이어서 함께 귀가하는 도중 K모 차장이 갑자기 차를 갓길에 세우면서 말했다.

"송형 저 사람 내일 회견 깨는 거 아냐? 오늘 DJ 말과 표정 분위기를 세밀하게 따져 봅시다."

시국의 급박성을 놓고 보면 신민당 입당 조건을 놓고 밀고 당기기는 철없는 짓이고 제도권을 중심으로 한 투쟁은 한계가 있다.

따라서 범야권, 시민사회단체, 민주화 세력의 대통합 총력 투쟁이 정도라는 DJ의 생각을 정리할 수 있었다.

곧바로 기사를 작성해서 각자 회사에 송고하면서 4월 8일 아침 〈7시 라디오 뉴스〉부터 송출하기로 하고 헤어졌다.

방송사마다 회견 중계를 준비하던 상황이어서 아침에 수류탄 한 방 날리는 기분으로 취침.

## 특종 아닌 특종으로 부원의 박수 받아

아침부터 야당 정치인 몇몇으로부터 전화를 받고 느긋하게 출근길에 올랐다.

당연히 김영삼 · 김대중 합동 기자회견은 물 건너 날아갔고 동교동으로부터 TBC 기사가 옳다는 발표도 있었다.

편안한 마음으로 아침 8시 반쯤 출근했는데 김성호 정치부장(TBC 1기, 작고) 등 부원 모두가 박수치면서 이구동성으로 "한 건 했네.", "완벽한 특종이야."라며 격려했다.

머리가 핑 돌았다. 특종이라니? KBS와 함께 불렀는데 무슨 일인가? 슬그머니 외신부 쪽 한가한 책상 전화로 KBS의 K 차장을 찾았다.

"어이 어떻게 된 거야?"

"당신 특종이야."

"어제 송고 안 했어?"

"했지."

"그런데?"

"어젯밤 정치부 야근이 동교동계 골수인데 내가 기사를 보내니까 평소 내 성향으로 봐 DJ에게 해로운 기사일 거라고 지레 판단하고 쓰레기통에 버렸데. 특종을 축하합니다."

특종도 아니면서 특종상을 받게 된 경우다.

KBS K 차장은 김영삼 총재의 고등학교 후배이면서 상도동계와 밀착해 있었고 이 때문에 사고가 터진 것.

이 특종 기사 이후 김영삼 · 김대중 합동기자회견은 하루아침에 무산되었고 그 후 야권의 권력 쟁취를 위한 투쟁은 가열차게 전개되었다.

오른쪽부터 필자, 전응덕 초대 보도국장, 차만순 기자

## 취재원과의 지나친 밀착 언론 본질 흐려

1968년 체코슬로바키아의 민주화 운동인 '프라하의 봄'처럼 '서울의 봄'이라는 민주화 열풍의 혼돈이 불어닥치면서 한국 언론은 내부로부터 무너지고 있었다.

감시 대상인 취재원과 지나치게 밀착하고 패거리를 만들어 내부로부터 언론의 본질과 언론의 자유를 스스로 허물어 내고 있었다.

TBC 정치부는 적어도 이런 면에서는 자유스러웠고 또 자랑스러울 수 있었고 이런 정치부는 그때 그 시절에 몇 군데 없었다고 자부하고 싶다.

유신정권 몰락과 재야인사의 사면 복권으로 시작된 '서울의 봄'은 김대중의 정치활동이 재개된 1980년 3월 1일부터 김대중과 김종필이 당국에 소환 구금되고 김영삼이 가택 연금되는 5월 17일까지, 두 달 보름에 불과할 정도로 짧았고 국민이 열망하는 민주화 여정에 아픈 상처를 숱하게 남겼다. (TBC)

# 특종(特種)의 희열에서 오보(誤報)의 공포까지

**남선현** | 보도국 사회부, 11기
- KBS 워싱턴 특파원
- KBS 미디어 사장
- JTBC 대표이사 사장(초대)
- ARTS FLASH 대표이사 사장

1980년 7월 6일 〈TBC 석간〉 톱뉴스 件이다. 5·18 광주 민주항쟁 직후 서슬 퍼런 계엄령 아래 기사 검열을 뚫고 스릴 넘치게 받은 '수도권 정비 기본계획' 특종상을 나는 잊지 못한다.

당시 TBC 사회부 기자로 서울시청을 출입했다. 아나운서로 입사한 나는 기자란 아나운서와 달리 '오라는 데는 없지만 갈 곳은 많은' 직종으로 치부해 왔다. 7월 4일 오후 3시. 그날도 나는 혼자 시청 국장실을 부지런히 돌고 있었다. 평소 친하게 지내던 K모 도시계획국장실. 그의 책상 위에서 눈에 번쩍 뜨이는 붉은 글씨의 '對外秘(대외비)' 책자 하나가 나를 사로잡았다.

책 제목은 〈수도권정비 기본계획〉이었다. 당시엔 서울 시내 4대 문 안의 건물 높이를 12층으로 제한한다거나, 주택 밀집지역에 재개발 사업으로 아파트를 짓는다는 계획만으로도 신문이 주먹만 한 제목으로 다루고 방송도 주요 뉴스로 보도하는 상황이었다. 하물며 〈수도권정비 기본계획〉이라니 말해 무삼하랴?

## 절호의 기회, 도시계획국장의 변비

그나저나 어떻게 〈수도권정비 기본계획〉 보고서를 볼 수 있겠는가? 일단 책상 앞에 앉아 있는 K 국장을 자연스레 아래 소파로 내려오게 하고 온갖 수다를 떨며 시간을 끌었다. 워낙 가까이 지내는 사이라 화제는 무궁무진했다. 한참을 얘기하던 K 국장이 드디어 화장실 좀 다녀오겠다며 벌떡 일어섰다. 나는 속으로 쾌재를 불렀다.

'아! 이때다. 이때! 제발 볼일은 큰 걸로 보고 와라. 작은 것 말고 큰 걸로! 제발 부탁이다!'

소파에 있던 나는 K 국장이 화장실로 나가자마자 잽싸게 〈수도권정비 기본계획〉을 집어 들었다. 어디서부터 뭘 봐야 하는가? 첫 장을 넘기니 관련 정부 부처가 나열돼 있다. 총리실, 내무부, 국방부, 건설부, 교통부, 농림부, 보사부, 서울시, 경기도…. 서울시는 한참 뒤에 나왔다. 한눈으로 보아 8개 정부 부처가 서울시와 공동으로 작업을 했다는 걸 알 수 있었다. 계획서에는 복잡한 도시정비계획 지도가 곳곳에 실려 있다. '이거 안 되겠구나. 에라 모르겠다.' 책을 움켜잡은 나는 국장실 옆 도로과(課) 사무실로 달려갔다. 태연스레 문을 열고는 "웬 책이 이렇게 무거워! 미스 김! 나 이 책 몇 장 복사 좀 할게요."라며 결론 부분 20여 페이지를 콩 볶는 가슴으로 잽싸게 복사했다.

## 뒤통수가 당겨 후들후들…

후들거리는 걸음으로 국장실로 되돌아왔다. 천만다행으로 K 국장의 화장실 용무는 내가 원했던 대로 큰 것이었다. 변비였는지 10분이 지났어도 돌아올 기미가 없었다. 두툼한 보고서를 다시 K 국장 책상 위에 살며시 올려놓고는 미끄러지듯 시청을 빠져나왔다. 평소 시청에서 TBC까지는 걸어서 불과 10분 거리였다. 그 10분이 그날따라 내겐 한 시간도 넘는 것처럼 왜 그리 멀게만 느껴졌는지…. 뒤통수가 당겨 제대로 걸을 수 없었다.

보도국에 도착한 나는 복사지를 꺼내 들고 단숨에 읽어 내려갔다. 중앙부처와 서울시, 경기도 등 지방자치단체의 합작품인 〈수도권정비 기본계획〉은 대략 이러했다.

"수도권 전체를 광역 다핵(多核) 도시로 개발해 나가되,

◎ 의정부, 양주, 포천 일대는 개발 억제 지역으로

◎ 안양, 수원, 화성, 안성, 양평 일대는 개발 촉진 지역으로

◎ 그 밖의 지역은 개발 유보지역으로 나누어 수도권의 인구 과밀현상을 막고 국토의 균형발전을 꾀한다"는 것이었다. 그리고 개발해야 할 대상 지역과 정비해 나가야 할 지역을 몇 개의 지도(地圖)로 싣고 자세한 배경 설명을 해 놓았다.

가슴이 쿵쿵 뛰었다. 관련 중앙부처와 지방자치단체 합동으로 수도권개발과 정비계획을 세워 놓은 걸 입수하다니!! 당시엔 서울에 12층이 넘는 빌딩 한 채만 지어도, 또 재개발 사업으로 어느 동(洞)에 아파트 500채만 지어도 사회면 Top 기사로 다룰 만큼 서울시 도시계획은 세간의 관심사였다. 더구나 TBC는 전국 네트워크가 없어 수도권 위주 방송사였다. 이런 상황에 서울을 비롯한 수도권 전체의 도시개발 계획이 비밀리 마련됐으니 어찌 경천동지(驚天動地)할 기사가 아니겠는가!

### 일요일 밤 〈TBC 석간〉 톱으로!

김우철(金宇哲) 사회부장에 보고했더니 보안이 확실하냐며 몇 번씩 다짐했다.

사회부장은 강용식(康容植) 보도국장과 의논한 결과 먼저 지도를 넣어 세밀한 제작을 하고 방송은 이틀 뒤인 7월 6일 밤 종합뉴스인 〈TBC 석간〉에 Top 뉴스로 내기로 했다고 내게 귀띔해 줬다. 그런데 보도하려면 또 한 고비가 남아 있다. 당시 서울은 계엄령 아래 있었다. 이 때문에 신군부가

들어선 뒤 모든 기사는 주로 대위급 군인들로 구성된 언론검열단의 서슬 퍼런 검열을 통과해야 방송할 수 있었다. 고민 끝에 토요일 오후를 택해 검열받기로 했다.

남이 쉬는 시간에 검열하게 되면 젊은 하급 장교들이 대충 넘길 수도 있다는 생각이 들었기 때문이다. 또한 토요일 오후라 가급적 검열단의 고위직이 없을 때 '뭘 잘 모르고 도장 찍어주는 요행'을 기대하기도 했다. 나는 보고서를 복사할 때보다 검열에 가슴을 더 졸였다.

5·18 광주 민주항쟁 직후여서 당시 국민들이 안정이 안 돼 사회가 전반적으로 뒤숭숭한 상황이었다. 이런 판에 어느 지역은 개발하고 어느 지역은 정비한다는 엄청난 기사가 방송되면 민심이 우려된다며 기사 전체를 검열단이 삭제해 버리면 지금까지의 공든 탑이 일시에 무너져 내리지 않겠는가?

### 시뻘건 검열 필 고무도장이 너무 반가워

가슴을 졸이며 서울시청 2층 검열단에 들어갔더니 뜻밖에 담당 육군 대위는 별스럽지 않은 기사라 생각했는지 「검열 필」의 시뻘건 고무도장을 냅다 찍어 주었다. 그때 내 기분은 하늘을 나는 것 같았다. 이제 모든 게 준비됐다. 방송만 남았다.

방송도 종합뉴스 〈TBC 석간〉 Top으로 이미 내기로 돼 있으니 더 뭘 바라는가? 그런데 갑자기 또 다른 고민이 생겼다. 방송 나간 뒤 서울시나 내무부 등 관련 부처에서 그건 전혀 사실이 아니라고 발뺌해 버리면 난 완전히 혼자

특종의 산실이자 2층에 언론검열단(1980.7)이 있었던 서울시청

오보를 한 꼴이 되고 만다. 사회가 시끄러울 만한 큰 기사의 경우 사실 보도를 두고도 출입처에서 강력히 부인한 뒤 여론이 잠잠해지고 나면 그 보도대로 당초 정책을 추진하는 경우가 많지 않았던가? 더구나 이번엔 그냥 오보로 끝나는 게 아니다. 당시 전국에 내려진 비상계엄령 탓에 난 꼼짝없이 민심을 흉흉하게 한 죄목으로 군 당국에 잡혀가 여기저기 터지기 십상이었다. 나는 고민 끝에 다른 언론과 합작품을 만들기로 했다. 두말할 것 없이 내게 선배인 데다 평소 형님 언행을 해 온 합동통신 R 차장이 떠올랐다.

검열을 끝낸 토요일 7월 5일 저녁 R 선배를 만났다.

남 : R 선배! 내일 밤 큰 것 한 件 쓸 테니 월요일 아침 통신 첫판에 내면 어떻겠어요?

R : 뭔데?

남 : 지금은 얘기 못 해요.

R : 아니 이 사람! 참, 지금 토요일 저녁인데 내가 어디서 누굴 찔러본다고 그래? 귀띔이라도 해 줘.

남 : 절대 안 됩니다. 싫으면 말고요!

R : 쪼개기는 되게 쪼개네! (뻐긴다는 뜻으로 잘난 체한다는말)

남 : 쪼개는 게 아니에요, 정말! 얘기된다니까요. (기삿거리가 크다는 기자들의 표현 방식)

R : 야마(일본말 '산(山)'을 말하는 것으로 '기사의 핵심'을 뜻함)만 얘기해 봐.

출입기자에게 제일 기사가 궁색해질 때가 대개 토요일이다. 일요용 스트레이트 기사에다 편집부가 반길 만한 묵직한 월요일용 기사까지 필요하기 때문이다. 난 혼자 생각했다. 만약 합동통신이 아니면 동양통신에다 Top 기사를 줄 수 있지 않은가?

남 : 그럼 그만두세요. 월요일 Top거리 있으신가 본데.

R : 알았다. 알았어!

일요일 밤에 R 선배를 만나기로 하고 헤어졌다. 그때 내 양복 안주머니엔 한 번 접고 그 위로 또 한 번 접은 기사가 있었다. 시원스레 찍힌 빨간색「검열 필」고무인과 함께.

### 1980년 7월 6일 일요일 밤에 특종 리포트

〈TBC 석간〉 Top 뉴스로 〈수도권정비 기본계획〉이 전파를 타고 울려 퍼졌다. 우승 소식을 전하는 스포츠 기자가 리포트하듯 목소리도 드높게…. 그로부터 정확히 30분 전, R 선배에게 팩스로 기사를 전달했다. 그날 밤 나는 한잠도 이루지 못했다.

"남 기자요? 여기 검열단인데 좀 봅시다!" 금세 이런 전화가 올 것만 같았다.

7월 7일 아침, 라디오 〈뉴스 전망대〉 출연을 마치고 기자실로 달려갔다. R 선배는 그때까지 데스크에 기사를 넘기지 못하고 있었다. 날 보자마자 다짜고짜 소리쳤다.

R : 아이! 이 사람아!! 지도를 줘야 할 거 아냐?

남 : 제가 지도를 안 드렸던가요?

나는 서부영화 게리쿠퍼 권총 꺼내듯 잽싸게 복사된 지도를 내밀었다. R 선배는 내게 고맙기는커녕 '네 놈이 일부러 지도를 안 줬구나.' 하는 얄미운 인상을 짓는 듯 마는 듯 묘한 표정을 짓고는 회사로 달려갔다. 사실 〈수도권정비 기본계획〉은 지도 없이는 기사를 쓰기 어렵다. 썼다 한들 독자가 이해되지 않게 돼 있었다. 지도를 싣지 않고는 마치 바둑판 없이 기사로만 대국을 설명하는 꼴이다. (나중에 이 지도는 다른 언론사들이 기사를 받는데 대단한 몫을 했다.)

오전 10시가 넘으면서부터 한둘씩 기자실에 나타난 기자마다 〈수도권정비 기본계획〉 기사로 벌집 쑤셔 놓은 듯 시끄러웠다. 당시 각 사 기자가 데스크에 변명키 어려웠던 건 바로 〈수도권정비 기본계획〉이 자세히 담겨 있는 완벽한 지도(개발유보지역, 개발촉진지역, 정비 지역 등이 표시됨) 때문이었다. 더구나 TV 화면에 그 지도를 그대로 방송했으니 다른 언론사의 경우 어느 기자가 이 기사를 '검토 중인 계획일 뿐'이라거나 '작문 기사'에 불과하다며 데스크에 쉽게 얘기하고 그냥 지나쳐 버릴 수 있겠는가?

그날 나는 동기생인 중앙일보 L 기자와 함께 단골 목욕탕인 서소문동의 순화탕에 갔다. 마치 호떡집에 불난 듯한 기자실을 뒤로하고….

둘이 발가벗고 목욕하면서도 L 기자는 내게 '어떻게 그걸 취재했느냐'는 말 한마디도 없었다. 그 큰 기사를 쓰면서 동기생인 자기에게 아무 귀띔 없이 통신에만 준 게 꽤나 섭섭했나 보다. 그리고 데스크에 자존심이 몹시 상하는 얘길 들은 것 같아 나 역시 아무것도 물어보지 않았다. 우린 그냥 목욕만 신나게 하고 미역국인가를 맛나게 먹고 헤어졌다.

## 데스크 배려, 붉은 벽돌집 여관으로 2~3일 피신

나는 그날 곧장 집에 들어가지 않았다. 혹시라도 계엄사 검열단으로부터 어떤 일이 있을지도 모르니 한 2~3일 정도 숨어 있다가 회사에 나오라는 데스크의 배려가 있었기 때문이었다. 총각 때 소주 먹다 자정을 넘기면 동기생들과 함께 가끔 찾았던 무교동의 붉은 벽돌집(경북여관)에서 묵기로 했다. 이곳은 음식 사 먹기도 편하거니와 당시 석간이던 동아일보 맞은편 길모퉁이에서 웬만한 신문은 모두 가판으로 손쉽게 구할 수 있기 때문이었다.

'토요일 오후 「검열 필」을 찍어 준 대위가 언론 검열단장에게 혼이 났는지? 난 계엄사에 끌려가 쇠고랑을 차게 되는지? 회사로는 뭐라고 연락이 왔는지? 집 앞에 청개구리 군복을 입은 아저씨가 와서 기다리고 있지는 않는지?…' 몹시 궁금해 견딜 수가 없었다.

합동통신은 어떻게 했을까? 시청 기자실에 들러 통신기사를 받아 보니 자세한 기사와 지도가 실려 있었다. '옳다, 됐다! 신문이 받아 쓰든지 말든지 그건 둘째고 최소한 R 선배와 둘이 계엄사에 잡혀가면 그래도 좀 낫겠다.' 싶어 어느 정도 안심이 됐다. 겁 많은 내가 참 치사하다는 생각을 떨칠 수 없었다.

전날 밤을 꼬박 새운 데다 목욕탕까지 다녀와 지칠 대로 지쳤지만, 도저히 잠을 이룰 수 없었다. 혼자 곰곰이 생각해 보니 이런 등식이 성립됐다. '신문이 대거 받으면 나는 별 탈이 없고 아무도 안 받으면 잡혀가 치도곤을 치른다.'

한마디로 「특종(特種)의 희열에서 오보(誤報)의 공포까지」가 나를 엄습해 왔다.

어떻게 될 것인가? 생각할수록 긴장만 될 뿐 잠은 오질 않았다. 그러나 이런 일들은 이제 더 이상 내 의지로 해결될 문제가 아니었다. 저녁 7시 여관에서 벌떡 일어나 옷을 챙겨 입고 D 일보 앞으로 갔다. 손에 닥치는 대로 가판 신문을 챙겨 들었다.

아! 신문마다 1면 머리기사 아니면 세컨드 톱이었다. 이젠 겁날 것 없다. 나는 그 길로 여관비 되돌려 받을 생각도 못 한 채 집으로 향했다.

'이제 됐다! 내일 새벽까지 이대로 가겠지. 기사와 지도, 지도, 지도….' 나는 갑자기 개선장군처럼 용감해졌다. 너무 좋으면 잠이 오지 않는 법. '오보의 공포'에서 완전히 벗어나고 '특종의 희열'만 남았음에도 난 그날 밤 앉은 채 밤을 새우다 조선일보를 집 앞에 서서 받아들었다. 1면 톱! '기사와 지도'가 그대로였다.

## 오보의 공포에서 해방

아침 일찍 목에 있는 대로 힘을 주고 회사에 나갔다. 강 핏대(화를 잘 내는 강용식 보도국장의 애칭)가 나를 불렀다. 국장 석 옆에 의자를 내주며 앉으라고 했다.

강 : 남선현 씨, 그 기사 어떻게 취재했어? 편집국장이 사장한테 되게 혼났다. 신문마다 온통 톱이더군. (그 당시 TBC는 중앙일보와 더불어 중앙매스컴이라는 하나의 회사였고 매일 아침 사장 주재로 편집국장과 보도국장 등 3인의 회의가 열렸다. 보도국과 편집국은 비록 한 회사 안에 있었지만 기사 싸움은 다른 언론사와의 경쟁보다도 오히려 더욱 치열한 상황이었다.)

남 : 네. 제가 쓴 기사와 지도를 통신에 줬는데 모두가 그걸 잘 받았습니다.

강 : 그래, 수고했다. 신문 스크랩 잘해두지.

남 : 네, 감사합니다.

'신문 스크랩을 잘하라'는 말뜻은 '특종상을 주겠다'는 뜻이다. 당시 「TBC의 특종상 원칙」은 TBC에 나간 방송 기사를 3개 신문 이상이 5단 이상으로 받아써야 특종으로 인정했다. 사회부장 역시 희색이 만연한 채, "남선현 씨, 신문 하나도 빠지지 말고 스크랩 잘해둬."라고 했다.

## 38개 일간지 머리기사로 받아

2박 3일간 H 통신과 합동으로 펼친 특종 전쟁이 끝났다. 그 당시 TBC가 사 보던 신문을 자료실에서 모조리 찾아 복사했다. 당시 서울을 비롯해 전국에 모두 38개 일간지가 있었고 신문마다 1면 톱이거나 세컨드 톱이었다. 다만 중앙일보는 1면에 받았지만, 여느 신문사보다는 작게 실렸다…. 나는 지금도 기자 생활하는 사람치고 이 정도의 특종을 잡을 수 있는 행운이 주어지는 경우가 그렇게 많지 않을 것이라는 생각을 한다.

그리고 이 특종은 바로 통신사 덕분이었다. 지금처럼 인터넷이 발달하지 않은 당시엔 통신사 기사가 아니면 각 언론사에 정확히 알려주는 게 불가능했다. 나의 특종에 당시 회사는 연말에 1호봉을 더 올려주겠다고 공식 통보해 왔다.

　TBC에 입사한 지 50년이 되었지만 지금도 나는 서재에 놓인 상패들을 보면서 취재현장을 뛰는 기자처럼 혼자 흐뭇해하곤 한다. 언론통폐합에 따라 TBC가 문을 닫는 바람에 나의 연말 특진은 현실화되지 못했으나 그 어느 상보다도 계엄령하에 스릴 넘치게 받은 특종상을 잊지 못한다. (TBC)

# TBC 뉴스 평가와
# 방송 뉴스의 선진화

"스웨덴과 러시아의 식민 통치를 받았던 핀란드는 독립과 함께 언론자유에 대한 국민의 열망을 충족시키기 위해 1970년부터 초등학교 교육과정에 정식으로 '미디어 리터러시(매체 문해력)' 교육을 채택, 실시해 오고 있다."

- 김재봉 기자의 글 중에서 -

"이런 기자정신이 TBC를 통해 계속 이어졌다면 공정보도에 대한 논란은 지금보다 훨씬 줄어들지 않았나. 어려운 언론 여건 속에서도 객관 보도를 위해 헌신했던 TBC의 기자정신이 더욱 생각난다. 그래서 공정보도에 대한 논란이 커질수록 TBC 보도국의 기자정신이 더욱 그리워진다."

- 김정탁 교수의 글 중에서 -

# 한국 방송 역사 속의 TBC 뉴스

**이창근** | 보도국 사회부, 14기
- 광운대학교 미디어커뮤니케이션학부 교수
- 한국언론학회장(2004~2005)
- 보도국 사회부에서 필자(1980.11.30.)

1980년 11월 30일 역사 속으로 사라진 TBC가 존재했던 시기(1964~1980)는 한국 현대사의 격동기였다. 정치적으로는 1961년 쿠데타로 정권을 잡은 군사정권이 기존의 정치 질서를 뒤엎은 격변기였으나, 경제적으로는 농경사회에 머물러 있던 한국이 산업사회에 진입해 중진국으로 도약하는 발판을 마련한 기간이기도 했다.

이 때문에 TBC가 방송했던 17년 동안 한국의 후진적 정치문화와 경제발전이라는 모순적 상황이 언론에 그대로 투영되었다. 이 기간에 신문과 방송은 경제성장 덕분에 제작 기술과 양적 면에서는 성장했으나, 군사정권의 극심한 언론통제 때문에 권력 감시 기능은 크게 위축됐다. 언론의 자유, 민주주의, 경제발전이 대체로 선순환한 선진국과 달리, 1960~70년대 한국의 언론은 2차대전 종전 후 독립한 여러 개발도상국처럼 경제성장과 민주주의의 시련이라는 모순적 구조 속에서 활동해야만 했다. TBC 뉴스도 예외는 아니었다.

## 민영방송 잇단 개국으로 국영방송 독주 끝나

TBC가 방송했던 1960~70년대는 한국에 라디오와 텔레비전 방송이 본격적으로 도입되고 성장한 시기였다. 이보다 앞서 1954년 기독교방송(CBS)이 한국 최초의 민간방송으로 개국했고, 1959년 부산문화방송(부산MBC)이 민간 상업방송으로 출범해 국영방송 KBS의 독주가 끝났다. 5·16 쿠데타가 일어난 1961년 12월 한국문화방송(서울MBC)이 라디오 방송, KBS가 TV 방송을 각각 시작했다. 이어 1963년 동아방송(DBS), 1964년 동양방송(TBC)의 전신인 〈라디오 서울(RSB)〉이 출범했고, 같은 해 12월 동양텔레비전(DTV)이 개국했다(1966년 ㈜동양방송으로 합병, TBC로 약칭 변경). TBC는 1966년 서울FM방송을 인수한 뒤, 1974년 중앙일보와 합병해 신문-라디오-TV를 결합한 국내 최초의 종합매스컴 회사가 됐다.

TBC에 앞서 1961년 5·16 직후 개국한 서울MBC는 이듬해 군부 실세들이 설립한 〈재단법인 5·16 장학회〉에 강제로 인수된 후, 1969년부터 TV 방송을 시작해 KBS-TBC-MBC TV 3국 경쟁 시대의 막이 올랐다.

이처럼 우리나라에서는 1950년대 말~60년대 초 사이에 민영 라디오와 텔레비전 방송국이 집중적으로 개국해 방송체제의 외연이 크게 확장됐다. 대부분의 아시아 국가는 1950~60년대 중반에 TV 방송을 시작했다. 아시아에서 가장 먼저 TV 방송을 시작한 나라는 필리핀(1951)이었고 일본(1953), 태국(1954)이 뒤를 이었다.

1960년대 초에 라디오와 TV 방송국이 잇달아 설립된 이유는 4·19 혁명으로 집권한 민주당 정부가 KBS의 정치적 편향을 시정하기 위해 민영방송 허가에 호의적이었고, 5·16 쿠데타로 집권한 군부정권도 경제발전을 통해 정통성을 보완하는 데 신문보다 막강한 전파력이 있는 방송이 더 효과적일 것이라고 기대했기 때문이다.

이로써, 우리나라에는 1960년대에 국영 KBS와 민영 상업방송이 맞서고, 상업방송국들이 상호 경쟁하며, 청각 매체 라디오와 시청각 매체 텔레비전이 경쟁하는 다원적 방송체제가 구축됐다.

## 전국 네트워크화에 실패한 TBC

그러나, 전국에 라디오 TV 방송망을 구축한 KBS, MBC와 달리 TBC는 서울과 부산국 외에 제휴사인 군산 서해방송(西海放送)과 광주 전일방송(全日放送)을 통해서만 프로그램을 송출할 수 있어 도회지 중심 방송사의 한계를 벗어날 수 없었다.

산업화를 통해 빈곤에서 벗어남으로써 부족한 정치적 정통성을 메우려던 군사정권은 처음에 상업방송의 확대가 경제성장에 도움이 될 것으로 기대했으나, 점차 장기 집권의 필요성을 느끼게 되면서 대기업 계열사인 TBC와 야당 성향의 동아방송(DBS)이 전국 방송망을 구축해 경제 정치적으로 영향력을 확대하는 것을 경계했다. 이 때문에 군사정권은 TBC의 방송망 확대와 동아방송이 신청한 지방국 신설, FM, TV 방송의 신설을 모두 불허했다.[1] 이에 비해 MBC는 KBS TBC보다 5년 늦게 TV 방송을 시작했지만, 소유주인 〈5·16 장학회〉의 후광을 업고 1974년 경향신문을 인수해 신문-라디오-TV의 전국 네트워크를 갖춘 국내 최대 매스컴 그룹이 됐다. 경향신문과 합병 1년 뒤, MBC는 자산 규모가 64%, TBC가 폐업된 1980년에는 유신 초기에 비해 약 10배 증가했다.[2]

방송 전파의 주인은 국민이지만, 방송국 허가는 외국에서도 정부가 실질적으로 결정한다. 문제는 그 결정이 얼마나 합리적이고 민주적인가인데, 결국 그 나라 민주주의의 성숙도에 달렸다. 2차대전 후 독립한 많은 개발도상국의 독재정권은 언론이 권력 감시보다는 우선 시급한 경제발전에 기여해야 한다는 논리를 내세웠는데 한국도 예외는 아니었다. 이른바 '발전 저널리즘' 논리가 장기 집권에 유리했기 때문이다.

## 60년대는 라디오, 70년대는 TV 시대

민영 상업방송이 잇달아 출현한 1960년대는 라디오 방송의 성장기이자 전성기였다. 1960년 전국에 보급된 라디오 수신기는 42만 대로 가구당 보급률이 9.6%에 불과했으나, 그 후 급속히 증가해 〈라디오 서울(RSB)〉이 개국한 이듬해인 1965년 192만 대로 급증했고, 1967년 285만 대가 보급돼 가구당 보급률이 47.3%, 1971년에 64.4%로 늘어나 1960년대 방송을 지배했다.[3]

이에 비해, 1970년 TV 수상기는 100가구당 6.4대만 보급돼 텔레비전 방송은 아직 도입 초기였다. 그러나 그 후 매년 4~5% 이상 증가해 1977년에 가구당 보급률이 55.7%를 돌파한 뒤 1979년에 78.5%, TBC가 통폐합된 1980년 83%에 이르렀다.[4] 그러니까 TBC는 흑백TV 수상기가 거의 전국에 보급돼 TV의 영향력이 정점에 달하기 직전에 통폐합된 셈이다.

### 한국의 100가구당 흑백 TV 수상기 보급률(1956-1979)

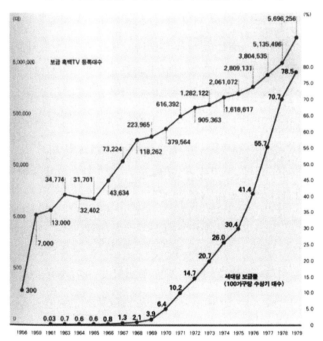

출처: 대한민국역사박물관 한국방송학회 편(2014). 〈소리 영상 세상을 바꾸다: 방송을 통해 본 한국 현대사 특별전〉 141쪽

## 라디오 청취자 뉴스보다 연속극 더 선호

6·25 전쟁으로 피폐해진 생활 여건에서 라디오 방송은 청취자들에게 잠시나마 고달픈 삶을 잊게 해주었다. 그중에서도 드라마, 특히 연속극은 전쟁 후 변변한 오락 시설이 없던 상황에서 수신기만 있다면 극장에 가지 않고도 집에서 쉽고 편하게 들을 수 있었기 때문에 인기가 있었다. 1961년 공보부가 서울 일원에서 프로그램 선호도를 조사한 바에 따르면, 연속극이 25.3%로 단연 1위였고, 더 듣고 싶은 프로그램에서도 27.4%로 1위였다. 뉴스는 13.8%로 음악(24.9%) 다음이었다. [5]

1956년 KBS의 일요연속극 〈청실홍실〉이 선풍적인 인기를 끌자, 방송국들은 국, 민영을 가리지 않고 저녁 황금시간대 매시간 연속극 한두 편을 집중 편성해 치열하게 청취율 경쟁을 벌였다. 1966~1968년에 서울 소재 5개 방송사가 매년 방송한 연속극 총편수가 평균 152편이나 됐다. [6] 그뿐만 아니라, 방송국들은 연속극 청취율 경쟁에서 이기기 위해 저녁 황금시간대에 연속극을 먼저 배치하고 뉴스 시간을 정할 정도였다. 시보 전 뉴스는 이런 발상에서 나온 것이었다. MBC는 개국 후부터 10년 동안 시보 전 뉴스를 유지했으며, TBC도 개국 후 처음 두 달은 시보 전에 뉴스를 방송했으나 자신감을 얻게 되면서 시보 후에 내보냈다. [7]

해방 후, 민주주의 실험이 단기간에 끝나고 군사정부가 언론을 통제한 상황에서, 한국은 아직 선진국처럼 방송의 공익성 등 방송의 근본적 성격과 목적, 그리고 이를 구현하는 방송 제도를 범국가 차원에서 숙의하고 결정하는 단계에는 이르지 못하고 있었다.

## 방송뉴스의 성장을 가로막은 군사정권

1960년대 초 상업방송이 잇달아 도입된 직후 일었던 연속극 붐은 지나친 것이었지만, 전체적으로 보면 이 당시 오락 프로그램은 역기능보다 순기능이 컸다고 평가할 수 있다. 전쟁 후 대중오락과 문화 시설이 부족했던 상황에서 라디오 방송은 대중이 쉽고 편리하게 집에서 오락을 즐길 기회를 제공해 주었기 때문이다. 방송 뉴스의 정보제공 기능도 부족한 점은 많았지만, 오랫동안 신문 등 인쇄매체에 의존하던 국민에게 뉴스를 더 빠르고 광범하게 제공해 줬다는 점에서는 긍정적이었다.

그러나, 언론으로서 방송의 권력 감시 기능은 군사정권의 극심한 언론통제 때문에 처음부터 벽에 부닥쳤다. '혁명 과업'인 근대화를 달성하기 위해 언론장악의 필요성을 감지한 군사정권은 집권 직후부터 사전검열, 언론인 감시, 연행 등 다양한 언론통제 수단을 동원했다. 이에 TBC 기자들은 1971년부터 언론계에서 일어난 언론자유수호운동에 동참해 잇달아 선언문을 발표하는 한편, 보도의 자율성을 요구하며 제작을 거부하기도 했다. 유신체제의 강압적 언론정책에 저항하면 즉시 물리적 제재가 뒤따랐다. 많은 언론인이 기관에 연행돼 고초를 겪었다. 1980년 여름에는 신군부의 '언론인 정화' 작업이 벌어져 TBC에서도 보도국 기자 5명을 포함해 중앙매스컴 기자, PD 33명이 해직됐다(장성효 기자 기고문 참조).

군사정부의 혹독한 언론통제는 1980년 '서울의 봄' 때 풀릴 듯했으나, 그해 11월에 자행된 언론통폐합으로 극에 이른 뒤, 1987년 민주화될 때까지 30년 가까이 계속됐다. TBC 뉴스 17년의 역사는 1961년 쿠데타 이후 한 세대 동안 지속된 군사정권의 극심한 언론통제 속에서 반쪽만 성장한 굴절된 한국 언론 현대사의 한 부분이다.

### 후발 주자 〈TBC 뉴스〉 빠르게 정착

1964년 5월에 개국한 TBC는 KBS, MBC, DBS(동아방송)보다 출발이 늦었다. KBS는 정부의 재정 지원으로 제작 인력과 시설을 확대할 수 있었고, MBC는 군부 실세가 설립한 〈5·16 장학회〉에 인수된 뒤, 후광을 업고 전국 방송망을 구축해 빠르게 성장했다. 한편, 동아일보의 방송사업 부서(방송 뉴스부)로 출발한 동아방송은 편집국의 풍부한 인적 자원을 활용해 시사보도 프로그램에서 앞서가고 있었다.

이 때문에 동아방송보다 1년 뒤 개국한 TBC는 처음에 기존 방송사와 정면 대결을 피하고 뉴스보다 성장 잠재력이 크고 수익성이 좋은 오락 프로그램에 비중을 두었다. 개국 당시 라디오의 장르별 편성 비율이 보도 9.9%, 사회 교양 21.4%, 연예 오락 28.7%, 음악 40% 등 보도 이외의 부문을 중시한 편성은 후발 주자의 어려움을 반영한다.[8]

그러나 그 후 TBC 뉴스는 빠르게 정착했다. 그 원인 중에는 1964년 〈라디오 서울〉이 개국한 그해 말 동양텔레비전(DTV)이 개국해 라디오와 TV가 시너지 효과를 낼 수 있는 기반이 마련됐기 때문이다. TBC 전신인 〈라디오 서울〉 뉴스는 처음에 보도과 소속 35명으로 출발했으나, DTV가 개국하면서 보도부로 통합돼 라디오와 TV 뉴스를 동시에 제작할 수 있게 됐다. 1969년 보도부가 보도국으로 승격돼 뉴스 제작 과정이 더욱 세분되었고, 모든 기자가 편집제작의 경험을 쌓게 함으로써 인쇄매체와 다른 TV 방송의 기본기를 습득했다.[9] TV 뉴스 제작은 신문보다 훨씬 복잡할 뿐만 아니라 협업이 필요하기 때문이다.

이러한 노력에 힘입어 TBC 뉴스는 라디오 뉴스로 경쟁하던 단계에서 벗어나 KBS-TV 뉴스와 경쟁하게 되었다. TBC 뉴스는 관료적이고 공보 방송 중심의 KBS나 공익재단 소속 상업방송이라는 이중적 성격의 MBC와 달리, 운영의 탄력성과 신속한 의사결정을 할 수 있는 순수 민영방송의 장점을 살려 통합된 라디오-TV 뉴스의 전달자로서 위상을 빠르게 높이고 성장 동력을 확보할 수 있었다.

### TBC 뉴스의 혁신과 성과

상업방송이었던 TBC는 조직의 특성상 시청자와 광고주의 반응에 민감할 수밖에 없었다. 이러한 구조적 특성 때문에 새로운 뉴스 프로그램을 개발하고 혁신해야 한다는 분위기가 보도국에 팽배했다. 기업에서 도입된 효율성과 성과를 중시하는 조직문화는 부정적으로 작용하기도 했지만, 끊임없이 새로운 형식과 내용의 프로그램을 만들고 개선하는 분위기를 사내에 조성해 후발 주자였던 TBC 뉴스가 단기간에 많은 성과를 내는 원동력이 되었다.

개국부터 17년간 하루도 쉬지 않고 방송된 〈뉴스 기상도〉, 매일 일어난 사건, 정부 정책, 경제 동향 등 주요 뉴스를 입체적으로 전달한 〈2시 뉴스의 현장〉, 국내외 저명인사들과의 인터뷰를 통해 당면한 현안을 진단한 〈카메라 리포트〉, 〈동서남북〉, 틀에 박힌 일기예보를 위성사진 설명으로 시청자의 눈을 넓혀준 김동완 통보관의 〈일기해설〉, ENG 카메라의 도입 초기, 야구 경기의 결정적 장면을 압축 방송해 시청자의 눈을 사로잡은 김영일 기자의 스포츠 코너는 TBC가 앞서간 긴 리스트의 일부분이다.

그중에서도 1971년 4월부터 종방할 때까지 10년 동안 매일 아침 8시부터 30분 동안 라디오로 방송된 〈뉴스 전망대〉는 경쟁사 프로그램을 압도했다. 아나운서가 뉴스를 읽어주는 평면적 뉴스 전달 방식에서 탈피해 그날의 주요 뉴스와 사회 현안을 여러 진행자가 취재기자, 특파원, 전문가와 심층적으로 분석하는 등 다양한 방식으로 구성했다. 그 가운데 봉두완 진행자의 대중적 언어 구사는 장안의 화제가 됐고, 엄혹한 언론통제하에서도 특유의 직설적이고 비유 또는 은유적 멘트로 권력자들을 비판해 청취자들로부터 큰 호응을 받았다(봉두완 기고문; 전응덕[10]).

1972년 4월에 시작한 〈TBC 석간〉은 라디오의 〈뉴스 전망대〉와 같이 진행자의 개성을 부각한 간판 TV 저녁 종합뉴스 프로그램이었다. 1963년 미국 CBS-TV는 월터 크롱카이트를 앵커로 내세우고 방송 시간을 15분에서 30분으로 늘려 TV 저녁 종합뉴스 프로의 효시가 됐는데, 1969년 개국한 MBC-TV가 벤치마킹해 1970년 10월 〈뉴스데스크〉를 시작했다. 이에, 〈TBC 석간〉은 방송 시간을 당시로서는 파격적인 40분으로 늘리고, 스튜디오 카메라를 보도국으로 옮겨 뉴스룸의 생생한 모습을 보여 줘 시청자들로부터 호평을 받았다.

발로 뛰는 TBC 기자들의 끈질긴 노력은 많은 특종으로 이어졌다. 1964년 도쿄올림픽 때 북한 선수 신금단 부친 단독 인터뷰(64.10), 북한 이수근 판문점 망명(1967.3), 일본인 사살 후 경찰과 대치하던 재일동포 김희로 단독 인터뷰(1968.2), 일본항공 요도호 납치범과 관제탑의 교신을 FM 수신기로 잡아 중계방송한 세계적 특종(1970.3), 일본 헬기의 독도 무단 침입 현장 보도(1977.2)는 긴 특종 리스트의 일부이다. 1978년에는 TV 방송 최초로 아프리카 적도 지역을 중앙일보와 공동 취재한 후 〈TBC 석간〉에 한 달 동안 연속 보도해 큰 호응을 받았다. 연말에 열린 보도 사진전은 80만 명이 보는 성과를 올렸다.

## TBC 태생적 제약 극복에 한계

하지만 TBC 뉴스에 영광만 있었던 것은 아니다. TBC, MBC(1974~1981)는 둘 다 신문-라디오-TV를 결합한 언론사였지만, TBC는 MBC와 달리 여러 제조업체를 소유한 복합기업 삼성그룹의 자회사였다.

복합기업 소속 언론사가 흔히 비판받는 이유는 비언론 모기업의 이해가 걸린 사건이 일어났을 때 모기업을 감싸는 경향이 있기 때문이다. 외부 압력에서 벗어나 뉴스를 독자적으로 제작하는 언론의 편집권, 이른바 '내부적 언론자유'를 어쩔 수 없이 스스로 포기하는 사례가 종종 나타나기 때문이다.

TBC 뉴스와 관련된 대표적 사례로 한국비료 밀수 사건(1966)과 미원-미풍 조미료 광고방송사건(1969)을 들 수 있다.

한국비료 사건은 삼성그룹의 계열사인 한국비료가 건설 자재를 가장해 일본에서 사카린 원료를 들여왔다가 불법으로 다른 기업에 매도한 사실이 적발돼 벌금을 물은 사건이었다. 이 사실이 기사화될 것을 우려한 한국비료 측은 TBC 경영진과 접촉해 TBC 교양 프로그램에서 중앙일보 논설위원과 유명 인사들을 출연시켜 한국비료를 두둔했다. 시사보도 프로그램은 한국비료를 비호하는 내용을 방송했다. 이 사건으로 방송윤리위원회는 TBC에 사과 방송을 부과하고, 관련자들을 한 달 동안 출연 정지시켰다.

3년 뒤 삼성의 계열사 제일제당과 조미료 제조회사 미원이 조미료 원료를 불법으로 수입한 사실이 드러난 뒤, TBC 뉴스는 미원 측이 조사받고 있다는 내용만 보도하고, 제일제당의 불법성은 보도 하지 않았다.[11]

이 두 사건은 TBC 출범 초기 종사자들이 언론의 윤리강령을 체내화하지 못한 상태에서 일반기업의 상명하복 문화가 복합적으로 작용한 결과였다. 언론의 사회적 책임에 관한 인식이 보편화되고 시민사회의 언론 감시가 일상화된 오늘날, 방송의 편향 보도에 대해서는 법제적 제재가 강화되었으나, 불공정보도는 여전히 계속되고 있다. 방송과 정치, 방송과 자본, 방송의 공익성과 수익성 사이의 갈등은 과거와 현재뿐만 아니라, 미래의 미디어 환경에서도 언론이 당면할 구조적 문제이다.

### 언론통폐합 후 방송의 권력 감시 퇴보

1980년 11월 신군부는 방송의 공영화를 구실로 TBC, DBS와 CBS의 보도 부문을 강제로 KBS에 통합해 정권을 지탱하는 도구로 이용했다. 새로운 인력의 유입으로 KBS 뉴스의 제작 기술이 향상된 것은 사실이지만, 권력 감시를 통해 민주주의를 전진시키는 방송의 파수견 역할은 1960~70년대보다 오히려 퇴보한 측면이 있다. 오랜 '자기검열' 관행에 익숙해져 1987년 민주화될 때까지 7년이라는 귀중한 시간을 허비했다는 점에서 그렇다.

만약 TBC가 살아남았다면 우리나라의 방송은 그 후 어떻게 변했을까? 역사에서 가정은 늘 호기심을 자극하지만, 사실에 근거해 과거를 복원하는 역사가에게 가정은 기피 대상이다. 그러나 정책의 정당성과 효과를 사후에 나타난 결과에 비추어 평가하고 미래를 예측하는 사회과학도는 역사에서 가정을 말하는데 좀 더 자유롭다.

뉴스 제작 도중 언론통폐합 소식을 들었던 TBC 기자들은 43년이 지난 지금도 만날 때마다 한 가지 공감하는 것이 있다. 그것은 컬러TV 방송을 준비하고 있던 TBC 뉴스가 민영방송 특유의 경쟁의식과 활력을 바탕으로 한국의 방송 뉴스를 선진화하는 데 크게 기여했을 것이란 점이다. 사라진 그 가능성은 사방으로 헤어져야만 했던 TBC 보도국 가족뿐만 아니라 국민에게도 큰 손실이었다. (TBC)

---

〈주〉

1) 한국방송 70년사 편찬위원회(편) (1997). 〈한국방송 70년사〉. 서울: 한국방송공사. 363쪽.

2) 한국방송개발원 (1995). 〈광복 50년 한국방송의 평가와 전망〉 144쪽.

3) 김영희 (2003). 한국의 라디오 시기의 라디오 수용 현상. 〈한국언론학보〉, 47(1), 145쪽.

4) 한국방송공사 (1987). 〈한국방송 60년사〉 752쪽.

5) 위의 책, 332쪽.

6) 같은 책, 384쪽.

7) MBC의 다양한 시보 전 뉴스에 관해서는 문화방송 30년사 편찬위원회(편) (1992). 〈文化放送 30年史〉 685쪽. TBC 경우는 중앙일보 · 동양방송 사사편찬위원회(편) (1985). 〈중앙일보 20년사, 동양방송 17년사〉 853쪽.

8) 위의 책 (1985), 〈중앙일보 20년사, 동양방송 17년사〉 717쪽.

9) 같은 책, 850~851쪽. 남정휴 기자의 본 회고록 기고문 참조.

10) 전응덕 (2002). 〈이 사람아 목에 힘을 빼게〉 175-176쪽, 서울: 중앙 M&B.

11) 이 두 사건에 대해서는 강현두, 이창현(1987). 사기업적 상업방송의 공익 침해에 관한 연구: "한국비료 밀수 비호방송 사건"과 "미원-미풍 조미료 광고방송 사건"을 중심으로. 〈언론정보연구〉, 24집, 14~26쪽 참조.

# 막내 기자가 겪은 언론통폐합의 암(暗)과 명(明)

**유연채** | 보도국 체육부, 15기
───────────────────
- KBS 워싱턴 특파원
- KBS 정치부장
- 경기방송 사장

1980년 언론통폐합은 흑의 역사다. 동양방송 TBC, 1964년부터 이어온 이름이 송두리째 사라졌다. 입사 2년 차 새내기 기자의 희망을 하루아침에 지워 버렸다. 동양방송 가족이 키워낸 대한민국 선두 주자의 자긍심을 일거에 무너뜨렸다. 명(明)과 암(暗)의 도치(倒置, 뒤바꿈)는 그렇게 아팠다.

짧은 만남이었지만 TBC 동양방송 사인보드는 오랜 동반자처럼 믿음직스러웠다. 수도권 중심의 영역이었지만 전국구의 기상으로 펄럭이는 푸른 깃발이었다. 한국 최초의 앵커맨 봉두완이 거침없이 박정희 정권을 비판하는 국민 신문고였다. 그러기에 전두환 신군부엔 그들의 앞길을 막는, 그래서 하루라도 빨리 지워야 할 이름이었다. 삼성 계열 신문까지 가진 막강 언론사는 '신문방송 겸영 금지'를 앞세운 그들에겐 최고의 먹잇감이 되었다.

1980년 언론통폐합 전인 7월에 해직된 정훈PD(TBC 13기)는"해직 전 홍진기 회장을 만났을 때 동방생명 건물에서 호암아트홀에 이르는 서소문 벨트에 이병철 회장이 좋아하는 적갈색의 종합매스컴 센터를 세울 예정이니 좀 참으라 했다. 홍 회장은 광고 수익이 민영방송 최고 수준이라 했다."고 말했다.

절정의 순간은 그러나 붉은 황혼의 시간 속으로 사그라들고 있었다. 그로부터 얼마 뒤 홍 회장은 금쪽같은 TBC를 포기하는 각서를 쓰게 된다. 1979년 10 · 26과 12 · 12 군사 반란을 거치면서 신군부의 계엄 포고령에 따른 언론통제가 본격화되었다. 언론통폐합은 그렇게 예정된 길로 D-Day를 향해 가고 있었다. 보도국 막내인 나도 그 불길한 전조들과 마주했다. 서울 시청에 차려진 보안사 검열단에 기사 승인을 받으러 다니는 게 졸병 기자의 주 임무였다. 언론의 자존심, 기자의 명예를 보안사 준위, 언론팀장에 갖다 바치는 일이었다. 계엄군으로부터 기사 오케이를 받아오는 너는 도대체 기자가 맞는 것이냐를 자문하며 분노와 헛웃음을 토했던 시절이다.

### 서울의 봄도, TBC도 빼앗겨

이른바 K 비밀공작에 따른 언론통폐합은 1980년 11월 30일 실행에 옮겨졌다. 언론 사주에 대한 회유와 강압 속에 방송 공영화 등 건전 언론창달과 국력 신장이란 미명 아래 감행됐다. 이에 앞서 제작 거부 등으로 저항했던 TBC 동양방송의 오홍진(12기) 기자, 정훈 PD 등 상당수가 강제 해직되어 아쉽게도 KBS로의 통폐합 대열에 합류하지 못했다.

TBC가 마지막으로 겪은 사건들은 종말의 재앙이 예고되는 가운데서도 우리의 선한 싸움을 멈추지 않은 묵시록들이다. 1980년 보도국 편집제작부를 거쳐 사회부에 근무한 동기생인 15기 주동원 기자의 기억 메모다.

# 장면 1 : 1979년 8월 YH 사건(10 · 26의 도화선)

아침 일찍 출근하니 TBC 기자총회 열림 / 신민당사 농성 중 경찰 강제진압으로 YH 여공 한명 추락 사망, 이를 묵과하면 안 된다는 강성기조 토론 이어짐, 당시 기자협회장은 송도균 / 정치부 노재성 기자가 취재 중 다치고 중앙일보 사진부 양원방 기자가 머리에 피가 나는 부상 / 결론은 "보도관제 용납 못 한다." / 라디오는 박광춘 편집 데스크가 9시 뉴스부터 기사화, 토요일이라 TV는 오후 1시 뉴스에 양원방 기자 피 흘리는 사진 슬라이드 컷으로 보도 / 보도관제를 깨고 YH 사건이 알려지게 됨 / 이는 이후 TBC 통폐합의 결정적 단서로 작용함. YH 사건은 전국적인 민주화 시위로 이어지고 김영삼 총재 제명과 부마항쟁을 불러 결국 10·26의 도화선이 됨

# 장면 2 : 1979년 12.12 사건
〈TBC 夕刊(석간)〉 마친 시간 한남동 정승화 총장공관에서 총성이 울림 / "슈퍼 살롱(자동차 이름)을 찾아라!" 기자들 야간 취재 시작, 대략 개요로 기사화, 편집 요원, 앵커 등 퇴근 못 하고 비상 스팟뉴스 대기 / 시청검열단 기사 통제로 뉴스 못 나감 / 다음 날 아침 서소문 사옥 출입구 앞에 장갑차와 착검한 군인들 모습 선명

# 장면 3 : 1980년 5월 서울의 봄 정국(政局)
'서울의 봄' 대학가, 서울대 관악 캠퍼스엔 메케한 최루탄 냄새, 학생 시위 속 대자보 등장 / 출입기자들이 메모해 사내 보고, 아크로 폴리스 광장서 학생들 시국 성토 이어 짐 / 전국 대학생 모임의 촉매제가 되어 서울역 앞 대규모 학생 시위로 확산, 바로 5월 17일 시위의 주동자격인 서울대 총학생회장 심재철(국회 부의장 역임)이 출입기자인 내게 특별히 부탁해 TBC 사인보드 취재차에 태우고 서울역까지 가서 내려준 뒤 현장 취재 합류.

언론과 3김(김대중 김영삼 김종필)에 대한 통제 등 반민주적 정치 행위는 전국 대학생의 서울역 앞 대규모 시위를 촉발시키고 전국적인 계엄령 확대로 이어졌다.
서울역 대규모 시위 다음 날인 5월 18일, 광주에서의 민주항쟁으로 정점을 찍으며 1979년 10월 26일을 기점으로 시작된 '서울의 봄'은 마침내 막을 내렸다.

겨울의 문턱 1980년 11월 30일, TBC 동양방송에 운명의 날이 찾아온다.

KBS 2TV로 넘어간 여의도 TBC 신사옥에서 우린 "TBC는 영원하리!"를 외친 뒤 낯설고 황량한 섬 KBS로 강제 이주했다.

♪⋯해가 지고 달이 떠도 아~아~아~ 사랑의 TBC, 동양방송⋯.

이 로고송은 멈춰지고 더 이상 우리의 새 아침은 오지 않았다.

### TBC가 주축인 민영방송 출신이 공영방송 일궈

우리는 'KBS 맨'이 되었다. 'TBC 가족'들에겐 가장 먼 곳처럼 느껴졌던 그곳, 그들과 한식구가 되었다. KBS 사람들과의 첫 대면을 잊지 못한다. 반가움인지 경계심인지 알 수 없는 그들의 미소가 우리들의 낯선 시선과 교차하는 그 장면은 진실의 순간(moment of truth)으로 각인되어 이후 오랜 시간을 지배하는 조직문화로 남았다. KBS의 후배들은 시간이 지나면서 TBC 선배들에게 조금씩 다가왔다. 우리도 천천히 동화되고 가족이 되어 갔다.

통폐합이 가져다준 햇살이 있다면 그것은 방송생태계의 변화(change)일 것이다. 가장 큰 변화는 공영방송의 위상을 올바르게 세워 나가는 일이었다. 민영방송인 TBC와 동아방송 및 기독교방송이 갖고 있던 텔레비전과 라디오의 특별한 DNA들이 공영화의 걸음마 단계인 KBS와 만나 통합의 시너지(synergy)를 만들어 냈다. 우리의 보금자리를 뺏어간 언론통폐합이라는 변란이 동시에 거대 공영방송을 견인하는 변화를 탄생시킨 것은 참으로 역설적이다. KBS 출신 선배, 동료들을 통해서 우리 또한 변하고 경쟁하며 성장해 갔다.

언론통폐합 조치로 KBS 체육부에 수평 이동을 한 나는 특별한 경험을 했다. 스포츠는 양적 통합이 질적 확장으로 이어진 대표적인 영역이었다. 서울에서 개최된 86 아시안게임과 88 올림픽으로 이어진 골든타임에 편승해 스포츠 중계 제작기술이 비약적인 발전을 이뤘고 보도, 교양, 문화 등 방송 전 분야에서 국제적 수준에 빠르게 접근해 가는 세계화 시대의 문을 열었다. 나는 영상미학과 리얼리티의 진수인 '스포츠 다큐'라는 새 영역에 도전해 〈서울로 가는 길(Road to SEOUL)〉로 KBS가 이탈리아 영화제 다큐멘터리 부문 금상을 받았다.

사실 오늘의 K-culture, K-power를 만들어 낸 중심에 KBS가 있다. 한국의 멋과 발전상을 세계에 선보인 88서울올림픽이 그 시발점으로 생각한다. 88서울올림픽은 대한민국의 역량뿐 아니라 주관방송사(Host Broadcaster)인 KBS의 역량을 총체적으로 시험하는 기회가 됐다. KBS가 언론통폐합이 아니었다면 올림픽을 감당할 수 있었을까? 국영이라는 말을 귀 아프게 들어온 KBS가 공영방송의 틀을 다지게 된 것은 어찌 보면 언론통·폐합이 가져온 경쟁력과 균형의 선순환이라고 본다.

### 공영방송 경쟁력은 언론통폐합의 성과?

KBS는 언론통폐합이 초래한 공영의 막강한 힘을 바탕으로 시청률 경쟁에도 뛰어들었다. 언제부터인가 KBS 〈9시 뉴스〉가 MBC 〈뉴스데스크〉를 앞서기 시작한 초유의 일이 일어나 한국 방송계를 놀라게 했다. 그리고 메인 뉴스 시청률 우위는 이후 오랫동안 뒤집히지 않았다.

시청률의 철옹성 MBC를 밀어낸 거대한 파도는 유례없는 연쇄적 국가 재난 속에서 만들어졌다. 성수대교, 삼풍백화점 붕괴, 아현동 가스관 폭발, 아시아나 여객기 추락, 충주 유람선 침몰 등 하늘과 지상, 지하를 망라한 대형 사고들이 극도의 위기감을 부르고 국민의 눈과 귀는 KBS 뉴스에 모아졌다.

국가기간 방송의 존재감은 그렇게 컸다. 당시 KBS 보도본부 사회부장은 이봉희(TBC 7기, 작고) 선배였고 올림픽 이후 체육부를 떠난 필자인 나는 사건 데스크를 맡고 있었다. KBS의 막내 사건기자들과 TBC 막내 출신 사건 데스크가 하나로 만나 시청률 역전의 사변을 일으킨 건 매우 상징적이다. 비로소 물리적 통합에서 화학적 통합으로, 언론 선후배 관계의 기초(Basic)가 완성됐다고 봤다.

가운데 필자, KBS 선후배(전정치, 채일 기자)와 함께 생방송(베를린 장벽 붕괴 현장 1989.11.)

시청률 경쟁은 공영방송의 정체성 논란을 불러일으키기도 했지만, 국민에게 사랑받고 시청자가 많아야 외부의 압력으로부터 공영성을 지켜주는 보호막이 된다고 본다. 세계 기록유산에 등재된 〈이산가족을 찾습니다〉와 같은 특별생방송, 〈차마고도〉와 같은 질 높은 교양 기획물, 〈불멸의 이순신〉 같은 국민 드라마가 최고 시청률을 생산하면서 공영은 시청자와 함께 가야 지속 가능하다는 「뉴노멀(New Normal)」을 만들어 낸 것은 언론통폐합이 견인한 또 하나의 가시적인 성과가 아닐 수 없다.

TV 3사 중 과거 시청률의 선두 주자였던 TBC가 그 한 축으로서 견인차 구실을 톡톡히 했다. 이렇게 힘이 세진 공영방송이 흔들리고 있다. 정권은 KBS를 더 그들의 편에 두려고 했고 더 그들의 색깔을 입히려 했으며 그 일에 앞장설 전사들을 더 많이 투입하고자 했다. 공영방송의 화학적 통합의 기초를 일궈냈다고 자부하고 싶은 필자인 나는 정치부장, 보도 전략팀장 등을 거치면서 정권의 부질없는 그 욕망을 최일선에서 목격하고 체험했다. 권력의 힘이 가장 적나라하게 행사된 언론통폐합, 그 어두움(暗)과 밝음(明)은 지금 어떤 유산으로 KBS를 이끄는 힘이 되고 있을까를 반문케 하는 오늘이다.

TBC 막내 기자 불과 2년, 그리고 30년이 넘는 KBS 근무였지만 여전히 TBC 출신으로 불렸고 스스로도 그 이름에 자랑스러워하면서 지낸 시간이었다.

"TBC는 영원하리!"는 오늘 더 생생히 기억하고 더 소리 높여 외쳐야 할 다짐이다. (TBC)

# 방송 뉴스의 공정성을 고민하며 보낸 40년

**김관상** | 보도국 사회부, 15기
- KBS 사건 데스크
- YTN 보도국장
- CTS(기독교 TV) 사장, 회장

1978년 10월, 중앙매스컴 이병철 회장을 비롯한 경영진의 면접을 거쳐 사회 첫 직장인 TBC에 입사한 지 벌써 45년이 지났다. TBC에서 방송기자 생활을 시작한 필자는 한 우물을 파겠다고 다짐하고 KBS, YTN, KTV, CTS 등의 민영, 공영, 국영방송과 대학을 넘나들면서 '방송 뉴스의 공정성' 문제를 계속 고민해 왔다.

지난 40여 년 한국 사회의 격변기를 거치며 '뉴스의 숲' 속에서 나름대로 치열하게 공부하고 역사의 현장에서 공정한 방송 저널리스트가 되기 위해 처절하게 몸부림쳤다.

### 기자정신을 배웠던 TBC 초년 기자 시절

'기자정신'이 무엇인가? 당파성과 자신의 이해관계를 떠나 자기희생을 감수하고 진실을 보도하려는 지사적(志士的) 태도라고 생각한다. 1979년 8월 11일 일요 근무할 때 YH 사건 보도 과정을 직접 보면서 보도국 기자와 부장, 국장들이 한마음으로 민주화를 위해 언론대도(言論大道)를 걸어가는 모습에 크게 감명받았다. 그런 정신을 배우기 위해 5·18 전후해 사회부 경찰기자로 서울역과 시청 앞 시위 현장을 취재했다. 연신 터지는 최루탄 때문에 눈물을 흘리면서 공중전화 부스에 들어가 기사를 부르기도 했다.

"김관상 씨! 미안하지만 보도 통제로 더 이상 기사를 부를 필요가 없어." 어느 선배의 목소리가 지금도 생생하다. 이게 무슨 말인가 어이가 없었다.

또 언론통폐합 조치가 결정됐을 때 회사 근처에서 보도국 식자실(植字室)의 자막 담당 선배를 내세워 뒷모습 인터뷰로 TBC가 없어지는 것이 자율적인 조치라고 사실과 다르게 왜곡 보도했다.

또 사회부 기자로 내근할 때 서울시청 2층에 마련된 검열단에 가서 기사마다 검열받는 것을 가슴 아파하는 등 언론통제를 직접 경험했다.

사회부 내근 때의 일이다. 기사를 받아쓰기 위해 전화를 받자마자 사회부장 바꾸라며 자기는 '남산 박'이라고 했다.

기분이 썩 좋지 않아 "남산 박! 좋아하네!" 꽤 크게 혼잣말하면서 사회부장을 바꿔주었다. 남산 박은 중앙정보부 TBC 담당으로 그 뒤 보도국장에게 강하게 항의했다고 하니 이게 무슨 말인가? 언론통제에 정보 당국이 동원되는 그처럼 암울한 시기였지만 '그럼에도 불구하고' 정신으로, TBC 기자들은 언론대도를 향해 한 걸음씩 나아가고 있었다.

한편으로는 TBC가 삼성그룹과 관계가 있다는 '내재적 한계' 때문에 삼성 관련 광고주의 압력을 어떻게 극복하고 공정성을 담보할 수 있었을까? 하는 고민도 했다.

아무튼 철저한 기자정신은 공영방송이나 국영, 민영방송 등 조직의 문제가 아니라 기본적으로 언론 구성원의 윤리가 작동되어야 한다고 생각한다. 기자라면 공정성 확보 방법을 알고 있지만 이를 지켜내지 못하는 데는 스스로의 윤리의식 빈곤과 지사적(志士的) 용기 부족 때문으로 판단된다. 추운 겨울, 언론통폐합 조치로 그렇게 기자정신을 조금씩 터득하며 정들어가던 삶의 터전 TBC를 떠나 여의도의 KBS로 직장을 옮겼다.

## TBC와 KBS의 차이는 무엇이었나?

1980년 12월 1일, 강추위가 이어지던 날, 대부분의 TBC 가족은 여의도 KBS로 출근했다. 낯선 분위기였다. 그래서 동기생인 주동원과 함께 이 시대에 기자로 사는 것이 부끄럽다면서 그만두기로 의견을 모았다.

이틀 동안 무단결근한 뒤 TBC 선배들의 권유로 KBS 출신인 류근찬 서울경찰청 출입기자(시경캡)에게 전화했다.

"류 선배! 다음 직장을 구할 때까지 KBS에 계속 근무하겠습니다."

"그래, 직장도 구하지 못하고 결혼한

왼쪽부터 주동원, 필자, 김창훈 기자 (신입사원 연수 시절, 1978.10.)

녀석이 그만두면 어떻게 해? 바로 나와라!"

다시 사회부 경찰기자로 현장을 뛰었다. TBC에서는 종로경찰서 1진이었지만 KBS에서는 통폐합으로 인원이 많아서 중부경찰서 2진으로 사실상 강등되었다.

또 KBS 보도국에서는 선배들의 존칭이 달랐다. TBC에서는 '님'을 붙이지 않고 그냥 '선배, 부장'이라고 호칭했지만, KBS는 공무원이나 일반 회사처럼 '선배님, 부장님'이라고 불렀다. 무언가 권위적이라는 느낌이 들고 조직 문화의 차이를 느낄 수 있었다. 고품격이라기보다는 관료 체제라는 판단이 들었다.

또 취재할 때 전화로 "TBC 김 기잡니다."라고 말하면 경찰 등 취재원이 꽤 인정해 준다는 느낌이 들었지만 "KBS 김 기잡니다."라고 말하면 무언가 무게가 덜하다는 생각이 들었다. 1980년 12월 이전에는 KBS는 시청률 측면에서도 그렇고 안타까운 수준이었기 때문이었다.

## 불가피하게 공정방송 훼손 자행

KBS에서의 초기 생활은 암담했다. 스스로 일기에 '남창(男娼)의 노래'라는 용어를 사용하기도 했다. 1982년 전두환 전 대통령이 아프리카 순방에 나섰다. 사회부 경찰기자인 필자는 시민 인터뷰를 담당했다. 시민 대부분이 KBS와의 인터뷰를 꺼리거나 의도적으로 피하는 바람에 처제와 고등학교 친구인 은행원 등에게 사정사정 애걸해서 인터뷰한 기억이 난다. 새 환경에 적응해 살아남기 위한 고육지책이었다. 이 당시에 가장 나를 괴롭힌 것은 KBS 기자로 지낸 것이 일제 강점기 때 부역한 것과 같이 평가받을 것이라는 두려움이었다. 어린 딸들이 대학생이 됐을 때 아빠가 KBS에 다녔던 것을 수치스럽게 생각할 것 같았다.

1987년 6·29 민주화 선언까지 7년 동안 전두환 정권에서의 언론통제는 박정희 정권 수준, 그 이상이었다. 보도의 공정성 확보를 위한 기자들의 움직임은 한국기자협회 KBS 분회를 중심으로 여러 행태로 나타났다. 보도본부장의 부당한 인사 조치에 대해서도 투표 방식으로 부당성을 주장하며 집단항의도 했다. 이런 움직임은 언론통폐합 이전에는 볼 수 없었다고, 한다.

무엇보다 전두환 정권 때, KBS 9시 뉴스 편집부에 근무할 때는 진행표(cue sheet)를 프린트하던 계약직 사원이 MBC 보도국에 팩시밀리로 진행표를 주고받던 관행도 있었다. 서로 책임을 줄이기 위한 조치로 '땡전 뉴스'의 전형적인 한 모습이었던 것 같다.

특히 정치부 선거 관련 내용은 유세 현장 화면이 왜곡되는 일도 있었다. 사회부도 예외는 아니지만 사건 데스크와 법조 데스크 시절 정치부와는 다르게 나름대로 '공정방송'을 위해 노력했다. 경기도 여주에서 발생한 모래와 자갈 채취업자들의 비리를 취재한 리포트가 계속 나가지 않았을 때 마침 사회부장 휴가를 이용해 부장 회의에 들어가서 〈9시 뉴스〉에 내보낸 적도 있다.

## 누가 왜 방송의 공정성을 훼손하는가?

정치부와 경제부 기자들은 어떻게 생각할지 모르겠지만 필자인 나는 사회부에서 10여 년 일했던 것을 자랑스럽게 생각한다. 사건 사고 현장이 있으므로 진실 보도를 덜 왜곡할 수 있었기 때문이다. 그러나 '바다가 앓고 있다'라는 제목으로 해양 오염 실태를 취재해 간판 프로인 〈뉴스 파노라마〉에 방송하려 했으나 당시 수산물 수출에 지장이 된다는 명분을 내세운 청와대의 압력으로 방송되지 못했다. 이같이 불방되는 경우가 비일비재했다.

또 KBS 춘천방송총국 취재부장 시절 지방자치제 1년을 맞아 특집 프로그램 제작 지시가 본사로부터 내려왔다. '강원 리서치'라는 여론조사기관을 섭외해 30분 특집을 제작하는 담당 데스크였다. 본사의 지시가 중간에 바뀌었다. 지방자치제의 긍정적인 부분을 위주로 접근하는 것이 아니라 문제점을 지적하라는 방향 전환이었다. 어쩔 수 없이 '진실 보도'가 아니라 내부 지휘부의 보도지침에 따라 취재기자를 설득해 그런 방향으로 왜곡 제작한 적도 있었다.

KBS 사건 데스크 때의 일이다. 1992년 태영건설이 공사하고 있는 서울 지하철 공사장에서 인명 피해가 난 내용을 보도했다. TBC 2기 출신 대선배가 SBS 윤세영 회장이 경영하는 태영건설 홍보 부문에 근무하고 있어 나와 당시 사회부장을 찾아왔다. 그때 TBC 7기 출신인 사회부장은 자리를 피해 선배에 대한 예의는 아니었지만 이처럼 진실 보도를 위한 몸부림은 멈출 수 없었다.

최근 KBS 뉴스를 보면 '정파성'에 따라 큰 흐름이 달라졌음을 알 수 있다. 좌파 진보정권이 집권할 때는 KBS 경영진이나 보도 책임자들이 코드에 맞게 색깔이 덧입혀진 것을 볼 수밖에 없었다. 코드에 맞는 청와대의 인사 때문이다. '자율 심의 기능'이 작동할 수밖에 없다. 우파 보수 정권도 다르지 않다. 최종 인사권자와의 '배려'와 '의리' 때문에 어쩔 수 없는 것 같고 '가치관'의 차이도 작동할 수밖에 없다.

보도의 공정성! 시스템의 문제일까? 그렇지 않으면 기자정신의 퇴보일까? 복합적이라고 보는 시각이 적절하다. 또한 어느 조직도 한두 명이 의사 결정하는 것이 아닌가? 기본적으로 언론학은 뉴스를 선정하거나 제작하는 요인으로 기자의 가치관뿐만 아니라 회사 안팎의 조직문화 그리고 이데올로기, 다양한 압력이라고 가르친다. 특히 기자 개인의 가치관이나 이데올로기도 큰 영향을 미친다고 생각된다. 정규 방송의 공정성도 문제지만 언론 환경 변화에 따라 우후죽순처럼 생겨난 다양한 유튜브는 검증 과정이나 책임 없이 뉴스를 제작해 내보내고 있어, 이 역시 공정성에 대한 문제의식은 바닥을 치고 있다는 생각이 든다.

### 뉴스 전문 YTN 공정성 면에서 자유로운가?

TBC 출신인 나는 차장으로 승진은 했지만, 언젠가 부장으로 승진할 때 KBS 출신 후배들보다 뒤처질 불이익을 받을 가능성이 높다는 생각이 들어 승진 2년 만에 신생 뉴스 전문 채널 YTN으로 자리를 옮겼다.

YTN에 와서는 특집 프로그램을 담당하는 기동 취재부장을 맡았고 보도 분야 의사 결정하는 분들이 대부분 KBS에서 친했던 선후배들이었다. 그래서 KBS보다 '공정성'을 더 확보할 수 있겠다는 생각이 들었다.

YTN 사회부장으로 근무할 때 YTN의 대주주인 '한전 KDN'의 모회사인 '한국전력' 직원들이 용산 경찰서에 구속된 사실이 있었다. 당시 방송 보류하라는 사장의 지시를 거부하고 그대로 방송함으로써 사장의 심기를 불편하게 한 적도 있었다.

YTN에서 가장 보람 있었던 일은 보도국장 재직 때 노무현 대통령이 태풍 '매미'로 심각한 인명 피해가 나고 있었던 상황에서 뮤지컬을 관람하고 있었던 내용을 특종 보도한 것이다. 당시에 뉴스를 통해 대통령의 비리나 잘못된 행동을 보도하기는 쉽지 않았지만, 세 번 면담을 통해 겨우 사장의 허락을 받고 보도했다. 이때, 가장 많이 생각났던 것이 바로 TBC 입사할 때 이병철 회장 앞에서 다짐한 내용이었다. "인간이 되기 위해 가장 빠른 길이 기자의 길이라고 생각합니다. 최고 권력 앞에서도 의연하게 정의 편에 서고 가장 약한 사람 앞에서도 겸손한 태도를 유지하는 것이 인간의 길이라고 봅니다."

YTN은 KBS와 달리 빨랐고 동료 선후배들의 가치관이 비슷했다. 물론 '내재적 한계'가 있었지만 24시간 뉴스 전문 채널로서 부장의 자율성이 대체로 강조됐다.

YTN의 간판 프로그램 〈돌발 영상〉도 2003년 3월, 봄철 편성 개편과 함께 방송되기 시작했다. 실무자들도 수고가 많았지만, 보도국장인 필자나 정치부장 등의 울타리가 또한 크게 영향을 미쳤다. 박희태 국회의장의 막말도 정치적 로비가 들어왔지만, 필자인 내가 막았던 기억이 생생하다.

제16대 대통령 선거 때의 일이다. 노무현 후보와 이회창 후보의 대선 보도 총괄 책임자는 보도국장인 필자였다. 우선 '기계적 균형'을 강조하면서 정치부장과 사회부장 등에게 '균형성을 유지하는 공정보도'를 강조했다. 필자는 정치권과는 무관하게 보도국장이 되었고 앞으로 보도국장 그 이상의 자리를 염두에 두지 않았기 때문에 가능했다고 본다. 다양한 이슈에 대해 YTN이 공정하게 보도하기 위해 사안마다 의사 결정할 때 취재 경험을 통해 터득한 기자정신과 윤리의식 및 객관적인 보도준칙에 따라 판단을 내렸다.

언론이 공정하지 못한 이유가 많겠지만 그 가운데 하나로 보도 책임자가 출세를 위해 양심적으로 기본 윤리에 충실하지 않기 때문이라고 판단한다. 누구나 인간은 이기적이고 정치적인 동물이 아닌가? 어쩌면 필자도 후회한 적이 적지 않다.

## 회사 재정이 건전해야 '보도 공정성' 담보

뭐니 뭐니 해도 기자가 후회하지 않기 위해서는 공정한 보도가 해답이다. TBC와 KBS에서 뉴스의 최종 목표는 '공정성'이었다. 그러나 경영이 악화된 YTN에서는 달랐다. 두 마리 토끼를 잡아야 했다. '공정성'과 '회사 수익'을 고려하지 않을 수 없었다. '회사 수익'이 보장돼 재정적으로 독립해야 '공정성'이 보장된다는 판단이 들어 필자도 공정보도를 담보하기 위한 회사 수익 창출을 위해 현실과 타협하지 않을 수 없었음을 자인한다.

공정보도를 추구해야 하는 보도 최고 책임자가 회사의 수익 창출에 나서야 한다면, '공정보도'는 뒷전으로 밀릴 수밖에 없다. 공정성은 모든 미디어에서 가장 앞서 추구할 덕목이지만 방송국의 재정 기반 건전성 여부에 따라 엄청난 차이가 날 수밖에 없다. YTN 데스크를 맡고 나서야 언론사 경영의 재정적 안정성이 공정보도의 또 다른 선결 조건이라는 사실을 재삼 확인할 수 있었고 40여 년 전 TBC의 안정된 재정적 뒷받침이 참으로 그리웠다.

## 바람직한 방송 뉴스를 위한 제언

필자는 40여 년 동안 방송 제작 현장에서 보도의 공정성 문제를 고민했다. 해답을 찾기 위해 대학원에서 이론과 분석 틀을 배워 시야를 넓힐 수 있었다. 이를 토대로 몇 가지 제안을 해 본다.

첫째, 공정하고 신뢰받을 수 있는 방송보도의 정착을 위해 보다 정교한 '공정성 지수'를 개발해 방송통신위원회의 '방송 재허가' 및 '방송 기금 지원' 심사에 반영하도록 한다. 언론과 정부, 국회가 협력하여 제도의 정착을 지원하도록 한다.

둘째, '언론의 검증 기능 활성화'를 위해 언론의 자유를 위축시키지 않는 범위 안에서 언론중재위원회와 방송통신심의위원회의 사법적 제재(制裁) 기능이 실효성이 있도록 강화할 것을 제안한다.

셋째, 언론인이 윤리강령과 사회적 책임을 준수하도록 공정보도의 침해 사례를 언론계 차원에서 매년 체계적으로 축적해 언론인 재교육과 국민의 미디어 문해 교육에 적극 활용했으면 한다. 모범적 언론인과 보도 사례는 '언론인 명예의 전당'을 신설(新設)해 그곳에 등재할 것을 제안한다. (TBC)

# 고별 〈TBC 석간〉 마지막 앵커의 제언

**길종섭** | 보도국 정치부, 5기

- KBS 9시 뉴스 앵커
- 정치부장, 경제부장
- 고려대 언론학부 석좌교수
- 한국케이블TV협회 회장

1980년 11월 30일은 동양방송 TBC의 제삿날이다.

당시 신군부의 강제 언론통폐합 방침에 따라 TBC가 1980년 12월 1일부터 KBS에 흡수 통합됐기 때문이다. TBC뿐만 아니라 DBS 동아방송, CBS 기독교 방송도 같은 신세였다. 이때 동아방송, 기독교 방송도 고별 방송을 내보냈지만, 당시 신군부는 유일하게 TV방송을 소유한 동양방송의 마지막 종합뉴스였던 〈TBC 석간〉의 고별 방송에 신경을 썼던 것 같다. 그래서 그랬던지 고별 방송의 진행을 맡게 됐던 나에게는 이미 며칠 전부터 '사내 지침'이라는 게 내려와 있었다. '절대 흥분해서도 안 되고 특히 감성적으로 접근해서 시청자를 자극해서는 안 된다'는 것이었다. 방송을 시작하기 전, 나의 마음은 무거웠다.

### 영원히 잊지 못할 '고별 〈TBC 석간〉'

"비록 오늘 TBC 가족 여러분에게 떠난다는 고별인사를 드리지만 헤어지고 끝난다는 것은 곧 다시 만나고 다시 시작한다는 것을 의미하기 때문에 내일부터 새로운 직장에서 새로운 일원으로서 일해 나가는 저희에게도 변치 마시고 지금까지 보내 주신 그 많은 성원, 또 많은 관심을 보내주실 것을 여러분께 끝으로 부탁드리면서 고별 〈TBC 석간〉을 전해 드리겠습니다."

　방송을 진행하면서도 오늘, 이 방송이 마지막 뉴스라는 사실이 믿기지 않았고 이 순간이 영원히 기억될 것만 같았다. 고별 방송하는 마지막 앵커로서 나는 동양방송의 역사와 가치를 되새기며 진심 어린 마무리를 전하고 싶었다. 하지만 가슴이 너무 북받쳐 올라서 말을 잇지 못하는 순간도 있었다. 그 순간의 감정과 울림은 아직도 나에게는 평생 잊지 못할 추억으로 남아있다.

　방송이 끝나고 나는 홀로 스튜디오에 남았다. 동양방송에서의 추억과 동료들과의 소중한 시간이 주마등처럼 머릿속을 스쳐 지나가면서 눈물이 나왔다. 동양방송 〈TBC 석간〉과 영원히 이별하는 순간이었다.

고별 〈TBC 석간〉 (1980.11.30. 일요일)

　그럭저럭 언론통폐합이 된 지 많은 세월이 흘렀지만, 그때의 상처는 지금까지 그대로 남아있는 것 같다. 〈TBC 석간〉 마지막 방송을 했던 그날 스튜디오에는 방송 시작 전부터 많은 선후배가 올라와서 지켜보고 있었다.

　어느 후배는 흰 손수건을 건네주면서 반강요 조의 부탁을 하기도 했다. 오늘 방송은 전 국민이 지켜보는 동양방송의 역사적인 마지막 방송이기 때문에 길 선배가 '쇼'를 해야 한다. 눈물을 흘리고 이때 흰 손수건을 사용하라는 식이었다.

　나는 정말 하고 싶었지만, 할 수 없었던 상황. 아마 그 후배도 시간이 지나면서 이해했을 것으로 믿고 싶다.

　언론통폐합과 관련해서 또 하나 나에게 지금까지 가장 아픈 상처로 남아 있는 것은 보도국장의 눈가에 맺힌 이슬이다. 언론통폐합이 되기 한 달 전 쯤 일이다. 보도국이 아닌 회사 근처 다방으로 나오라는 고일환 보도국장의 호출이 있었다. "TBC가 통폐합 대상에서 빠지기 위해서 이병철 회장까지 나서 회사 차원의 준비를 하고 있으니까 개별적인 청와대 취재는 하지 않는 것이 좋겠다."는 지시를 하면서 그렇지만 대세는 TBC가 없어질 것 같다고 했다.

이런저런 이야기를 많이 해주시면서 고일환 국장의 눈가에 눈물이 맺히는 것을 나는 아무 말도 못 하고 지켜볼 수밖에 없었다. 사랑하는 후배들을 떠나보낼 수밖에 없는 보도 책임자로서의 아픈 마음이 담긴 눈물로 생각된다. 그래서 지금까지 가장 아픈 상처로 남아 있다.

### 뉴스 앵커 취재와 편집권 갖고 감독 역할해야

〈TBC 석간〉 마지막 방송을 담당했고 언론통폐합 후 KBS에 가서도 뉴스 프로그램을 진행하면서 왜 우리나라 방송은 앵커 시스템이 확보되지 못했는지 등에 대해 문제 제기하면서 고민하고 나의 의견을 정리해 보았다.

미국과 영국 등 방송 선진국에서는 앵커 시스템이 다양한 방식으로 운용되고 있다. 미국의 경우 앵커들은 대개 방송국의 경영진으로부터 독립적인 위치에 있다. 앵커들은 뉴스 프로그램의 진행자로서 뉴스 아이템의 선정과 편집에 대한 전권을 갖고 있다.

영국도 미국과 거의 비슷한 형태를 앵커 시스템이 운용되고 있다. 방송국 경영진으로부터 독립적인 위치에 있으며 뉴스 프로그램의 진행자로서 뉴스 아이템의 선정과 편집에 대한 권한을 갖고 있다.

이처럼 미국과 영국 등 방송 선진국에서는 앵커 시스템의 운용에 있어서 앵커의 독립성과 자율성을 보장하고 앵커들이 뉴스 프로그램의 진행자로서 뉴스 아이템의 선정과 제작 그리고 편집에 대한 권한을 갖고 있는 것이 특징이다. 그 결과 뉴스의 영향력이 막강해진다고 본다.

한국의 경우는 어떤가? 한국 방송에서의 앵커 시스템은 보도 프로그램의 주요 진행자로서 뉴스의 신뢰성과 공정성을 대표하는 기능을 수행하기는 한다. 그러나 뉴스 아이템의 선정부터 제작, 편집에 이르기까지 앵커의 권한과 독립성 및 자율성이 거의 보장되지 않는 문제점을 안고 있다. 한국 방송에 있어서 앵커의 임면권을 주로 경영진이 쥐고 있다. 편집 책임자의 결정에 따라 이뤄진다.

### 편집권 등 전권 쥐는 '앵커 시스템'이 바람직

이를 개선하기 위해서는 앵커의 임명을 경영진이나 편집 책임자의 결정에 따라 결정하는 것이 아니라 앵커의 자격 요건과 선정 기준을 명확하게 수립해서 이를 바탕으로 앵커를 임명하는 것이 필요하다. 또한 뉴스 아이템의 선정과 제작뿐만 아니라 뉴스 프로그램을 자체적으로 제작하고 편집할 수 있는 권한도 앵커에게 부여하는 등 명실상부하게 앵커의 자율성과 독립성 그리고 공정성이 저해받지 않도록 하는 장치가 필요하다.

전권을 쥔 선진적 앵커 시스템 도입은 방송의 선진화와도 직결된다고 생각된다. 앵커의 자율성과 독립성, 공정성이 확보될 때 선진국 수준의 방송이 가능하고 국민의 시청권도 대폭 강화될 것으로 예상된다.

1980년 11월 30일 마지막 〈TBC 석간〉의 앵커로서 방송했지만 40여 년이 지난 지금도 대부분의 TV 뉴스가 앵커 시스템을 제대로 확보하지 못한 것은 방송을 둘러싼 복합적인 요인 때문으로 판단된다.

따라서 선진적 앵커 시스템 도입이 쉽게 될 수 있도록 방송의 지배구조 개선과 내부 뉴스 제작 체제의 획기적인 개혁 등 방송 내부의 장애물 제거가 무엇보다 우선돼야 할 것으로 생각한다. (TBC)

# 오보(誤報)와 가짜뉴스 그리고 미디어 리터러시

**김재봉** | 보도국 사회부, 4기
- 중앙일보 사회부 차장
- 법무부 대변인
- 문화일보 논설위원
- 지역신문발전위 위원장

신속성과 정확성은 언론, 특히 방송보도의 생명이다. 더욱이 생방송은 취재와 보도가 거의 동시에 이뤄짐에 따라 오보(誤報)가 일어날 가능성이 매우 높다.

필자가 기자 생활을 시작했던 '그때'는, 오보는 바로 '기자의 죽음'이었다. 그러나 요즘엔 오보는 별문제가 아닌듯하고, 가짜뉴스가 판을 치고 있다.

### 오보와 가짜뉴스는 무엇이 다른가?

오보와 가짜뉴스(fake news)는 다르다고 한다. 과연 어떤 차이가 있을까?

혹자는 "가짜뉴스는 오보임이 틀림없지만 오보가 모두 가짜뉴스는 아니다"라고 아리송하게 말하기도 한다.

가짜뉴스, 즉 페이크 뉴스란 'fake(거짓)'와 'news(소식)'가 합쳐진 신조어다. 좀 더 부정적인 해석을 한다면 '거짓된 정보나 소식을 뉴스인 것처럼 퍼뜨리는 것'이다.

일부 언론학자들은 의도적으로 허위 정보를 만들어 낸 주체가, 허위 정보의 신뢰도를 높이기 위해 언론보도의 형식을 흉내 낸 것이 가짜뉴스라고 지적한다.

언론이 직접 생산한 기사가 아니라 언론기관이 보도한 것처럼 꾸며낸 거짓(fake) 정보도 가짜뉴스의 범주에 들어간다고 말하는 학자도 있다.

기존 언론이 직접 취재한 것이 아니라도 SNS(Social Network Service)나 유튜브 등 에서 흘러나온 허위 정보를 약간 손질해서 전달하거나, 인용해 보도하는 것을 '가짜뉴스의 뉴스화'라고 규정짓기도 한다.

간단히 말해 거짓이거나, 독자나 시청자를 기만하기 위해 조작되고 의도된 뉴스라는 것이다.

그렇다면 오보는 무엇인가?

오보는 언론기관이 어떤 사실을 보도하면서 사실관계가 잘못된 경우를 말한다.

따라서 의도적인 것이 아니라, 판단을 잘못했거나 사실 확인(fact check)이 다소 미흡했던 것을 의미한다. 뉴스 제작 과정에서 발생한 실수로 인해 만들어진 기사이다.


**50년 전의 오보와 특종 사이**

50여 년 전의 취재현장을 소환해 본다. 이른바 김포 국제공항에서 일어난 일본 여객기 '요도호 불시착' 사건이다.

당시 입사 2년의 경찰서 출입기자였던 필자의 특종과 오보가 뒤섞인 취재 후기이고, 반세기를 넘긴 반성문(?)인 셈이다.

1970년 3월 31일 오전 7시 33분. '일본 공산주의동맹 적군파(赤軍派)' 요원 7명이 도쿄발 후쿠오카행 일본항공(JAL) 351호 편 '요도호'를 공중납치, 북한 평양으로 끌고 가다가 김포공항에 비상착륙을 했다. 요도호에는 승무원 7명과 승객 등 129명이 타고 있었고 범인들은 권총과 일본도, 폭탄 등으로 무장한 것으로 알려졌으나 뒷날 그들이 소지했던 권총 등은 모두 가짜였던 것으로 드러났다.

당초 이들은 도쿄 하네다 공항을 이륙 후 기내에서 승객들을 위협, 줄로 포박하고 요도호 기장에게 쿠바로 갈 것을 요구했다. 그러나 "연료가 부족해 쿠바까지 갈 수 없다."는 기장의 말을 듣고, 평양으로 기수를 돌릴 것을 요구했다. 기장은 후쿠오카 이타즈케 공항에 비행기를 임시 착륙시키고 연료를 보충했다.

일본 경찰은 자위대를 동원, 활주로를 막고 인질 석방을 도모했으나 범인들은 어린이와 노약자 등 23명만 일단 풀어주고 평양으로 가자고 협박했다.

요도호가 우리나라 영공에 진입, 휴전선 근방에 이르자 기장은 평양 상공에 다 온 것처럼 속인 뒤 기지를 발휘, 김포공항 관제탑에 착륙 유도를 요청해서 비상착륙을 한 것이다.

이 때문에 김포공항은 사흘 동안 완전히 폐쇄됐고 군 병력까지 동원돼 공항 청사 출입도 전면 통제됐다.

김포공항을 평양공항으로 위장하기 위해, 잠시 인공기를 공항 청사에 게양하기도 했다. 그렇다고 취재 보도가 금지된 것은 아니었다. 따라서 취재 경쟁은 더 치열해졌고 매우 힘들었다. 도무지 사실 확인이 안 되는 상황이었다. 이빨이 없으면 잇몸으로라도 '먹이'를 구해야 할 때였다. '맨땅에 헤딩'을 해서라도 뉴스를 생산하던 것이 '우리 때'였다고나 할까.


TBC 취재반은 궁리 끝에 공항 활주로가 끝나는 철조망 밖 개간지로 우회해서 활주로 가까이 접근, 요도호의 움직임을 단독 보도하기 시작했다.

활주로 끝 철조망에서 800여 미터나 떨어져 계류하고 있는 납치된 요도호의 이모저모를 하나하나 스케치했다. 망원경을 준비해서 현장에 접근할 처지가 아니었다. 궁하면 통한다고 중앙일보 사진부의 카메라에 망원렌즈를 끼워 놓고 망원렌즈를 통해 중계방송했다.

국내외 언론사들은 TBC 라디오가 어떻게 요도호에 접근, 세세한 현장 소식을 보도하는가를 취재해야 하는 촌극도 벌어졌다.

요도호 승객들에게 전달되는 음식물을 볼 수도 없었지만 "점심 도시락이 기내로 반입되고 있는 것 같습니다.", "구급차가 요도호에 접근하고 있습니다."는 등 요도호 주변의 움직임은 모두 뉴스가 됐다. 72시간의 긴 협상 끝에 인질로 잡혀 있던 탑승객들이 비행기에서 풀려나는 장면까지 우리는 빼놓지 않고 전파에 실어 보냈다.

또 요도호 조종석과 김포공항 관제탑 간의 교신 내용까지 중계방송차를 운용하는 엔지니어들의 협조로 FM 주파수로 잡는데 성공, 생방송으로 송출해 현장감을 최대한 살렸다.

물론 오보도 있었다. 풀려난 요도호 승객 대신, 요도호에 탑승했던 일본 정부의 운수성 정무차관 야마무라 씨가 "요도호가 김포공항을 이륙하기 직전 비행기에서 내렸다."는 오보를 했다. 우리의 독점 취재를 도와줬던 카메라의 망원렌즈가 밤이 되면서 성능이 떨어져 '착각'을 한 것.

## 세계는 지금 가짜뉴스와 전쟁 중

지구촌에 가짜뉴스가 나돈 역사는 오래되지만, 2016년 미국 대통령 선거를 통해 가짜뉴스가 마구 쏟아지기 시작, 지구촌이 혼돈 속으로 빠져들었다.

"로마 교황이 트럼프 지지를 발표했다."는 것에서부터 "힐러리 클린턴 후보가 테러 단체에 무기를 판매한 것으로 드러났다."는 등 거짓 소식이 간단없이 계속 나돌았다.

우리도 2020년대에 접어들면서 가짜뉴스가 급속히 확산하기 시작했다. "광화문에서 폭탄이 터졌다.", "법무부장관이 청담동 술집에서 변호사들과 술을 마셨다.", "후쿠시마 오염수가 3개월 후면 우리 바다를 덮친다."라는 등 괴담 수준의 가짜뉴스가 나돌았다.

한국언론재단의 조사 연구에 따르면 우리나라 국민 4명 가운데 3명은 진짜뉴스를 보면서 가짜뉴스가 아닌지 의심하고 있다고, 한다.

　2022년 대선 기간에 서울대 언론정보연구소가 운영하는 '서울대 SNU'가 가짜뉴스로 판정한 115건의 사례를 분석한 결과, 뉴스 생산자의 77.5%가 정당이나 정치인, 그리고 후보자 진영인 것으로 밝혀져 큰 충격을 준 바 있다.

　2024년 3월로 다시 돌아가 보자, '건국전쟁'이라는 다큐멘터리 영화가 공전의 히트를 했다.

　6·25 때 "이승만 대통령이 도망가면서 예고도 없이 한강 인도교를 폭파해 수많은 시민이 숨졌다."는 이야기도 '가짜'였음이 이 영화로 밝혀졌다. 70여 년 동안 그 가짜뉴스를 바로잡을 생각을 왜 누구도 못 했을까?

　우리는 '대통령의 서울 탈출' 사건과 맞물려 연상되는 사진 한 장을 기억하고 있다. 폭파된 다리 위를 아슬아슬하게 넘어가는 피난 행렬이다. 알고 보니 그것도 폭파된 한강 인도교 사진이 아니었다. 6·25 때 미군의 폭격으로 파괴된 대동강 철교 사진이었다. AP통신 사진기자가 찍어, 퓰리처상까지 받은 대동강 철교 사진을, 왜, 무엇 때문에, 한강 다리로 둔갑시켰을까?

미 종군기자가 찍은 폭격으로 끊어진 대동강 철교(1950.12.4.)

　또 한강 다리 폭파 때 다리 위를 지나던 차량 50여 대가 부서지고, 500~800명의 시민이 희생됐다는 것도 가짜뉴스로 밝혀졌다. 한강 인도교 폭파 당시에는 종로경찰서 경찰관들이 현장에 미리 배치돼 다리 위로 진입하는 민간인들을 통제했고, 다리 옆에 가설한 부교를 통해 한강을 건너 노량진 쪽으로 가도록 했다는 것도 '건국전쟁'이 밝혀냈다.

## 방송의 유튜브식 저널리즘화

한국 언론진흥재단의 2023년도 '언론 수용자 조사'에서 우리나라 미디어 수용자들은 뉴스나 시사 정보를 접하는 가장 주요한 매체로 텔레비전(76.2%)을 꼽았다.

그다음은 인터넷 포털, 온라인 동영상 플랫폼, 메신저 서비스 등으로 조사됐다. 이는 2020년 이후 계속되는 추세다.

종이 신문을 통해서 뉴스에 접하는 비율은 10.2%였으며, SNS(8.6%), 라디오(7.0%), OTT(4.1%), 팟 캐스트(0.9%)가 그 뒤를 이었다.

텔레비전을 통한 뉴스 수용이 높게 나왔지만, 2021년(83.4%)에 비하면 크게 낮아졌으며 MZ 세대는 20% 이상이 유튜버 등 비언론매체를 통해 뉴스에 접하는 것이 보인다. 상당히 의미 있는 조사 결과라고 생각한다.

이처럼 유튜브 등을 통한 뉴스 소비가 증가하면서 '유튜브 저널리즘'이라는 용어도 등장했으며, 이들 매체의 속성이 시청자들의 흥미와 본능을 자극해 관심을 끄는 측면이 농후해 문제가 많다고 비판을 받고 있다.

이른바 유튜버의 '황색 저널리즘화'가 대두되고 있다. 이에 대해 "언론매체의 진화 과정으로 봐야 한다."는 주장도 있지만 결코 바람직한 변화는 아니라고 본다.


## 가짜뉴스 분별력 어떻게 키우나?

가짜뉴스나 잘못된 정보의 범람으로 혼란스러운 시대를 살아가는 데는 무엇보다도 미디어의 속성을 이해하고 매체가 전달하는 내용을 분석, 평가하는 능력을 개개인이 갖추는 것이 중요하다고 학자들은 말한다.

이를 위해 도입되고 있는 것이 매체 문해력(Media Literacy) 교육이다.

문해력(Literacy)이란 글을 읽고 이해하는 능력을 말한다. '미디어 리터러시'는 미디어의 특성을 이해하고, 정보의 진위를 분별할 수 있는 능력을 뜻한다.

뉴스의 사실 여부를 파악하는 능력이 부족하면 우선 당사자 개인이 피해를 보는 것은 물론이고 사회구성원 간, 그리고 국가적으로도 문제가 커질 수 있기 때문에 유럽에서는 1960년대에 시민운동으로 '미디어 리터러시'가 각광을 받기 시작됐다.

유럽에서 가장 먼저 '미디어 리터러시'를 학교 교육에 도입한 나라가 핀란드이다. 스웨덴과 러시아의 식민 통치를 받았던 핀란드는 독립과 함께 언론자유에 대한 국민의 열망을 충족시키기 위해 1970년부터 초등학교 교육과정에 정식으로 '미디어 리터러시' 교육을 채택, 실시해 오고 있다.

필자는 언론사 퇴직 후 지역신문발전위원회 관계 일을 맡으면서 2017년 9월 지역 언론사 관계자들과 함께 핀란드의 '미디어 리터러시' 교육 현장을 살피기 위해 일주일간 핀란드 수도 헬싱키를 방문한 적이 있다.

숲과 호수의 나라, 핀란드는 1155년 스웨덴 일부로 병합됐고 1809년에는 다시 러시아의 자치령이 되었다가 1917년 독립했다. 1918년에 공화제를 시행, 비로소 독립국이 되었다.

인구 분포는 핀란드계가 전체 인구의 93%를 차지하고 있으며 스웨덴계와 러시아계를 합쳐 6% 정도. 핀란드 동쪽은 러시아, 북쪽은 노르웨이, 서쪽은 스웨덴이, 남쪽은 핀란드만을 사이에 두고 에스토니아가 있다. 지정학상 강국 러시아와 스웨덴에 끼어 있어 고난이 많았다고 한다. 독립 이후에도 두 차례 러시아와 전쟁을 했으나 패하여 영토 일부를 러시아에 빼앗기는 수모를 겪었다.

핀란드 어린이들은 초등학교 3학년이 되면 지역신문사의 협조를 받아 그 지역의 현안들을 신문 기사에서 찾아내는 연습을 하고, 현장을 방문해 말하기, 쓰기 소재를 선택해서 직접 글을 쓰는 수업을 받는다. 중학생이 되면 뉴스를 직접 제작하는 과정을 배우면서 좋은 뉴스와 나쁜 뉴스, 진짜 뉴스와 가짜뉴스를 구별하는 능력을 키운다고 한다.

유럽은 '미디어 리터러시'를 위해 유럽커뮤니케이션연구교육협회(ECREA)를 조직, 매년 각국을 돌아가면서 컨퍼런스를 열어 미디어 교육 전반에 대한 연구와 교류를 하고 있어 미디어에 대한 이해와 그 영향력에 대한 관심이 특별하다.

독일은 가짜뉴스에 대해 강력한 법적 대응을 하고 있으며, EU 집행위원회는 팩트 체크(사실 확인, 진실 검증) 네트워크를 가동해 양질의 뉴스 생산을 독려하고 있다.

## 맺는 말

이제 사람뿐 아니라 AI가 자동으로 가짜뉴스를 만들고 전파까지 하기에 이르렀다.

기존의 동영상에 다른 사람의 얼굴과 목소리를 입혀 그럴듯하게 가짜뉴스를 생산해 낸다. 이른바 딥페이크(deepfake) 기술이다.

가짜뉴스의 전파 속도는 진짜 뉴스보다 6배를 넘어선다는 연구도 있다. 사기를 당하지 않으려면 자신이 조심하고 사기꾼의 속성을 파악해서 잘 대응할 수밖에 없다.

첨단기술과 결합한 가짜뉴스는 결국 정치적 의사결정과 사회적 분위기에 심대한 영향을 주고 폐해를 야기해서 사회적 분열까지 조장할 조짐까지 보인다는 것이 언론학자들의 공통된 주장이다.

우리는 지난 세월 가짜뉴스를 작성한 적이 없는가? 가짜뉴스를 찾아낼 수 있는 능력은 갖추고 있었던가?

연세대학교 '바른 ICT(Information & Communication Technology) 연구소'가 상당히 구체적으로 만든 '가짜뉴스 체크리스트(376P)'로 한 번쯤 점검해 보고 자문해 봤으면 한다.

**▶ 연세대 바른 ICT 가짜뉴스 체크리스트(점검표)**

① 믿을 만한 언론사에서 나온 기사인가?

② 언론사의 이름, 기자 이름, 기사 작성 일자가 제대로 나와 있는가?

③ 전문가 인터뷰가 실렸다면, 믿을 만한 전문가인가?

④ 기사에 나온 참고 자료의 출처는 명확한가?

⑤ 예전에도 봤던 기사는 아닌가?

⑥ 고유한 숫자가 비정상적으로 많은 것은 아닌가?

⑦ 상식에 어긋난 내용이 들어 있지는 않은가?

⑧ 기사를 처음 본 곳은 어딘가?

⑨ 너무 한쪽 편만 드는 내용은 아닌가?

⑩ 기사 제목이 자극적이거나 선정적이지 않은가? (TBC)

# TBC가 계속 존속했다면
# 공정방송을 위한 언론 환경도 나아지지 않았을까?

**김정탁** | 성균관대학교 신문방송학과 교수
- 성대 언론정보대학원장
- 제39대 한국언론학회 회장
- 언론중재위원회 위원
- 국가브랜드위원회 위원

한국 방송계는 공정(公正)방송 실현 여부를 두고 오랫동안 논란을 계속해 왔다. 1980년대 중반 우리 사회에 민주화 열기가 달아오른 걸 전후로 해서 학계가 이 논란에 처음 불을 붙인 후 언론노조가 이를 오랫동안 이슈화해 온 게 사실이다. 그 결과로써 공영(公營)방송 제도가 보강되고, 방송통신위원회와 방송통신심의위원회 등이 만들어졌다고 본다. 그런데도 공정방송과 관련한 논란이 수그러들기는커녕 오히려 증폭되는 실정이다. 심지어 공정방송 실현을 무기로 해서 세를 키워 온 방송노조조차 정권이 바뀐 후 일부 방송사 권력을 차지했는데도 이런 논란이 여전히 줄지 않고 있다.

어쩌면 완전한 공정방송이란 영원히 달성될 수 없는 신기루일 수 있다. '내가 하면 로맨스고, 남이 하면 불륜'이란 말이 있듯이 보도가 내게 유리하면 공정하고 내게 불리하면 불공정하다고 여겨서다. 그러니 모든 사람이 만족할 수 있는 공정방송은 세상에 존재하기 힘들다. 재판에도 공정재판이란 개념이 없는데 어느 날 갑자기 이 개념이 튀어나와 우리의 방송 현실을 더욱 어지럽히고 있다.

그렇지만 방송인이라면 공정방송을 위한 노력을 게을리할 수 없다. 완전한 공정방송은 아니어도 대부분 시청자가 공감하는 수준의 공정방송에

도달하기 위해선 최선의 노력을 다해야 한다. 유신체제 이후 약 10년간인 1970년대 중반부터 1980년대 중반까지 방송인은 혹독한 언론 암흑기를 경험했으므로 그 이후 공정방송을 구현하기 위한 바람은 그 어느 때보다 컸다고 본다. 그런데 적지 않은 시간이 흘렀음에도 공정방송 실현 여부를 둘러싼 논란은 점점 치열해지고 있다.

그동안 정치권에선 제도적 장치로 공정방송 문제를 해결하고자 여러 차례 시도했다. 강화된 공영방송 제도의 도입과 정부 조직 내 합의제 기구인 방송통신위원회와 방송통신심의위원회의 설치가 그것이다. 그런데 이 제도가 도입되기 전과 비교해도 공정방송 실현 여부를 두고 시끄럽기는 매한가지다. 어쩌면 방송통신위원회 등이 정치권 싸움터의 최전방으로 변해 과거보다 더 시끄러워지고 있다. 이런 식으로 방송이 정치권이 벌이는 권력투쟁을 위한 싸움의 전위대 노릇이나 하면 어떤 새로운 제도가 도입된다 해도 또 다른 싸움터로 변할 뿐이다.

기자를 영어로 말하면 리포터(reporter)다. 리포터란 '포터(porter)'에 '리(re)'라는 접두사가 붙여진 말이다. 포터란 흔히 짐꾼을 말하는데 기자도 어떨 때는 정보를 나르는 짐꾼일 수 있다. 그런데 이런 짐꾼 역할에만 그친다면 기자는 단지 메신저일 뿐이다. 메신저는 정보를 있는 그대로 전달만 하면 제 역할을 다한다. 이 경우 본의 아니게 진실이 호도(糊塗)되고, 여론이 왜곡될 수 있다. 특정인이 바라는 바가 기사를 통해서 여과 없이 그대로 전달되기 때문이다.

이런 사태를 사전에 방지하려면 무엇보다 정보가 제대로 여과돼서 전달되어야 한다. reporter에 're'라는 접두사가 있는 것도 이러해서다. 정보의 여과장치가 제대로 작동돼야 객관 보도(objective reporting)가 가능하다. 객관 보도는 언론인에게 주어진 숙명이자 염원이기에 소홀히 넘어갈 수 없다. 그래서 객관 보도를 향한 언론인의 노력과 정열만 있으면 공정방송을 위한 제도는 부수적인 장치에 불과하다. 그러니 객관 보도를 소홀히 한 채 공정방송을 이루겠다고 말하는 건 소리 없는 외침이다.

## 리포터와 저널리스트(Journalist)의 차이

이 점이 리포터와 저널리스트 사이의 개념상 차이다. 사람들은 리포터 보다 저널리스트를 한 수 위에 두는데 개념상으로는 꼭 그렇지 않다. 저널 (journal)은 선장의 항해일지에서 비롯되는데 항해일지에선 항해 중에 발생한 모든 일을 빠짐없이 기록해야만 한다. 그래서 중요하든 중요하지 않든 모든 정보가 등가적(等價的)으로 기록돼야 하므로 정보의 중요도 순에 따라 차별이 이루어지지 않는다. 그러니 항해일지를 작성하는 선장은 정보를 나르는 '포터'라 할 수 있다.

이에 반해 '리포터'는 정보의 중요도 순에 따라 정보를 배열하고 이것으로 상황을 재구성해야 한다. 상황을 재구성해야 하는 건 방송 시간과 신문 지면이란 시간적 공간적 제약을 극복하면서 동시에 상황을 객관적으로 기술해야 해서다. 그러니 사건 당사자 입장이 아니라 관찰자 입장에서 상황을 바라봐야 한다. 그런데 사건 현장과 직접 마주하게 되면 관찰자로서 상황을 바라보는 게 쉽지 않다. 따라서 관찰자 입장에서 상황을 정리하려면 마음을 텅 비우고 객관적으로 바라봐야 한다.

그러나 마음을 텅 비우고 상황을 바라보는 일이 그리 쉽지 않다. 예를 들어 취재원의 친소 정도에 따라, 광고주의 유혹으로 인해, 권력의 눈치를 봐서 상황을 편향적으로 바라볼 때가 적지 않다. 이런 문제를 해결하기 위해 언론인에게 언론 윤리가 요구되고, 언론 소유주 영향력에서 벗어나도록 편성권이나 편집권이 요청되고, 권력으로부터 자유로워지도록 언론자유가 보장된다. 그런데 이것들이 다 보장된다고 해도 객관 보도에 장애물은 여전히 있다. 그건 기자의 편견과 고정관념이다. 미국 최고의 언론인 월터 리프맨(Walter Lippman)이 그의 저서 《여론(public opinion)》에서 기자의 '고

정관념(streotype)'에 주목한 것도 이래서다.

## 언론자유 넘쳐도 불공정보도 여전

30여 년 전까지만 해도 우리 언론 상황은 정말로 암울했다. 이런 암울했던 시절 언론인들은 자신들의 사명을 다하지 못한 이유로 언론자유가 없다는 사실을 자주 들었다. 그래서 언론자유만 보장되면 정말로 취재와 보도를 잘할 수 있을 텐데 라는 말을 자주 읊조렸다. 필자는 이런 말을 접할 때마다 한편으로는 그 말에 동의하면서도 다른 한편으로는 동의하지 않았다. 언론자유가 주어져도 당시 우리 언론이 지녔던 문제점이 적지 않아서다.

지금 우리 사회에는 언론자유가 넘쳐나는데 언론소비자들은 과거와 비교해 언론 보도가 크게 나아진 바가 없다고, 불평한다. 정부를 비판하고 대통령을 공격하는 보도가 늘어났음에도 사람들은 언론 보도에 대해 여전히 불만스러워한다. 어째서 그러한가? 객관 보도를 구현하겠다는 언론인으로서 의지와 정열이 부족해서가 아닐까? 우파든 좌파든 편향된 시각과 관점이 오늘날 우리 언론을 지배하는 것도 이 때문이다. 혹시라도 보도의 불공정 문제가 불거지게 되면 기계적 균형으로 할 일을 다 했다는 식으로 손을 턴다.

그러니 방송 보도의 불공정성 논란은 더욱 심화될 수밖에 없다. 심지어 사람들의 말초적 감각을 건드려서 조회 수를 늘리려는 방송인이 주류 자리를 차지하는 실정이다. 이런 방송인은 보도의 방향을 처음부터 특정인에게 유리하게 맞춘 다음 거기에 맞게끔 정보를 편향적으로 내보낸다.

그러니 're'의 역할을 소홀히 하는 정도가 아니라 아예 대놓고 무시한다. 're'의 역할을 소홀히 하거나 무시하는 보도는 사람들의 편견과 고정관념을 강화할 뿐 사태를 올바로 바라보는 시각을 키우지 못한다. 이것은 오늘날 언론의 심각한 위기인데 동시에 언론학의 위기이기도 하다.

## 공정보도는 기자의 자질과 정열이 관건

저널리즘 스쿨은 미국서 처음 생겨났다. 미국의 신문왕 조셉 퓰리처(Joseph Pulitzer)가 콜롬비아 대학에 막대한 돈을 기부해 저널리즘 스쿨을 만들어달라고 부탁해서다. 그런데 저널리즘 스쿨은 단순히 기사 작성법을 가르치기 위해 세워진 학교가 아니다. 그보다는 언론인에게 상황을 객관적으로 바라보는 시각을 갖추도록 세워졌다. 그런데 이런 자질은 언론인에게만 요구되는 게 아니라 CEO에게도 요구된다. 참모들의 의

조셉 퓰리처, 미국 신문왕(1847-1911)

견을 모두 수렴해서 어느 한쪽에 치우치지 않는 결정을 내리는 게 CEO의 중요한 역할이기 때문이다. 그러니 CEO에게도 객관적인 자세를 유지하는 게 무엇보다 중요하다.

필자가 공정방송과 관련해서 이처럼 글을 장황하게 펼친 데는 나름의 이유가 있다. 만약 TBC가 사라지지 않고 지금까지 존속했다면 공정방송과 관련해 훨씬 더 좋은 방송 환경이 만들어지지 않았을까 하는 기대감 때문이다. 당시 TBC 보도국 기자들의 자질과 정열은 타 방송사 보도국 기자들보다 높았고, 또 뜨거웠다. 하나는 사실상 관영방송이었고, 다른 하나는 준관영방송이었으니 그럴 수밖에 없었다고, 본다.

그래서 타 방송사 기자들은 TBC 기자들과 비교할 때 기자로서 근성이 약하지 않았나 생각하게 된다. 당시 TBC 보도국에는 기자가 60명도 안 되었는데 이 인원으로 모든 뉴스의 보도와 제작을 담당했으니 악바리 근성이 없었다면 불가능했다고 본다. 악바리 근성을 지니려면 일에 대한 애정과 정열이 있어야 하는데 TBC 기자들은 이를 갖춰서인지 현장을 열심히 뛰어다녔다. 그래서 기자실에 걸려 오는 전화 절반을 TBC 기자가 받았다는 일화도 있다. 취재원들과의 접촉이 그만큼 많아서다. 이런 근성으로 일본 적

군파(赤軍派)의 요도호 납치 사건 때 납치범과 관제탑 사이의 통신 내용을 보도하는 세계적 특종도 할 수 있었다.

상당수 언론인은 '옐로우 저널리즘(yellow journalism)'에 대해 부정적 생각을 한다. 시청률과 판매 부수만 신경 쓴다고 생각해서다. 이에 뉴욕타임스 신문을 늘 언론의 정도라고 생각해 이를 본받으려 한다. 그렇지만 뉴욕타임스도 옐로우 저널리즘 시대를 경험했기에 지금의 뉴욕타임스가 있다. 어째서 그러한가? 옐로우 저널리즘 이전 단계가 '정파(政派) 저널리즘' 단계인데 정파 저널리즘에서 옐로우 저널리즘으로 옮겨올 수 있었던 건 객관 보도 때문이다. 옐로우 저널리즘이 객관 보도를 함으로써 정파적으로 제한된 독자층을 일반인으로 확장할 수 있었다.

### TBC 과거 뉴스 형식 탈피로 객관 보도 담보

TBC 보도의 언론사적 의미도 여기에 있지 않을까? 당시 TBC 보도는 청취율과 시청률에서 타 방송사를 압도했다. 다른 두 방송사의 청취율과 시청률을 합쳐도 TBC를 따라오지 못했다. 이런 사실은 객관 보도가 담보돼야 가능한 일인데 뉴스 포맷(format)도 바꾸었기에 가능한 일이라고 본다. 당시 방송 보도는 백화점식 나열 수준에서 벗어나지 못했다. 그래서 모든 뉴스가 1분이나 1분 30초로 제한되었다. TBC 뉴스는 이를 과감히 깨트려 중요 뉴스라면 3분짜리 리포트도 만들었다. 우리나라 방송사 중 앵커 시스템을 처음 도입한 것도 경쟁에서 유리하게 작용했겠지만, 이런 노력이 없었으면 불가능했을 것이다.

물론 TBC 보도국 보도에 한계도 있었다. TBC 보도국 기자들이 활약한 대부분의 시기는 우리 언론사에서 가장 암울했던 유신 시절이므로 객관 보도를 하기란 쉽지 않았다. 그렇지만 취재 보도는 정치 부문에만 있는 게 아니다. 경제, 사회, 문화, 스포츠, 국제 등 많은 부문에서도 취재 보도는 이루어진다. 이들 영역에서 TBC 보도가 빼어났기에 타 방송사 보도를 압도할 수 있지 않았을까? 또 다른 한계도 있었는데 이병철 회장이 주인이라 삼성 눈치를 보지 않았을까 하는 점이다. 보도의 이런 터부 영역은 선진국 권위지에도 있다. 또 삼성이 소유한 언론이기에 정치권력에 약하지 않았느냐고 비판할 수 있는데 이런 비판은 다른 언론과 비교할 때 오십보백보의 차이일 뿐이다.

이런 기자정신이 TBC를 통해 계속 이어졌다면 공정보도에 대한 논란은 지금보다 훨씬 줄어들지 않았을까. 어려운 언론 여건 속에서도 객관 보도를 위해 헌신했던 TBC의 기자정신이 더욱 생각난다. 그래서 공정보도에 대한 논란이 커질수록 TBC 보도국의 기자정신이 더욱 그리워진다. (TBC)

# 부록

## ■ TBC 보도 부문

### ◇ 보도국 설립 이전 조직 역대 간부사원 〈라디오 서울(RSB)〉, 〈동양TV(DTV)〉

- 보도과장 : 전응덕(RSB 64. 4), 고일환(DTV 64. 11)
- 아나운서실장 : 최계환(RSB 64. 4), 박종세(DTV 64. 11)
- 보도부장 : 최계환(66. 2), 전응덕(66. 9)

### ◇ TBC 보도 관련 역대 간부사원

- 방송심의실장 : 이범신, 고일환, 이해근
- 방송심의부실장 : 박노설
- 방송주간 : 박종세
- 방송위원 : 박종세
- 방송논평위원 : 박종세, 봉두완, 홍용기, 조용중, 임응식, 이희준

### ◇ 보도국 역대 간부사원

- 보도국장 : 전응덕(69. 9), 이방훈(74. 1), 양정석(77. 4), 강용식(79. 2). 고일환(79. 8)
- 보도부국장 : 고일환, 강용식, 김우철, 원종관
- 편집제작부장 : 고일환, 이창렬, 남정휴, 석종현, 김성호, 김우철, 정종진
- 정경부장 : 한정준, 남정휴, 강용식, 김성호, 임응식, 김성호, 노계원
- 정치부장 : 구박
- 경제부장 : 노계원

- 사회부장 : 윤명중, 고일환, 김집, 이대식, 이창렬, 이희준, 김우철

- 외신부장 : 박영술, 김우철, 이영석, 노계원

- 체육부장 : 이대식, 김재길

- 특집부장 : 이영석

- 아나운서부장 : 박노설, 원종관, 이장우

- 촬영부장 : 문경춘, 한규설


◇ **TBC 보도국 구성원**

〈취재기자〉

1964년 RSB 개국 요원 : 고석주, 고일환, 김집, 문찬홍, 박광춘, 박상문, 윤명중, 이대식, 이창열, 전응덕, 정종진, 조광식, 조광현, 한정준

1964년 DTV 개국 요원 : 고일환, 김재길, 김충기, 남정휴, 문경춘, 양정석, 윤천영, 오일룡, 이창열, 장준우, 한규설

1964년 RSB 1기 : 강용식, 공종원, 구박, 김성호, 김우철, 노계원, 박영술, 석종현, 성대석, 이돈형, 이희준, 이상근, 임웅식

1965년 경력직 특채 : 김철린, 변용진

1965년 TBC 1기 : 이근량, 이의일

1965년 2기 : 김건진, 김경용, 김옥조, 정성진, 김영일

1968년 4기 : 김재봉, 박태웅, 이보길

1968년 5기 : 고성광, 길종섭, 노재성, 오홍근, 우석호, 이민희, 목철수, 장영국, 허경회, 박정서, 최정웅

1969년 6기 : 안길모, 장종덕, 박세개

1970년 7기 : 김장년, 노기환, 송도균, 이봉희, 최동철, 최철주

1972년 9기 : 김영수, 백낙천, 엄광석, 정교용

1973년 10기 : 고수웅, 유균, 차만순

1974년 11기 : 남선현, 석인호, 신종오, 정강영, 한종범, 황용복

1975년 12기 : 박원훈, 이동근, 이재희, 김영택, 오홍진, 한준엽

1976년 13기 : 이서항, 장성효, 진홍순, 황호형

1977년 14기 : 김벽수, 김봉규, 김청원, 김충환, 김홍, 민충기, 류현순, 성
창기, 이종학, 정홍렬, 정희보, 조봉환, 조순용, 최춘애

1978년 15기 : 강갑출, 김관상, 백낙범, 유연채, 주동원

1979년 16기 : 김준범


〈촬영기자〉

1964년 1기 : 함창기, 김승범

1965년 2기 : 김옥상

1967년 4기 : 김봉호

1968년 5기 : 서정혁, 이광춘

1972년 9기 : 박충, 이영진

1976년 13기 : 김종성, 이우승

1977년 14기 : 민상기

1978년 15기 : 김창훈, 홍현식

1979년 16기 : 이은원, 홍성철


〈아나운서〉

1964년 RSB 개국 요원 : 고려진, 길종휘, 김동건, 민창기, 박노설, 박종
세, 원종관, 유욱자, 윤미자, 이성화, 이장우, 조
봉남, 주수광, 최계환, 하성해

1964년 RSB 1기 : 권귀순, 김동만, 남정우, 박병학, 서기원, 장세덕, 조문
자, 최귀정

1964년 DTV 1기 : 김경실, 박혜자, 이강자

1965년 2기 : 노행자, 신화철, 이부미자(이경림), 이시일

1966년 3기 : 윤도영, 이정혜, 황인용

1967년 4기 : 고경중, 권윤기, 김민자, 김양일, 김영선, 김영애, 나동숙, 맹관영, 원종순, 유경영, 임양근, 임철호

1968년 5기 : 고은숙, 김기덕, 김경옥, 김성덕, 김동숙, 박지호, 원창묵, 이주, 조천영, 최석희

1969년 6기 : 백순명, 백윤숙, 유수호, 유영순, 이혜자, 최운기, 홍아영

1970년 7기 : 김동숙, 박계옥, 유선준, 윤정근, 최봉현

1972년 8기 : 김기남, 김미자, 박성옥, 안정희, 이미숙, 이상경, 이현애, 최인실

1973년 10기 : 김기혜, 안계상, 양원자, 이재명, 함영미

1974년 11기 : 류인순, 이영선, 주성혜, 최간

1975년 12기 : 공영주, 백상철, 윤여복, 정미호, 채관숙

1976년 13기 : 김창매, 안희진, 허주, 홍우창

1977년 14기 : 강미정, 김경태, 박성희, 박초아, 안영선, 이영재, 이영혜, 이정애, 이희옥, 하재숙

1978년 15기 : 박성명, 안현정, 원종배, 이경숙, 이미령

1979년 16기 : 박광호, 이정옥, 지영서, 최희선, 홍인화

〈편집제작부 식자실〉

1968년 : 정해관, 최명희

# ■ TBC 부산국

## ◇ 보도부문 승격 및 역대 간부사원
- 1964년 12월 12일 : 부산국 개국
- 방송과 보도실장 : 조재필
- 보도과장 : 김충기
- 1967년 3월 보도과에서 보도부로 승격
- 보도부장 : 김충기, 이창렬
- 1971년 7월 : 부산국 보도부와 중앙일보 부산지사
　　　　　　　취재보도 업무 및 인력통합 운용
- 취재보도부장 : 나오진, 신원호

## ◇ 취재보도부 구성원
- 1964년 개국 요원 : 박인필, 신원호, 조재필
- 1967년 공채 1기 : 박정남, 서병길
- 1967년 특채 : 강남주
- 1968년 공채 2기 : 손열, 안진고
- 1969년 공채 3기 : 김상용, 박용식
- 1970년 공채 4기 : 배영수
- 1971년 신문방송통합 : 이무의, 이춘원
- 1973년 본사 10기 : 유원우, 이성백
- 1974년 공채 5기 : 김주형
- 1975년 공채 6기 : 안병권, 장동범
- 1976년 특채 : 손영목, 임수홍. 주수성
- 1977년 공채 7기 : 남성현, 손정식
- 1978년 공채 8기 : 강갑출

- 1979년 본사 16기 : 성기준(사진기자에서 취재기자로 전환)

◇ **아나운서부 구성원**
- 1964년 김경동(남. 개국 요원), 김선영(여. 개국 요원)
- 1966년 부산국 1기 : 이정옥(여), 김영대(여), 성대석(본사 1기, 업무 지도 파견), 맹관영(남. 본사 4기, 순환 파견), 박태웅(남. 본사 4기, 순환 파견)
- 1967년 문화영(여. 본사 파견)
- 1968년 설동수(여. 부산국 공모), 김양일(남. 본사 4기, 순환 파견), 이보길(남. 본사 4기, 순환 파견), 임철호(남. 본사 4기, 순환 파견)
- 1969년 조계식(남. 부산국 공모), 신화철(남. 본사 2기, 순환 파견)
- 1970년 유경영(여. 본사 4기, 순환 파견)
- 1971년 김모세(남. 부산국 공모), 김영숙(여. 부산국 공모), 박금련(여. 부산국 공모), 전옥수(여. 부산국 공모), 원창묵(남. 본사 5기, 순환 파견), 이봉희(남. 본사 7기, 순환 파견)
- 1972년 유수호(남. 본사 6기, 순환 파견)
- 1975년 공영주(남. 본사 12기, 순환 파견)
- 1976년 양경애(여. 부산국 공모)
- 1977년 이인희(여. 부산국 공모)
- 1978년 왕종근(남. 부산국 공모)
- 1979년 이  순(여. 부산국 공모)
- 1980년 장운진(여. 부산국 공모)

## ■ TBC 보도 관련 기구표

◇ TBC (1980.11.30. 현재)

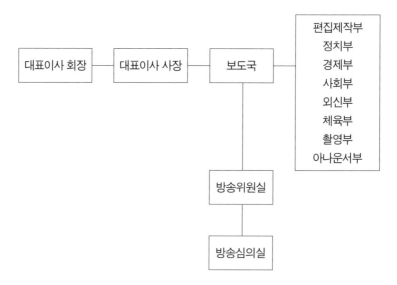

◇ 라디오 개국 당시(1964.5.9.)의 방송 관련 기구표

◇ TV 개국 당시(1964.12.7.)의 방송 관련 기구표

# TBC 연표 요약(1962~1980)

| 날자 | 주요 내용 | 비고 |
|---|---|---|
| **1962** | | |
| 12.31 | '라디오 서울(RSB)' 무선국 가허가(假許可)(호출부호 HLCZ, 주파수 1380 KC, 출력 10KW)<br>'동양텔레비전(DTV)' 무선국 가허가(서울 HLCX Ch 7 10KW, 부산 HLSX Ch 9 5KW) | MBC 개국(1961.12.2.)<br>KBS-TV 개국(1961.12.31.) |
| **1963** | | |
| 2.26 | 동양텔레비전방송주식회사 설립 | 동아방송 개국(1963.4.25.)<br>제3공화국 출범, 박정희 5대 대통령 취임(12.13.) |
| 6.25 | '라디오 서울' 방송주식회사 설립 | |
| **1964** | | |
| 3.1 | TV 방송 기재 국내 제작 착수<br>(TV 방송 기재 수입 불허로) | |
| 3.12 | 라디오 호출부호 HLCZ를 HLKC로 변경 | |
| 4.1 | 라디오 서울 1기생 신입사원 입사 : 27명 공채 | |
| 4.15 | 라디오 서울 시험방송 시작(5월 6일까지) | |
| 4.27 | 사옥 '중앙빌딩' 공사 착공 | |
| 5.9 | 라디오 서울 개국<br>주파수 1380KHz, 출력 20KW, 호출부호 HLKC | 최두선 내각 총사퇴(5.9.)<br>정일권 내각 출범(5.11.) |
| 5.14 | 동양 TV 호출부호 변경 서울 HLKC 부산 HLKE | |
| 5.15 | 라디오 서울 첫 실황 중계 : 서울 운동장에서 실업야구 리그전 | 6·3 사태 발발,<br>서울에 비상계엄 선포(6.3.) |
| 6.28 | 라디오 주파수 1380KHz에서 640KHz로 변경 | |
| 7.22 | 동양 TV 연주소 설치 허가<br>서울국 : 충무로 1가52의 5<br>부산국 : 대교동 2가69 | 비상계엄 해제(7.29.)<br>한국기자협회 창립(8.17.) |
| 8.29 | 동양 TV 서울국, 부산국 전파 시험발사 개시 | |
| 9.15 | 라디오 서울 대표이사 사장 홍진기 취임 | |
| 12.1 | TV 시험방송 시작 | |

| | | |
|---|---|---|
| 12.7 | 동양 TV 서울국 개국 : Ch7, 호출부호 HLCE, 출력 2KW | |
| 12.12 | 동양 TV 부산국 개국 : Ch9, 호출부호 HLKE, 출력 500W | |
| **1965** | | |
| 1.16 | 동양 TV VTR(Video Tape Recorder)에 의한 녹화 중계 시작 | 제2한강교 개통(1.25.) 충북 일원 야간통행금지 해제(3.1.) |
| 3.10 | 동양 TV 첫 옥외 중계 : 중공 핵실험 규탄 궐기대회(서울 운동장) | |
| 3.17 | 주식회사 중앙일보 설립 : 대표이사 사장 이병철 | 서울 FM 방송 개국(6.26.) 월남파병안 국회 통과, 야당불참(8.13.) 한일협정 비준동의안 통과, 야당 불참(8.14.) 서울지구 계엄령 발동(8.26.) |
| 7.5 | 도쿄지사 설치 | |
| 8.2 | 동양 TV를 '중앙텔레비전방송주식회사'로 상호 변경 / 8월 15일부터 대외적으로 DTV를 JBS-TV로 사용 중앙일보 동양방송 제1기 신입사원 34명 공채 | |
| 9.22 | 중앙일보 창간 : 8면 발간, 사옥 '중앙빌딩' 낙성 | 서울지구 계엄령 해제(9.25.) |
| 10.2 | 중앙일보 첫 호외 발행 〈인도네시아 쿠데타〉 | |
| 11.15 | 중앙라디오, 주식회사 중앙방송으로 상호 변경 | |
| 12.1 | 라디오, 중앙빌딩으로 이전 방송 개시 | |
| 12.7 | 중앙일보 중앙라디오 중앙텔레비전 통합 운영으로 '중앙매스컴센터' 형성 | |
| 12.27 | 라디오 심야방송 새벽 2시까지 연장 | |
| **1966** | | |
| 1.25 | 중앙텔레비전주식회사 해산, 주식회사 중앙방송에 합병(자본금 2억 8천만 원) | 경향신문사 공매처분(1.25.) 서독파견, 간호사 1진 128명 출발(1.30.) 한일 무역협정 체결(3.24) |
| 2.6 | 한국 TV 사상 처음으로 '인공심장 수술 현장' 녹화 중계 | |
| 4.4 | 서울 FM 방송주식회사 인수 대표이사 홍진기 | |
| 4.8 | 라디오 개국 2주년 기념 3원 방송(수원 인천 의정부 연결) | 경주, 온양, 유성 등 관광지 야간통금 해제(5.5.) |

| | | |
|---|---|---|
| 5.9 | FM 정규방송 개시 주파수 89.1MHz, 출력 1KW | 장면 제7대 총리 서거, 국민장(6.4.) |
| 7.16 | 중앙방송, 주식회사 동양방송으로 상호 변경 동양라디오는 TBC, 동양 TV는 TBC-TV, FM은 TBC FM으로 | 2차 경제개발5개년계획 각의 통과(7.29.) |
| 10.5 | 서울 FM 방송을 주식회사 동양방송에 흡수 합병 (자본금 2억 8천 6백만 원) | 존슨 미 대통령 방한 (10.31.-11.2.) |
| 12.9 | 중앙일보 대표이사 회장에 홍진기(전 부사장) 이병철 대표이사 사장직 사임 | |
| **1967** | | |
| 3.6 | TBC-TV 아침 방송 시작 | 뤼브케 서독 대통령 방한 (3.2.) |
| 9.15 | LA로부터 인공위성 통해 첫 라디오 중계 성공 (서강일 대 로하스 권투 대전) | 이수근 북한 중앙통신 부사장 망명(3.22.) 박정희 6대 대통령 취임 (7.1.) |
| 11.1 | 방송기술국에 FM 송신소 신설, 보도국에 보도부와 아나운서부 설치 | |
| 11.9 | 전력난으로 TV 낮 방송 중단(11.9.) | |
| 11.20 | 아침 방송 중단(11.20.) | 마이크로웨이브(MW)망 준공 서울-부산 TV 중계 (12.21.) |
| **1968** | | |
| 2.14 | 중앙일보 대표이사 회장에 이병철, 대표이사 사장에 홍진기 | 북괴 무장 공비 김신조 일당 청와대 기습 시도(1.21.) |
| 4.24 | 라디오 20KW에서 50KW로 출력 증강 방송 | 문화공보부 개청(7.25.) |
| 9.1 | 라디오 28인조 방송관현악단 결성 | |
| 10.12 | 멕시코 올림픽 일본 NHK 이용 TV 중계방송 | 국민교육헌장 공포(12.5.) |
| 12.1 | TV 아폴로 8호 발사 실황 우주 중계 | |
| **1969** | | |
| 2.14 | 동양방송 대표이사에 홍진기 선임 | |

| | | |
|---|---|---|
| 2.18 | 중앙매스컴 전 기구를 1실 13국 44부로 개편<br>보도국 신설 보도부를 보도 1부, 보도 2부로 분리<br>라디오 편성국 신설, TV 편성국 신설,<br>FM 방송부 설치<br>방송기술국 신설하고 TV, 라디오 기술국 설치 | 국토통일원 발족(3.1.)<br>박정희 대통령 한미정상회<br>담차 방미(8.20.) |
| 9.19 | TBC 군산의 서해방송(西海放送)과 프로그램 제<br>휴 계약 | |
| 9.22 | 보도국장에 전응덕, 라디오 편성국장에 이원희,<br>TV 편성국장에 최덕수 각각 임명 | 경부고속도로 오산-천안간<br>개통(9.29.) |
| 11.1 | TV 운현궁 제3 스튜디오 준공 | 국민투표, 3선 개헌안<br>(10.17.)<br>강릉발 서울행 KAL기 납북<br>돼(12.10.) |
| 12.15 | FM 스테레오 방송가허가 및 호출부호(콜싸인) 변<br>경 HLCD에서 HLKC FM으로 | 경부고속도로 대구-부산간<br>개통(12.29.) |
| **1970** | | |
| 1.24 | TV, 미국 현지 취재 특집 〈미국 1만 마일〉 방영<br>시작 | |
| 1.31 | TV 부산국 아침 방송 중단 | |
| 2.1 | 한국 방송 최초로 FM 스테레오 방송 시작 | |
| 3.2 | TV 드라마 〈아씨〉 방영 시작(1971년 1월 9일까<br>지 253회 방영) | 일본 적군파 JAL기 납치 김<br>포에 비상착륙(3.31.)<br>서울 와우 시민 아파트 붕괴<br>(4.8.)<br>서울대교 개통(5.16.) |
| 5.21 | 일본 NTV, TBC 기술 지원으로 통신위성지구국<br>이용 남산 야외음악당에서 우주 중계 | |
| 6.2 | 금산통신위성지구국 개통에 따른 미국과의 프로<br>교환 중계 | |
| 6.6 | 라디오 프로 〈광복 20년〉 1000회 돌파 | |
| 6.21 | TV 부산국 신사옥으로 이전 | 경부고속도로 개통(7.7.) |
| 11.1 | 보도국의 보도 1부 2부를 편집제작부, 정경부, 사<br>회부로 개편 | |

| | | |
|---|---|---|
| 12.31 | TV 부산국 방송출력 500W에서 2KW로 증강 | 제주-부산간 여객선 거제 해상서 침몰 326명 익사(12.15.) 호남고속도로 개통(12.30.) |
| **1971** | | |
| 1. 9 | TV 인기 드라마 〈아씨〉 종영 | 정부 경제개발5개년계획 확정 발표(2.9.) |
| 3.29 | TBC 광주의 전일방송(全日放送)과 프로그램 제휴 계약 | 서울 지하철 1호선 착공 (4.12.) |
| 4.17 | 중앙매스컴 기자 일동 '언론자유수호선언문' 채택 결의 | 제7대 대통령 선거, 박정희 후보 당선(4.27.) |
| 5.5 | 중국전시공사(中國電視公司) CTV와 TV 프로그램 및 뉴스 상호교환과 제작협조각서 교환 | |
| 7.15 | 중앙일보 부산지사와 TV 부산국 통합 운영 | 광주대단지 사건(성남 민권 운동, 8.10.) 인천 실미도사건 발생(8.23.) |
| 9.22 | 일본 NTV와 뉴스 및 TV 프로그램 상호교환협약 체결 | |
| 9.24 | 동양방송 대표이사 사장에 김덕보 취임 | |
| **1972** | | |
| 3.30 | 보도국에 뉴스 생방송용 스튜디오 카메라 설치 | 주월 한국군 1단계 철수 완료(4.1.) |
| 4.3 | TV 보도 프로 〈TBC 朝퀴(조간)〉〈TBC 夕퀴(석간)〉 첫 방송 | |
| 4.10 | AFKN(주한미군 방송)의 전송망을 이용 서울국의 아침 방송 프로 부산국 동시 방송 | |
| 8.29 | 역사적인 남북적십자 첫 회담 취재를 위해 중앙일보 이광표 특파원 평양에 특파 | 남북공동선언 발표(7.4.) 기업 사채 동결 (8·3 조치) |
| 11.11 | 남북조절위원회 결정에 따라 24년 만에 대북 방송 중지 | 통일주체국민회의 대통령에 박정희 선출 (12.23.) 유신헌법 공포 (12.27.) |
| 12.5 | TBC 부산국 Ch 9에서 Ch 7로 채널 변경 및 방송 출력 2KW에서 5KW로 증강 | |
| **1973** | | |
| 3.17 | 방송심의실 신설 | 한국방송공사 발족(3.3.) |

| 11.30 | 중앙매스컴 기자일동 '언론자유수호 제1선언문' 채택, 결의, 언론의 사회적 책임 충실 다짐 | 김대중 납치 사건 발생(8.8.)<br>박 대통령 긴급조치 1, 4호 해제(8.23.)<br>전국 신문 통신 방송기자 언론자유실천선언(10.24.) |
|---|---|---|
| 12.3 | TV 아침 방송 중단-에너지 파동- | 제1차 석유파동 발생(12.4.) |
| **1974** | | |
| 1.23 | 보도국장에 이방훈 '주간중앙' 주간(主幹) 임명 | |
| 8.15 | 광복절 기념식장에서 박정희 대통령 저격 미수 사건 발생(중계방송)<br>신문 "육영수 여사 운명" 호외(號外) 발행 | 대통령긴급조치 선포(1.8.)<br>서울역-청량리역 간 지하철 개통(8.15.) |
| | TBC 일체 CM 없이 5일간 방송 운행 | |
| 9.15 | LA 동양방송 개국 UHF 채널 52 | |
| 9.20 | 운현궁 제5 스튜디오 준공(5월 25일 착공) | |
| 10.25 | 중앙매스컴 기자 일동 '언론자유수호 제2 선언문' 채택 결의 | |
| 11.19 | 중앙일보 미주판(美洲版) 발행, LA 지사 설치<br>서울 본사와 LA 지사 텔렉스(Telex) 개통 | 대왕코너에 큰불 88명 사망(11.3.) |
| **1975** | | |
| 1.14 | 중앙일보 동양방송 기자 일동 '언론자유수호 제3 선언문' 결의 | |
| 3.4 | 방송 영화부를 영상제작부와 촬영부로 분리 | 서울대 관악캠퍼스에서 개강(3.14.) |
| 3.13 | 중앙일보 동양방송 기자 일동 '언론자유수호결의 문' 체택 / 동아 조선 해직기자 복직 촉구 | 월남 패망(4.30.)<br>긴급조치 9호 선포(5.13.) |
| 6.27 | 신문과 라디오, 한반도에서 일본으로의 고대 문화 전파를 파악하기 위한 '삼한해로답사(45일간)' 연재 및 방송 | 남대문시장 화재 800개 점포 소실(6.9.) |
| 8.21 | 중앙일보 동양방송 사가 제정 : 박두진 작사, 장일남 작곡 | 여의도 새 국회의사당 준공(9.1.) |
| **1976** | | |
| 7.1 | 중앙일보 뉴욕 지사 설치, 동부 미주판 발행 | 전국 일제히 첫 반상회(5.31.) |

| | | |
|---|---|---|
| 12.24 | TBC 라디오 불우이웃돕기 5시간 생방송(한국 방송사상 최초) | 판문점 도끼 만행사건 (8.18.) |
| **1977** | | |
| 4.1 | 보도국장에 양정석 도쿄지사장 임명 | |
| 6.10 | 방송전문잡지 〈月刊 TBC〉 창간 | 국내 최초 원전 고리 1호기 점화(6.19.) 직장의료보험제 시행(7.1.) |
| 6.29 | TV 사상 최초 한일합작 〈민들레〉 촬영 | |
| 11.10 | TBC 여의도센터 기공식 | 이리역 열차 폭발사고 59명 사망(11.11.) |
| 12.30 | 중앙일보 동양방송 대한산악연맹과 남극 북극 대탐험 계약 | 수출 100억$ 돌파(12.22.) |
| **1978** | | |
| 3.25 | TV 외국영화 〈뿌리(Roots)〉 방영 : 1977년 작 12부 시리즈 | KAL기 소련 무르만스크 강제 착륙(4.21.) |
| 11.23 | TBC 라디오 주파수 640KHz에서 639KHz로 변경 | |
| 12.7 | 여의도 A 스튜디오 준공 | 박정희 9대 대통령 취임 (12.27.) |
| **1979** | | |
| 2.1 | 보도국장에 강용식 도쿄 특파원 임명 | 미, 중 30년 만에 국교수립 (1.1.) |
| 8.13 | 보도국장에 고일환 심의실장 임명 | YH 사건(8.9.) |
| 10.26 | 박정희 대통령 피격 서거 | 10 · 26 사태 발생 |
| 12.9 | TBC-TV 제1회 세계 가요제, 여의도 A 스튜디오 완공 | 12 · 12 사태 발생(12.12.) |
| **1980** | | |
| 3.5 | 보도국 정경부를 정치부와 경제부로 분리 | 과천 신도시 건설 착공(3.14.) |
| 4.14 | TBC 여의도센터 개관 | |
| 5.22 | 보도국, 편집국 특별취재팀 구성 광주 파견 | 비상계엄 전국 확대(5.17.) 5 · 18 광주 민주항쟁(5.18.) |

| 8.2 | 컬러 TV 수상기 시판 개시 | |
|---|---|---|
| 11.14 | 신문, 방송, 통신 등 언론통폐합 조치 발표 | 전두환 11대 대통령 취임<br>(9.1.) |
| 11.25 | 신아일보 등 신문 8개, 시사통신 등 통신 4개 종간 | |
| 11.30 | 언론통폐합으로 TBC 폐국 KBS로 이관,<br>여의도 스튜디오 1층 홀에서<br>"동양방송 그 위대한 17년" 고별연 | 서해방송<br>전일방송<br>DBS도 종방<br>CBS 뉴스 폐지 |
| 12.1 | KBS, MBC TV 등 한국 텔레비전 컬러 방송 개시 | |